U0640307

大湘西匪殇

李康学　著

光明日报出版社

图书在版编目（CIP）数据

大湘西匪殇 / 李康学著 . -- 北京：光明日报出版
社，2018.9（2022.9 重印）

ISBN 978 - 7 - 5194 - 4625 - 3

Ⅰ . ①大… Ⅱ . ①李… Ⅲ . ①纪实小说—中国—当代

Ⅳ . ①I247.5

中国版本图书馆 CIP 数据核字（2018）第 214308 号

大湘西匪殇

DAXIANGXI FEISHANG

著　　者：李康学	
责任编辑：庄　宁	责任校对：赵鸣鸣
封面设计：中联学林	责任印制：曹　净

出版发行：光明日报出版社

地　　址：北京市西城区永安路 106 号，100050

电　　话：010 - 63131930（邮购）

传　　真：010 - 67078227，67078255

网　　址：http://book.gmw.cn

E - mail：gmrbcbs@ gmw.cn

法律顾问：北京市兰台律师事务所龚柳方律师

印　　刷：三河市华东印刷有限公司

装　　订：三河市华东印刷有限公司

本书如有破损、缺页、装订错误，请与本社联系调换，电话：010 - 67019571

开　　本：170mm×240mm

字　　数：296 千字　　　　印　张：18

版　　次：2018 年 9 月第 1 版　　印　次：2022 年 9 月第 2 次印刷

书　　号：ISBN 978 - 7 - 5194 - 4625 - 3

定　　价：68.00 元

大湘西强人榜

瞿伯阶：龙山县贾田溪人，曾自封湘鄂川边游击司令，后接受整编任国民党暂编第十师师长。绰号"鼠大王"，大湘西第一大强人。

田幺妹：龙山县召头寨人，瞿伯阶之妻。大湘西第一压寨夫人。

瞿波平：龙山县贾田溪人，曾任瞿伯阶部第五支队长等职，并接任过国民党暂编第十师师长职务。后为武汉市政协委员。绰号"舍命王"。

彭春荣：永顺县石堤西人。曾任湘鄂川黔边区抗日游击指挥部总指挥。绰号"彭叫驴子"，大湘西第二大强人。

周纯莲：永顺县高粱坪人，彭春荣之妻，大湘西第二压寨夫人。

彭雨清：龙山县明溪乡人，曾任瞿伯阶部支队长等职。绰号"彭猴子"。

贾松青：龙山县里耶镇人，曾任瞿伯阶部支队长等职。绰号"老松鼠"。

王继安：龙山县明溪乡人，曾任瞿伯阶部副司令等职。

张明富：龙山县贾田溪人，曾任师兴周部保安团连长等职。绰号"花老虎"。

王家仁：龙山县明溪乡人，曾任瞿伯阶部支队长等职。绰号"长毛熊"。

潘月樵：永顺县人，曾任彭叫驴子部副指挥官等职。绰号"猛岗卧龙"。

宋湘灵：永顺县人，曾任彭叫驴子部政治部主任等职。绰号"大智囊"。

黄泽基：永顺县人，曾任彭叫驴子部参谋长等职。

吴应侯：永顺县人，曾任彭叫驴子部支队长等职。绰号"吴猴子"。

周怀玉：永顺县人，曾任彭叫驴子部支队长等职。绰号"草上飞"。

粟明卿：永顺县人，曾任彭叫驴子部支队长等职。绰号"老粟米"。

梁海卿：永顺县人，曾任彭叫驴子部支队长等职。绰号"大鲨鱼"。

黎世雍：永顺县人，曾任彭叫驴子部支队长等职。绰号"黎疤子"。

孔圣武：永顺县人，曾任彭叫驴子部支队长等职。绰号"叫鸡公"。

贺文慈：桑植县人，曾任彭叫驴子部支队长等职。

梁云卿：永顺县人，曾任彭叫驴子部支队长等职。

瞿列成：龙山县人，曾任龙山县二所乡乡长等职。绰号"龙头大爷"。

陈渠珍：湘西凤凰人，曾任湘西巡防军统领等职。绰号"陈老统""湘西王"。

师兴吾：龙山县内溪棚人，曾任龙山县保安团团长等职。

师兴周：龙山县内溪棚人，曾任湘鄂川黔边防副总司令等职。绰号"师老七"。

贾福吾：龙山县人，曾任师兴吾部警卫营长等职。

张平：古丈县李家洞人，曾任国民党暂编十一师师长及湘西自卫军沅、古、泸边区总指挥等职。原名张大治，绰号"古丈魔王""五步蛇"。大湘西第三大强人。

傅仲芳：浙江萧山人，曾任湘鄂川黔边剿匪总指挥等职，国民党三十八军军长。

朱鼎卿：曾任国民党八十六军军长等职。

侯振汉：山东人，曾任国民党八十六军二零零团团长等职。

向作安：曾任来凤县保安团长等职。绰号"来凤霸王"。

目　录
CONTENTS

第一章　引　子

1. 从里耶到贾坝

"丁零零……"

一阵清脆的电话铃声将我从睡梦中唤醒。我伸手从床头抄起听筒问:

"喂,哪位?"

"黑马吗? 我是骆驼。快起来吧,三点钟了,咱该走啦!"

"黑马"是我的绰号,因我属马,又常穿黑皮衣,喜在外奔波,故友人送了我这么个别名,"骆驼"是我的搭档——摄影发烧友罗兆勇的绰号。因他背着摄影包,常爱玩命似的摄影,故此我送他这称呼。这日凌晨,按照约定,我们将一同赶火车去出差。

接电话后,我随即一骨碌爬起来,然后我们在星光微明的街上碰头,一起租车直奔火车站。

半个小时后,我两准时登上了张家界至怀化的列车,这时是 2001 年农历腊月二十五凌晨三时半。

一路乘车,我都在乘暇思考一个新的创作计划:我想写一部有关湘西土匪的长篇纪实小说。关于湘西土匪题材的小说,我知道过去已有许多人写过,也出了不少好作品,但是,已往写湘西土匪的作品,要么是虚构的,要么是写真实人物的作品太简略,太史料化,而真正从文学纪实的角度来看,这样的长篇似乎还没有,我想我应该写出这样一种介于纯文学与纯史料之间的真正纪实性的长篇文学作品,因为此前我写作"大湘西三部曲"之一《大湘西演义》一书时,已经掌握了大量第一手资料,这些资料在那一本书中未能用完。比如古丈著名土匪张平、永顺绿林豪雄彭叫驴子等等,这些人的故居我都采访过,只有龙山的师兴周、瞿伯阶的老家我未去。这一次我们专程到龙山采访，我就是想好好挖掘一下素材，为这部有关土匪的长篇纪实小说作素材准备。

在车上，我反复思索，这部新长篇应写哪些内容。既然这是一部纪实性的长篇小说，首先要搞清土匪的含义，了解湘西土匪起源兴衰的全过程。

关于"土匪"一词的含义，在《现代汉语词典》中，是这样解释的："地方上的武装匪徒。"而查"匪"字的本义，在古汉语中则是和"非"字相同相通的。《诗经·卫风》中的"匪"字还有当"被"字用的用法。但《说文解字》及《康熙字典》中却找不到一处和"土匪"的"匪"字用法贴近的释义，这至少说明在康熙之前，还没有土匪一词的说法。另据有关考证，"匪"字被用来组成"土匪""教匪""匪首"等丑恶的字眼，最早应始于18世纪"白莲教"起义。我再查阅清史，发觉《清史》本纪中，除了白莲教外，对湘西的苗民起义也有称呼为匪的记载：比如《清史·高宗纪事五》中，就有"贵州松桃厅苗匪石柳邓，湖南永绥苗匪石三保等作乱"的字眼。其中石柳邓、石三保等人其实就是湘西一带的苗民起义首领。可见，在清朝统治者的眼中，湘西在那时就有土匪产生了。不过这种所谓的"土匪"，其实还只是清朝统治者对农民起义者的诬称而已。

知道了"土匪"一词的起始源流，我们便知"土匪"一词约定俗成的历史其实只有二三百年。而以往有几种说法：一说湘西匪患起源于两千年前，证据是东汉时伏波将军马援征剿过武溪蛮；二说湘西匪患起源于元末明初，证据是湘西覃垕起义遭官府镇压；三说湘西匪患起源于明末清初，证据是李自成、张献忠起义军流落到湘西作乱等等。这几种说法实际上都是不准确的。据有关地方史料考证，湘西土匪真正的起源历史，应当在清朝末年，其标志是这时期在湘西民间出现了拦路抢劫财物的"棒棒客"，又称"棒棒脑壳"。以后，进入辛亥革命时期，由于全国时局失控，各地军阀不断混战，土匪在整个中国都开始泛滥起来，湘西变得更加突出，有组织的靠打劫为生的武装土匪比比皆是。我是比较赞同后一种说法的。但尽管如此，因为"土匪"一词称谓太笼统太模糊，要准确区分一些历史时期的武装首领是否为土匪，还应对其一生的所作所为作具体分析。因此，我想若要把湘西土匪的起源及兴衰过程弄清楚，只作一般性的土匪史料调查是不够的，最可行的办法，就是有代表性地选择记述几支影响最大的武装首脑人物，通过反映他们及其部属们一生的命运，真正弄清当时土匪产生的原因，了解其兴衰的全过程。

话说回来，要描写湘西几个有代表性的武装首脑人物，就离不开去写20

世纪 20 至 40 年代湘西的师兴吾、师兴周、瞿伯阶、彭春荣、张平等人物。特别是瞿伯阶和彭春荣合股的队伍，一度号称有一万九千人之多。国民党曾把这支队伍视为湘西最大的土匪武装而不断围剿过。所以，瞿伯阶和彭春荣这两个人物的重要性是显而易见的。对彭春荣，此前我们已作了采访，而这次龙山之行，采访的重点准备放在瞿伯阶和他的几个主要部属上，我希望此次到瞿伯阶的老家去能够找到相关的当事人。

这么设想着，一路采访就到了龙山贾坝乡。当日已是落暮时分，在乡政府住下天就黑了。再至一小店去吃晚餐，与店老板闲谈中，得知瞿波平的一个女儿女婿就在这街上开店铺，而瞿波平乃瞿伯阶的族弟，是瞿伯阶部的得力骨干，瞿伯阶病逝后，其师长之职就是由瞿波平担任的。瞿波平过去还有个绰号叫"舍命王"。这些情况我在读过瞿波平口述的回忆文章后即已获知。瞿波平当年投诚后就一直住在武汉，没想到在这贾坝街上，竟然找到了他女儿一家。真所谓踏破铁鞋无觅处—得来全不费功夫。我们当时很兴奋，饭后即去了瞿波平女儿家采访瞿波平女儿瞿桂香。瞿波平的女婿姓冉，还有个外甥名叫冉世程，当我们说明来意后，这一家人都十分热情，当即请我们坐下，要我们吃橘子。闲扯几句后，我们便问其父瞿波平现在在哪儿，回答是瞿波平已回到老家贾田溪了。听闻这一消息，我们觉得真是太凑巧了，顿时欣喜异常，当即决定第二天去瞿波平老家采访，并请冉世程带路，他欣然答应了。当晚约好后，我们便回到乡政府美美地睡了一觉。

2. 贾田溪村中访"师座"

第二天天刚朦朦亮，我们便起床。冉世程用一辆两轮摩托车载着我们驶向了老兴乡。

老兴乡过去又叫二所乡，曾是瞿伯阶部队活动的地方。从贾坝到老兴，约莫二十多里山路，全是简易公路，途中一座大山，名曰岩星山，有 800 多米高，山势陡峻。从盘山公路驶下去，那路面的陡窄令人捏一把汗。好在冉世程把车开得较慢，也比较稳当。不到一个小时，我们就到了老兴街头。老兴街面狭小，四面是山，乡政府所在地只有数百人，房子大都是五六十年代修的旧房。简易公路到此为止，再往各村去就要走路了。

在老兴街，冉世程有一个亲戚，我们在他家吃了一顿丰盛的早餐，然后便沿着一条羊肠小道向贾田溪方向走去。翻了三座山，直走得大汗淋漓，中午时分才到达贾田溪的瞿崇柏家，我们果然见到了瞿波平。老人已 85 岁，身体仍结实硬朗，身材显得敦实魁梧，个子约有 1.7 米左右，戴一顶鸭舌帽，穿着西服，精神矍铄，人很爽直，问起当年的历史，他如数家珍。

"您当年投诚后，有过哪些经历呀？"双方寒暄入座后，我细问他道。

"我投诚后到了长沙，不久被送到南岳学习了两年多。"瞿波平回忆道，"我那时参加学习只三个多月就戒掉了鸦片。后来学习完毕，被安置到了武汉市人民政府参事室，一直到退休，现在工资还在那里领！"

"现在一个月工资有多少？"

"两千块吧。"

"够不够用？"

"够了，我一个人能用多少？主要还是帮帮家里。"

"您有过几位夫人？"

"我结了三次婚！大夫人是田幺妹的姐姐田四妹。1948 年我又跟符开菊结了婚，她那时只有 18 岁，解放后她跟我去了武汉，我们生了一男两女。1973 年我们又离了婚。1979 年我在武汉又与一个街道居委会主任邓柳仙结了婚，只过了两年，她得脑溢血死了，此后我就一个人过着单身生活了。"

"为什么不再找个老伴呀？"我开玩笑说。

"不找了！有老婆不自由得很，我一个人好得多，不想结婚了！"

瞿波平的回答把我们大家都逗笑了。

"您总共有多少儿女？"我又问。

"我有七个儿女！田四妹给我生了四个，三女一男，依次叫桂香、玉香、水银、崇柏。符开菊给我生了一男两女，依次叫崇林、桂珍、桂芳。田四妹生的孩子都住在老家，符开菊生的孩子住在武汉。所以我每年都要两边走走。"

"您解放后第一次回家乡是什么时候？"

"1980 年！那时县里作了隆重接待！现在我基本上每年要回来一次，到老家看看。"

"和你一起干事的那些部属，现在还有人在吗？"

"有是有，瞿家寨下寨的朱明德就是一个。他给我当过警卫，现在还活着。不过，像这些活着的已没有几个了。他们绝大部分都死了。有的是病死的，有的是在战场上被打死的，还有些投诚的被错杀了，80 年代才被落实政策平反。比起他们的命运，我要好得多。"

能够从解放前的乱世年代活到跨世纪的今天，这的确是件不容易的事。

瞿波平平静地叙说着他的一些传奇经历。80 年代他曾患病与死神擦肩而过，现在的身体反倒好多了，他的眼中闪烁着一种平安度过人生千难万险之后的自豪之情。

与瞿波平叙谈一阵后，有人说瞿伯阶的儿子瞿崇胜在瞿家大屋搓麻将，我们又走了约两公里路到瞿家大屋去找他。在一栋空木屋前，有人给我们指点，说这地方过去就是瞿伯阶的老宅，原来的房子已拆毁了。摄影师"骆驼"急忙大显身手，随即有许多大人小孩围过来观看。

此时，瞿伯阶的儿子瞿崇胜闻讯，从一户人家走出与我们热情握手。我仔细打量，只见他穿着一身蓝布外套，身材高大修长，留分发，脸上像喝了酒一样红光满面，身体看起来还很健康，看不出已有 66 岁了。据说他的相貌与瞿伯阶差不多。

"你的家在哪里？"我问他。

"在瞿家寨下寨，就是你们刚来的那个寨子！"瞿崇胜回答说。

我们于是又往他家走去。一路走一路听他介绍情况。他自称文化不高，但人很健谈，无论问到什么事，他都回答得比较详细。到了他家之后，我们坐下来，又听他细说了父亲瞿伯阶和母亲田幺妹的一生经历，其中不少是有价值的内幕故事。

与瞿崇胜交谈一阵后，我们又一块儿来到瞿波平家中，这时朱明德老人也赶来了。大家围着火坑吃过晚餐，又细细座谈起来。当晚一直座谈到大半夜。根据这次座谈的内容加上手头已掌握的采访材料和有关史料，我且把这部作品演绎成文，还请读者诸君品头论足。

第二章　鼠王出世

1. 夜半降生

公元 1900 年冬日的一天傍晚，当西斜的太阳在龙山县二所乡的贾田溪大山背后刚消失不久，昏暗的夜色就张开帷幕，把远近的各处山寨都笼罩住了。

劳作了一天的人们，这时大都吃过晚饭，开始了休息或娱乐。在瞿家寨大屋居住的破落户汉子瞿代谊——诨名"夜猫子"，这日晚上不顾老婆快要临盆的紧迫，晚餐一放碗就跑到隔壁邻居瞿代亮的门前叫道："哈二哥，打纸牌吧！"

"哈二是"瞿代亮的绰号。他听到"夜猫子"叫就回到："你的瘾又发了吧，那就快去叫人。"

"叫谁呢？"

"叫'老油条'吧，他做生意才回来，手里有钱。再把南阶也叫上，不就成了。"

"好！我去叫哩！"瞿代谊转身就去邀人。

不一会儿，"老油条"和瞿南阶都被邀来了。"老油条"本名瞿列成，因长跑江湖，故被人取了这别名。哈二忙招呼大家就座喝茶，接着取出纸牌朝桌上一放道："来，咱们今晚痛快玩玩！"大家随即打起牌来。几人一面摸牌一面闲谈。

哈二试探着问："列成，你这段跑江湖，发了不少财吧？"

"发过什么财啰！""老油条"道，"这段风声紧，在外不安全，生意不好做啊！"

"怎么会不安全？""夜猫子"问。

"你们还不知道哇？""老油条"道："今年夏天，义和团闹事，八个国家的洋鬼子攻进了北京城，慈禧太后搞慌了手脚，被迫逃出了京城。全国的局势都动荡不安呀！"

"洋鬼子的事，不是已平息讲和了吗？"瞿南阶又问。

"讲和是讲和了，朝廷现在还在商议给人家赔款哩！"

"朝廷要赔，关我们屁事！"

"怎么无关，这关系大哩！""老油条"又道："古人云'君不肖，则国危民乱。君贤圣，则国安而民治。'当今皇上年幼，政权为慈禧太后所执掌。历史上，女人干政就少有不出乱子的，如武则天在位，就把个唐朝搞得动乱不堪，而慈禧太后垂帘听政，皇上徒有虚名，国家又哪有不大乱的。此时，八国联军打到北京来了，朝廷被迫议和赔款，政局相当不稳，地方又哪能得到安定。像我这段做盐生意，从里耶坐船下保靖去长沙，路上就很不安全，有几次都差点被抢，幸亏我江湖上的朋友多，要不早蚀了本。"

"听说你参加袍哥了吧？"哈二瞿代亮又问。

"参是参加了，但这事你们可不要乱说。""老油条"又神秘地说，"现在跑江湖的人，不入袍哥的很少，入袍哥的宗旨就是推翻清王朝。我们又不能让官府知道，怕惹出麻烦。大家因是同族兄弟，我就实话告诉你们了。"

"放心吧，我们不会当卖客供了你！"瞿南阶又道，"要是你收徒弟的话，我也想入袍哥哩！"

"这好说，以后会有机会的！"瞿列成回道。

几个人闲扯到此，便又专心打起牌来。说也奇怪，这晚上其他三人运气都不佳，唯有夜猫子瞿代谊的手气格外好。十多局下来，他一人一捆三。将近夜半时分，他一把牌又自摸了。

众麻友当即都惊呼："你今夜运气这么好？赢了满堂贯！"

"开钱！开钱！"一旁观战的人也大叫着。

大家便纷纷摸出银钱，"夜猫子"乐呵呵地收下了。接着，几个人又洗牌开战。正在这时，一位老妈子推门进来，对"夜猫子"道："瞿爷，你老婆快要生了！你快去看看吧。"

"看什么！生就生呗！有你帮着侍候接生就行了，我还要摸几盘，你别冲了我运气！"

老妈子急急转身过去了，几个人又开始摸起牌来。又一盘纸牌尚未摸完，忽听隔壁传来"哇"的一声婴儿啼哭。

"啊，生了，真的生了！好快啊！"

"生的是什么？""夜猫子"高声问。

"老爷，恭喜你，是个带把儿的！"老妈子在隔壁大声回答。

"好！好！我有儿子了！""夜猫子"高兴地叫着。

"难怪你今晚运气好！原来发子又发财呢！"

"还摸不摸？""夜猫子"问大家。

"算了吧！"哈二瞿代亮站身道，"你老婆生了儿子，你还不回去看看，也太不像话！今晚就别摸了吧！"

众牌友于是散去。

"夜猫子"随即回到自家屋内，这时接生婆已将孩子包好。瞿代谊接过来，但见这儿子生得胖乎乎的，头大脸阔，乌发浓眉，一双眼睛圆溜黑亮，不禁喜孜孜地对着躺在床上的老婆问道："老婆哇，谢谢你给我生了个乖儿子！"

向氏躺在床上没好气地说："我给你生儿子，叫你过来都不来！"

"我今晚打牌正好手气哩！你莫怪哟！"瞿代谊说罢，就把孩子放在妻子旁，自己又宽衣脱鞋，紧挨着老婆躺下，一面又哄老婆道："你生了儿子立了大功，明日我给你多弄好吃的，包你月子过得好！"

"你要给孩子取个名呀！"老婆又说。

"我不会取名，明日我找瞿赛仙去，要他给儿子取名，再算算命！"

"找他去算个命取个名也好！"老婆也很赞成。

两口子商议一会，瞿代谊便呼呼打着满足的鼾声入睡了，唯有他老婆因刚生产，不时要照料孩子，却一夜没有睡着。

2. 瞿赛仙的预言

"勾勾儿……"

第二天凌晨，随着山寨里一声鸡叫，家家户户的公鸡都跟着叫了。鸡叫头遍，天色还是一片漆黑；鸡叫两遍，天色朦胧有了点亮光；鸡叫三遍，东方渐渐泛出了鱼肚白，天即大亮起来。寨里的各处人家，很快冒出缕缕炊烟。这是冬日的又一个好晴天。

因为打了大半夜纸牌，瞿代谊直睡到日头出来，才慢慢起了床。出恭洗脸，吃过饭后，他掂起给孩子算命之事，便直朝半里路外的瞿家寨中寨走去。

来到寨前两棵大柳树边，见一群孩子正对着瞿寨仙的木屋门边淘气地叫嚷着："瞎子瞎，摸枇杷，枇杷树上吊坨岩，砸死瞎子无人埋！"

"嘿，谁叫你们小狗狗乱叫的？"那紧闭的木屋突然开了门，里面走出一个五六十岁的老头儿来，这老头原来并不是全盲，他只有一只眼睛瞎，有一只还看得见。老头的名字叫瞿赛先，因平日给人看相算命观风水地理有些灵验，所以寨里人都叫他瞿赛仙。这会儿，瞿赛仙听到孩子们的叫嚷，他倒也不气不恼，只是对着孩儿们做了个要抓人的鬼脸样子，众孩儿便一哄而散了。

瞿代谊此时便上前热情叫道："瞿伯，你好哇！"

"啊，'夜猫子'，你来干啥？"

"我是专来找你的！"

"找我？有什么事？"

"找你算个命哩！"

"算命？好，请进吧！"

瞿赛仙遂让瞿代谊进了屋。两人在挂着不少腊肉的火塘边坐下。瞿赛仙便问："你要给谁算命？"

"给我的儿子。昨晚我老婆生了个儿子。"瞿代谊回道："我想请你算算，看这孩子命好不好！"

"啊，你得了儿子，这是大喜事嘛！"瞿赛仙点了点头。他拿起长烟杆，装了一袋草烟，对着火塘中的火苗点了点，然后吸了一口，再慢慢吐出一缕烟来又问："你这儿是何时生的？"

"正好夜半，我还在打纸牌哩！"

"那么是子时啰。"瞿赛仙扳着手指排算了一阵，一时脸色严峻，竟未出声。

"怎么样？这命好不好？"

"昨日是乙卯日，这个月是丁亥月，今年又是庚子年，生时又正逢子时……唔，这个命非同一般啊！"

"怎么？是啥命？"

"这叫'六乙鼠贵'之命哩！"

"什么叫六乙鼠贵？"

"就是六乙之日生的人逢上子时，比如昨日是乙卯日，你儿子又生在子时，这个命可不简单呀！诗曰：'乙日生人得子时，名为鼠贵最为奇。切嫌午字来冲破，辛酉庚申总不宜。你儿命上没有午字来犯，这命可真就奇贵哩！"

"这么说，我儿子命好得很罗？"

"是不错，你儿这命可能应了这地理风水的龙脉哩！"

瞿赛仙说毕，即起身走出门外，只望着远近整个贾田溪的山寨山势出神。原来，这贾田溪是湘西一个鲜为人知的神秘小溪，其地座落在龙山县二所乡境内。此溪两岸有数万亩坪坝，坝边一侧有座大山，因状似飞马腾空，故被人称为天马山。小溪的另一侧，则绵延着五座薄刀似的山脉，当地人称这几座山为五把刀山。在五把刀山之下，则座落着上、中、下三个瞿家寨子。而瞿代谊所在的下寨，叫瞿家大屋，此处院子正对着天马山，背后又紧傍着五把刀山脉。从风水上来看，地势最奇特险峻，按相书上说会出大人物。然而，瞿家祖辈从辰州迁来落居此地已两百余年了，至今尚未出过有影响的大人物，现在，瞿代谊家生下一个"六乙鼠贵"之儿，莫非这风水会应在此儿头上？

瞿赛仙默不出声地看了一番地理，忽然一拍脑门断然地说："你这儿是鼠王出世，他将来长大必处乱世。弄得好会成为一个英雄豪杰；时运不济，也会成为一方绿林枭雄。总之这孩子是鼠王之命，必会做出一番惊天动地的事来。"

"唉呀，真有这样的命吗？"瞿代谊听罢此言，顿时激动异常："有这样大的命，你可得帮我儿取个好名字呀！"

"好，我就给你儿取个名！"瞿赛仙满口应允道："按你家班辈，就给他取兴琛，琛乃珍宝之意。给他取个字号，就叫伯阶吧！将来能步入当官的台阶，公侯伯子爵嘛，是做大官的名字哩，怎么样？"

"好！好！我儿有名了！多谢大伯赐名！"瞿代谊赶紧掏出一两纹银，算作致谢之礼。

告辞瞿赛仙回来，瞿代谊把给儿子算命的经过与名字一说，老婆也非常高兴，两口子自此对这儿子格外宠爱，开始细心抚养起来。

3. 内溪棚密谋

时光如白驹过隙。晃眼 20 余年过去，贾田溪的山还是那些山，水还是那条溪水。一切似乎都照样如旧，但这里的人与事却已悄然发生了大变化。这大变化主要是由辛亥革命带来的。其时，清朝的帝王统治已被彻底推翻，代之而起的中华民国却被袁世凯篡夺了大权。袁世凯倒行逆施上演复辟帝制丑剧，却不料招致国人一致愤怒声讨，万般无奈的袁世凯到头来只过了 83 天的皇帝瘾便一命呜呼了。袁世凯死后，中国随之出现了相当混乱的军阀割据局面。而这时在湘西，因为山高皇帝远，各路草莽豪杰乘机揭竿而起，拖枪为王或为匪，拥兵自重的武装首领比比皆是。民国以后首任湘西镇守使的田应诏，在勉强维持了几年统治之后，最终因支撑不住局面而不得不将统领大权交给陈渠珍。有着"湘西王"之称的陈渠珍，虽然精明能干，他上任后也曾将二十余县的多数武装都收编掌握到了自己手中，但仍有一些地方武装他管不着，或者名义上属他管辖，但实际上却控制不住。比如龙山县的武装局面，其时就显得十分复杂。该县各乡的有名人物，此时都在极力抓团防武装。

却说 1921 年深秋一个大雾弥漫的上午，二所乡瞿家寨瞿列成的门前忽然来了一个穿土布便衣，头戴瓜皮帽的年轻男子。这男子叩着瞿列成的房门叫道："瞿大爷，瞿大爷在家吗？"

"在，在！"长得一身肥肉的瞿列成的老婆张氏忙开了门问道："你是谁？找俺列成干啥？"

"我是师兴周，小名师老七，就是师兴吾的兄弟，今日专来找瞿大爷！"

"哟，你是师营长的老弟，我们见过面！快请进屋坐吧！"瞿列成在房内站身迎道。师兴周随即进门在木椅上坐了。

"快倒茶来！"瞿列成又吆喝道。

张氏妇人赶忙将一杯热茶送到了师兴周手中。

"师老七，以你这样的贵人，今日怎么会委屈到我这寒舍来呀？"瞿列成问。

"你是袍哥龙头大爷！怎能不来！"师兴周恭维地说。

原来，瞿列成这 20 多年来做盐生意，早已发了财，修了一栋大院房子，又跑江湖结识了许多朋友，并且在袍哥中做起了龙头大爷，地方上三教九流的人差不多都与他有交往，官府上有势力的人也常请他去。

"无事不登三宝殿，你今日亲自来，想必有什么大事吧？"瞿列成再问。

"是有大事相商啊！到底什么事，我大哥也没告诉我，他只让我来接你去他家里面谈，你看如何？"

"既是你大哥相请，恭敬不如从命。"瞿列成又道："你还没吃早饭吧？咱们一起吃饭了就走！"

"好，那我就不客气了。"

两人说毕，即有佣人端来了饭菜。瞿列成招呼师兴周一道吃了，然后便一块出门，直往内溪棚方向走去。

从贾田溪到内溪棚约有三四十里路，沿途要翻越 10 多处山岭。瞿列成一面走，一面在心里不断想着心思。对这师家兄弟，他很清楚底细。在内溪棚，师家祖辈算得上是一个书香之家，其祖父中过举人，还弄了个候补知县的虚衔。其父师德煊得过"从九品"的官职，师兴吾也考中过清末的秀才。约在民国初年，内溪棚的另一名门望族凌青山家，与师兴吾家为赌博之事发生械斗，师家打死了一个凌家人，凌家勾结酉阳土匪张绍卿进行报复，打死打伤了师家几个族人。师兴吾一气之下，开始弃文从武。他跑到酉阳亲戚周燮卿处，借来几十条人枪，对凌家人施行报复，凌家人在内溪棚立不住脚，只好逃往了川东另去谋生。凌家被赶走后，师兴吾又变卖家产大量贩运鸦片，靠做生意赚了钱，然后从长沙等地分数次购得上百支枪，从而办起了一支实力雄厚的团防武装。不久，师兴吾又经人引荐，与湘西统领陈渠珍拉上了关系，陈渠珍给他封了个巡防军营长之职。有了"营长"这个头衔，师兴吾不断招兵买马，扩展实力，很快拉起了一支300多人枪的队伍，从此成了雄踞内溪棚的一方霸主。瞿列成就是在做盐贩子生意时与做鸦片生意的师兴吾相识的。两人那时还一同在江湖上入了清帮，成了袍哥。瞿列成年纪大点，故当了龙头大哥。这位龙头大哥毕竟无权无势，又无文化，所以，在后来的交往中，瞿列成处处反要仰仗师兴吾。二人的关系历来还算不错，师兴吾有什么想法，也常找过他商议。只是这一次是为何事，他一时还猜不透。

瞿列成揣摸不着师兴吾的意图，也就不去多想了。两人在山路上走了几个小时，到大雾消散殆尽之时，山脚下忽然现出了一条弯曲的溪沟，溪水清亮泛绿，溪宽约有丈余。两人走下溪边，再顺溪往前行约一二里路，迎面就现出一个小集镇来。镇上有一条泥巴街，街两旁有几十栋木屋、瓦房。此处便是内溪棚。师兴吾的家就在这街头一个转角处。其家前面有个八字槽门，里面是个四合井大院，院后修有一个碉堡。碉堡内和院子附近驻有不少兵丁。师兴吾一家则住在大院之内的正房之中。瞿列成对这地方很熟悉，每次到这里来一趟，他都很羡慕师家的那种威严气势。他觉得师兴吾弃文从武，肚子里有才，将来的前途不可限量，所以也想尽力与他结好。

"大哥，瞿大爷来啦！"

两人穿过门卫岗哨到了院中，师兴周扯着嗓子一声通报，穿着一身蓝布长衫显得有些瘦削的师兴吾立刻应出门道："瞿老兄，你来得好快呀！"

"我听说你要找我，哪敢耽搁！"瞿列成回道。

"好，你来了就好，请进屋坐。"师兴吾说罢，表示亲热地拍了拍瞿列成的肩，又对师兴周道："你去要伙房准备点好菜。"师兴周就通知伙房弄酒菜去了。接着瞿列成与师兴吾一同走进会客厅去。只见这房内布置得舒适豪华，四围墙壁挂着十余幅名人字画，中间两张虎皮沙发，显得格外引人注目。沙发前摆着茶几。两人在沙发上刚坐下，一位穿长袍的女佣就端了热茶来。瞿列成也不客气，接过一杯茶喝了就问："你找我有什么事呀！"

"不急，不急！"师兴吾沉稳地笑着道："你走累了，先休歇一下，等会吃过晚饭，我们再细谈。"

瞿列成便不再询问。两人寒暄了一阵客套话，等到晚餐弄好之后，师兴吾便要厨师把饭菜和酒送进内房，然后把门关了，两人就单独吃喝起来。几杯酒后，师兴吾即开言道："瞿兄，我找你来是想请你帮个忙哩！"

"你说罢，什么事！"

"我想请你去游说瞿代亮，让他归顺于我，如何？"

"啊，你想打哈二的主意。"瞿列成明白了，师兴吾想通过他去游说瞿代亮，因为瞿代亮手里有 10 多条枪，而瞿代亮几年前就投靠了龙山县最大的武装首领刘紫梁，并被刘紫梁任命为二所乡乡长兼团防队队长。虽然瞿列成和瞿代亮是同寨的族兄，两人的关系过去也还不错，但是能否说服瞿代亮归顺师兴吾，他感到还是没有把握。瞿列成只好实话说道："瞿代亮是刘紫梁任命的乡长，要说服他归顺你，恐怕不易。"

"你就试试嘛！"师兴吾眼珠一转道："你们是同族兄弟，他能不听你的话？"

"难说啊！"瞿列成道："恕我直言，现在你的实力还比不上刘紫梁，他手下有 800 余人枪，你只有 300 多人枪；龙山全县 16 个乡，他掌管了 14 个乡，你却只有 2 个乡。再说他是陈渠珍封的团长，你是陈渠珍封的独立营长，虽然你不归刘紫梁管辖，但你也不好挖他的墙角呀！"

"那怕什么！"师兴吾道："现在这个世道，有枪就是草头王。而谁的实力大还得看发展！眼下我的人枪虽还不多，但兵精粮足，来势很好。不是我吹，不出几年，我会收服所有对手，掌管一县兵权！"

"但愿你能得志！"瞿列成恭维道："你是秀才出身，又足智多谋，刘紫梁不过一樵户，他将来肯定搞不过你，这点我深信不疑。"

"既然如此，你老兄就该为我出把力！"

"这个自然！"瞿列成遂点头道："你要我游说瞿代亮，我可以试试。但若说不动，你看该怎么办？"

"若说不动，就设法将他除掉！"师兴吾阴险而又狡诈地附在他耳边悄声说："只要你除掉他，这二所乡的乡长就让你来当！"

瞿列成听了师兴吾的这一计策，不觉心头撼动了。他想，假如能当到乡长，这风险倒也值得去冒！于是，他点头答应道："好吧，就依你的话，我去一试！他若同意归顺，就还让他干下去；他若不同意，那我就另想办法了！"

"对，就这样说定了。"师兴吾端起酒杯道："你是龙头大爷。又是有名的'老油条'，还怕说不服哈二？来，我再敬你一杯，祝你把事办成！"

瞿列成遂也端起杯子，两人碰了杯，就各自一饮而尽。

4. 借刀杀人

当日晚上，瞿列成在师兴吾家住了一夜。第二天一早，他便直往二所乡乡公所走去。

二所乡乡公所在老兴，其地距内溪棚有三四十里，距贾田溪有二十余里。瞿列成疾步快行，未近中午就到了老兴街上。这条街很小，只有四五十米长，两旁居住着数十户人家。街道一侧有一条溪沟，弯弯曲曲地从老兴的盆地中间穿过，盆地面积不大，约有稻田百余亩，其余周边皆是崇山峻岭。

在老兴街旁，有一处石砌的围墙院子，里面设着乡公所。二所乡乡长瞿代亮及乡团防队的十余人就住在院内。瞿列成来到这院子的时候，瞿代亮正在房内吃早餐。

"哈二，我的乡长大人，你怎么才吃早饭！"

"昨晚打麻将，搞得迟了，早上要多睡会儿嘛！"瞿代亮道："油条老哥，你到老兴有何贵干？"

"来看看你呀！怎么样，有饭吃吗？"瞿列成道。

"怎么，你还没吃饭？那就一块吃点！"

瞿列成也不客气，就端了一碗饭一道吃起饭来。

饭毕，瞿列成就试探道："代亮，这乡长你当得还好吧？"

"当个乡长算什么！"瞿代亮道："比芝麻还小的官，还有什么稀罕，我现在考虑怎么才能把杆子拉大，光这十多条枪，实力是太弱了。"

"对，多搞点武装倒是个办法！"瞿列成眼珠一转又道："但拉队伍要找好靠山，我不知刘紫梁这靠山到底怎样？他这人对你如何？你跟他干有没有出息？"

"刘紫梁对我还可以，但我也不想久居人下，得自己充实起来，我想搞点积蓄，再去买点枪，把人马扩大，你觉得如何？"

"可以，可以，只要能弄到枪，扩大队伍就好办了。"老油条瞿列成又试探问道："目下龙山全县只有两股武装势力最大。一股是刘紫梁，一股是师兴吾。师兴吾虽只有三百多人枪，但此人是秀才出身，颇有谋略，将来前程不可限量。依兄之言，老弟不如投靠到他门下，以后出息或许更大。"

"不，师兴吾算什么！秀才弄枪，能成什么大事，我不信。"哈二头摇得像货郎鼓，"投靠他我不如就跟着刘紫梁干！"

"师兴吾对你很赏识，他要我转告你，只要你能投靠他，他以后会重用你哩！"

"算了吧，你怎么老听他的话？我对他可没兴趣。你可以告诉他，我哈二不想入他的笼子。再说，他师兴吾喝的墨水也不一定比我多。"

原来，瞿代亮也读过几年私塾，有点文化，故此很有些自负。

瞿列成见他果然无动于衷，随即不再相劝，嘴里只道："那就算了，此事算我没说，你照自己的想法走自己的路吧！"

"对，我就是要自己干出个样子，靠枪杆子打出个世界来！"瞿代亮雄心勃勃地说。

"听说近来乡里不大安定吧？"瞿列成忽又再闲聊道。

"有什么不安定，不就是出了王树清几个毛贼，我已围剿几次，把他打跑了。"

"啊，王树清一伙跑哪去了？"

"谁知道，可能窜到三省边界上去了吧，有几个月他没露面了。"

"看样子他是不敢在家乡立足了。"瞿列成摸了摸眉头似乎若有所思地朝窗外望了望。

在二所乡公所与瞿代亮谈过一阵，瞿列成遂告辞出来，接着回了贾田溪老家。过了几天，师兴吾再派师兴周来打探消息，瞿列成把瞿代亮的这情况作了报告。师兴吾拉拢不了瞿代亮，便让瞿列成尽快想法将瞿代亮除掉。瞿列成思谋数日，反复权衡，最后想到兵法《三十六计》中有"引友杀敌，不自出力，以《损》推演。"的计策，遂定了一条借刀杀人的妙计。

一日中午，瞿列成忽从贾田溪走二十多里的山路，来到了明溪乡街上。在一家挂有"安泰客栈"的酒家前，瞿列成站住问道："喂，你们店老板在吗？"

"在，他在楼上。"一个伙计回道。

"麻烦你去叫一下他怎样！"

"好，我去叫！"那位伙计飞快上了楼。

瞿列成就在一张饭桌前坐了下来。

一会儿，一位戴着眼镜，穿着青布长衫的老板便从楼上走了下来。

"是你要找我吗?"这老板用滑溜的眼睛扫了一下来客。

"对，老板你贵姓?"瞿列成问。

"姓王，这客栈的招牌就是我的名字。你呢?"

"我姓瞿，二所乡贾田人。"

"你莫非是贾田的瞿列成、瞿大哥?"王老板忽然问道。

"正是，你怎么知道我名字的?"瞿列成感到有些惊奇。

"你是龙头大哥，我早听人说过。"王老板道。

"你听谁说过?"

"听王树清讲过，他说与你是袍哥兄弟。"

"这么说你和王树清很熟啰，他现在哪里? 我正想找他!"

"他入了绿林，你难道不知?"

"我知道他拖了队，但不知去了哪里，已好久没联系了。你能不能把他找来，就说我有事要见他!"

"他现在活动在边界上，具体地方我也不知。不过，你要会见他，我可以帮你想法联系。"

"那就拜托你了!"瞿列成恳切地说: "请你尽快帮我找一下，就说我有急事。"

"这样吧，你就在这店里等，到晚上我会把他请来!"

"那就太好了! 我就在你店子里等他。"

两人如此说定，瞿列成就在这酒家休息了半日。到傍晚时分，王老板果然派人将王树清请上了门来。

在酒店楼上的一间客房里，瞿列成与王树清相互会面了。

"大哥找我来有何吩咐?"王树清见面寒暄几句后即问。

"我是想告诉你一下，二所乡长瞿代亮扬言要剿灭你，你可要多加小心啊!"

"嘿，瞿代亮这家伙好张狂，当了个鸡巴乡长就自以为了不起，他已多次追剿过我，我迟早要杀了他，叫他知道我王树清不是个好欺负的角色!"

"你怎么搞得过他? 他有十多条枪哩!"瞿列成故意激将他道。

"十多条枪算什么!"王树清敞开胸脯，拍了拍怀里插的两支短枪，"我的家伙比他硬得多，人马也比他多!"

"哟，你的队伍真的拖大了?"瞿列成现出惊羡样子，"你有了人枪，可以和他匹敌，但不可对他轻视，我听说他最近收购了一些鸦片，准备去酉阳再购买枪弹。要把队伍拉大。"

"好，他要去酉阳，到时就有好戏看了！"王树清又对瞿列成道，"大哥，你这消息靠得住吗？"

"消息不会错，不过，你可别说我讲的！"瞿列成狡黠地说，"要出了什么麻烦，我可不负责。"

"这你放心，我当然不会连累你，好汉做事好汉当嘛！"王树清接着道，"你是不愿落草的人。我本想劝你一块入绿林，你不肯答应，现在你要来的话，我还可以把位子让给你，你是大哥嘛！怎么样？"

"谢谢你的好意！"瞿列成道，"我暂时不想入你的伙，但也不会坏你的事。有什么情况，我还会告诉你！"

"好！有大哥这句话，我也满意了。咱们以后再多联系。"

两人说毕，各自就分手走了。王树清接着找酒店王老板谈了几句，让他立刻派人打探瞿代亮去酉阳购枪的详细行程。

过了数日，瞿代亮果然将烟土备好，准备启程去酉阳购枪了。临行前的晚上，他要团防队副队长带10多个枪兵一同随行。这副队长就是瞿代谊的宝贝儿子瞿伯阶，经过20余年的光阴轮转，此时的瞿伯阶已长成了一个个头高大的男子汉，且生得鹰鼻鹞眼，脸和关公一般赤红。瞿伯阶小时曾读过几年书，有点文化，后又跟四川一个拳师学了些拳术，会了点武功。8岁时由父母做主娶了天马山下的向氏女儿为妻。二十多岁时，为了一家人的生计，投奔到团总瞿代亮的手下当了兵。瞿代亮见他脑瓜聪明，又有些舞枪弄棍的本事，不久就提拔他当了副队长，有什么事都要和他商量。这日晚饭后，瞿代亮将瞿伯阶叫到内房吩咐说："明天我要到酉阳去，请你安排一下，可带十多个弟兄随行！"

"带这么多弟兄干嘛？"瞿伯阶问。

"我们要带几担烟土去，换点大洋好买武器。这年头只有多买点枪才能守护家园啊！"

"朝酉阳去的路上听说有抢犯哩！"

"怕什么！"瞿代亮很自信地说，"我们多去几个人押运，就是有抢犯土匪，也正好去捉拿！"

"那好吧！既然你老总下了决心，我就跟你当好保镖！"瞿伯阶应允了。

第二天清晨，瞿代亮亲率10多人早早出发了。走在最前面的是瞿伯阶和六个全副武装的团防兵，接着是三个挑夫，各挑着一担鸦片。中间是瞿代亮，他腰插一把盒子枪，骑在一匹黑骡子上，后面跟着六个护卫。

走了几个小时，一行人到了明溪乡。众人都有些饿了。瞿代亮传令大家到安泰客栈休息吃饭。客栈王老板异常热情地吩咐人端茶倒水，一面吩咐厨子赶紧弄饭菜。

一桌饭菜做好后，王老板便端来一壶酒，然后倒了一碗给瞿代亮道："老总，我这是正宗的苞谷烧，味道醇正，你们喝得试试吧！"

"酒就不喝了吧，今天我们还要赶路哩！"瞿伯阶说。

"你们要去哪里？"店老板问。

"要去酉阳！"

"到酉阳去，这没关系，喝点酒走路更有劲嘛！"店老板又劝道。

"喝就喝，怕什么！"瞿代亮说，"武松喝了十八碗，还敢过景阳岗打老虎哩！我今日准许你们各三碗，怎么样？"

"好！有酒不喝是傻蛋！"

众士兵纷纷响应着，随即各自敞开怀喝起来。瞿伯阶见团总让喝酒，也就不再相阻，自己也忍不住喝了两碗。

就在众人喝酒之际，店老板来到房后，在一个穿马褂的后生耳前低声吩咐了几句，那后生迅即拉开后门，直往远处走了去。

过一会，众人酒醉饭饱，又开始上路了。一行人走了两个小时，迎面来到了一山垭边。此山垭地名唤做"卡门"，其地立有一界碑，在界碑边一脚可踏川、湘、鄂三省。"卡门"所处地势很险要，四周全是高山峻岭，从明溪来的那条通道又很狭窄，青石板路的一旁又临万丈悬崖。瞿代亮喝多了酒，骑在骡子背上有些晃悠悠。一伙人前呼后拥到了卡门之下。快要走近界碑边时，旁边山崖上忽然有个蒙面汉子大声喝道："喂！团防士兵们，你们被包围了，快放下武器，缴枪不杀！"这一声喝叫，顿时吓得众士兵魂飞天外，一个个酒都醒了。瞿代亮一怔，口里即大声骂道："你们是哪路毛贼？胆敢摸到我的老虎头上！"

"哈哈！我们是黑风洞王大爷的人马，哈二团总，今日叫你死个明白！"说罢，只听一声枪响，瞿代亮"啊"的一声惨叫，旋即一个倒栽葱跌下骡子，接着滚下了数百丈深的悬崖。

"不好，碰到土匪了！"众团防顿时不知所措。瞿伯阶也惊吓不已，他拿着枪欲作抵抗，这时又见二十多个蒙面汉子持着枪冲下路旁，口里叫着："别动，快把枪放下，保证不杀！"俗话说，好汉不吃眼前亏。眼看对方占着绝对优势只有吃亏，瞿伯阶只得与众士兵一起乖乖缴了械。

接着，那为首的蒙面汉子又喝道："请你们走一趟，跟我到洞里去。"说罢，即命人将众团防兵的手捆住，然后一长串连在一起，直押着向黑风洞走去。

5. 卡门被俘

半小时后，众团防兵被押到了距卡门不远的一处天然岩洞内。那洞口显得很宽敞，里面又黑又深。在洞口一侧石壁边，只见一位黑衣大汉端坐在一把太师椅上，旁边站着几位凶神恶煞的护卫。原来，这位黑大汉就是黑风洞主王树清。他在接到安泰客栈王老板的密报后，就布置手下一个名叫王麻狗的小头目，带着二十余人埋伏在卡门，进行了这次袭击。

"喂，王麻狗，你们怎么没抓到瞿代亮？"这会儿，王树清瞪着眼忽然问。

"报告大爷，瞿代亮已被我们打死了，他手下的兵全抓来了！"那被称为王麻狗的蒙面汉子这时扯了蒙巾，急忙向洞主作着报告。

"好！打死了这家伙，算便宜了他！"

"这些人你看怎么发落？"

"我自有处置办法！"王树清说罢，眼珠对俘虏一扫，忽然叫道，"那高个儿不是瞿伯阶吗？你还记得我不？"

"怎么不记得，你就是王树清？咱们还是朋友嘛！"瞿伯阶沉着地说。

原来，那王树清和瞿伯阶的老婆向氏原是一个寨里的邻居。瞿伯阶在几年前就认识了他。有年正月，瞿伯阶在丈母娘家拜年，瞿伯阶和王树清一起还打过半天纸牌。那次瞿伯阶输了钱，王树清曾慷慨送了他几块钱，帮他付了赌债。自那后，瞿伯阶觉得王树清是个讲义气的人，于是存心想和他交朋友。不久，王树清拖队上山，当了绿林好汉，瞿伯阶却在瞿代亮的团防队里当了兵。瞿代亮为了抓捕王树清一伙毛贼，曾派过几个探子四下寻找王树清的行踪。有一天下午，密探瞿德和跑回来告密道："瞿队长，那王树清近日躲在天马山的庙里，他们在那里正赌纸牌哩！"

"这情报准确吗？"

"绝对准确！我是在山顶侦探亲眼看见的。"

"他们有多少人？"

"人不多，就五六个。"

"好！今晚我们就去偷袭，打他个措手不及。"瞿代亮随即对瞿伯阶道，"传我的命令，让全体士兵都作准备，晚上袭击天马山！"

"是"瞿伯阶应允着，很快走出门去，并逐个作了通知。然后回到家里，对弟弟瞿兴锦道，"老弟，烦你跑一趟天马山庙里，告诉那王树清，就说今夜瞿代亮要带人来偷袭他，让他快走！"

"你为何要救他?"瞿兴锦不解地问。

"那王树清是我新交的朋友，我看他这人比较讲义气，还是救他一命为好！日后也留个情给他嘛！"

"那好！我这就去！"瞿兴锦应允了。

当日傍晚时分，瞿代亮的队伍还未集合出发，瞿兴锦已气喘吁吁爬上了八百多米高的天马山顶。此时王树清等人果然还在庙里打牌。

瞿兴锦大叫道："谁是王大哥，我找他有事。"

"我就是，找我有何事?"王树清站身应道。

"我大哥派我来给你送信，让你赶快离开这里！"

"你大哥是谁?"

"瞿伯阶！"

"啊，他说有什么事？为什么要我离开?"

瞿兴锦即附耳小声告诉他道："今晚瞿代亮要带人上天马山来，是专来袭击抓你的，我大哥在他手下当兵，他听到了消息，但走不脱，特派我来通知你。"

"好！你大哥不愧为我的好朋友！"王树清表示感谢道;"你回去吧！对你大哥说，我领了他的情，以后他若有难，只管找我。"

王树清当晚便率几个手下作了转移。瞿兴锦也在报信后抄小路返回了家。

是夜，月光高照，山林静寂。一支荷枪实弹的团防队伍，在三更后悄悄向天马山上进发了。爬上山顶，已近凌晨时分。此时天马山庙大门紧闭。瞿代亮指挥团防把庙门四周围作了包围，一面从正门敲门高叫："开门！里面有人吗？快开门！"

一位和尚闻声而起，将门打开道："阿弥陀佛，施主这么早敲门，不知有何事?"

"我们奉命捉拿土匪！请问你这庙里有外人住吗?"

"没有哇，有几个人昨晚已走了！"

"走了？你不会撒谎吧?"瞿代亮盯着和尚，手一挥又命令道："给我搜!"

众士兵随即冲向庙内,在各处住房搜寻了一遍,却不见王树清等人的踪迹。

"他妈的,准是谁走漏了风声,让他跑了!"团防兵瞿德林没好气地对瞿代亮分析说。

哈二见搜人不着,也只好垂头丧气地下令回了头。

自那以后,王树清就把队伍拖到湘川边界上活动去了,瞿伯阶与他的联系也就中断了。现在,想不到在这黑风洞两人竟然会了面。此时此刻,王树清也感到很意外。他随即又道:"伯阶,我们之间确是朋友。今日不曾想连你也冒犯了,真对不起!"说罢,又吩咐手下人道:"快给他松绑吧!"

两个护卫随即解开了绑在瞿伯阶身上的绳子。

瞿伯阶当即表示感激地又道:"王大哥到底是个豪爽侠义好汉,只是我不明白,你为何要杀瞿团总呢?"

"瞿代亮老和我过不去,他多次追剿我,想要我的脑袋,难道你不明白?我和他誓不两立,所以要杀掉他,除了他,你和大家与我都无冤无仇。"

"你准备怎么处置我们!"

"这就看你们的态度了!如果你们愿意留下入伙一起干,我王某非常欢迎你们;如果你们不愿意,我也可以放你们回去!"

"那我实说,我想回去。"瞿伯阶道:"我家中老母已逝,有个老父还要抚养,下面还有弟妹,又还有妻儿,他们都盼着我归去!"

"一个男子汉,怎能这么儿女情长!"王树清道:"你硬要回去,我也不拦你!只是你弄枪杆子的,没有枪,你回去怎么交待?"

"是啊,我也怕不好交差。"

"你告诉我,还喜欢玩枪吗?"

"喜欢又怎样?"

"喜欢,我就让你把你的人枪带走!算我送你一份人情!你有这些人枪作本钱,也可以拖队起家了!现在,这个乱世年代,你有这些枪就能称王称霸,回到乡里,谁还敢得罪你?你说,你愿意接受这些人枪吗?"

瞿伯阶没想到王树清会如此慷慨把这些人枪送给他,他正迟疑该不该接受时,一个团防已迫不及待地对他说:"伯阶,他一番好意,你就收下吧!"

瞿伯阶便道:"承蒙王大哥厚爱,我就接受了,今后咱们就是绿林好友!都要去吃劫富济贫这碗饭了!"

"对，靠这些人枪你可去独立门户、自树旗帜，但必要时，我们可联合起来对抗官府围剿！"

"好，就这么办，一言为定！"

王树清说毕，随即吩咐把十多个团防俘虏都解了绳索，并将手下缴获的枪又全部退还给了团防士兵。瞿伯阶得到枪感到欣喜不已。他把长枪往身上一背，双手抱拳作揖道："多谢大爷相赠，兄弟就告辞了！"

"好，你走吧！但愿咱们后会有期！"王树清说。

瞿伯阶遂率团防队走出洞口，然后经过卡门连夜赶回了瞿家寨。

第三章　郎舅反目

1. 攻打大洞坎

第二天，瞿代亮被打死的消息在寨子里很快就被传开了。瞿伯阶早上一起来，瞿列成就跑来问道："伯阶，你不是跟代亮去酉阳了吗？怎么就回来了？"

"代亮叔被打死了！"瞿伯阶如实相告。

"是被谁打死的？"瞿列成假惺惺地问。

"是王树清手下人干的！他们在卡门边界设伏，把我们都捉了俘虏。"

"那你们怎么跑回来了？"瞿列成又问。

"王树清是我老婆娘家人，过去与我有过一面之交。他说只与瞿代亮有冤仇，与我们团防兵无干，故而放了我们，连枪也没要我们的。"

瞿列成听罢此言，不禁大觉惊奇，想不到王树清竟会连枪都不要，他与瞿伯阶的关系看来还不一般，这又是出乎意料之外的怪事哩！

"你现在打算怎么办？"瞿列成又问。

"现在我还没多考虑。"瞿伯阶道，"有这十多杆枪，我想也可以拉杆子了。"

"怎么样拉法？"

"自己干呗！"

"自己干可得有靠山！你准备投刘紫梁还是投师兴吾？"

"我谁也不投靠，就是想自己拖队干！"

"靠山还是要的！"瞿列成又道，"我劝你投靠师兴吾，他比刘紫梁要靠得住。刘紫梁对你只怕也不会放心。"

"这世道，谁都难靠住哩！"瞿伯阶回道，"师兴吾那里我也没有交情。"

　　"师兴吾我很熟。他那里我可以帮你活动。"瞿列成道，"你只要应允打他的旗号，将来就好扩展嘛！"

　　"好吧，那你就帮我联系讲讲！"瞿伯阶终于被说动心了。

　　当日下午，瞿列成又风风火火来到了内溪棚师兴吾家里。

　　"师营长，报告你好消息，瞿代亮已被王树清的人杀死了！"

　　"啊，这事真办成了吗？"师兴吾急忙问，"他是怎么被杀死的？"

　　"是在卡门边界处被伏击干掉的！"瞿列成遂将听说的经过细述了一遍。

　　"好，这家伙死了就好办了！"师兴吾兴奋地点头道，"以后，二所乡长就会让你当了。我会尽快向县府去推荐，给你正式任命。现在，你要尽快去把那乡里的团防队掌握住。"

　　"团防队的事可不好办了！"

　　"怎么不好办？"

　　"团防队现在被瞿伯阶掌握着，他是个野心不小的人，我怕掌不了他。"

　　"怎么，你们不是族侄关系吗？他能不听你的？"

　　"你不知道！"瞿列成道，"这瞿伯阶有点文化，平时就爱摆古，喜欢讲那三国、水浒里的故事。为人爱打抱不平，又学了一身好武艺，力气大得很。比如，他十六岁时，有一次挎着个包袱在街上游荡，忽然，一头大黄牯挣脱了鼻绳，直朝街上跑来，后面一个汉子追赶着大叫'快闪开，黄牯发疯啦！'街上的行人见状都吓得赶紧避让，瞿伯阶却一个箭步冲上去，把大黄牯的牛鼻子一下就捉住了。还有一次，他给一户人家守苞谷，几个泼皮算计他，到地里把包谷捧子摘了，瞿伯阶去阻止，几个泼皮围上去想把瞿伯阶抬起打秋千，谁知瞿伯阶一顿拳脚，把几个泼皮打得动弹不得，跪在地上乖乖求饶。从此，瞿伯阶名声大振。"

　　"如此说来，这瞿伯阶还是条汉子！"师兴吾又道，"这样的人要能为我所用就好了。"

　　"恐怕他不会轻易投靠别人。"瞿列成又道，"他当了兵后，和团防兵的关系也很好，团防兵们都爱听他的。瞿伯阶还对我说了，他现在想自己拖杆子，不愿服人管哩！是我反劝他要找个靠山，他才勉强应允让我来找你联系，你要给他个官儿封着，他才靠向你哩！"

　　"给个官儿封着也好办！"师兴吾说，"只要他归顺我，我可以给他委一个衔头。你回去再和他谈谈，把他一定要稳住，怎么样？"

　　"好吧！我会尽力去说服他，有什么情况，到时再给你报告。"

　　两人密谈至此，师兴吾即邀瞿列成共赴晚宴。当晚，两人兴奋异常，都忍不住喝了个一醉方休。

　　同日夜里，瞿伯阶的房内亦酒香四溢。这一家人坐在饭桌边，一面喝酒吃菜，一面也在商议着大计。其父瞿代谊说，"伯阶，现在群龙无首，你就是团防头儿了，不知你今后打算怎么干？"

　　"骑驴看唱本儿，走着瞧罢！"瞿伯阶道，"我这次捡了个便宜，大伙儿都拥护我干，我才干的，但这队伍名义上还属刘紫梁管辖，不知他会不会让我当团防头。"

　　"现在枪杆子由你掌握着，他能不同意？"

　　"他的势力很大呀，人家是团长！不过，我也可以把队伍拖大，以后他也管不了咱！"

　　"对嘛，你要干就好好干，把队伍拖大了，任他谁也管不着。你出生时，我就请瞿赛仙给你算过八字，他说你是鼠王之命，将来出息大得很！这瞿家寨要出狠人，只怕就应在你身上了，你可不要辜负族人对你的期望！"

　　"爹，你就放心！我会干出名堂的！"

　　"好！能干出名堂就好！"瞿代谊高兴地说。

　　父子俩谈到这里，媳妇向氏道："伯阶，我弟弟张明富回来了，他想找你聊一聊！"

　　"你叫他来吧，叫他也来喝杯酒！"

　　向氏于是出了门去。不一会，一个穿着蓝布衣裤，肩上挎着一支汉阳造，腰里别一支短把子枪，绑腿上插一把匕首的汉子，一阵风似的走了进来。这汉子个头矮小敦实，脸上眉毛粗短，一双眼睛鼓凸突起。他便是向氏的亲兄弟，因其早年过继给了一户姓张的人家，故此取名为张明富。

　　"看你这身披褂，像要随时和人拼命的样子呀！"瞿伯阶瞟了他一眼，不禁取笑道。

　　"我就是这习惯，哪里去都是三大件宝贝：盒子枪、短刀、汉阳造。"张明富回道，"你莫介意，我不是来找你拼命的，我是有事才来找你商议的。"

　　"你有什么事？先喝杯酒再讲吧！"瞿伯阶说。

　　张明富也就不客气，在桌前坐下，端起一杯酒，喝了就道："伯阶哥，我刚刚听说你当了团防头。你掌握了十多条枪。而我也造了反，拖了队，手下有二十多个兄弟。我们又是亲戚，我想我们可以合作一起干，把声势力量搞得更大一些，你看如何？"

瞿伯阶道："一起干当然很好，但我俩谁当头呢?"

"这好说，你我各有一支队伍，可以自我掌握!"张明富又道，"总的行动嘛，你是大哥，可以听你的!"

"那好! 这样我们可以很好合作!"瞿伯阶爽快地应允了。接着，他又斟满两碗酒，对张明富道："来，咱们把这一碗干了，以后好好合作!"

张明富端起碗说："好，就这样说定了"!

两人把碗一碰，各自一饮而尽。

从第二天起，两人于是将队伍合到一起。声势果又大了许多。

合股之后，有天上午，瞿伯阶和张明富一起研究队伍行动方案，张明富建议说："大洞坎驻扎有师兴吾的一小支团防队，我们去将他吃掉，怎么样?"

瞿伯阶道："我们和师兴吾现在还没有矛盾，若去打了他的队伍，岂不会得罪他?"

"那怕什么!"张明富分析道，"现在大洞坎的团防队名义上虽属师兴吾管，实际上他除了自己的直属队，那支团防队他根本管不着。我们吃掉大洞坎的团防后，师兴吾决不会把我们怎样，说不定他还会想法要安抚我们!"

"这分析有道理!"瞿伯阶立刻点头道，"把这股团防队吃掉，让师兴吾不敢小觑我们，这很重要! 我们就准备打吧，不过要把情况先摸清。"

"我摸清了，大洞坎有 18 个人，团防队长是赵明山。他还有挺机枪，我们要能夺取，那就火力强了。"

"听说大洞坎寨子的工事很坚固，强攻只怕不容易，我们最好要智取。"

"没问题!"张明富又道，"我们可以来个突然袭击，清早摸上去，打其措手不及，我攻头阵，你打枪掩护，我保证要拿下这个寨子。"

"好，我们好好配合，要打就一定要打赢。"

两人商议妥当，当晚就作了部署。夜半时分，两人即率队向大洞坎摸去。天还未亮，这支队伍已将大洞坎寨子作了扇形包围。

第二天清晨，张明富就带兵向寨门围墙边摸去，想翻墙进寨。其时寨内防守的团防兵一个个还在梦中未醒，只有寨内一高墙上的岗哨发觉情况有异，"啪"地放了一枪。枪声惊醒了守兵，双方顿时开始了火力交射。这时，架在寨堡内的机枪响了，冲在前面的张明富的士兵被打倒了好几个，张明富被困在寨墙下动弹不得。

瞿伯阶隐蔽在一块岩石后，将手中的汉阳造瞄准那寨堡中的机枪，一扣扳机，那机枪手应声倒了地，机枪顿时变成了哑巴。

"冲啊！缴枪不杀！"

张明富突然跃起，乘机爬墙翻进了院中。接着，寨墙门被打开了。随着一个个手榴弹的爆炸，团防队守兵抵不住进攻，最后不得不放弃抵抗，纷纷缴械投降了。

瞿伯阶和张明富接着指挥士兵进行清查搜索，发觉团防队长赵明山没有抓到。

"你们的赵队长呢？"张明富用枪指着一个团防兵喝问道。

"赵队长跑了！他奔后山去了！"

"他妈的，这家伙比兔子还溜得快！"张明富骂道。

"让他去给师兴吾送个信也好嘛！"瞿伯阶笑道，"他去送信了还省得我们找师兴吾通报。"

"嗯，便宜他了！"张明富也会意地笑了。两人随即指挥士兵，带着俘获的十多个团防士兵、一杆机枪、十多支步枪和武器弹药，凯旋瞿家寨。

2. 一箭双雕

从大洞坎后山侥幸逃出的保安队长赵明山，中午时分狼狈不堪地跑到了内溪棚。其时师兴吾吃过午饭，正躺在太师椅上抽大烟。

"报告营长，大洞坎的赵队长来了！"一位护兵进门请示道。

"让他进来。"

"是！"

赵明山随即被护卫带了进来。

"你有什么事？怎么弄成这个样子？"师兴吾看着赵明山，只见他穿的一身黄军服又脏又黑。

"营……营长，大事不好了！"赵明山有些结巴地说。

"怎么大事不好？"

"卑……卑职我……我没有守住大洞坎！"

"怎么回事，你说明白点！"

"我……我今早还没起床，就……就听到枪声骤响，等我起来命令抵抗，寨墙门已被炸开，他们攻……攻了进来。"

"谁攻进来了？"

"是……是瞿伯阶的队伍。瞿伯阶反了，他……他和张明富合了伙来攻我，我……我部猝不及防，被他们攻占了寨子。"

"你怎么跑出来的?"师兴吾暗自吃惊地又问。

"我……我是从后山跑出来的!"

"真他妈无用!"师兴吾气急败坏地又问,"瞿伯阶有多少人?"

"起码有上百人,我是抵挡不住进攻,才从后山悄悄跑出来。"

"瞿伯阶怎么会有这么多人?你没搞错吧?"师兴吾有些怀疑。

"没错,他现在与张明富联合在了一起,两支队伍有几十根枪,最近又招了一些人马,所以势力拖大了。"

"真没想到,这小子会搞得这么快!"师兴吾皱起了眉头。他原想通过瞿列成当乡长去掌管团防队的,不料瞿列成根本管不了瞿伯阶。现在瞿代亮死了,二所乡的团防队枪支全掌在瞿伯阶手中,要对付这个新兴的对手,还真有点棘手。

"师营长,你下令进剿吧,我……我愿去作讨伐先锋!"赵明山鼓动道,"这……这家伙不消灭,是个很大威胁啊!"

"你现在被他打败了,搞成了光杆一个,哪里是他的对手?"师兴吾斥责道,"你不是带兵的料子,我看你还是死了心解甲归田,回你老家去做阳春,我这里也不需要你了!"

赵明山见师兴吾如此瞧他不起,只得唯唯告退,然后真的快快回了老家茨岩塘种田去了。

当日下午,师兴吾立刻派人将瞿列成叫了来。晚上,师兴吾与瞿列成、师兴周和警卫连长贾福吾等人一起紧急商议了一番对付瞿伯阶和张明富的策略。

师兴吾简要将大洞坎被攻占的情况作了介绍,然后说:"我们对瞿伯阶和张明富的估计不足,这两人搞在一起,声势不小哇!他们两人一合股就端掉了大洞坎保安队,真是不可小觑。现在我想听听你们的意见,该怎样对付这两个角色?"

师兴周年轻气盛,听了其兄的话,立刻搭话道:"这有什么不好商量的,依我之见,乘其羽毛未丰,我们立刻进兵清剿,将那二人抓获消灭,就可绝了此患,否则,只怕待其壮大,必会留下后患。"

"此事恐怕不那么简单!"瞿列成有些担忧地说,"瞿伯阶和张明富这么快就搞到了一起,我也没有料到。我本想等有空去说服瞿伯阶归顺师营长的,谁知瞿伯阶悄无声息就打了大洞坎。事到如今,该拿什么好办法去对付这两人,我也还未考虑成熟。不过,据我估计,张明富这人是个刚愎自用目空一切的角色，他的脾气火爆，头脑比较简单，比较好对付。瞿伯阶读了几年书，有点文化，武艺又比较高深，此人却不可小视。如果派兵去攻打，恐怕也不那么容易剿灭。"

"依你之见，到底该怎办为好？"师兴吾又问。

瞿列成想了想又道："我的看法是，这二人现在还可以去争取，可以考虑对他俩采用安抚策略，将其收编旗下，这样，既可以壮大实力，又可减少敌对压力。而贸然去出兵清剿，那会树一个强硬对手。所以，与其征剿，还不如干脆封他二人一个官职，让他们两人名正言顺当个保安正副连长，以后也可以加以利用！"

"好！这与我的想法倒比较相符。"师兴吾出人意外地忽然点了点头道，"眼下和瞿伯阶没有必要撕破脸。不过，我们既要利用这二人，又要对其多加防备，防止他们的野心扩张。给这二人封个正副连长，就让张明富当正连长，让瞿伯阶当副连长。"

"瞿伯阶能力要强，又有文化，你怎让他当副连长？"师兴周感到不解。

"你不懂，这叫一箭双雕！"师兴吾老谋深算地说，"我就是要让他们二人彼此互不信任，自去争斗。瞿伯阶如果不服气，张明富又不让正连长位子，那就有好戏看了。你等着瞧吧，到时他俩就会龙虎相争，搞个两败俱伤，我们也就能渔翁得利了！"

"高见！高见！""老油条"也不由得称赞说，"你比我们高明，到底是老秀才啊！"

师兴吾又对瞿列成道："那就这样定了。你回去带封信给瞿伯阶和张明富，就说我应允收编他二人，让他俩到我处来当面受封！"

"好！我一定转告。"瞿列成当即应允。

3. 分道扬镳

第二天一早，师兴吾果然写了一封信，交由瞿列成带了回去。

瞿列成回到贾田溪，拿着信先找到张明富说："师兴吾营长派我给你和瞿队长送信来了！"

张明富接信在手看了看，却连信的倒顺也拿反了，因他一字不识，口里却对瞿列成道："你等着吧，我和瞿队长研究一下信的内容，马上就给师营长回复。"说罢，就来到瞿伯阶的住屋，把信递给瞿伯阶道："师兴吾派瞿列成带来了这信，老子不识字，你看写的啥意思？"

瞿伯阶遂将信拆开，只见其信内容略云：

近来县域各地土匪蜂起，治安堪忧。为止干戈纷争，本营长奉湘西巡防军统领陈渠珍特别指令，拟将二人所统队伍编为一个独立连，连长副连长之职仍由你二人担任。如无异议，即请二人接信后来我处商议委编事宜。

瞿伯阶看完信，对张明富说道："师兴吾这信的意思是想收编我们，给我俩分封连长副连长，你觉如何？"

张明富道："起家当个连长倒不错，我看可以应允他！"

"应允他可以，但我们一定要坚持保持独立性，这样才不会被他吞并！"瞿伯阶又说。

"当然！我们只能听编，不能听调嘛！"

两人商议完毕，瞿伯阶就出门对瞿列成道："列成叔，你回去告诉师营长，就说我们同意了，明日就去拜见他。"瞿列成随即派人把信送了去。

第二天，瞿伯阶和张明富真带着几个随从到了内溪棚。师兴吾得知二人到来，便吩咐两人在客厅就座，然后一个一个传到内室相见。

张明富先被唤进。师兴吾同他谈了几句话后，就拿出一张早已填好的委任状道："现在我任命你当独立一连连长，队伍仍驻守贾田，你要保证一方安定！"

张明富接过委任状，顿时受宠若惊。他没想到师兴吾会让他当连长。"那瞿伯阶任什么职？"他接了状又问。

"他就当你的副连长！"师兴吾道，"我觉得你会比他能干，所以决定让你当连长！"

"他要是不服怎么办？"张明富有些担心。

"他不服，你可以压服他嘛，权在你手里，这不很简单！"师兴吾如此嘱咐着他。

张明富心领神会，随即表示了谢意，就告辞出来了。

瞿伯阶接着被传进室内。师兴吾让他坐下，然后对他道："伯阶，你原是瞿代亮的分队长，瞿代亮被王树清杀了，你为何不报仇去杀王树清？"

"我与王树清并没有仇！"瞿伯阶如实相告道，"瞿代亮抓过王树清，与他结了怨，王树清才杀他！"

"虽然如此，那王树清毕竟是土匪，你可不能与他同流呀！"

"那当然！我并没有与他同伙！他曾邀我去干，我都没应允。"

"这还差不多！"师兴吾又道："现在你和张明富拉起了队伍，要好好干。

我已封了张明富为连长，你就当副连长吧！假如张明富不称职，你就可以替代他！明白吗?"

瞿伯阶听师兴吾这一说，心中顿起狐疑。他没想到这连长之职会封给张明富，其实张明富的才干怎能与自己比，而师兴吾为什么要这样委任？显然这是对自己的极不信任！想到这里，他不禁十分气恼，但是碍于情面，他不便当场发作，嘴上只好应允，接着也就匆匆告辞而出。

回到队伍之后，瞿伯阶越想越不高兴，他对张明富道："师兴吾封我当副连长，让你当连长，里面有阴谋！"

"有什么阴谋?"张明富问。

"他是想挑拨我们二人之间关系吧！不然怎么会封你当连长，封我当副连长呢?"

"封我当连长也不要紧嘛！你当我当还不都是一样!"

"你原来说过，咱们合伙干了，就得听我的!"

"但师兴吾要这样委任，我也没法。"

"这显然不公平，这就是一个诡计!"

"这有什么诡计！我看没关系!"

"你觉得没关系？那好，我们走着瞧!"

"你想干什么?"

"我不干什么，咱们就此分手吧!"

"你要到哪去?"

"这你管不着!"

瞿伯阶说罢，就气冲冲地把自己的队伍拖开走了。由于二所乡已站不住脚，他将队伍带到了湖北来凤的漫水乡，此处有一位出嫁的妹妹。其妹夫姓彭，腿有点跛，绰号"彭跛子"。

"我给你引荐，你到我堂兄彭树安那里去干，保你好办!""彭跛子"得知瞿伯阶不为师兴吾所用的内幕后，立刻为瞿伯阶这样出主意。

瞿伯阶人数不多，急需找一个靠山，便点头道："只要他肯收留我，我一定会给他效力。"

原来，彭树安是来凤霸主向作安属下的一个大队长，有兵力三百余人，其部驻扎在白福乡。

第二天上午，"彭跛子"便带瞿伯阶一行来到白福乡。找到彭树安后，彭跛子便说："大哥，这是我老婆的哥哥，叫瞿伯阶，他现在已拖了几十个人的队伍，想投靠到你的属下，你能收下他吗?"

彭树安随即与瞿伯阶握了握手道:"幸会，幸会，你拖队之事我已有所闻。现在，你真愿来我部屈就?"

"如蒙彭兄不弃，我等当效犬马之劳!"

"好! 既是这样，我就任命你为本部独立连连长!"彭树安当即表了态。

"多谢彭哥栽培。"

"不必客气。"

"今日要杀头猪，犒劳一下瞿连长的队伍!"彭树安接着作了吩咐。

是日晚宴，彭树安便以丰盛的酒席对瞿伯阶的所有兵士作了热情款待。从这一日起，瞿伯阶便正式成了彭树安部的一名带兵连长。

4. 作恶漫水

瞿伯阶投靠彭树安的消息，很快便被张明富得知，他随即到内溪棚报告师兴吾道:"那瞿伯阶对当副连长不满，他已拖队投靠彭树安去了!"

师兴吾听罢报告，眼睛一眨道:"我就料他会叛走! 这种叛变行径罪不容赦，现在我命令你马上前去讨伐捉拿，务必将其剿灭斩首!"

张明富得此命令，开始还有所顾虑，因为毕竟是亲戚关系，怕不好收场。自己的人枪也远远不足去讨伐。师兴吾知他兵力太少，特又给他补足了一些人枪，并以大义灭亲的道理不断怂恿他。张明富有了人枪，心下一横，终于决定执行师兴吾的命令去讨伐。师兴吾亦应允准备随时前来接应。

过了两日，张明富便率部向来凤漫水开去。其时瞿伯阶尚在白福乡驻防。当得知张明富要来讨伐，即派人送了一信，劝张明富不要来打，张明富置若罔闻，只管继续往前行。到了漫水卯洞，他将彭跛子家团团围住。彭跛子和夫人瞿氏恰巧不在家。一伙人冲进屋去，将彭跛子的老父和孩子逮住了。

"'鼠大王'到你家来过吗?"张明富问老人道。

"哪个'鼠大王?'"

"就是瞿伯阶，他不是叫'鼠大王'吗?"

"来过，怎么啦?"老人反问。

"听说他投靠了彭树安，是你儿子引荐的，是吗?"

"是又怎样?"

"'鼠大王'大逆不道，他叛变了我们师兴吾团长，师团长命我前来捉拿!

你听明了没有？现在我要你去找你的儿子，叫他去换瞿伯阶来投案，否则莫怪我张明富对你全家不客气！"

"你这是什么话？瞿阶阶投彭树安，与我们家有什么关系？他在师兴吾那里得不到信任，难道就不能投靠别的盟主？你要我父子去劝说，别做梦了！我不会去，我儿子也不会说服他，你看着办吧！"

"老东西，你敢不听老子的话！"张明富忽然眼露凶光道，"你儿子勾结瞿伯阶与我们作对，这是犯了死罪！你明不明白？"

"我不明白！"老人气愤地又说，"你和瞿伯阶不也是亲戚吗？现在竟六亲不认，硬要干伤天害理的事，简直比猪狗都不如？"

"你还敢骂老子！"张明富气急败坏，他握着枪猛一扣扳机，只听"啪"的一声，老人立刻被击倒在地！

"爷爷，爷爷！"八岁的孙子惨叫着扑向爷爷。倒在地上的爷爷在血泊中挣扎着说："孩子……你……你要报仇！"说毕，就头一歪断了气。

孩子继续哭喊着。张明富这时一不做，二不休，口里骂道："老子叫你长大报仇，现在就除了你这小崽子！"说罢，"啪啪"两枪将这孩子又一齐打死了。

在彭家行凶之后，张明富带着队伍又返回了瞿家寨。他想，瞿伯阶为替妹妹一家报仇，一定会寻上门来，到时可再剿除他。

果然，瞿伯阶在白福乡获知妹妹的公公和孩子惨遭毒手后，一时悲愤之极。他对彭树安说："张明富如此残忍，我不替妹妹一家报仇，誓不为人。"

"你这点人枪有把握打赢他吗？"彭树安问。

"没问题，我只要提张明富一个人头来！你等着瞧吧！"瞿伯阶很自信地说。

"那好吧！你去干吧，祝你马到成功！"

瞿伯阶随即点起自己的一支人马，连夜直向瞿家寨下寨扑去。

5. 枪杀张明富

第二天凌晨，天快亮时，瞿伯阶已率部将张明富住的院子团团包围了起来。因为自己的老婆向氏与张明富是姐弟关系，他怕走漏风声连家都没回，故其老婆一点也不知道。考虑到双方交火后会误伤瞿氏族人，瞿伯阶下令不准乱开枪。

但是，瞿伯阶包围张明富的家后，张的部下很快就守住了院子，并从院内不断向外射击。

"下命令吧，我们快进攻！"瞿伯阶的部下们纷纷催促着。

"不行，我们不能乱打！让我哄他出来吧！"瞿伯阶说罢，即隐蔽在一山坡边叫道："张明富，你听着，你杀了我妹妹的公公和孩子，我现在报仇来了！有种的你就出来，咱们在外面来打！你不敢出来就不是好汉！"

张明富在院子内听了喊话，立刻激怒道："瞿伯阶，你以为老子怕你'鼠大王'？出来打就出来打！"说罢，就全身披挂，带着他的随身宝贝——短枪、刺刀、汉阳造三件武器，径直打开大门竟旋风似地冲了出来。待他刚刚冲过一条田坎，瞿伯阶早已瞄准好并扣动了扳机，只听"啪"的一声枪响，张明富胸部中弹，立刻栽倒在地。

瞿伯阶随即跑过来，用短枪指着他道："张明富，你还有什么话讲？"

张明富倒在地上尚未死，他喘着气挣扎着说："瞿伯阶，我……我搞不过你，你……你不要说啦……补我一枪吧！"

瞿伯阶嘿嘿笑道："好，你这只老虎也认输了吧。你听着，我送你几句丧命诗：做事太绝情，六亲皆不认。杀你不得已，尔莫怪我狠。"说罢，就补了他一枪，张明富身子抖了抖便没了气息。瞿伯阶拔出刀来，又一刀割下了张明富的头。接着，瞿伯阶大声对院子内喊道："弟兄们，'花老虎'坏事做绝，他的头已被我砍了！你们不要再反抗了，我和你们大家无冤无仇，我不会杀你们的！你们愿跟我瞿伯阶干的，我都欢迎！不愿干的，可以离开。"

顿时，张明富手下的几十名士兵都高叫着："瞿连长，我们愿意跟你一起干！"

瞿伯阶就这样轻而易举地获得了张明富的全部人枪。当日下午，瞿伯阶率部返回，又将张明富的头送到了彭树安的面前，彭树安感叹地说："伯阶有胆，说到做到，不愧为勇士也！"说罢，又命后勤人员杀猪摆酒，为瞿伯阶除掉张明富而欢宴庆贺。

席间，彭树安与瞿伯阶喝得正欢快时，忽有一传令兵飞马驰来，给彭树安送了一封信来。彭树安看毕信，脸上顿现阴云。一时沉默不语。

"大队长，有何不快之事？"瞿伯阶问。

"他娘的，向作安这个老滑头！"彭树安愤愤地说："他来信要老子去打张少卿，他自己却待在来凤不动！"

"为何要打张少卿？"瞿伯阶问。

"因为张少卿要向来凤扩张！还有师兴吾也没打好主意，都想朝来凤来争地盘。向作安命令我部去攻打张少卿，他自己说要准备对付师兴吾！"

"张少卿实力怎么样？"

"他的兵马不少，比我们还多。要和他较量得多加小心。"

"这没关系！"瞿伯阶说："如果大队长信得过，我部愿作前锋去讨伐他！"

"好！"彭树安道："有你去征战我也就放了心！"

瞿伯阶于是和彭树安讲好，决定去征剿张少卿。

第四章　绿林征战

1. 征剿张少卿

过了数日，瞿伯阶便率部往酉阳老寨方向开去。一日上午，部队来到一处名叫野鸡岭的地方，忽听前面"叭"的一声枪响，瞿伯阶忙命部队停下，作好战斗准备。这时，走在前面的侦探冉启文跑回来报告道："前面山岭上有七八人挡住去路，不知是什么人。"

"喂，你们是哪方面的人？"瞿伯阶隐蔽在一棵树旁扬起脖子朝山头上大声喊道。

"老子是王麻狗。你们是什么人？"山头上的人忽然反问道。

"啊，王麻狗，你是不是王树清手下的王麻狗？"瞿伯阶忽然想起上次拦路抢劫，将他捉进黑风洞的蒙面汉子，他曾被唤做王麻狗。

"我就是王树清手下的，你是谁？"

"我是瞿伯阶！"

"啊，你是瞿伯阶？"山头上喊话的人立刻回应道，"瞿大哥，原来是你，我正要找你！你等着，我们就下来。"

王麻狗说着，就一阵风跑了下来。瞿伯阶伸手与他握了握道："怎么是你在这里？"

"自从王大哥放你们回老家去后不久，酉阳的张少卿就来围剿我们。我们内部出了卖客，他与张少卿勾结，将王树清杀了。"王麻狗道。

"什么？他被人杀了？"瞿伯阶大吃一惊，"这卖客是谁？"

"姓张，已被我们报仇处决了。"

"你们的队伍呢？现在谁指挥？"

"队伍已没有啦，大伙散了伙，只我身边还有五六个人。"

"你打算怎么办?"

"我正想找你来入伙,不知你是否收留我们?"

"只要你愿来,我很欢迎!"

"我这几个伙计都愿来,他们都听说过你拉队杀张明富的事,说你是条汉子!"

"好,你们看得起我,咱们就一起干!"

王麻狗就这样投靠了瞿伯阶。接着,王麻狗望着山头喊道:"弟兄们,你们都下来吧,咱们跟瞿大哥一起干!"另几人便都从山头走下来。瞿伯阶遂对王麻狗又道:"你手下有这些人,就给你封个班长吧!现在我们去打张少卿,你愿不愿带队先去侦探?"

"怎么不愿,我们就是想为王大哥报仇,要把张少卿杀了才解恨!"

"那么你就带几个弟兄马上出发吧!找到张少卿的踪迹,赶快来报告!"

"好,我们马上走!"

王麻狗随即带着几个人奉命先行了。这一日下午,他在岩洛寨外忽碰到几位挑担的生意人。

"喂,伙计,你们挑的什么东西呀?"王麻狗停下问。

"挑的盐巴!"走在前面的一个汉子回答。

"要挑哪去?"

"到来凤去!"

"你们是从酉阳来的吗?"

"是呀,我们是从酉阳来。"

"你们知道张少卿在哪里吗?"

"张少卿?他就在岩洛寨!我们刚从那寨子经过,还给他交了盐税,才放我们过关哩!"

王麻狗听说张少卿就在岩洛寨,立刻装作砍柴的百姓,来到岩洛寨的山后细致观察了一番。确信那几位挑脚客没有说假,方才带几位兄弟飞快回走十多里路,找到瞿伯阶报告道:"瞿连长,那张少卿的踪迹已被我们发觉,他现在住在岩洛寨!"

"有多少人?"瞿伯阶问。

"有二三百人!村里看样子都住满了!"

"好!我们可以打他个措手不及,不怕他人多!"

瞿伯阶当即作了布置。他知道自己只有一百来人队伍,要取胜只有靠偷袭。遂乘张少卿无戒备，于当日深夜将此寨作了包围。然后冲进村里，对准各处房子就是一阵乱枪扫射。那张少卿此时刚刚入睡，听见枪声大作，知道大事不好，匆忙带着随从就往外冲，好不容易突出包围，清点人数，发觉已少了百余名弟兄。

"他妈的，想不到吃了瞿伯阶的亏！"张少卿脱险后惊叹道，"这小子初出茅庐，真不可以小觑呀！"从此，他开始琢磨怎么样才能吃掉瞿伯阶这块硬骨头。

2. 收服彭雨清

一日上午，张少卿率部驻在回龙寨，他派人将副营长杨树臣唤来商议道："瞿伯阶现在是我们的劲敌，你看该怎样对付？"

杨树臣想了想道："瞿伯阶是个初生牛犊，他还不知老虎的厉害。目前他打了胜仗，与他不可正面交锋，但我们只要略施小计，就可将他除掉！"

"你有什么妙计？"

"我们可以派人打入他内部去，再伺机干掉他！"

"好，这办法与我想的不谋而合！"张少卿点头道："我考虑要派个能干的人去，你觉得谁合适？"

杨树臣说："我手下有位班长叫彭雨清，诨名'彭猴子'，他是明溪乡人，与彭作安又是同族人。这小伙子脑瓜灵活能干，我看派他去最好！"

张少卿一拍大腿道："行，就叫他来谈谈。"

杨树臣立刻让人把彭雨清找来说："张营长想派你打入瞿伯阶内部去，伺机干掉瞿伯阶，你看能行吗？"

彭猴子回道："我和瞿伯阶不熟，就怕混不进他的部队。"

"你可以假装去投靠他，就说与我闹翻了！"张少卿道："只要你谋刺成功，我马上任你当连长，还奖给你 500 光洋！"

彭猴子听了这话，心里有所动了。他转了转眼珠道："这事我可以应允，但请你们一定要保密！"

"这样很好！"张少卿又道，"保密之事，你尽管放心！我这里不会透风的。不过，为使你获得瞿伯阶的信任，也得用点苦肉计！"

张少卿说毕，即拔出手枪道："把你的手臂伸出，我给你搞点伤！"

彭猴子有点颤抖地将左手伸直了，张少卿抬手一枪，即把彭猴子的左小臂皮肉打伤了，彭猴子痛得"啊"地大叫一声。随即，有兵士迅速为他包扎了伤口，他的左手臂被纱布吊了起来。

"好，这个样子很好！"张少卿道，"现在你可以出发了！"

彭猴子忍着痛，随即率三个兵士一起，开始往瞿伯阶部活动的地带走去。

第二天下午，彭猴子一行四人来到一个山寨的岔路口，草丛中忽然跳出两个哨兵大喝道："站住，你们朝哪去？"

"啊，别误会，我们是来找瞿连长的！"

"找他干啥？"

"我们来投奔他！"

"把枪放下来，我们可以带你们进寨去！"

"是，是，把枪放下！"

彭猴子等4人把枪放了，即由两个哨兵带进寨子，在一栋木房里见到了瞿伯阶。

"你们找我干什么？"瞿伯阶诧异地眼瞪着吊缠绑带的彭猴子。

"瞿连长，江湖上已久闻你的大名，我们特慕名来投靠你！"

"你是什么人？"

"我叫彭雨清，人称'彭猴子'，是明溪乡人，与彭树安大队长是老乡。这几位是我手下的兄弟，我们原都在张少卿部下干事，不料张少卿那狗日的疑心太重。前日晚上我喝酒醉了，无意中讲了一句他的坏话，说他没卵用，搞不过瞿伯阶。张少卿听人反映后，对我起了疑心，他把我抓去，拔出枪要枪毙我，幸亏副营长杨树臣替我讲情，并用手碰了他一下，那枪子射出，只打中我的手臂，侥幸没伤我性命。我想张少卿这人为人太凶狠，跟着他只怕命都难保，所以，昨晚就带了这几个弟兄悄悄乘机跑了出来，想投奔到您手下来干事，不知瞿连长肯容纳否？"

瞿伯阶听了这番话，一时也感到难辨真假，嘴里却只管应允道："你们既然愿意到我手下干事，我瞿伯阶当然很欢迎！你在张少卿那里当的班长，我这里也封你做班长，你就好好干吧！若能剿灭张少卿，立下战功，我会再论功行赏。"

"好，只要瞿连长肯容纳，我们一定效犬马之劳！"彭猴子紧忙表决心道。

瞿伯阶随即让人把枪退还了这几人，接着又安排了一顿晚宴进行招待，彭雨清与几位弟兄就这样在瞿部待了下来。

是日傍晚，瞿伯阶的护兵冉启文（绰号长脚蚊）说："我看这几人的神色有些不对，这其中只怕有诈！"

瞿伯阶道："你先不要声张，只是要多留点心眼就行，他们是真来投我还是假来投我，过一段时间自有分晓。"

"长脚蚊"心领神会，于是只暗中加强了对彭猴子的监视。彭猴子在瞿部住下后，因见瞿伯阶身边警卫不离身，也不敢轻易动手谋刺。眼看过了一个多月，彭猴子仍未找着机会动手。这日夜里，他又到瞿伯阶住屋磨蹭了一会，然后回到住所对几个弟兄说："他身边总有护兵守卫，不好搞哩！咱们要耐心等机会。"

不料彭猴子的这几句话，被跟踪而至的"长脚蚊"在屋外听到了。"长脚蚊"当即回去报告道："瞿大哥！那狗日的彭猴子果然没安好心，我听到他和那几个弟兄商议要谋刺你哩！"

瞿伯阶想了想道："我知道了，明天我们再找他！"

第二天上午，瞿伯阶带了十多个随从来到寨边一家伙铺坐定，然后命人将彭猴子等 4 人叫来道："彭猴子，你带这几位弟兄是真来投奔我的吗？"

"是啊！"彭猴子假作镇静地应道。

"我告诉你吧！你别再玩把戏了！"瞿伯阶突然狂笑道，"彭猴子，你想当刺客！想来刺杀我！还以为我不知道！你是张少卿派来谋刺我的，是不是？"

彭猴子听瞿伯阶如此一说，顿时吓得面如土色。瞿伯阶不等他回话又道："你想谋刺，对你会有什么好处！你即使杀了我，张少卿也不见得会重用你！你想想，一个当了刺客的人怎么会靠得住？既然成了靠不住的人，你在哪里都会吃不开！而我要杀你的话，也易如反掌！不过我不想作这不义之事！我想给你留条活路，你如不愿意跟我干，你可以走。要是愿跟我干的，只要不起二心，我还会信任重用你！"

彭雨清听了这话，顿时扑倒在地跪拜道："瞿大哥，我对不住你！我确实是张少卿派来的，他许我用苦肉计来取得你的信任，并许我谋刺成功后给我当连长，再赏 500 光洋，大哥既然原谅了我，此恩此德我永生不忘，今后我保证跟你一起干，决不起二心！"

"对，瞿大哥如此仗义，不怪罪我等，我们都愿服从瞿大哥。"另几位弟兄也赶紧跪下一起向瞿伯阶认错谢恩。

瞿伯阶点头道："都起来吧！既然真愿跟我干，我决不会亏待你们！"说罢，即吩咐置酒吃肉，就像忘了此事一般。而彭雨清也不能不被瞿伯阶的大度豁达所折服，开始死心塌地跟瞿伯阶干起来，瞿伯阶见他回心转意，人又能干，不久，又提升他当了排长。那张少卿闻讯瞿伯阶收服了彭雨清，不禁大吃一惊，为防瞿伯阶部袭击，他只得率部缩回了酉阳。

3. 进占召头寨

瞿伯阶初次偷袭大获成功，正想乘胜再追张少卿。一日午后，密探"长脚蚊"从百福乡跑回报告道："连长，大事不好！彭树安被人杀了！"

"什么？谁把彭树安杀了？"瞿伯阶听罢大吃一惊。

"是向作安指使人杀的！""长脚蚊"遂将彭树安被杀的内幕述说了一番。原来，那向作安对彭树安的扩张野心很有疑惧，彭树安又常常不听调令，于是想了一个鸿门宴之计，乘一次举办宴会之际，将彭树安诱来捕杀了。

兔死狐悲，作为彭树安的直接部下，瞿伯阶心里有了疑惧。他知道，以他百余人的队伍，独树一帜是难生存下去的。而师兴吾那里他不想去投靠，向作安那里是否能容纳呢？他倒想试一试。于是，他率部来到漫水乡，在乡公所找到乡长彭连城商议道："彭乡长，我在百福不好呆了，彭树安已死，向作安对我部将怎样对待，我心里还没底哩！你能否帮我去探问一下？"

"没问题，据我分析，向作安是不会排斥你的。"彭连城道，"我可以帮你去跑一趟！看他态度到底如何！"

"那就拜托了！"

"不必客气。"

两人商议妥当，彭连城当日中午就来到来凤县城，在城内一栋豪华的公馆内，直接拜见了保安团长向作安。

彼此客套聊过几句后，彭连城就开门见山地说："向团长，我今日受瞿伯阶之托来找你，他说彭连城死了，不知你对他是否能容纳，他还是有心跟你干的！"

"哈哈！瞿伯阶真是多心了！"向作安摸摸下巴胡子道，"彭树安死了，对他没什么影响，你尽可叫他放心，要他照旧当好他的连长！"

"好，我就转告他了。"彭连城又道，"瞿伯阶现在已率部到了漫水，他说不愿到百福乡住了！"

"你就让他到漫水乡驻扎吧！你们关系不是挺好吗？你可以与他合作，好专门对付师兴吾。"

"对，只要把瞿伯阶留住，我们对付师兴吾就有了一张王牌！"彭连城深领其意道，"向团长洞察高明，会用人才，将来定能成就大事！"

"好吧，你就回去好好安抚一下瞿伯阶！"向作安满意地吩咐道。

彭连城便起身作了告辞。下午回到漫水就找瞿伯阶作了详细叙说。瞿伯阶听后，觉得暂时放了心。从此他直接傍上了向作安这座靠山，依然在来凤卯洞一带活动。

瞿伯阶投靠向作安之后，师兴吾这时便感到坐立不安了。本来，他是想利用张明富去和瞿伯阶的内讧而削弱实力，不料瞿伯阶不仅打死了张明富，还把张明富的人枪全收服了，连其队伍也拖到了来凤，从而壮大了向作安的势力，这对自己以后的发展不能不算一大隐患。连日来，师兴吾获此消息后，犹如哑巴吃黄连有苦说不出。正在他无可奈何之时，一天晚上，只听街上一阵马蹄声响，一个腰挎盒子炮的大汉忽然来到了师兴吾家的院门外。

"站住，干什么的?"两个门卫盘问那骑马的汉子道。

那汉子汗水淋漓地从坐骑上跳下来道："我是召头寨团防队的人，有紧要事想求见师营长，请快通报。"

一个门卫便走进院内的房中，向师兴吾做了报告。师兴吾挥挥手，示意门卫将那汉子带进来。

很快，这汉子把马在院内拴好，即随一护兵到了师兴周的客厅中。

"师营长，我是召头寨乡长瞿树凡的老弟瞿树成，今日专程来拜见，有急事相求!"

"啊，有什么急事?"师兴吾坐在太师椅上很关切地说："你慢慢讲。"

"我们召头寨遭到了黔军袭击"。那汉子又道，"他们攻得很猛，几条街都被占领了，现在只剩我们瞿家堡垒没有攻下。我大哥正在拼力抵抗，他让我突围出来，求你发兵相救。"

"这黔军是从何处而来?"师兴吾又问。

"听说是袁祖铭的部队，袁祖铭在常德被刺杀了，黔军群龙无首，北伐中止，一部分就流落到了湘西。攻打我们召头寨的这股黔军，首领是冯登庸，他手下有五六百人。我们寨里不到一百人枪，所以抵挡不住。"

"如此说来，这黔军是股溃军，不足畏也!"师兴吾心中思量了一下，若能借此机会打败黔军，就能乘此机会在召头寨立住脚，到那时，自己的实力就可大大得到扩展。如此考虑之后，他随即回答道："召头寨与我唇齿相依，我岂能坐视不理! 我立刻出兵帮你们解围!"说罢，即命传令兵吹号集合。

"嘀哒哒嘀……"一阵急促的军号声随即在院内吹响了，那号声在内溪棚山间回响振荡着。片刻工夫，听到号声的保安士兵们，一个个戎装束带，纷纷跑步到了院内列队集合。

队伍站整齐后，师兴吾即在院内台阶上训令道："各位听着，现在有贵州一支溃败部队孤军深入，他们已到召头寨，正在攻打瞿树凡家乡公所。我们要赶快去增援。黔军远道而来，他们人生地不熟，战斗力不强，大家只管冲锋陷阵，可把黔军一鼓作气打败！弟兄们，立功机会到了，你们有决心吗？"

"有！"众团防士兵齐声响应道。

"好！那就准备出发！"师兴吾即吩咐道，"一连和警卫连跟我打头阵，三连随后接应。独立连长在家防守！"说罢，就跨上一匹枣红战马，带着三百余人枪，直向召头寨扑去。

是夜，月光很明亮，星星在天空不断眨着眼睛。山道上不用打火把，就能依稀看清路。师兴吾带着人马，接连急奔几小时，到凌晨时分，便开到了召头寨外。

那召头寨是龙山县一个大镇，其地有四五百户人家，镇内比较富足，几条街道商店林立，平日是个十分热闹的集市。此时，流落龙山的这支黔军已攻进镇内，并占据了各条街道，只有乡公所未攻下，因为该所团防凭借坚固的碉堡仍在顽强据守着。攻守双方战至天黑，形成了相互对峙局面。黔军夜里停止了进攻，但把乡公所包围封锁起来。师兴吾带着增援部队来到召头寨外的时候，黔军还毫无知觉。

天亮时分，师兴吾经过精心部署，将几个连队分成扇形，向召头寨的黔军突然发起了进攻。黔军猝不及防，当即被打死打伤了百余人。

"冲啊，杀贵州佬啊！"援军高喊着杀进了镇内。据守在碉堡内的瞿树凡的团防，闻知援军到来，也冲出碉堡，直向黔军冲了过来，黔军抵不住内外夹击，顿时惊慌失措，乱作了一团。

"举起手来，缴枪不杀！"援军短兵相接，高声吆喝着，溃散的黔军走投无路，一个个只得甩掉武器乖乖做了俘虏。

到天大亮时，战斗便全部结束。五百多黔军，有百余人被打死打伤，另有三百余人被生擒活捉。师兴吾部一下缴获了五百多支步枪，十余挺机枪。看着这么多缴获的战利品，师兴吾高兴之极。他命令部队把俘虏统统集中到镇东头一座破庙里集中看守起来，然后来到乡政府与乡长瞿树凡见了面。瞿树凡此刻对师兴吾感激不尽。他和召头寨的十多个富商一起立刻在街上一家酒店杀猪宰羊，犒劳援军。

宴席开始，瞿树凡笑吟吟地端起酒杯对师兴吾道："师营长，这次多亏你帮召头寨解了围，使我镇百姓未遭黔军蹂躏，倘若你迟来一步，这召头寨就会被黔军攻下了。你的功德卓著，我瞿某特此代表全镇人向你敬一杯酒！"

"谢谢！"师兴吾端起酒杯一碰，一口喝了干净。放下酒杯，师兴吾即道："我们都是本县乡邻，古语曰'唇亡齿寒'，如若召头寨不保，也会危及其它乡镇安全。况且我部保安营受湘西王陈老统之重托，肩负着保卫龙山一隅之重责，召头寨的安全也就是我们自己的安全，所以，我一接到你们的报告，就自率军马，连夜赶了来，幸亏我部来得及时，使召头寨未遭黔军屠戮，此事实乃值得庆幸。从今起，我部决定就在召头寨长期驻军，以保一方安宁！还望在座各位乡绅，对我部驻军多提供方便和支持！"

"好说！好说！"瞿树凡见师兴吾提出要驻兵在召头寨，心里有点不愿意，但面子上又不能不假作欢喜地应酬道："你们驻军在此，召头寨的安全就更有保障了。为了庆贺今日的胜利，为了我们今后更好地合作，来，我提议大家共干一杯！"

"好！一起干。"

众乡绅附和着，随即都举起杯子喝了个干净。吃喝了一阵子，一位师兴吾的副官又道："师营长今晚住在哪，请你帮助安排一下吧！"

"就安排在乡公所，你们看怎样？"

"乡公所太小，恐怕住不了吧！"

"住不了，就住我们酒家，这里可以安排几十个。"一位姓黄的酒家老板表态说。

"住店也不是长期办法。"师兴吾这时说，"我想在召头寨修栋公馆，这样以后可长期驻军。我可以拿点钱出来，但地皮嘛你们要想点办法。"

"这里地皮好办，你看中哪就给你修那！"瞿树凡赶紧表态道，"你在这里修房子，只要买点材料，出工出力之事，我们乡政府可以安排人来修建。"

"好吧！那就请瞿乡长多费心了！"师兴吾点点头道，"这房子要尽快建，没建好之前，我们就暂时借住在各酒家店铺中。"

瞿乡长遂又附和道："各位老板，师营长决定在召头寨驻军了，并且要建公馆，这也是为保召头寨的安全嘛，大家要多帮忙，多协助出钱出力。怎么样？"

"是，是，我们应该尽力帮忙！"

各位绅商此时不得不表示愿意鼎力相助，并当场各自申报了数千元的捐助款。师兴吾就这样轻而易举地解决了部队驻扎和修建公馆的筹建问题。

4. 夜半掉粪坑

犒军宴会结束之后，师兴吾选了镇西头一个四合院的三层木楼房住了下来。这栋四合院是当地一位姓周的富商之家的房子。里面有两个天井，大小有几十间屋。周老板其时做盐生意不在家，其老婆和两个孩子被动员搬到了外婆家去住，这栋院子就被师兴吾的营部暂时借住了。

当日中午，师兴吾在院内刚刚住下，警卫连长贾福吾就走进屋报告说："师营长，那俘虏中的黔军头儿冯登庸，想要见见你，说有话可告，你看见不见？"

"见，你把他带来！"师兴吾回道。

"是！"

贾福吾随即到大庙中，亲自把冯登庸押解到了营部师兴吾的客房中。师兴吾坐在一张高椅上，仔细打量了一下这位黔军败将。只见这冯登庸个头不高，两眼凸现充血，脸上胡子拉碴，显然已疲劳不堪。他的两只手还被绳子束缚着。其年纪估计约有四十余岁。

"你就是冯登庸吗？"师兴吾问。

"是！鄙人就是败军之将冯登庸。"

"你找我有何事？"

"我是来向你请命的！"冯登庸道，"此次我部到召头寨，被贵军一战而俘，此役实出乎我意料之外。贵统领用兵如神，在下十分佩服。现在我们被俘官兵尚有三百余人，他们被贵军押在大庙之中，生死掌握在贵统领手下。我特来请求见你，是想为我的部下们请命，求你高抬贵手，不要杀害他们。只要应允这个条件，冯某我愿追随足下，以平生所学军工技术，为你效劳，并愿为贵统领出谋划策，把贵军炼成一支劲旅。"

"你在黔军曾任什么职务？"师兴吾问。

"我曾任过参谋长。"冯登庸道，"黔军自首领袁祖铭在常德被刺杀之后，内部四分五裂，无人能统一。所以多数部队流落湘西，有的被清灭，有的被吞并了。我想，只要贵部能容纳收留，我们有许多人是愿留下为贵军效劳的。"

"你刚才说懂军工技术，你有什么特长吗？"

"我毕业于贵阳武备学堂，专门学过炮兵技术，懂得枪械制造。如果你能把我留下，我可以帮你办兵工厂，造步枪、机枪和六〇炮。"

"好！你即有这等技术，我非常欢迎你！"师兴吾立刻动心了。他亲手为冯登庸解掉绳子，然后又道："按你的请求，黔军俘虏我们一个不杀。凡愿留下的，我很欢迎加入本军。不愿留的，每人我给两元路费，可以放其回家！"

"真的吗？那就太好了！"冯登庸随即抱着双拳作揖道，"我代表这些战俘，向你感谢了！"

"给我马上传令，给俘虏登记！"师兴吾遂吩咐贾连长，"愿意留下的，把他们收编进连队，不愿留的，给两元路费准其回家！"

"是！"

贾福吾转身执行命令去了。

过一会，贾福吾传来报告说，所有俘虏都处理完毕，除了有数十余人愿留下外，其余俘虏都被释放了。

"从现在起，你就任我的参谋长！"师兴吾又对冯登庸道，"你有什么想法随时可告诉我。"

"行！"冯登庸再表诚心感谢道，"鄙人一个败将，受你如此厚待，我当效犬马之劳！"

随后，冯登庸为师兴吾扩张实力出谋划策，果然不遗余力。俘虏的第二天，冯登庸就对师兴吾道："师营长，现在欲谋发展，我有三条建议，你看能否采纳。"

"哪三条，你说说看。"

"一条，招兵买马，扩展队伍。现在缴获了黔军大量武器，可在当地招人入伍，靠这些武器，把队伍扩成一个团的编制应无问题。二条，亲近上司，争取晋升。要派人多与湘西王陈渠珍联系。特别是此次战败黔军，可以大做文章，赢得上司青睐。三条，办兵工厂，自造武器。这方面我可以作技术指导，保证帮你造几门六〇炮，生产一批机枪，这样，你的实力就会大大加强，龙山县内，必定无人可以与你匹敌！到那时你就可以雄踞全县之首，谁也不敢轻视你了。"

"好！你不愧是个好参谋，好军师！"师兴吾听罢赞扬道，"这几条建议正合我意，我条条都要采纳！"

随即，师兴吾便召开军官会议，开始布置招兵和筹办兵工厂之事。不到一月，师部即从各乡招收了五六百新兵，加上原有的兵力，总共达到了千余人枪。兵工厂由冯登庸出任厂长，很快选定黄宗庙为生产场地，组织一班技术人员和劳工，广泛收集破铜烂铁，不久就仿造出了两门六〇炮和三挺重机枪。与此同时，师兴吾又频频派人到凤凰与湘西统领陈渠珍接触，并不断敬贡银元、鸦片和其它土特产，从而博得了陈渠珍的好感。陈渠珍其时已被何健任命为省防军第一警备区司令。他见师兴吾有了上千人枪，还能自己生产枪炮，实力在龙山已首屈一指。于是便以省防军警备司令名义给师兴吾升为正团级的第七警备大队长，并奉命进驻龙山县城。其时刘紫梁是陈渠珍独立十九师师长时委任的保安团团长，两人的势力以洛塔界、脉龙界划分势力范围，双方约定互不侵犯。

师兴吾得到警备大队长的委任后，立刻率大队进驻到了龙山县城。召头寨则留下一个连，由其弟师兴周任连长把守着。师兴周乃一花花公子，自小不喜读书，只进过 3 年私塾就辍了学。此后游手好闲，玩到十五六岁，才在其兄师兴吾部下当了兵。师兴吾对其管束比较严格，但师兴周劣性不改，他当面不敢胡作乱来，背后却毫无忌惮，胆大妄为。师兴吾驻进县城后，师兴周更放肆逍遥，每日只在召头寨的各处酒楼妓院寻欢作乐。一日傍晚，师兴周在家酒醉饭饱，乘兴又走出门去，不一会就到了街中心的四季香客店里，客店老板是个老鸨，四十多岁，人称"笑面佛"。师兴周一到，笑面佛立刻春风满面地打招呼道："师连长，几日不见你影子，最近到哪去了？"

"公务忙！没得时间玩呀！"师兴周回道。

"忙个什么，我还不知道！""笑面佛"道，"你是躲在别个温柔乡里，单把我这院子忘了吧？"

"哪里！哪里！我这不是来了嘛！"师兴周调侃道，"你这儿没有鲜货啊！"

"怎么没有，告诉你，我新进来了一个桃江美货，只怕你见了做梦都想啊！"

"真的！在哪？快引我看看！"师兴周急忙道。

"瞧你急的！人家可是鲜货，轻易不肯接客！"

"那有什么关系，老子出得起价钱，你快给我叫来看看，看上了，少不了你的票子！"

"好！好，我带你去见她！她还怕羞！""笑面佛"说罢，就带着师兴周朝庭院内的二楼走去。

上罢楼梯，转过几步就到了一间木房中。只见里面一位妙龄女子正坐在梳妆台的镜前梳辫子。那辫子又长又黑，辫梢刚刚解开，才梳了几下。

"薛瓶儿，来客了！给你介绍一下。""笑面佛"指着师兴周道，"这位是本镇的驻军连长，师家公子，你要好好待他！"

薛瓶儿转过头，脸上羞红地瞧了一眼来客，遂又回头梳起辫子来。

"唉哟，还真有些怕羞哟！"师兴周嘿嘿笑着，他目不转睛地象挑货物一般欣赏着这薛瓶儿。此女身段窈窕，个儿高挑，面如圆盘，眼含柔波，更兼胸前丰乳鼓突，仿如一对奔兔。师兴周看得心神荡漾，不禁口角流涎道："好货色！好货色！"那"笑面佛"遂道："怎么样，我说包你满意吧？要换了别人，我还不愿引荐哩！"

"好，好！我多给你点钱就是了！"师兴周从口袋里掏出一把光洋，数也不数，就往"笑面佛"手中一放道，"拿去吧，给我好好看着，别让人来打搅！"

"放心，有老娘子把着关，谁敢来捣蛋！""笑面佛"说罢，拿着光洋，把门掩好，就橐橐下楼去了。

"笑面佛"一走，师兴周就迫不及待地将那薛瓶儿一抱，薛瓶儿撒着娇顺势勾着他的脖子道："你这人急什么，好事要慢慢来嘛！"

"我就是等不得，见了美色忍不住！"说罢，双手将薛瓶儿抱起往床上一放，便如狼似虎般地往薛瓶儿身上扑了上去。

一阵翻江倒海的肉欲战之后，师兴周匆忙地穿上衣裤，急欲撒泡尿去，偏那房中没有马桶，师兴周便急急走下楼来，对"笑面佛"道："老子要屙尿，厕所在哪？"

"在这后面！"笑面佛忙引他到后院，指着溪沟一间木房子道："那就是！"

师兴周遂往那厕所中走去，须臾，只听他一声大叫："唉哟！"人已掉进粪坑。原来，那厕所里一块木板已糟，被他一脚踩断，整个人掉进了茅厕。那茅厕的粪坑有一米多深，师兴周落下去，弄得一身污粪，一时爬不出来。"笑面佛"听到那叫声，顿时也吓坏了。她赶紧叫道："来人呀，快来救人呀！"

客厅里的店员、伙计和周围的人听见喊叫，立刻都跑来了。有人拿来了木梯，经过一番手忙脚乱的搭救，师兴周才从粪坑里顺着木梯爬上来，然后带着一身粪臭，跑下溪沟冲洗了一阵。"笑面佛"接着送来了一套衣裤，又送了肥皂。众人站在溪沟坎上，指指戳戳，就像看把戏一样窃笑不已。

师兴周在溪沟里把一身粪衣脱掉甩了，那早春2月的溪水还很寒冷，他也顾不得了，在水中用肥皂洗了几遍后才上了岸。紧忙再穿上"笑面佛"弄的那套衣服，乘着黑夜跑进了自己的家。其大老婆和两个小妾见他穿的衣服不对头，大老婆便问："你这是穿的谁的衣，又到哪里嫖去了？"

师兴周一看，才发觉自己穿了一套女人的花衣。他也不好掩饰，索性说道："我在四季香客店后去解手，把木板踩断，掉进粪坑里了，是那老板娘匆忙中甩给我一套衣，我跑到沟里洗了，换上这衣才跑回来。"

"你看哟，像不像话，叫大哥知道了，不知又该怎样骂你！"大老婆没好气地说，"你吃到碗里，看到锅里，屋里有几房老婆，你还不满足，硬要在外馋食！"

"家花没有野花香嘛！嘿嘿！"师兴周死皮白脸地哄老婆道，"我今后不跑了，这事你可别对大哥讲啊！"

"我不讲，你大哥也会知道的，出了这样的臭事，你怕没人给你讲出来，你等着看吧！"大老婆预言着。

果然，没过几天，此事便已在召头寨镇传得沸沸扬扬。那师兴吾开始不知，后来在县城也听说了。他遂传令师兴周来到县城警备大队，见面后二话不说，"啪啪"就打了师兴周几个耳光。接着狠狠训斥道："我叫你做人要检点，不要乱嫖乱赌，你就是改不了这恶习！师家的面子真是让你丢尽了！今后再不学好，小心我扒你的皮！"

"再不敢了，大哥你放心，我一定会改！"师兴周只得假作诚恳的样子，表示要痛改劣习。

"要改，就要看你的行为！"师兴吾怄气了一阵又道，"你现在已无脸在召头寨呆了！我决定让你去参加培训！"

"到哪里去培训？"师兴周忙问。

"到凤凰！陈老统在那里办有军官培训班！你给我好好去参加培训！将来要带兵，要成大器，就要好好去学一学！"

"好，我去！"师兴周痛快地应允了，他明白兄长虽然对自己管教有点严，但骨子底里还是很爱自己的。

5. 凤凰卧龙

三月，正是油菜花盛开的时节，师兴周骑着一匹骡子，带了两个护兵，从龙山县城出发，途经里耶、花垣、乾州，直往凤凰而来。因为路途遥远，直行走了四五天时间，才进入凤凰境内。

这日上午，一行人翻过播草坡山岭，远远见一座秀美无比的古城忽然出现到了脚下：这古城四周为群山环抱，中间有一条河穿过城边。河旁筑着数丈高的石砌城墙，那城墙蜿蜒如蛇般向远处的山岭后延伸，也不知有多长。城墙之间，每隔上百米处便有一高耸的碉堡。中间则布满了一个个垛口。城墙之内，是一栋栋的块石或木房建筑，这些房子飞檐翘角，雕梁画栋，各呈特色，处处都别具一格。这坐古城，便是著名的凤凰县城。当地的史料上曾记载，明朝时此地始设五官司，是湘西一个土司的治所。地名原称竿子坪，故凤凰又别名"五竿"。后来，明王朝在此处设了镇溪所，此地又统称为"镇竿"。由于凤凰地处湘黔边陲，战略位置很重要，苗族等少数民族又经常爆发起义，历代的统治者为此都被搞得很头痛，为加强对此地苗民的统治，从明初开始，明王朝就在凤凰、乾州、永绥一带苗区修筑了一条长达360余里的"边墙"，这即是后来被史学家称为南长城的雏形。与此同时，从明朝隆庆三年（1569年）起，朝廷又在凤凰设立了军营，开始驻有重兵把守。清朝康熙39年（1700年），朝廷在镇竿正式建立凤凰厅（散厅），嘉庆二年（1779年）又升散厅为直隶厅，同时设辰沅、永靖兵备道署于镇竿城。从此凤凰城常年驻扎的马兵都在三五千以上，有时甚至超过了上万人。城内的居民反而比军人要少一些。驻军凤凰边陲一带的这支队伍能征善战，因其兵源多来自"五竿"，故历史上又被称为竿军。民国初年，凤凰虽废厅为县，但其在湘西的政治军事中心位置仍然未变，这里仍是湘西镇守使府署所在地。

由于在军事地理上所拥有的特殊位置，使得凤凰小城数百年来竟成了一个藏龙卧虎之地。仅凤凰近现代的军人中，总计就出过四名提督和几十名总兵、副将或中将少将之类武官。凤凰有句俗话，叫作"文有熊希龄，武有田兴恕"。熊希龄以文出名考中进士，后来当了第一任国务总理，田兴恕以一介布衣从军，二十四岁即成为清朝一品大臣贵州巡抚。熊希龄和田兴恕都是凤凰县城人，所以，当地人为出了这两个著名人物而引为自豪。田兴恕的儿子田应诏，在辛亥革命中又立过功劳，1913年回湘西，担任过第一任湘西镇守使兼巡防军统领。继田应诏后的陈渠珍，更是一位传奇式的湘西统领。陈渠珍原是凤凰境内黄丝桥军营一个守兵把总的儿子，辛亥革命前从长沙武备学堂毕业，后入清兵，在西藏带过几年兵，辛亥革命后回到故乡，为田应诏所重用，并在1920年正式接替田应诏担任了湘西巡防军统领之职，从此一直稳坐在湘西王的宝座之上。北伐之后，蒋介石任命陈渠珍为独立19师师长。不久，何键任湖南省主席，将陈渠珍改任为省防军第一警备军区司令。何键与陈渠珍之间有很深矛盾，陈渠珍为了对付何键的排斥打击，千方百计想扩充军事力量，而办军官团，充实各县军事骨干力量，便是陈渠珍采取的重要举措之一。师兴周也就是在这样的背景下，才被其父送到凤凰军官团来接受培训的。

师兴周没见过陈渠珍，其兄临出发前给了他一封信，让他直接去面呈。为此他心里还有点惴惴不安，不知这位湘西王脾气如何，会不会高兴见他。

眼看时近中午，师兴周和两个护兵不急不慢走下县城，先到北门城边一家酒店坐下，选那新鲜的沱江鱼炖了一个鱼火锅，又要了一斤苞谷烧酒，美美地吃喝了一顿中餐。酒醉饭饱之后，他又乘兴到北门城楼及虹桥等处游玩了一阵，在沱江的临河街上，但见座座吊脚楼边，有那涂脂抹粉的女人在招揽过客，便知这地方又是个青楼妓馆的好去处，不禁又心旌摇动起来。只是想到初至此地，才不敢随意造次。

捱到下午二三点钟，师兴周估摸是办公之时了。乃要 2 个护兵在酒店等待，随即独自来到广场附近的陈渠珍公馆门前，先向门卫递过名片，然后请门卫进去通报求见。

不一会，门卫出来，招呼让他进了公馆。在一间宽大的办公室内，师兴周见到了被称为"湘西王"的陈渠珍。只见这位湘西王穿着一身长袍便服，端坐在一张大办公桌后。两名剽悍的贴身护卫，站在墙壁一侧静静侍立着。湘西王的眉毛又粗又黑，两只眼睛炯炯有神。

"报告陈司令！卑职师兴周叩见大人！"师兴周双腿一并行了一个军礼。

"唔，你就是师兴周！"陈渠珍抬头看了看道，"是你哥哥师兴吾叫你来的吗？"

"是！我哥要我来参加军官培训，让我来找你报名！"师兴周说罢，从衣袋里摸出一封信呈上道，"这是我哥写的推荐信！"

陈渠珍接过信看了看道："你来参加军官培训，我很欢迎。但是，我们对参加培训者要求很严格。培训军官必须遵守各项条例，不得违反培训纪律，譬如军中严禁酗酒赌博等等，你能做到吗？"

"我……我能做到！"师兴周有些不自然地回道。

"你今日就喝了酒吧？好一股酒气。"陈渠珍忽然问。

"报告司令，我初来乍到，一路走累了，中午喝了几两苞谷烧，以后不敢喝了！"师兴周额上流出汗道。

"好，念你初来，不知军规，不给你记过！但以后切记不要犯规。"陈渠珍眼盯着他又道，"到了军官团，要好好学习。你哥哥对你寄托很大期望，龙山的军事武装，以后就靠你们兄弟和刘紫梁一起统带了！你应该多学点本领回去。"

"是！卑职一定努力！"师兴周又双腿一并，赶紧挺直腰回道。

陈渠珍接着拿过毛笔，在一张黄色纸上写了一个手令交他道："你把这纸条拿着，到南华山军官培训处去报到吧！"

师兴周接过纸条，随即再行了一个军礼，才转身出了大门。

来到酒店，找到两位护兵，师兴周大发感叹地道："厉害，这湘西王果然很精明，连我喝酒都被他闻到，训斥了一顿，今后不可不小心！"说罢，师兴周就交代让两个护兵回龙山，他自己则只带了一个挎包去南华山培训处报到。

出凤凰城南门，往后一条山道便直通南华山顶。此山不算高，主峰只有600多米。师兴周在家养遵处优惯了，平日出门都是骑驴骑马，这时独自一人走上山去，他感觉很有些费力。好在军官培训部就设在南华山腰一个大庙里，地方不太远，不到一个小时，师兴周就到了那大庙边。大庙门外，有两个哨兵在站岗。师兴周走上前去，一哨兵喝问："干什么的？"

"来报到学习的！"师兴周将湘西王写的纸条递过去。

那哨兵看了字条，立刻说："请进！"

师兴周即跨进门去。大庙院内，就见束着武装带的许多学员在坪地上正进行擒拿格斗的军事练习。大庙正殿一侧的一间偏房里，设着培训部新生报到处。师兴周走过去，将条子递给一位负责登记名册的军官，那军官看了看字条，便给师兴周注了册，然后将他编排到了二大队三分队去当学员。从这天下午开始，师兴周即开始了军官团的正式学员生活。

第五章　迎娶压寨夫人

1. 撤回龙山

师兴吾将兄弟师兴周送去凤凰培训后，便集中精力开始与来凤的向作安抗衡起来。那向作安意欲向龙山扩张，他在来凤与龙山交界之处设立了一个检查站，对龙山过来凤做生意的商人一律要征税。师兴吾针锋相对，在龙山与来凤交界处也设了一个检查站，凡从来凤的入境商人也一律要征税。双方的检查站都配备了数十人的武装。

有一日上午，双方的驻站武装人员，终于为争收一个商人的鸦片税引发了交火事件。混战中，来凤的向作安命令瞿伯阶速去增援，瞿伯阶率部赶到检查站，将龙山一方的六十多名士兵包围起来，一下打死打伤了五十多个。一个侥幸逃出的黄排长，跑回县城对师兴吾匆忙报告道："师大队长，不好了，我们驻检查站的人员被向作安的部队包围了，人都被他们打死了，我拼命突围才跑出来。"

师兴吾一听，气急败坏道："你们拿着枪干什么用？怎么就不给我抵抗！"

"他们人多势众，那瞿伯阶又跑来增援，我们哪能抵得住。"

"传我的命令，主力出动，快去参战！"师兴吾说罢，就拔枪在手，接着率大队人马向边界上杀去。

来到检查站，只见对方也早森严壁垒，布开了决战架势，双方随即枪炮齐发，一阵拼命厮杀，结果互有伤亡，战至傍晚，师兴吾见一时难以取胜，只得乘夜撤回了龙山县城。

当晚，师兴吾火气难消。他将参谋长冯登庸叫来商议道："二诸葛，向作安如此嚣张逼人，欺人太甚，你看要怎样才能挫败他的气焰？"

"依我看，和他拼消耗不是办法！"冯登庸道，"他的实力不小，我们要想办法削弱其力量，才好对付他。"

"有什么办法能削弱他的实力？"

"办法有！"二诸葛建议道，"可以派人去游说瞿伯阶，让他率部撤回龙山来，只要他一撤走，向作安就必定嚣张不起来了。"

"这个办法倒是不错！只是瞿伯阶怎么能说得动？"师兴吾迟疑地说，"他过去和我有矛盾，只怕他不肯归顺我！"

"这不要紧，他和你的矛盾，我也听说过。可以说，你与他还没有直接冲突过，对他还可以争取。"冯登庸分析说，"瞿伯阶是龙山人，他是被逼无奈才跑到来凤去的。他虽然投靠了向作安，但向作安决不会真心重用他，这一点瞿伯阶自己也会明白。如果此时你表明心迹，诚恳欢迎他回来，并应允给他封官许职，他就必定会动心了，不信你可试试！"

"嗯，你的分析也有道理！"师兴吾点点头道，"给他封个官儿不成问题，但要派谁去游说呢？"

"他不是有个叔叔瞿列成嘛？就让他去游说最合适了！"二诸葛又鼓动道。

"对！对，差点把他都忘了！"师兴吾经参谋长一提醒，立刻拍掌道，"就请瞿列成去游说！叫人赶快通知他，让他来见我。"

冯参谋长遂传令，让人连夜到二所乡去找瞿列成。

第二天清早，一乘滑杆轿子就风风火火从二所乡启程了。滑杆上就坐着五十多岁的瞿列成。此时，他已正式被县府委任了乡长。为此，瞿列成不敢忘记师兴吾推荐他的恩惠。听说师兴吾要见他，他顾不得年老体弱，立刻顾请了坐轿就赶进城来。

彼此见面寒暄之后，师兴吾便道："瞿大哥，这次又想请你出马去找瞿伯阶，要说服他归顺我，你看怎么样？"

"你要瞿伯阶来归顺？他不是已投靠向作安了吗？"

"是啊！他现在帮向作安与我作对，已经使我蒙受了不少损失！"师兴吾说罢，就将自己部队与向作安部发生冲突的经过说了一遍，最后强调道，"瞿伯阶现在成了向作安的得力干将。我想只有把他说服拉过来，才好对付向作安！"

"原来是这样！"瞿列成摸了摸下巴上的短胡须道，"你这意图是不错，但瞿伯阶只怕也不容易说动！"

"有你出马出游说，必定能成！"师兴吾道："我只请你转告他，我师兴吾对他没有成见，过去是因为张明富才闹得不愉快，我是欢迎他回来的，他回来要枪给枪，要官给官，比如可以给他一个副营长职务当，你问他愿不愿，总之我愿与他重修旧好！你还可对他说，胳膊不能往外撑，他在来凤有什么好，那里毕竟是人家湖北人的地盘，他回来在我手下干，我不会亏待他嘛！"

瞿列成听罢此言，想了想就应允道："你有这个许愿，我这就去游说试试，但愿能把瞿伯阶拉回来！"

当日下午，瞿列成就来到来凤城郊瞿伯阶部的驻所，悄悄对瞿伯阶说："我是奉师兴吾之命，特意来找你的。师兴吾要我转告你，他非常欢迎你回去，只要你愿意跟他干，你要枪给枪，要名义给名义。你现在就去，马上可以给你封个副营长当！我看这是个好机会，你莫错过了！师兴吾还说，他对你没什么成见，你以前在他部下也干过，后来因为与张明富矛盾才出走的，其实师兴吾还是很想留用你的！"

"好吧！你让我想想。"瞿伯阶有些含糊地回道。师兴吾转达的这番诚意很出乎他的意料之外，他感到有些动心了，但一时又不好马上决策，遂安排瞿列成住了下来。

谁知当晚走漏了风声。向作安的一位姓王的副官得知瞿列成来游说之后，回去给向作安告密道："瞿伯阶可能靠不住，听说，他的叔父正在游说他投师兴吾哩！"

"不会吧？"向作安也有些疑惑，他觉得瞿伯阶与师兴吾是对立已久的，所以并不大相信。但为防万一，还是命令部队加强了对瞿部的警戒。

瞿伯阶见向作安的部属起了疑心，生怕夜长梦多，乃决计把部队拖走。同时为不使向作安疑心，又将老婆向氏与3岁的儿子留下以作质押。临行前，又挥笔给向作安写了一封信，略云"此番出走，实属无奈。只因你部属对我太怀疑。我对你其实本无二心，如你不信，今后与师兴吾再打，我决不会为其卖命参战。"

写罢信，瞿伯阶即命人第二天交送。当日深夜，乘着人们睡梦之时，悄悄传令部队立即开拔。时有向作安的兵工厂亦住在瞿伯阶附近。其厂长听哨兵报告瞿部已撤走，以为出了什么敌情，忙传令部下也跟着糊里糊涂转移。瞿伯阶见兵工厂的人也跟着在行动，忙派人又护送兵工厂的人马回了原地。

第二天，向作安早上起来，有部属向他报告说，瞿伯阶部已撤回龙山。同时有人又送了瞿伯阶的信来。向作安看过信，又听说瞿伯阶的妻与子还住在附近，兵工厂也未受损，遂对王副官道："瞿伯阶果然走了，他是怕引起你们怀疑才走的。这样吧，你派人马上将瞿伯阶的老婆送走，同时向他转告，他愿意回去我也不阻拦，就由他去嘛！我向作安还是愿和他作朋友的！"

王副官领命，遂将瞿伯阶的大老婆向氏和三岁的儿子亲自送到了龙山，并当面向瞿伯阶转告了向作安的话。

瞿伯阶乃对王副官道："请你再转告向团长，谢谢他把家属给我送回。我瞿伯阶是讲义气的人，虽然我回了龙山，也不会帮师兴吾作战。我准备回召头寨去，以便保持中立。"

"这样就好！你是够朋友的！"王副官遂告辞回了来凤。

师兴吾见瞿列成果然游说成功，当日中午在龙山县城一酒家举行了一次宴会以示庆贺。瞿伯阶应邀出席宴会。席上，师兴吾端着酒杯对瞿伯阶道："'鼠大王'，今天是一个大喜的日子，我非常欢迎你回到龙山，并决定正式任命你为我部独立营副营长，营长暂时空缺，如果你干得好可再升正营长。"

瞿伯阶遂端起酒杯回道："师队长，多谢你的委任，我瞿伯阶有言在先，虽然我部回了龙山，但我不想住在县城，希望能在召头寨驻扎，还望你能批准。"

"你要去召头寨？"师兴吾说，"你何不就留在县城，让我们共同对付向作安，难道不好吗？"

"不行！"瞿伯阶道："为仁为义我现在都不能与向作安作战。他过去待我也不错，我这次拖队回龙山，也是实属无奈，并不想和他过不去。我要去召头寨，就是不想参与你们双方争战。期望师队长还能谅解我的苦衷！"

"看来你还真是一个讲义气的汉子！"师兴吾稍稍想了一下，觉得召头寨自师兴周离去后，正无头领把守，让瞿伯阶去驻防倒也合适，遂点头应允道："那就依你的想法，由你部去驻防召头寨吧！"

瞿伯阶得到准许，当即称谢。宴席一散，他就率部很快离开了龙山城。

2. 托媒说亲

瞿伯阶率部来到召头寨。经过与召头寨乡长瞿树凡接洽，他将营部设到了镇内的商家曾庆如家中。曾庆如是位老秀才，四十余岁。瞿伯阶在瞿代亮部当团防兵时，曾庆如曾在二所乡当过私塾先生，两人因此相结识，并有过交往。

"士别三日，当刮目相看啊！"此时，瞿伯阶以副营长的身份驻进了召头寨，使曾庆如感叹不已，"想当年，你给瞿代亮当兵，还是个小萝卜头，不料几年工夫，你就飞黄腾达了！"

"托祖宗的福！"瞿伯阶说，"阴沟里的篾片也有翻身之日嘛！像你这样的秀才，有的是学问，为何不干点大事？况且当今世道，有枪就是草头王。假若你有心弃文从武的话，就到我部来当一个军师，咱们一起把这支队伍拖大，今后若能成就大事，岂不比在家窝火强？怎么样，你干不干？"

"当个军师，倒也不错！"曾庆如有些心动了，"我看你这主帅，像个成大器的样子。昔日汉高祖斩蛇起事，蜀主刘备桃园三结义时，其规模也不过如此。照你现在的发展势头，未来的前程也肯定不可限量。承蒙你看得起我，我就答应你，为你效劳吧！"

"好！爽快！"瞿伯阶笑着道，"有了你这军师，我就会如虎添翼，从现在起，我正式任命你为我部参谋长！"

"多谢瞿营长委任！"曾庆如高兴地接受了这一职务。

自此后，瞿伯阶便有了一个秀才出身的军师高参。军中的文书及机密大事都交由了曾庆如处理。那曾庆如到瞿伯阶部任职后，倒也十分卖力，他甚至把自己的部分家产变卖了，给瞿部作了一点捐献，以表示自己的诚意。同时，又积极帮助瞿伯阶扩招人马，力图要把队伍拉大起来。

瞿伯阶率部驻在召头寨，心下也感到比较满意。因为召头寨的商家多，地方比较富裕，筹集粮款也比较容易，由于师兴吾在其归顺后，并未给他供饷，他只能依靠自己的力量去筹集钱粮。

一天上午，瞿伯阶正在营部和曾庆如商议征税事宜，一门卫忽然进来报告说："瞿营长，有个姑娘要找你，你看见不见？"

"啊，一个姑娘？见！见！"瞿伯阶忙回道。

门卫遂将那姑娘引进了室内来。瞿伯阶一看，只见那姑娘穿着土布花衣，留着两只羊角辫，标准的瓜子脸，皮肤白里透红，显得朴实清纯而又颇具姿色。他不觉心里一动道："小妹子，你找我有什么事？"

"你就是瞿营长吗？"那姑娘急切地说，"我来找你告状！我父亲被乡保安队的人抓去了！"

"什么？你父亲是谁？他怎么被抓的？你慢慢说！"瞿伯阶安慰道。

"我父亲叫田老四，我叫田幺妹。"那姑娘遂陈述道，"我们家住在银霄洞村，昨天下午，瞿乡长带几个保安团丁到我家，我父亲陪他打了一阵麻将。按规矩，我父亲麻将打赢了，应该得 20 块光洋，瞿乡长输了，应出 20 块光洋。可瞿乡长不但不给，还勒索要我父亲出 100 光洋，说是抵交征鸦片税，我父亲不给，瞿乡长就以抗税罪名义，将我父亲抓到乡公所关了起来。并且扬言要我家拿 500 块光洋才能赎人。我觉得这事太没道理，所以来找你告状！"

"照你说来，你父实属冤枉！"瞿伯阶转而问曾庆如道，"他父亲是个什么人？你认识吗？"

"认识！"曾庆如道："他父亲倒是个老实人，其母亲又经商，在村里，这一家也算得一户中等富裕人客。那瞿乡长借征税勒索人家，也不对啊！"

"岂止不对，简直太不像话！"瞿伯阶道："叫他马上放人吧！"说罢，又对田幺妹道："田妹子，你的胆量也不小哇！敢来找我告状，算你找对人了！"

田幺妹又道："我怎么不敢！古时缇萦愿代父坐牢，木兰还冒男子充军，我难道还怕找人告状！"

"说得好！想不到你还是个有孝心的义女！"瞿伯阶又道，"这事我就成全你了，现在你先回去，我马上要瞿乡长放人，保他动不了你父一根毫毛！"

田幺妹遂即作了拜谢，然后径自回家去了。

瞿伯阶接着就在一张二寸宽的纸条上写了一句指令，让人立刻送到了乡公所。乡长瞿树凡接过纸条一看，见是瞿伯阶的手笔，上面只有一句话："速将田老四放回！"瞿树凡无可奈何，遂即命人将田老四作了释放。

田老四当晚回到家里，自己还不明白为什么被瞿乡长释放了。待到女儿幺妹一说，才知是瞿伯阶下令放的。

第二天上午，田老四一家人吃过早饭不久，忽见瞿伯阶带着几个护兵登门来了。

"啊，瞿营长，你真是贵客！怎么会到我家来了？"田幺妹连忙打招呼。

"怎么不来，我看看你父回来了没有！"瞿伯阶回道。

"我昨晚就回来了！"田老四回道，"这事多谢你帮忙！来，请进屋坐吧！"

瞿伯阶就进屋坐了。这田老四家有一栋五间木屋，门前还有一个庭院，其家在当地果然算得一个富裕之户。瞿伯阶落座之后又说："今后，你家有什么事，尽管对我说！给你们帮点忙不算什么！"

"谢谢，那就太感谢了！"田老四说罢，就到屋内拿出 100 元光洋，用纸封好，出来递给瞿伯阶道，"瞿营长，多谢你相救，这点小意思，还请你收下！"

"你把我当什么人了？"瞿伯阶把光洋朝桌上一放道，"我救你不是图你这东西感谢！你不用客气，钱我多的是！"说罢，又用眼睛看着田幺妹道："幺妹，你说是不是？"

田幺妹被看得不好意思地说："人家瞿营长不在乎钱，你就算了吧！"

田老四也就不再勉强送礼，照旧把光洋收回了内屋。接着，瞿伯阶在田家玩了一阵麻将。中午，田家人杀鸡办席，用好酒好肉作了一番款待，瞿伯阶吃罢酒饭后，才慢慢打道回府。

当晚回到营部，瞿伯阶对护兵王麻狗道："你看这田家幺妹长得怎样？"

"长得乖！"王麻狗如实说。

"你给老子去做媒！我想娶这幺妹，怎么样？让她做我的压寨夫人，不错吧？"

"没错！没错，这妹子长得真美极了，我保证去给你做媒把她娶来！"王麻狗道："不过，你把嫂子可得安顿好，免得她有意见。"

"这你放心，我讨个小老婆她管不着！"瞿伯阶说。

王麻狗随即奉命带了些礼物做媒去了。

再说田幺妹自瞿伯阶登门拜访后，心里一直有些忐忑不安。她似乎也预感到了将有什么事要发生。这日早饭后，她坐在吊脚楼的闺房中，透过木窗望见对面的老樟树上飞来几只喜鹊，只对着她住的木楼"唧喳、唧喳"地叫着。幺妹听这鸟儿叫声，仿佛在催促她"快嫁，快嫁！"想到这心思，她的脸不由得泛起一阵红晕。

田幺妹的年纪快 18 了，就像一朵含苞欲放的花，已在开始关注来攀摘她这朵花的主人。在她们那个山村，像她这样年纪的女孩，有不少都嫁了人。她的两个姐姐和两个哥哥也都早已成家，唯有她还在娘家守着闺房。幺妹的美貌在村中谁都知道，想娶她的人大有人在，做媒的人隔三岔五上门，他们介绍的对象不是纨绔公子就是穷得揭不开锅的汉子，这些她一个都看不上。幺妹的脾气父母都知道，既显温柔又很刚强，在家里一贯任性。而其家里的条件也算不错，父亲是一方财主，母亲是个商家女儿，家里不缺什么，唯一缺的，就是给她找个如意郎君。

"唧喳，唧喳！"喜鹊又叫了。喜鹊叫，客人到。院子外果然传来一阵奔马的疾驰。接着，有人下马到门前敲门了。

"喂，田大爷，快开门。"

"谁呀？"幺妹的父亲走到院子里问。

"是我，我叫王麻狗，是瞿伯阶的护兵！"

"啊，瞿伯阶的人，你有什么事？"幺妹父亲把门打开了。

"我来给你恭喜呀！"王麻狗在门外拴了马，然后闪身进院子道，"我们瞿营长看上了你家幺妹，特派我来求亲！这是他给你们送的礼物。"说罢，就进门将一个大包放在了她家桌上。

幺妹的父母听罢他的话，一时都很惊异。彼此沉默了一会，幺妹的父亲说："听说瞿营长不是有妻室吗？"

"不错！"王麻狗道，"瞿营长是有个大夫人，但这有什么关系？有权势的人家，哪个不是三妻四妾！况且我们瞿营长前程无量，你家幺妹虽然是娶做二房，若讨得我们瞿营长欢心，以后定会富贵无比！"

"这……还要问下我女儿，不知她会不会愿意。"幺妹父亲这般说。

"儿女婚事，都是媒妁之言，大人做主嘛！"王麻狗又道："你们做父母的同意了，女儿那能不好说呢？"

"这……你得给我们点时间，让我们考虑一下再答复，怎么样？"幺妹父亲说。

"你要考虑多久？限你三天如何？"王麻狗又道，"三天后我再来！你可别耍滑头久拖啊，我们瞿营长等着回复哩！"

"好，三天后你再来吧！"幺妹父亲说。

王麻狗把礼物放下就走了。幺妹的父母开始紧急商议，两人都有些犹豫不决。若应允对方吧，怕伤了幺妹的心；若不应允，又怕惹不起瞿伯阶，毕竟，他是管辖一乡的保安营副营长，他手中有二百余条枪。况且，瞿伯阶对田老四还有过救助之恩。幺妹父母此时不敢得罪他，想想没有办法，只得征求幺妹的意见。幺妹很体谅父母的苦衷。她想，女人嘛，迟早是要嫁人的，虽然这瞿营长已有妻室，他娶她只能做二房，但她对他的印象还不错。那天去求他，还得到他的帮忙。再说，其人长得高大英俊，出手又很大方。她想，她若不应允，怕会给父母带来麻烦。既然瞿伯阶有心来求她，她自己也不能再耽误了，做二房就做二房罢，只要夫君如意，有钱有权有势，今后日子还是好过的，如此一想，也就表示了愿意。

幺妹的父母见她自己同意，也就不再犹豫。三天后，王麻狗再到其家，幺妹父亲就答复他：这门亲事应允了，但要对方修成新屋，才能迎娶。王麻狗连说："修栋新屋，这没问题！我马上回去转告。"

王麻狗当即回召头寨，把许亲之事给瞿伯阶说了。瞿伯阶十分满意，并表示尽快在老家修修新房，好迎新娘。同时，又将大老婆和孩子及时送回了老家去居住。

3. 新姑娘出嫁

一个多月后，瞿伯阶果然在老家贾田溪修了一栋新楼房。房屋完工后，他即派媒人正式来提亲，幺妹父母应允了，日子就选在半个多月后的腊月初八。

在婚事临近的那段日子，幺妹躲在闺房里天天做女红。她会织毛衣，做布鞋，纳袜底。为出嫁，她给未来的公公也做了一双棉鞋，给新郎丈夫做了两双绣花布鞋，里面还纳了"白头偕老"四个大字，另外还做了七八双绣花鞋垫，这些女红都是当地土家女儿的拿手好戏。幺妹的父母为她出嫁也添了许多嫁妆，有四床棉被、一个大衣柜、一个大碗柜、一张床、一张大桌子、几把木椅子。柜子和床都是雕了花草虫鱼的，上了漆，显得光亮而又贵气。

出嫁的那天终于到了。早上起来，幺妹穿好一身红嫁衣，接着有伴娘进来，替她梳了头发，绞了眉毛，开了脸。然后，她坐在闺房里，想到即将离开这生活了十多年的家庭，即将离开养育了她十多年的生身父母，她禁不住热泪涌流，随即悲悲切切唱了一番哭嫁歌：

我的爹哩！

我的娘啊！

今天的日子嘛，

要分开来要分离，

叫儿怎么想得开？

叫儿怎样舍得离？

我牙齿没定根，

怎样离双亲？

我头发没长长，

怎能离爹娘？

……

她唱得正悲痛时，忽闻一阵唢呐围鼓响起，鞭炮炸个不停。原来是接亲的队伍已进了院子。夫家一共来了五十多人，还有十多个护送的武装人员。他们有的挑着担子，有的背着背笼。领队的督官是王麻狗，他将几套衣服和几百元光洋作为迎亲礼品送给了田家父母，接着又谦逊地说了一番礼词。女方的礼官便请男方接亲人员入席吃饭喝酒。

吃喝完毕，幺妹在伴娘的挽护下就走出闺房，开始坐上花轿。这时，幺妹娘家的亲人朝她坐的花轿前后抛撒着竹筷和五谷，意思是祝新娘此后儿孙满堂，五谷丰登。须臾，鞭炮与唢呐锣鼓同时响起，全副武装的十二个士兵在前开路。随后是一班围鼓上前。接着，两个身强力壮的轿夫将轿子抬起，幺妹立刻感觉被悬到了空中。花轿在接亲人员的簇拥中，开始跟着敲锣鼓的人往前走。那些抬家具的人，也纷纷起肩跟在后面上了路。

接亲的队伍马不停蹄在山路上走着，这时的天气很好，一轮太阳慢慢从山峰背后喷薄而出。幺妹坐在轿内，开始感到有些惬意。离开父母的难舍之情，渐渐被出嫁的新奇和对未来生活的某种朦胧向往与诱惑所代替。沿途路上，青山绿水，奇峰怪石一一映入眼帘，她觉得新鲜而又刺激。自己的新郎夫君究竟怎样？她对他还没有底哩！女人的命运嘛，就是嫁鸡随鸡，嫁狗随狗。这瞿伯阶，是鸡是狗或是一个不错的男子汉，他是鲁莽是温柔还是风流，她还无从知晓。想到这一天晚上，就要告别十多年的闺女生涯；就要和这个陌生的男子同床共枕，幺妹的心不由得又有一点紧张害怕……

在花轿上晃晃荡荡，不觉间已过几小时。到下午太阳偏西时分，一个有几十户人家的寨子就出现在眼前。随着又一阵震耳轰鸣的鞭炮唢呐与锣鼓声响，花轿便在一栋新木楼前停住了。这时，新郎瞿伯阶迎上来了。他穿一身崭新的保安团军服，一米八几的个头显得很高大，留着分头，胡子刮得干干净净。来到轿前，他用手掀开轿帘，然后亲扶幺妹下了轿子，再牵着她手来到红烛高照的堂屋前。督官王麻狗开始主持拜堂仪式。随着他那鸭公似的高声呼叫，幺妹和瞿伯阶一起弯腰躬背，先拜了天地，后拜了双亲，再夫妻对拜。三拜完毕，即双双进入楼上的洞房。这洞房是一间很宽敞的房子，里面早已摆好幺妹陪嫁的那张新床。床上垫了两床厚棉被，土家布织的垫单十分漂亮，上面有鸳鸯戏水的绣花。一床被套也是土家布的里子，被单是出名的湘绣锦缎面子，上面绣着一色的并蒂莲花，床上还罩着一顶麻布帐子。床的对面，摆着一张梳妆台和一张大书桌。四周还放有衣柜箱子。房子中间，烧着一盆红红的炭火，炽热的火气，将房内烘得热乎乎的。围着火盘，放着十多把小木椅。进洞房后，幺妹抢先坐了新床。因她听说，夫妻谁先坐新床，谁就能当家作主，但瞿伯阶对此却不介意。上新床坐定后，瞿伯阶才揭掉蒙在她头上的红盖布。幺妹的脸上这时起了红晕，她好害羞，因为瞿伯阶挨她坐着，两眼目不转睛地笑看着她，并在她耳边小声说："我的宝贝，我好想你，你漂亮极了！"

幺妹确实漂亮，她自己明白。她有一张人见人爱的脸蛋，脸上有两个小酒窝，笑起来很迷人。她的肌肤也很白，从小没做过粗活，两只手如竹笋一样白嫩，身材苗条而又不缺丰腴。幺妹还有一双好辫子，头发乌黑发亮。她知道，这些都很讨男人欢心。瞿伯阶肯娶她，也主要看中她的漂亮美貌而已。这会儿，她发觉他的眼光很有些色迷迷的，像是等待不及的样子。但是娶亲之日，事情很多，他刚与她说过那亲热的话，外面又有鞭炮响起，前来贺喜的客人又到了，他不得不又下了楼去招呼应酬。这天来贺喜的客人还真不少，整个瞿家寨上中下 3 个寨的人几乎都来了，院子里的宴席直摆了五六十桌。众人吃饭喝酒，谈笑风生，闹热非凡。

过一会，新娘和几位娘家亲戚在隔壁房里也一道吃了晚餐。饭后，天就渐渐黑了。这时所有宴席都已吃完，人们争先恐后到了新娘的房子来闹洞房。瞿伯阶的大夫人向氏也来了，她拉着幺妹的手道："妹子，你真长得像天仙一样美，难怪伯阶迷上了你，今后，你可得多爱护他啊！别让他太伤身子。"幺妹明白她的意思，却不好怎么与她答话。她是一个三十七八的女人，脸上已松弛显老。瞿伯阶走过来，拉幺妹一起捧着糖果、花生、瓜子给大家分享。有人提议要新娘新郎喝交杯酒，幺妹只得接过酒杯，和瞿伯阶挽着手臂着一口喝了。尔后，众人又讲笑话嬉闹玩耍。王麻狗说："嫂子，今后你就是我们的压寨夫人，你可要多关照我们弟兄们。"

"对，对，以后你要跟我们一起风餐露宿，睡岩洞，住山棚，可别哭鼻子哟！"

他们说得很恐怖似的，但她却不以为然。闹过一阵，夜快深了，王麻狗即站身道："今晚咱们就闹到这里吧！也让人家新郎新娘早点上床歇息。你们想听壁脚的，可以听听，看他俩说些什么！"

众人笑着走了。瞿伯阶关了房门，转身就将幺妹一把抱住，一阵狂吻，接着将她抱上床，她似乎成了一匹任他驰骋的战马，奔驰在无以言说的美妙天堂……

4. 瞿波平当兵

第二天清晨，一阵"唧唧唧唧！"的鸟儿鸣叫将幺妹从朦胧的睡意中唤醒。她感到了一丝倦意。新婚之夜她没有睡好，但窗外已经大亮，她不能不起床了。她想在婆家面前，表现出一个勤快媳妇的样子。瞿伯阶这会儿却睡得正香。她绕开他爬起来，穿衣梳妆又净了身，接着到楼下，公爹早已起床。她想找点什么活计做做，不料公爹对她说："你只管歇着吧！家里的粗活，有佣人做呢！你看这院子里好多人手，以后，你只要当好太太，服侍伯阶，做好管家就行！"她想，公爹说的也有道理，瞧这院子里，除了她住的这栋新木楼外，还有一栋旧房，五六间房子里，全住着瞿伯阶的二三十个士兵和马伕。瞿伯阶身边，还有四五个护卫和勤务兵，就住在她的隔壁，也可以随时使唤哩！现在她才明白，自己的身份从这一天起已开始了极大的转变！

过一会，瞿伯阶也起来了，他显得精神焕发，脸如关公一样赤红。他们全家人，包括瞿伯阶的大夫人向氏和 5 岁的儿子崇栋以及公爹一起，围着一张饭桌，吃了一顿丰盛的早餐。席间，瞿伯阶对大夫人说："今后你就在家住，照顾好老爹，幺妹我是要带在身边的，过几天我就回召头寨去！你们在家里好好过日子吧！"向氏一听，叹口气道："你才回来办喜事，又想着要走了，这老家你就住不惯了？"

"怎么住不惯，我还会经常回来的！"瞿伯阶又安慰她道，"你尽管放心，我不会不管你们。"

吃过早餐，贺喜的客人和幺妹娘家的亲人都回去了。瞿伯阶又伴幺妹在寨子内外游玩了一阵。他们一起来到门前的溪沟边，那溪沟约有一丈多宽，溪水很清澈，有鱼儿不时在溪中畅快地游动。溪沟的峡谷旁，长满了一棵棵高大的柳树，两人在树下正走着，迎面忽见一少年走来请求道："瞿大哥！我要跟你当兵，你收下我吧！"

瞿伯阶一看，这孩子是族叔瞿代瑞的儿子瞿波平，不由得叹口气道："你为何也想当兵，你父亲当年是不想让儿子当兵的呀，他当兵可没有得好结果，你知道吗？"

"我知道，那只能怪他自己，我不会像他。"瞿波平说。

原来，这瞿波平的父亲叫瞿代瑞，数年前他曾与瞿伯阶一起在瞿代亮手下当过团防兵。有一次，瞿代瑞和瞿伯阶奉命打探王树清的踪迹。两人来到天马山山腰一处密林边，忽见一男一女迎面走来。那女人是个少妇，模样很秀气，长得很有几分姿色。瞿代瑞本是个好色之徒，见了这女人淫心顿起。

"站住，你们是什么人？"瞿代瑞在双方走近之后，忽然掏出短枪指着那男子大声喝问。那男子撞在这黑洞洞的枪口上，顿时吓得如筛糠般地回道："我……我们是湖北来走亲戚的夫妇！不是坏人！"

"啊，是湖北佬！是来凤人吗？"瞿代瑞又问。

"是！是！我们是来凤漫水乡人。这天马山有我一个姑姑，我们是从她家来的。"

"你姑姑叫什么名?"

"叫王树芝!"

"就是与王树清老家相邻的王家寨的人?"

"是呀! 就是那个地方。"

"你叫什么名字?"

"我叫王小春。"

"你媳妇呢?"

"她姓舒。"

"好哇,你即是土匪王树清那个寨子的亲戚,必定知道王树清藏在哪里!"

"不! 不! 我不知王树清的下落,他当土匪与我们无干啦!"

"与你无干? 谁能证明? 这样吧,你们俩跟我们走一趟,要是有人证明你说的属实,我就放你!"瞿代瑞乜斜着眼睛说。

"行行好吧,求你放过我们。"那女人也不住地央求着。

"算了吧,放他们一码!"瞿伯阶也对瞿代瑞道, "把他们抓去也没用啊!"

"不! 把他们带走,我自有主意!"瞿代瑞说着,就随手从衣袋里掏出一根绳子,将那王小春的手反背捆了,又用枪来点他的头道,"走! 你俩放老实点,要听老子的招呼,弄得老子高兴了,我就会放你们!"

瞿伯阶见瞿代瑞不肯放人,也只好随他一起将二人押着往前走。转过一道山弯,前面现出一个岩洞。瞿代瑞即对瞿伯阶道:"你把这家伙看住,我带这女人进去玩乐会儿! 这送来的肉不玩白不玩呢! 待会你再进来玩!"说罢,竟将那女人扯住就往岩洞里拖。那女人苦苦哀求,瞿代瑞用枪逼着她道:"你再不从,老子毙了你!"那女人无奈,只得随他进到了洞内。

瞿伯阶此时弄明白瞿代瑞的用意,不由得也激起了波澜。他感觉到瞿代瑞这样做太有点过分,但又觉得不好怎么阻拦他,因为瞿代瑞比他年长许多,资格也比自己老,于是只好由了他去。他便老老实实地盯着那男子,两人在洞外呆呆地对峙站着。那男人这时虽气得脸膛青紫,却又无可奈何。

过一阵儿,瞿代瑞泄欲完毕,走出洞来道:"伯阶,你去尝尝鲜吧! 包你快活!"

"算啦,算啦!"瞿伯阶摇头道, "我不想损这阴德,咱们还是放了他俩,赶快回去吧!"

"好! 放了就放了!"瞿代瑞又对那男子道, "我干了你女人,你别想不开！有本事报仇的话，就到贾田来找我！"

说罢，瞿代瑞将捆那男子双手的绳索解开，便和瞿伯阶一起扬长而去了。

过了一年后，那个叫王小春的男子，在一个黑夜带人将瞿代瑞抓住杀了。此时有人鼓动瞿波平去为父亲报仇，瞿波平却认为此事是父亲的不对，所以没有听别人的鼓动。瞿伯阶觉得这孩子很正直，于是又问他道："你不是学手艺去了，为什么学不下去呢？"

瞿波平道："因为老受人欺负，我忍不下这口气啊！"

"谁欺负你了？"

"就是瞿列成家的老婆。"

瞿波平愤愤地叙说着。原来，那瞿列成自从当了乡长后，其老婆王氏仗势欺人，变得更加骄横无理了。那王氏平时脾气就古怪暴村躁，村中人都称她为"母老虎"，瞿列成也惧她三分。这天下午，瞿波平正在瞿代林家缝衣服，王氏忽然跑来对瞿波平道："喂，你快到我家去做衣服吧，我扯了几丈布，急着要缝几件衣裤！"

"我这家还没做完，等我今晚做完了，明天就到你家来，怎么样？"瞿波平回道。

"那怎么行！我叫你现在去你马上就要去，怎么能等到明天！"

"你别那么急嘛，嫂子！"瞿波平耐心说，"我这手头没完工，怎么好抽身！"

"好哇！波平，你个臭裁缝，怎么就架子这么大，老娘请你都请不动！"王氏开始破口大骂起来。

"你这人讲不讲道理！"瞿波平也生了气，"我就不给你做，你要怎样？"

"不给我做，我叫你缝不成衣！"王氏说罢，突然怒火冲天地一把抢过裁缝尺子，一手折了个对断，接着又拿起剪刀，竟将瞿波平正裁做的一绒布料也剪断了。瞿波平想到自己辛辛苦苦学了三年裁缝，刚刚出师认为找到了一个糊口的好手艺，没料到竟受到如此欺负。也一气之下，跑回了自家，他拿起一把刀，想去找瞿列成一家拼命，结果被他母亲拦住了。"平儿，你去不得啊，人家当的乡长，你怎么搞得过人家。"

"我实在忍不下这口气！"瞿波平道。

"忍不下这气，你干脆当兵去吧！"其母给他出主意道。

"去当兵！对，当了兵就不会受这窝囊气！"瞿波平细细思考着。这一个晚上他便没有睡好觉。母亲同意他去当兵，让他不要和瞿列成家计较，毕竟一个族里的人，弄成仇了不好。而瞿波平忍不下这口气，觉得做手艺人谋生太下贱。他想，族兄瞿伯阶当副营长，如今正娶亲在家，何不找他去报名当兵呢？主意拿定，瞿波平就在这日早饭后来找瞿伯阶了。路上正好就碰上了。

瞿伯阶了解到瞿波平的经历后，即同情地说："瞿列成的老婆是有名的母老虎，你和她争肯定要吃亏，这样吧！你既然不愿干裁缝，愿意来当兵，我很欢迎！只是你当了兵，切莫学你父亲那样乱搞。"

"你放心，我决不会做我父亲那号人。"瞿波平说，"只要你瞿大哥信得过我，我一条命都交给你，你说怎么干我就怎么干！"

"行！你是个好老弟，你把命交给我，我给你取个小名，叫'舍命王'，只要不怕死，当兵就有出息。以后有机会我一定会有使你大有作为！"瞿伯阶说毕，就带瞿波平一道回了自己家。

5. 回返召头寨

瞿伯阶娶了田幺妹，在老家渡过几天新婚蜜日后，决定返回召头寨去。

出发的这天早上，排长彭猴子率了十多个士兵在前面开路。田幺妹乘了花轿，由两个轿夫抬着，夹在队伍中间。后面跟着全副武装的四个护卫和一个班的士兵。这四个护卫人称"两狗两文"。两狗是王麻狗、黄毛狗，王麻狗脸上有麻子，黄毛狗胸前长有长毛，故有此绰号。两文是冉启文、向师文，冉启文腿长，为人鬼头鬼脑，故被人称为长脚蚊，向师文的别号叫沙蚊子，形容他的声音细。"两狗两文"都是瞿伯阶的得力警卫和打手。瞿伯阶部还有"三阶一平"，他们是同族的好弟兄，三阶即瞿伯阶、瞿南阶、瞿兴阶，一平即指瞿波平。他们后来都成了瞿部的骨干。

一行人马翻山越岭直往前走，迎面来到核桃山前，田幺妹见轿夫汗流浃背，抬得乏力，便让二人放下轿子，她要自己步行上坡。瞿波平说："嫂子，你就坐轿子，怎么要下来？"幺妹说："上坡轿夫抬得吃力，让我自己走吧！"护卫道"长脚蚊"道："你怎么走得动？该不是三寸金莲吧？""没那么娇惯，你看我不会比你们走得慢哩！"幺妹如此说罢，就快步向山上走起来。由于父母小时没给她裹脚，走点山路并不难。这时，瞿伯阶也牵着马上了山顶，他老远朝下叫道："田幺妹，我的好宝宝，你不错哇，自己能爬坡，上得来吧？"

"没问题，这点坡不算什么！"幺妹回答着他。

"看不出啊，你是大户人家的小姐，居然还能走路啊！"彭麻狗在后赞叹着。

"喂，听说你们'两狗两文'很有本事，何不给嫂子我露一手看看！"幺妹边走边说。

"你要看啥本事？""长脚蚊"问。

"随便，把你们的拿手好戏各显一显嘛！"幺妹说。

"对！你们几个就给嫂子露一手吧！"瞿波平说。

黄毛狗随即应允一声："好，我给你跑得看看！"说罢，便猫腰弓背，一股风似地飞快跑上了山顶。

"真跑得快！"幺妹赞叹地说。

"黄毛狗有个外号就叫'赛麂子'！"瞿波平道，"跑起步来他能赶上飞跑的麂子哩！"

王麻狗接着对幺妹道："嫂子，你看我上这树！"话音未落，只见手一伸抓着路旁一棵松树，像猴子一般几步就攀上了树梢，然后一个筋斗翻下来，已稳稳地落在了树下。幺妹不由得也啧啧称奇。

"沙蚊子"此时又对她道："嫂子，我给你劈根柱路棍！"说罢，一掌劈去，将路旁一根碗粗的松树劈成了对断。

"长脚蚊"抽出短枪说："嫂子，我给你把那松树果打下来！"随即抬手一枪，不偏不倚，将几十米高处的一颗松果已击落下地。

"嘿，真好枪法！"田幺妹赞叹一句又道，"你们谁会讲笑话故事，说来听听！"

"我给你讲一个吧！""长脚蚊"把短枪插进皮套说，"有一回，我们寨里的一个老汉来到龙山城里，晚上在旅店住宿，因为第一次看到电灯，觉得好稀奇。他拿着烟袋凑拢电灯泡，想把烟点一下，谁知点不燃。他就说，这灯火怎么点不燃烟？于是用烟袋敲了一下灯泡，想把烟嘴放进去点，只听'嘭'一声响，电灯泡炸了，那老汉吓得大叫道，怪，怪，这灯怎么像爆竹哩！"

大家听到这里，忍不住笑了起来，只听黄毛狗说："我也讲个笑话。有个小姐不懂什么叫好酒好色。有次宴会，大家敬她喝酒，她说，好酒我不行，好色我还可以！"

众人听了，又一阵大笑。

田幺妹和护卫们就这样一路说笑着，很快走上了山顶。瞿伯阶这时骑上大白马走到了前面。两个轿夫重又把她抬起，直往前赶路。到下午傍黑时分，一行人顺利回到召头寨。

第六章　固守危城

1. 灵堂盟誓

春去夏来，天气逐渐变热。进入六月之后，太阳便如火一般地炙烤着大地。师兴周在凤凰南华山参加军官培训，因为经不起这夏日的酷热和军事训练的苦累，乘一个星期天休假日，请假溜回了龙山城。

"你怎么跑回来了？"师兴吾见到其弟后吃惊地问。

"我请了假，想回来看望你，我说兄长病了！"师兴周解释说。

"亏你想得出！我还真病了！"师兴吾说，"我身体越来越差，前几日卧床了几天，总是感到头晕眼花，也不知患了什么病。"

"请医生看了吗？"

"看了！"师兴吾道，"医生嘱我多休息，莫多操心，说我心脏可能有问题。给我开了几付中药。我吃过这药，感觉是好一些了，但免不了还要操心伤神。"

"你操什么心啊！"师兴周道，"又不愁吃喝玩乐！"

"你哪里知道！"师兴吾道，"现在时局很不稳定，前段和向作安的冲突刚刚缓解，如今红军又四处活动得很厉害。省主席何健下令加紧清乡剿共，要各县成立剿共义勇队，将原来的保安团和挨户团合并，陈老统已下令，任命我当义勇队长，刘紫梁的保安团也被撤销了。"

"这很好嘛！把刘紫梁保安团取消了，他的团长当不成了，县里就再无人与你相匹敌竞争了。"

"如此虽好，但我肩上的担子就更重了。"师兴吾又叹气道，"现在要对付红军，那可不是易事。朱毛领导的红军在井冈山开辟了根据地，贺龙领导的红军在湘鄂西越闹越厉害。上司指示我们要抓紧防范，我们还要抽调兵力去沙道沟、鹤峰一线对付红军，我还不知派谁领队去好哩！"

"让我去吧！"师兴周主动请战道，"我不想再培训了，请你给陈老统请求一下吧！"

"那怎么行，你要多学点本事，参加军官培训，这是难得的机会。"师兴吾说。

"我不想学了！"师兴周道："这种培训枯燥无味，你还是让我回来，我喜欢带兵打仗，你就让我领兵去对付红军吧！"

"你硬不参加培训，那就回来吧！"师兴吾终被说动心让了步。"我病了，也没精力，将来这支部队迟早要交你统带。现在就让你去外磨炼磨炼，你带两个营到宣恩沙道沟去，在那里配合正规军防堵红军。记住，千万不要莽撞，不主动出击，要保存实力。"

"是！我会慎重用兵。"师兴周郑重作着保证。

如此谈毕，师兴周便开始作出征准备。半月后，他即奉命带着一千余人马到了湖北宣恩境内驻扎。师兴周初次带兵不知厉害，在堵截红军中忘了其兄的告诫，不久，他率部在沙道沟主动出击与红军激战，结果，红军将他的部队打得落花流水，损失惨重。师兴周失败后，只得率残部狼狈逃回龙山。

此时，师兴吾正卧病在床，当得知师兴周惨败的消息后，他喘着气责备来探望的师兴周道："我……我要你用兵慎重，不要莽撞，避免和红军正面作战，要保存好实力，你……你为何不听？"

"我……我是奉命堵截，不能不出战啊！上司有死命令！"师兴周回道。

"命令是死的，人是活的！"师兴吾又道："你怎么就没转变！脑筋不要死板，你把老本都赔上了，还打什么仗？"

师兴周静静立着，不敢再辩解。

"胜败乃兵家常事！"警卫营长贾福吾此时出面帮助圆话道，"以后他会小心的，只要吸取教训。"

"现在损失这么多人枪，我看你怎么办？"师兴吾又道，"我可不能再给你多补充人了！"

"我有办法搞到人枪！"师兴周又道，"我准备回家乡再招点人马，然后把队伍拖到永顺王村去，陈老统指令我去那里驻防对付红军！"

"你能搞到人枪当然好，但千万记住要保存实力，少受损失！"

"我知道，你不用再说了。"师兴周要兄长放心，就决心回家乡去搞人枪了。

第二天，师兴周率部分亲信回到内溪棚，就在街上贴出一张告示云：为弘扬尚武精神，本营长决定于即日开展射击比赛活动，凡打中靶子者，可获得奖励步枪一枝。请各青年踊跃报名参加，莫失良机。

当日街上恰逢赶集，人们见到这告示都觉很稀奇。随即有众多年轻人来到师家大院内报了名。接着开始进行射击比赛。那射击的靶子竟是九人合抱大一棵古树。而距离不过二三十米。射击开始前，师兴周和几个护兵站在射击线一侧，他对众人说道："你们看好了，谁打中这棵树，谁就可以得到一支步枪奖励，我保证说话算数！你们谁先射击？"

这时，捧着报名册的一位副官说："按报名次序来吧！"说罢，就高声叫道："向二佬！"

"在。"

"你先打吧！"

向二佬随即走上前来，一位刘教官拿着一支汉阳造步枪对他道："你会打枪吗？"

"不会呀！"

"不会不要紧，我教你！"刘教官说着，就手把手教他，如何上弹，如何瞄准扣扳机。

向二佬遂将一颗子弹上了膛，然后瞄准大古树，只听"砰"的一声响，那古树被打中了一个洞眼。

"好！你的枪法还蛮不错嘛！"师兴周大声夸道，"这支枪就奖给你了！"

向二佬欣喜万分，立刻拿着枪站到了一旁。

众青年看到这射击比赛不觉好笑。这么近距离的射一棵大树，哪有打不中的，于是纷纷上阵去打，结果，几乎人人都打中了。不一会儿工夫，竟有一二百余人获得了一支步枪的奖励。这些青年得到枪后，没过几天，师兴周忽然派了人逐个上门去宣布，凡拿枪者均为团防队员，需随时听从调遣。若不服调遣，则以违抗军令论处！到这时，众人才恍然大悟，原来师兴周放枪给他们，是扩展人马玩的一个诡计。当下各拿枪者都叫苦不迭，因为怕遭处罚，都不得不应允服从命令，成了师兴周的团防队员。内中也有一个不信邪的，就是最先射击得到一支枪奖励的向二佬，竟跑到内溪棚找师家大院师兴周讲理道："师营长，你说好这枪是打靶奖给我们的，现在怎么忽然提出要我们当兵？"

"你以为我这枪奖给你是作吹火筒用的？"师兴周脸一板说，"拿了这枪，就要听我的命令，当团防兵难道不好？"

"我不想当，我把这枪退给你们！"向二佬把枪往地下一放，就想转身走。

"站住！给我把他绑起来！"师兴周脸一垮，两个护兵立刻上前把向二佬用绳子捆了起来。

"你们为什么绑我？"向二佬大叫着。

"你还喊叫！违抗我军令，又把我枪弄坏了，给我先打一顿再说。"师兴周狠狠地说。

随即，几个护兵抢着马鞭，将那向二佬一顿狠打，直打得他皮开肉绽才住手。接着，师兴周又下令将他关进一间土屋，叫人看守起来，再派人通知其父向树蛟用巨款来取人。向树蛟住在二所乡，其家办有油坊加工厂，财产倒也不少。闻知儿子被抓，他连忙跑到内溪棚当面向师兴周请罪道："我儿子不知好歹，冒犯了军令，还望师营长多多开恩。"

师兴周便敲诈道："你儿子拿了我的枪就是我的兵。现在想不干也可以，你拿三十支枪来取人吧！"

"唉呀，我到哪去弄那么多枪？这可为难呀！"向树蛟叫着苦。

"没有枪，就多拿点钱抵买枪！一支枪二百大洋，三十支枪，就给六千大洋吧！"

"要这么多钱，我哪有？"

"若没有，你就等着收你儿子的尸！"师兴周眼一瞪道，"我限你三天时间筹款，到时没凑齐，可别怪我不客气！"

向树蛟没办法，只好应允道："我这就去想办法，求你开恩，莫弄坏我儿子！"

三天后，向树蛟咬牙卖了油坊厂，总算筹集齐了六千大洋，方才把儿子赎了回来。

师兴周就用这种办法，不到一个月，即扩召搞了三百多人枪。其兄师兴吾见他搞到了这么多人枪，于是又同意他带兵去永顺王村驻防。其时红军在永顺十万坪打了一个大仗，一次歼灭了周燮卿部三千多人马，令国民党当局震动不已。省清剿司令部紧急调动大量兵力围堵红军，师兴周就在这时被调到了王村驻防。在王村住了数月，师兴周与红军又接触打过一仗，其实力又受了一些损失。此后不久，师兴吾忽又发病了，而且病得很严重。师兴吾自觉难过鬼门关，于是派人赶到王村，要师兴周速即赶回。师兴周骑了快马，星夜赶回龙山城，来到其兄床边，只见师兴吾闭着眼，似乎已奄奄一息。"大哥，大哥，我看你来了!"师兴周急急叫着。

师兴吾慢慢睁开眼道:"老七，我……我恐怕不行了! 我死后，这……这支部队就交你指挥了。到时怕有部下不服，你……你只照我一计去办，可保无忧。"

"什么计? 你说!"师兴周俯身问。

师兴吾遂挣扎着说: "你……你可借灵堂……要大家盟誓，明……明白吗?"

"哦，我明白了!"师兴周点头道。

"还有，你掌兵后，要多扩大实力。我们的对手刘紫梁已不足虑，他已人老，不会争雄了。那瞿伯阶恐难驭服。此人年轻气盛，又有野心，对其不能不用，但千万不能重用。"

"你放心，此人我知道该怎样对付!"

"那就好!"师兴吾又道，"你要紧紧依靠贾福吾、师文元几个自家亲属，才好办事!"

师兴周又点头应允。

接着，师兴吾又唤贾福吾、冯登庸、师文元、蔡金阶等心腹到床边，当着师兴周的面，向众人作了交代，要大家在其死后拥戴师兴周上台，掌管好师家兵马，众人都表态请他放心。

将后事断续交代完毕，师兴吾就不再言语。当晚又捱过几小时，到凌晨时，这位弃笔从戎玩了一二十年枪的老团防首领，最后在县城终因救治无效而一命呜呼了。

师兴吾死后，师兴周立刻将其遗体运回到老家内溪棚。因为天气尚热，灵柩不宜久停，师兴周只办了 2 天丧事，闻讯前来吊唁的人不少，县内凡属师兴吾统辖的大小武装头领几乎都来了。到临出柩的那天早上，披麻戴孝的师兴周找到贾福吾商议道:"大哥生前嘱我接他班掌握队伍，我想在灵堂前搞个盟誓，以后要大家同舟共济，拥戴我为首领，把师家队伍搞得更大更红火，你看怎样?"

贾福吾本是师兴周的大姐夫，过去他忠于师兴吾，现在扶持师兴周，也理所当然，况且师兴吾临死前有过嘱托，所以就应允说:"大家发个誓，可以。我去问问他们。"于是，贾福吾便一个个征求骨干首领的意见。先问师文元，他满口应承，因为他是师兴周族侄，自然表示支持。再问二营营长蔡金阶，他亦表示没意见。问到参谋长时，冯登庸表现很忧虑，因为他看不起师兴周，觉得他没有其兄的文化，将来靠不住，所以不肯应允，只是闪烁其词地回答说："现在要先治丧，等过几天再搞不迟呀！"贾福吾再征询独立营副营长瞿伯阶的意见，瞿伯阶道："我们吊唁师大哥，怎么要盟誓呢？"贾福吾将众首领的表态意见低声在师兴周耳边说了几句，师兴周一听，立刻在灵堂前双腿一跪，扒在棺材上就大哭起来，一面号淘道："大哥啊，你死不得哟！你舍我而去，你尸骨未寒哩，有人不齐心，不愿意盟誓，叫我怎么办啊！"这一顿号哭，弄得众人顿时心烦了。贾福吾乘机劝道："兴周弟，你别哭了！大哥生前交代过，要我们众兄弟全力扶持你。今天当着大哥的在天之灵，我们应当盟誓。"

师兴周听了这话，却并未止哭，贾福吾又对众人道："大家看怎么办，你们也表个态。"

"算了吧，就依你的，盟个誓！"参谋长冯登庸看着不好收场，只好表态道。众骨干头领这时无可奈何，亦只好纷纷表示同意盟誓。

师兴周待众人表了态，方才止住了哭声。

"那就照我的誓词来念！"贾福吾接着点起一柱香往灵柩前一插道，"大哥在天之灵听着：我贾福吾愿拥戴师兴周为新盟主，若有异心，天诛地灭！"

接下来，师文元、蔡金阶、冯登庸、叶仲翔等人，都一个个学贾福吾的样子在灵柩前烧香起了誓。最不愿盟誓的瞿伯阶，见众头领都盟了誓，也不得不点燃一炷香，朝那师兴吾的灵柩拜了拜，然后依样起了誓。盟誓完毕，师兴周才点头发话，让众人将乃兄的灵柩抬上山作了安葬，然后才率部返回县城。

又过数日，坐镇凤凰的陈渠珍靠种种关系，谋得了暂编34师师长一职。接着，陈渠珍以师长名义委任师兴周为龙山县保安团团长，从而使他正式接替其兄成了龙山县的头号团防首领。

2. 奉命守城

师兴周升任保安团长后，连日举办宴席，与部属们饮酒庆贺，狂欢不已。忽一日，收发电报的机密员呈上一份省清剿司令部发来的急电，内称"共匪贺逆近日内有进犯龙山城之意图，务请全力防范"。师兴周看罢电文大惊失色道："糟啦！红军要攻占龙山城来了！我们的守城力量太薄弱哩！"参谋长冯登庸建议："赶快下令，要各乡团防派人来守县城，还要去电陈师长，请求派兵增援！"

"对！对！就照参谋长的话办！"师兴周急忙点头，要副官赶紧拍发电文，同时紧急通知各乡团防速到县城增援守城，不得延误。

当天晚上，接到命令的各乡团防队，基本上都赶来了，只有个别团防队没来。其时，驻扎召头寨的瞿伯阶也接到了命令。

"去不去呢？"瞿伯阶一度有些犹豫。

"你若不去，难以交差啊！"幺妹劝他道，"你还是去吧，免得以后他们追究你失职不服命令。"

"我去了你怎么办？"

"我可以和你一块去！"

"你去行吗？"

"没关系，我们是夫妻嘛！"

"只怕这次的仗很危险哩！"

"我不怕，有你在，我就放心。"

"好！那就这么办！"

瞿伯阶遂下了决心。他把幺妹一同带着，也率部于当夜赶到了龙山县城。

接着，陈渠珍的三十四师刘文华团也赶来了，这个团有 9 个步兵连，一个机枪连，还有几门六〇炮。加上龙山县保安团的部队，守城人枪达到了三千余人。师兴周见有了这么多兵力，信心顿时大增。当夜，他召集各部首领开了个会，对守城作了详细部署。按照东西北南四门分派兵力，师兴周逐个点了将。轮到点瞿伯阶时，师兴周当面恭维他道："久闻你是员猛将，我想就由你部和贾凤吾部一起守住南门，这南门城地势最高，十分关键，你能守住吗？"

瞿伯阶道："有我在就有城在！你还不放心？"

师兴周点头道："好！有你这话我就放心了！打败红军，我会给你们请功！"

第二天，红军果然开来，很快把县城四周包围了。接着，红军开始进行猛攻，城内守军进行顽强抵抗。由于城墙工事坚固，红军久攻不下。战斗持续了一月余，城内守军渐渐守不住了，东西北门都突破了一些城防，唯有南门仍防守很坚固。那南门有个南台坡碉堡居高临下，可以控制全城，不打下南台坡碉堡，就无法占领整个县城。这时，贺龙询问一位被抓的俘虏："南门碉堡的守将是谁？""是'鼠大王'瞿伯阶！"俘虏答。"他是什么职务？"俘虏说："是个副营长！"贺龙随即到前沿一个隐蔽处向南台坡碉堡喊话道："瞿伯阶，我是贺龙！你听着，只要你把南门打开投降过来，我可以给你营长当！"

瞿伯阶即刻到碉堡内对外回话道："贺胡子，你也听着！两国交兵各为其主，你攻得下就攻，攻不下就莫费口舌！"

虽然红军反复冲锋，却都没能打开南门。此时，国民党陶广部的援军又已来到召头寨，红军组织打援也未能奏效。贺龙与任弼时等商议后，乃将围城红军作了撤离。

第二天早上，守兵发觉城外硝烟散尽，红军已无影无踪，一个个从城墙上、碉堡中探出头来，大呼小叫，高歌胜利。数日后一个晚上，师兴周大摆庆功宴席。席间，他端着杯子对众军官说："这次我们全城官兵死守48日打退红军无数次顽强进攻。可谓艰苦卓绝，在座各位都有功劳，特别是贾凤昌守东西门战功突出，现经报上司同意，特升任贾凤昌为保安团一营营长。其余官兵各有嘉奖。"

接着，他又念了一长串记功嘉奖和提拔者的名单，内中却没有瞿伯阶的名字。瞿伯阶不禁愤怒异常，他手下的几位排长也愤愤不平。这时又听师兴周道："这次全县各乡都奉令派了人马来增援守城，只有明溪乡王继安没派人来，为此我要提出批评，守城防务，各乡有责，今后不允许再发生不服调的情况！"

庆功宴会开完，瞿伯阶带着一肚子气回到驻所。他的胞弟、一排长瞿兴景即说："师兴周太不公平，他把守城功劳都记在了他的亲信们头上，我们这个连全不放在眼里！"二排长彭猴子也说："要不是我们守住南门，县城早保不住了！"

瞿伯阶道："师兴周和他的哥哥师兴吾是一丘之貉，师兴吾死了，师兴周对我们根本不信任，我们不能再为他卖命了！我决定把部队带回乡去！"

"好！我们拥护！"众人表示赞成。

于是，瞿伯阶连夜集合人马，也不给师兴周打招呼，就把队伍带出了县城。到达十多里外的喜罗乡公所，一位放哨乡丁见是瞿伯阶的保安队伍，忙进屋给乡长做报告。胖子乡长闻讯，赶紧从乡公所房里提着灯走出来，并满脸堆笑地说道："不知瞿营长深夜到来，有失远迎！"

"乡公所的人都在吗？"瞿伯阶捏着短枪问。

"都在！"

"他们的枪呢？"

"都挂在屋子里!"

"好! 这些枪我都要! 你给师兴周说一下, 就说我瞿伯阶借用了。"

"这……我怕不好交差!"胖子乡长为难了。

"你是要枪还是要命?"瞿伯阶用枪指着他的头问。

"我交枪!"胖子乡长吓出一身冷汗。他只好眼睁睁地看着瞿伯阶指挥士兵进屋, 将二十多枝乡丁的枪都收缴提走了。

3. 拜把子喝血酒

三天之后, 瞿伯阶从召头寨、老兴场辗转到了明溪乡。接着与王继安在火岩洞接上了头。那火岩一带风景奇特, 山洞奇多, 地下阴河水潺潺流出, 形成一条绿如碧玉的溪水, 当地人称之为明溪。瞿伯阶与王继安在一火岩洞边相会了。王继安当即吩咐手下人杀了两头肥猪, 并支起两个大锅, 烧饭炒菜, 让瞿伯阶的官兵饱餐了一顿。席间, 王继安说:"我久闻瞿大哥大名, 听说这次你奉调帮师兴周守南门城打得很顽强, 南门碉堡终没攻破, 大哥的功劳真不小啊!"

"别提功劳了!"瞿伯阶说,"我守城确实尽职尽力了, 可事后师兴周把功劳全都记在他的几个亲信头上, 我连边都没沾上! 这师兴周为人太不讲信用和义气, 所以我决定不跟他卖命, 把队伍就拖回来了。"

"师兴周远不如他的哥哥师兴吾!"王继安评价道。

"他还说了你很多坏话!"

"他怎么讲?"

"说你不服调, 目无上司, 是怕死鬼!"

"他娘的! 骂我是怕死鬼? 我不去就是怕死吗?"王继安说,"我是看不起他师兴周, 不愿给他卖命才没去的!, 要是师兴吾在世, 我保证二话不讲, 早服调了! 他师兴周那个德行, 我看不惯, 他不是成大器的样子, 我为何要听他的?"

原来, 王继安是从酉阳拖队回来的一个连长, 手下掌有七八十条枪, 师兴吾在世时收编了他, 让他驻在明溪乡。师兴吾死后, 他就不肯听师兴周的指挥了。

"我看, 我们两个还是意气相投的, 咱们不如拧成一股绳, 自己独立干! 把队伍拖大!"瞿伯阶建议道。

"对! 我也早有这个想法!"王继安赞同道,"我们俩不妨结拜弟兄, 以后可以互相照应！"

　　"很好！"瞿伯阶也很痛快地应允。两人随即互报了生庚时日，瞿伯阶比王继安年长一岁，做了兄长。接着，王继安让人取来几炷香点燃后放在岩洞前的香龛上，两人面对着天地下跪互拜。拜毕，瞿伯阶又拿一炷香口里念道："我愿与王继安结拜为弟兄，如有异心，有如此香！"说罢，举起香龛上的刀，一刀将香柱砍成了两截。王继安亦照瞿伯阶的方式发了誓，砍了香柱。结拜毕，王继安又对瞿伯阶道："大哥，我还想要儿子拜你做干爹，你觉如何？"

　　"好！好！这是我的福气！"瞿伯阶高兴地应允。王继安随即叫儿子王家仁给瞿伯阶行了跪拜大礼，又给幺妹行了一个跪礼，还叫了"干妈！"幺妹感到很不好意思，因为这王家仁比她年纪还略大点。但是她也不好推辞不做干妈。从此后，王家仁就成了瞿伯阶和田幺妹的干儿子。

第七章　招安受骗

1. 在炮火中降生

瞿伯阶与王继安结拜盟誓之后，即把队伍又带到了召头寨驻扎。此时，师兴周在县城已连接几处情报，都是报告瞿伯阶叛走消息的，为此他深感不安。"怎么对付这家伙？"他把几位心腹召集起来紧急商议着对策。

"我看要赶快派兵去清剿，别让他成了气候！"贾福吾首先发表意见道。

"要打瞿伯阶，恐怕不容易！"师文元分析说，"他现在和王继安搞在了一起，两人的势力不小，不能轻举妄动！"

"难道就任由他去反叛？"贾福吾又道，"现在不剿，等到他羽毛丰满，那时就更难对付？"

"参谋长，你的意见呢？"师兴周征询冯登庸道。

"我看啦，咱们不用自己动手！"冯登庸冷不丁地蹦出了一句话。

"自己不动手，怎么个搞法？"师兴周来了兴趣。

冯登庸不急不慢地又道："我们可以借国军的力量去打他嘛！新近龙山不是又驻来了一个朱团长，何不请他去出马清剿？"

"对！对！真乃高见！"师兴周连声夸道。其他几位心腹干将也都觉得这是一个好计策。

"朱团长这人不知好不好请？"师文元忽又问。

"这没问题！"师兴周说，"在我们龙山驻防，他也有清匪责任嘛！"

事情就这般商定了。过了数日，师兴周便借故在县城一家酒楼举办了一次宴会，专门邀请朱团长赴宴。席间，师兴周和冯登庸等人不断给朱团长敬酒，等到他喝得有了几份醉意之时，师兴周便开口道："朱团长，近来龙山乡下有几股土匪闹得很厉害，你能不能帮忙去清剿？"

"有哪几股土匪？你说说看！"朱团长问。

"明溪乡有个王继安，二所乡有个瞿伯阶，两人都各有一二百人队伍！势力不小哩！"师兴周介绍说："其中，瞿伯阶曾在我部任过营长，他是新近反叛才出走的。"

"就这两股吗？"

"主要就是这两股。"师兴周又道，"我被他们搞得很头痛，现在想不出什么好办法去对付，不知你有把握能剿灭吗？"

"我堂堂一个国军团长，剿这几百个土匪毛贼算什么，就包在老朱身上。"朱团长大言不惭地表态道。

"好！朱团长不愧是员勇将！"师兴周顿时高兴地叫道，"来，喝酒，咱们为朱团长再干一杯！"

众陪客遂都站身，一面举杯相碰，一面念着朱团长下乡剿匪马到成功之类贺辞，然后各人才一饮而尽。

此番宴席散去后，朱团长果然守信，很快便命手下的一个得力干将仇营长，速带一个营的兵力直向召头寨开去。朱团长另带一个营的人马在后督阵。

仇营长仗着人多武器好，也不把瞿伯阶的百多人枪放在眼里，临近召头寨时，他派人给瞿伯阶送了一信，略云"国军将至，此番特来剿除地方匪患。汝等若识时务，可从速缴枪投降，本部可予宽大释放，赦免一命。倘若负隅顽抗，大军一至，尔等性命难保，插翅难逃，何去何从，请即三思！"

瞿伯阶见了此信，亦回了一函云："本人并非土匪，为何大动干戈？汝等果欲开战，我可让你三招，三招过后，则勿怪我瞿伯阶不客气也！"

瞿伯阶将送信人打发走，即叫人把夫人撤退护送到贾坝去。幺妹这时挺个大肚子，已快接近临盆。当晚她住到贾坝一农户家里，瞿波平替她找来了一位接生婆伺候。

夜里，幺妹感到肚子阵阵隐痛，以为就要生产了，可是一直熬到天亮，孩子却还未生下来。

上午，听到远处有激烈的枪炮声响，那是瞿伯阶部在摩天岭与仇营长的队伍已交火了。据说，仇营长当日凌晨攻进召头寨，发现空无一人，遂又追踪至摩天岭，即被瞿部据险阻击，双方开始了激烈的战斗。

闻着那轰鸣震天的枪炮声，幺妹心里好发急，倘若敌军攻破防线，自己岂不要作俘虏？而这个的孩子却那么难产。她躺在床上，口里止不住地呻吟，羊水是早已破了，孩子却久久生不出来。接生婆一再催她用力使劲，她拼命地叫着挣扎，脸上的汗珠直往下滴，那痛苦的感受真难以形容。而一个女人最难过的关口，也就是莫过于生孩子之时。孩子要奔生，产妇却要奔命。最糟的是此时又战火激烈，形势急迫。在这种生与死交织的时候，幺妹真正感到了一种前所未有的紧张焦急而又痛疼的体验。

好不容易熬过几小时，到中午时分，孩子终于脱出子宫落下了地。接生婆迅速剪了脐带，将其包好。这时幺妹差不多已虚脱得昏了过去。过一会，瞿伯阶从山头撤了回来。他一进门就问："孩子生了吗？"

接生婆道："生了！恭喜你，生了个儿子！"

"好哇，我又有了个儿子！"瞿伯阶高兴地上前把儿子抱起看了看道，"好家伙，我这儿子来得真及时！我们打仗打得好凶哩！再迟一点，官军就要来了！现在赶快撤吧！"

随即有护卫抬了担架来，将母子扶上了担架，抬着就往后撤。瞿伯阶紧跟着担架走了一阵。路上，他开玩笑道："幺妹，这回又让你尝到坐轿子的瘾了吧？"幺妹嗔笑道："这睡担架怎能和坐轿相比，只是你这儿子福气大，一出生就享受到这高级待遇吧！"

"我儿子出生就闻到了枪炮声，这也是他的运气嘛！"

"你给他取个什么名呢？"幺妹问。

"我想想！"瞿伯阶边走边思考道，"儿子出生就碰上打仗，我希望这一回的仗一定要获胜，这样吧，就给他取名叫'崇胜'，这崇是他的班辈，胜就是要取得胜利！"

"好，这名字好！"两个抬担架的护卫也都称好。幺妹也觉得这名字不错，从此就将这儿子叫了个"崇胜"的名字。

2. 击毙仇营长

当日傍晚，护兵将幺妹抬回到了瞿家老家去坐月子。瞿伯阶却继续指挥部下作战。仇营长的部队追到马崇岭时，瞿伯阶又组织人马据险阻击打了一阵，又匆匆撤向了老兴的洞坎村。仇营长率部赶到洞坎，瞿伯阶在一个山头再次展开了阻击。这时，仇营长趴在洞坎的溪沟边，朝山头大喊道："瞿伯阶，你不要跑，你跑到牛屁股里，我也要用针把你挑出来！"瞿伯阶道："你来呀！我今日已让了你三招！现在可别怪我不客气了！"

仇营长哪知厉害，他提起驳壳枪大叫道："跟老子冲！"说罢，便带头冲向山去。刚冲几步，就听一声枪响，仇营长腹部中弹，身子晃了晃就倒地而亡了。这一枪是瞿伯阶用三八式步枪打的，连肠子都打穿了。众士兵忙停止进攻，将仇营长的尸体背下了火线。

瞿伯阶打死仇营长后，又率部撤出山头，径直往贾田溪后的五把刀山退去。

过了一会儿，在后督阵的朱团长率部到了洞坎。见到仇营长阵亡而死，不禁大为震惊。他忙请人找来一位村中老人问道："瞿伯阶现在逃往哪里去了？"

"他肯定跑到五把刀山去了！你们去那里找，肯定能找着！"

朱团长便叹口气道："我姓朱，命里又是属猪的，怎么偏遇带刀的山？我一把刀都上不去，又焉能去上五把刀山？"

如此犹豫一阵后，朱团长便命一个营在洞坎村作了驻扎。自己则率另一营队伍返回了县城。

朱团长没剿灭瞿伯阶，反送了仇营长等几十个国军官兵的性命。师兴周得知这一消息后，心中更觉忐忑不安了。他怕瞿伯阶独树一帜对自己更不利，于是又召集几位心腹商议道："瞿伯阶是个难啃的骨头，这次他把朱团长的国军打败了，连仇营长也送了命，这家伙现在越搞势力越大，你们看有什么好计策来收拾他？"

贾福吾道："朱团长的兵都是北方佬，他们不熟悉湘西山地作战。依我看，要打瞿伯阶，还得我们自己出马才熟悉情况。如果你决定派兵去清剿，我愿意去打头阵！"

"我就怕我们兵力太少，瞿伯阶没剿灭，反而结下冤仇更深！"师文元顾虑道。

"我看还是用老法子去招抚他们为妙！"冯登庸分析道，"我们与瞿伯阶目前尚无直接冲突，如果派人去游说收编他，再提升封他一个正营长当，说不定他会接受哩！"

"嗯，有道理！"师兴周点头道："暂时和他撕破脸皮实无必要！就给他封个官儿，看他意下如何！"

"那么，派谁游说？是不是又找老油条？"冯登庸问。

"当然，要游说瞿伯阶，只有他去最合适！"师兴周说。

"那我就通知他赶快来一趟！"

"好，派人去把他接来吧！"师兴周拍板道。

过了一日，瞿列成从老兴又被接到了县城。师兴周在一家酒店热情款待了他一番。酒醉饭饱后，师兴周才和他密商道："我这次请你来，是想要你再找瞿伯阶，他上次在守城后出走回去了，也没给我打个招呼。你告诉他，我对他没有什么意见啊！"

瞿列成道："他那次出走，听说是对你有看法，说你奖罚不公平，他才一气之下拖队走的。"

师兴周摇摇头道："这奖罚不是我一人能说了算的，你不知道，上次受奖人员也是给上司批准才颁布的，瞿伯阶的功劳我也给他呈报过，但师部没批那么多人，这也怪不得我啊！希望你能同他解释。"

瞿列成即道："瞿伯阶这人不好掌握，他就是应允回来，只怕也难呆长久！"

"没关系，你就动员他归顺我即可，只要应允依然归我属下，我可以升任他为营长。"

"行！你有这个委任，我便去试试！"瞿列成点头应允了。

当晚，瞿列成即从县城到贾田溪瞿家大院，很快便找到瞿伯阶说："师兴周托我又找你来了，他想要你再归顺他哩！"

"算了吧！列成叔，人家都讲你是个'老油条'，油嘴滑舌的，你别再替他游说了！"瞿伯阶拒绝道，"师兴周这人不讲信用，我信不过他！上次老子为他在县城卖命守城，他连功劳提都不提，几个授奖人员，都是他师家亲戚，搞法太不公！"

"这事我对他讲过！"瞿列成也不气恼，只耐心解释道，"他说记功之事也给你呈报过，但上司因人员有限，没有批，这怪不得他哩！"

"放屁！我才不信！"瞿伯阶道，"他这话只有哄小孩子！"

"不管怎样，师兴周对你还是信任的！"瞿列成又劝说道，"上次他哥也应允给你封副营长，还是作了数的！这次师兴周又说，只要你肯归顺，他可以升任你为独立营长！你看怎样？这可是个好机会呀，俗话说，机不可失，失不再来呀！"

"他真能任我为营长？"瞿伯阶果又动心了。

"是真的，他亲口对我说的！"瞿列成道，"他这次是真心诚意，我敢担保。"

"要是真的，我可以考虑。"瞿伯阶想了想又道，"不过，我现在和王继安是捆在一起的，他给我封了职，还要给王继安封个职，要达成这个条件，我就归顺他！"瞿伯阶又提条件道。

"这好办！我一定转告让他做到。"瞿列成表示不成问题。

果然，当老油条再返龙山城，将瞿伯阶的要求转告后，师兴周满口应允，当即便拿出两张委任状来，用毛笔填写好，给瞿伯阶封了一个营长头衔，给王继安封了一个副营长头衔。然后让人把冯登庸叫来道："冯参谋长，烦你走一趟，你和瞿列成一块去贾田溪一趟，给瞿伯阶把任命状送去，好好安抚一番他，怎么样？"

"好吧！你要我去，我敢不遵命！"

冯登庸遂带了几个护兵与瞿列成再到贾田，当面把委任状给瞿伯阶道，"师团长要我当面给你受封，恭喜你高升营长！"

"谢谢。劳驾你跑一路！"瞿伯阶客气地接过委任状道："只要师团长信得过，我瞿伯阶是讲义气的人，不会给他添乱！"

"好！有你这话，他就会放心了！"

两人说罢，瞿伯阶又陪冯登庸一块来到明溪乡，在飞岩洞边找到了王继安。

"大哥，有什么好事吗？"王继安见到瞿伯阶便问。

"当然有！"瞿伯阶指着冯登庸介绍说："这位是师兴周的参谋长，姓冯！他受师兴周之命，给你我带来了两张委任状，封我为营长，你为副营长！我已接受了委任，冯参谋长让我陪同来找你，要你也接受这委任，你看行吗？"

"既然大哥都接受了，我还有什么可说。"王继安道，"但我有句话想问你，咱们到那边去谈吧！"

"行！"瞿伯阶即和他到了洞旁一侧无人处。王继安道："大哥，师兴周这人狡猾得很，上次朱团长带兵来追剿，听说就是他的主意，现在他没剿灭，又想出收编委任办法，这事会不会是一个阴谋？我怕他把咱收编了，到时要调我们怎么办？"

"不怕！咱们骑驴看唱本儿，走着瞧！"瞿伯阶道，"他要调动，我们不去，他亦无法。他给我们封了官，咱们可以打着他的旗号，更好活动了，国军也就无理由再追剿我们，所以，我想暂时可以接受他的委任。"

"那好吧！就依你的！"王继安遂应允了。

两人接着走出来，与冯登庸热情地交谈了一会。冯登庸把委任状给了王继安，同时对二人一再恭维道："你们两位都是有实力的人物，将来前程不可限量，以后升了高官，可别把我忘了哟！"

"怎能忘了你，像你这样的高参，谁都想要啊！"王继安说罢，就命人去明溪河里弄了条鲜鱼，几个人大吃大喝了一顿。当晚就宿在明溪。第二天上午，冯登庸才和两个护兵一起骑马赶回县城交差。

3. 险遭算计

瞿伯阶得到新的委任后，仍旧把队伍驻扎在五把刀山。过了不久，湘西政局忽然发生大变。暂编34师突遭改编，师长陈渠珍终被何健以剿红军不力为由撤去了职务，并将陈渠珍以省府委员名义调到长沙闲居了起来。与此同时，湘西各县的地方部队大部分被集中收编，准备调往前线去抗日。师兴周这时亦接到命令，让他将龙山的地方部队编一个团，由他任团长带去前线参加抗战。

"怎么办，执不执行这个命令？"师兴周感到很恼火。他匆忙召集几个心腹，又紧急商议起对策来。

"让我们上前线，实际上是要我们去当炮灰！咱们不干，看他们怎办！"贾福吾发牢骚说。

"你不干，他们就有了口实，正好吃掉我们。"师文元道。

"要吃掉我们，咱就和其对干，怎么样？"贾福吾又说。

"对干？你和政府军队对抗得了？"师文元道，"现在湘西剿红军的国军有几个师都还没走，他们无事可干，正好借剿匪之名要吃掉咱地方部队。我们区区一个团与其对抗，岂不以卵击石！"

"不好干，又有什么好办法？"贾福吾问。

"别的办法没有，我们还是开到前线去再说。"营长蔡金阶道，"若真去打日本，那也值得，咱们有本事去战场上露几手，把日本鬼子消灭了，还可以立功。"

"听从命令是对的！"参谋长冯登庸说，"不上前线，上司追起责任来谁也担当不起。不过，我个人年纪大了，请求退役下来到里耶去经商。"

"你留下来也行！"师兴周应允道，"我们部队还是得接受改编，都不去是不行的。我决定还是服从命令，把部队带出去。"

"你去，咱们都去！"蔡金阶表态道。

师文元与贾福吾遂也决定跟随同去。

"瞿伯阶和王继安两人怎么办？"冯登庸又问。

"让他们各派一个连吧！他们部下各有二百余人，最多也只编得两个连。"师兴周说。

接受整编的方案商议完毕，师兴周就令参谋长造了一个花名册，然后送给了在龙山来监督招编事宜的陈兰亭旅长。陈旅长研究了一下花名册名单，即派人将驻龙山城的朱团长请来商议道："这个名单你看一下，上面有哪些是土匪头子，上级命令我们借此机会干掉一批。"

朱团长把名单看了看就道："这瞿伯阶和王继安所部均为土匪，他们住在乡下，只怕难收编来哩！"

"没问题，要他俩率部参加整编抗日，把他们骨干统统杀掉，其余的可带去抗日。"

"好，若能把瞿伯阶捕杀，那就去了龙山一大匪患。"

两人如此商议后，陈旅长即派了一个张副官去和瞿伯阶接洽整编事宜。张副官要师兴周写了一封急函带在身上，然后来到贾田溪，找到瞿伯阶后，就将那份函件呈了上去。瞿伯阶展函一读，只见上面写道："近接师部陈渠珍师长令，各县拟抽调一个保安团去前线抗日。现命你部派一连武装，速到龙山城参加整编。编后即赴前方作战，不得延误。"

"这其中会不会有诈？"瞿伯阶把来函告诉了大家，众首领都感到哗然。瞿伯阶也有些疑惑不定。

"我看问题不大！"连长瞿兴景说，"如今抗日形势很紧，前方作战需要兵员，整编我们应该是诚意的吧！"

"为了保险起见，我们不要把枪带完！"黄毛狗提议说。

"对，就派百把个人去应付应付！"瞿伯阶遂拿定主意。他决定派自己的胞弟瞿兴景带一个连去接受收编，自己则留下来以观动向。

主意想好后，瞿伯阶便对张副官说："我愿意整编一个连去参加抗日，你看怎么样？"

张副官道："很好！抗日大事嘛，人人有责！我期望你能尽快率部出发，明天要赶到县城。"

"明日走就明日走。"瞿伯阶又道，"我已决定让我的兄弟兴景带队去！这一次，我把所有枪都上缴了，今后政府只要保护不出事，我也不愿玩枪了！"

"你不带队也可以。"张副官假惺惺又道，"你不玩枪了，这是好事，但你在地方上搞了这么久，难免不得罪一些人，虽然政府可保护你，但留几条枪自卫嘛，这也是应该的！"说罢，就主动提议给他留了长短枪各两支。而瞿伯阶暗里还另留了十支步枪，两支短枪。

第二天，瞿兴景即将队伍带着和张副官一起走了。瞿伯阶则只带七八个卫士住在家里没动。到傍晚时分瞿伯阶对幺妹说："今日我感到双眼皮跳，恐怕有不测哩！"幺妹这时也觉心很不安，就像有什么事要发生。便对警卫班长彭麻狗道："我看情况有点不对头，你们别住家里，还是赶快转移吧！""你怎么办呢？"瞿伯阶说。"要走，你们走，我带孩子拖不动，就留在家里。"幺妹说。"行，你就住在家，好好照看孩子！"瞿伯阶说完，即命卫士准备好鸦片烟具，让家人留下，然后带着几个亲信朝另一村子转移了。

当日深夜，果真就出了事。那驻洞坎村的朱团长的一个连，由伍连长领着，悄悄来到瞿家寨，将幺妹住的楼房包围了。一阵乱枪扫射之后，十多个士兵闯进屋来，四下搜索，却没发现瞿伯阶踪迹。只有幺妹这时带着一岁多的儿子还睡在床上。那射进楼房床边的子弹，有八颗之多，幸而一发都未打中。

"起来，你丈夫呢？"一个士兵大声吆喝道。

"他昨晚没回来！"

"去哪儿了？"

"我不知道！"

幺妹爬起来穿好衣裤，慢慢起了床。

"把你孩子带上，跟我们到县城走一趟！"伍连长命令道。

"长官，别把她带走吧！你们有本事就去找我儿子嘛！"老父瞿代谊求情说。

"不行！我要抓她母子作押！"伍连长道，"你儿子若不投降自首，我们连你也要一齐抓！"

"我儿子不是缴枪了吗？"

"他还隐瞒得有！"

"那我也没办法！"

"请你转告你儿子，我们把他的老婆孩子带走了，你要他赶快来县城赎老婆儿子，否则别想释放！"

伍连长说毕，就命令士兵将幺妹母子押到龙山县城关了起来。

第八章　占山为王

1. 老寨借兵

却说瞿伯阶当晚走出老家后，转移到另一个村子住了下来。半夜时分，他听到远处一阵密集枪声，知道大事不好，自己家里遭了偷袭。估计那被招编去的队伍也一定凶多吉少，国民党是不会放过自己的，他们一定还会追捕搜剿。在家乡不好立足，他又转移到了明溪乡。在明溪乡找到王继安，得知王继安被招编去的队伍也吉凶未卜，王继安放心不下。两人商议一阵，决定投奔酉阳老寨去躲避追剿。

第二天上午，瞿伯阶一行来到酉阳老寨，找到瞿伯阶的一个堂姐家中。其堂姐的公公名叫彭继才，是当地一个乡长，手下有三百多人枪，在当地也很有势力。经堂姐介绍，瞿伯阶与彭继才见了面。彭继才问他道："久闻你在龙山干得不错，是什么风把你吹到了这山寨？"

"亲家公，不瞒你说，我遇到了大难！"瞿伯阶遂将自己队伍被招安受骗的事细说一遍。然后又请求说："眼下他们追我很紧，我想在您这里住一段，避避风声。"

"好，好！这没问题，在我这里你只管放心！你想住多久就住多久！你只管放心！他们拿你不着！"

瞿伯阶遂和王继安等一起住了下来，同时又派了人回去打听消息。数日后的一个傍晚，瞿伯阶的一个老部属熊安乐带一个同乡向道和忽然到了老寨。瞿伯阶一见面便惊奇地问："熊安乐，你怎么会到这里？你不是随兴景招编去了？"

"瞿大哥，我们上当哪！"熊安乐悲愤地说，"你还不知道吧？我们那个连只开到毛江坝，就被集合在一个草坪缴了械，当兵的被编散到别个队伍抗日

88

去了。瞿连长、曾参谋和二十多个骨干弟兄都被机枪射杀了！我是乘机倒下装死没被发觉，才侥幸在夜晚逃了回来！接着朱团长的队伍还在四下搜捕，他们借口要清除所有匪患，到处想抓你，却找不到踪迹，我就猜你可能到老寨来了。"

"他妈的，国民党的军队真可恶！"瞿伯阶愤愤道，"他们骗得我好苦，把我的部队搞光了，我弟弟也被杀了，老婆孩子也被抢了，这笔账一定要清算！不报此仇，我瞿伯阶誓不罢休！"

"对，这仇一定要报！"向道和随即插话道，"瞿营长，我早就慕你大名，想帮你出个主意，一起来报仇哩！"

"你有什么好法子吗？"

"我今日来此就是找你商量这个事的！"

"你说吧，你有什么好办法？"

"我有个兄弟在县城警察大队当中队长！"

"他叫什么名字？"

"向道美！"

"啊，是向中队长，有这么个人。"

"是啊，你怎么知道的？"

"我在龙山守城时就认识他，你这兄弟有什么高见吗？"

"对！我老弟说了，只要你去攻打龙山，他愿意做内应！"

"你弟为何愿这样干？"

"他想帮我！"向道和又道："不瞒你说，我是从省八师学校毕业的，回县没工作干，本想找县长周献坤谋个乡长当一当，可我花了不少钱财，费了好多力，周县长就是不肯。我想借助你的力量一起去打县城，把县城打开了，也好出我一口气！"

"啊，即是这样，我们确实可以合作一干！"瞿伯阶点点头，遂又问道，"不知龙山城近日防守兵力如何？"

"现在国民党的正规军都撤走了，师兴周的部队也被整编走了，城里只有警察大队的人在驻守！"

"好，此乃天助我也！"瞿伯阶兴奋了，他想了想又道，"这样吧！你再回去跑一趟，要给你老弟讲好，坚定其心，让他作好准备！我这里准备找彭乡长借几百兵马，到时攻进城来，请你弟事先把城门打开。城攻下了，一切缴获子弹枪支都可归他所有！还可编一支队伍由他统领！"

"行！就这么办！"向道和表示很赞成。

于是，瞿伯阶在当晚就拜见彭继安，将攻龙山城的计策一一道出，并请他借兵助一臂之力，彭继才马上表态："没问题，就借你200多人马！"

2. 攻占龙山城

第二天一早，向道和便先行又返身到县城，与其弟再次进行了一番密谋。一切商议妥当后，向道和再至老寨，把情况告诉给瞿伯阶。瞿伯阶遂下定决心，于当日黄昏前率部出发，连夜急行百余里，到拂晓时已赶至龙山城边。这时，向道美已命部属暗将南门城打开，瞿伯阶的部队长驱直入，很快便攻进了城。驻防城内的三个警察中队来不及抵抗便一个个被缴了械。县长周献坤尚未起床就被活捉了。

打进城后，瞿伯阶最挂念的还是妻儿。他率领一排兵力，亲自攻至监狱，十多个守兵乖乖当了俘虏。一个狱卒被迫拿来钥匙，打开了监狱大门。几十名犯人都被放走了。王继安的儿子王家仁也押在监狱被取了出来，原来王家仁所带的一个连在招安之后被编散，王家仁因被怀疑是土匪而被关了起来。田幺妹这时带着儿子也与瞿伯阶又见了面。

"让你受委屈了！"瞿伯阶对她说。

"没什么！他们没怎么虐待我，我就担心你，还以为见不到你了！"

"哪能呢！他们抓不到我，我是打不死的程咬金嘛！只要我不死，就一定会东山再起。"

瞿伯阶说毕，就带着田幺妹一起来到了县政府。他往办公室的太师椅上一座，命人叫来县长道："周县长，这县官椅子你还可以坐，不过嘛，你要给省府报告，给我封个正规保安团长，怎么样？"

"遵命！鄙人只要保护人身安全，你要怎么办就怎么办！"周县长无奈地说。

"好！你倒爽快！就这么定了！"瞿伯阶挥挥手，让人把他带下去了。接着，瞿伯阶又召集会议，宣布自任保安团长，王继安为副团长，向道和为团部副官。下编为两个营，让彭雨清和王家仁分别担任营长。向道美另任独立连连长。瞿波平提升为特务连连长。为了防止各自队伍发生冲突，瞿伯阶自己决定住到县城外的太平山庙内，向道美、向道和和彭雨清所部分别住县城，王继安和王家仁住城外石膏山。同时颁布命令，不准在城内进行抢劫，骚扰商家。如此吩咐完毕，各部便都奉命驻扎去了。

第二天上午，瞿伯阶把团部撤到了太平山庙里。刚上山住下，那向道美忽然气冲冲地上山来，对瞿伯阶说："瞿团长，当初打龙山，我们约定过，你应允攻进城后，把所有枪支子弹给我，可现在他们都不给。"

"这没问题！"瞿伯阶道："君子一言，驷马难追，我说话是算数的！凡是我手下缴获的枪支弹药，保证都退给你。"

"那还有王继安的呢？"

"他那里缴获的，你也可去交涉，此事好商量嘛，不要伤和气！"

"只要讲话都算数，我也不会生气！"

"那你就好好去讲，看他怎么说！"

向道美于是来到石膏山，又把要枪的意思说给了王继安。王继安却不肯认账道："枪是我们大家缴的，也不能全给你呀！虽然当初有过许诺，但你也不要喉咙太大嘛！"

"我只知讲话要算数，要守信用，你不守信用怎么行？"

"我怎么不守信用？"王继安气呼呼道，"攻这县城是我和大家的功劳，难道能记在你一人头上？这枪是我们缴获的，就是不退给你！"

"嘿，你不退，我们去找瞿团长评理！"

"你去找吧！"

两人如此争执几句，结果闹了个不欢而散。

第二天，有人向瞿伯阶报告，王继安已把自己队伍拖回去了。瞿伯阶大吃一惊。王继安这一走，势力就大减了。县城兵力太少，倘若国民党部队一来，免不了会吃大亏。他遂和大家商议，决定主动退出县城。

3. 捉"肥羊"过大年

当日上午，瞿伯阶便率部匆匆撤走了。一伙人离开县城到了达拿乡境内。几百人的队伍要吃要喝，开支给养是个难题。彭雨清建议道："这达拿乡很富足，我们要捞一把。"

瞿伯阶点头道："这里有大户人家，可以吊几只肥羊，但对穷人家不得冒犯！"

众部属得到允可，乃开进王和坝进行"吊羊"。这坝上有一大户人家，女主人贾氏是师兴周姐夫贾胡吾的姐姐，已被任命为排长的瞿波平当先闯进贾家屋中，用枪指着贾氏夫人道："你就是贾胡吾的姐姐吗？"

"是呀，你们是哪部分人？要干什么？"

"我们是瞿伯阶的部队，找你没啥别事，只要你给几万光洋！帮我们筹点给养！"

"唉呀，你们口气可真不小哇！"贾氏气恼地说，"几万光洋？你是说浑话吧！我哪来那么多光洋？"

"没有？没有就跟我们走一趟！"瞿波平说罢，就用手一扯贾氏，将她推出了门去。其余兵士在屋内翻箱倒柜，将所有值钱东西都掳掠了一空，临走，瞿波平又对贾氏的一个管家说："你赶快告诉贾胡吾，要他帮助想办法，拿四万元块光洋来赎人！"

"贾胡吾上前线抗日去了，他和师兴周一块走了，叫我上哪里去找？"管家为难地说。

"找不到，就找她男人，要他赶快想办法来取人。"瞿波平又说。

原来，那贾氏的男人当天不在家，在外做生意去了。瞿波平等人逮住贾氏夫人，都认为吊住了一只肥羊，于是把她押到了明溪乡飞虎洞里看守起来，只等贾家拿钱来赎人。哪知，此事由贾氏男人报告给县府，县长获讯后即与省府联系，很快派了一个保安团来追剿瞿伯阶。保安团的队伍开到二所乡，瞿伯阶决定将队伍转移。临走前，他召集部属商议说："这次保安团又来围剿了，敌众我寡，我想只有避避风头，准备撤去来凤。你们看，这个'肥羊'由谁来看守？"

"这样吧！由我们兄弟留守！"向道美主动说："这个山洞地势险要，我们可以居险留守，我们的家又在附近，这事就交给我们兄弟了。"

"由你兄弟守是可以，不过，你们得把'码子'看住，可别让她跑了！"瞿波平不放心地说。

"你俩只要守住她，有人赎钱了，可以给你俩提成10%！"瞿伯阶表态道。

向道美一想，按4万元价码提成，两兄弟可分得4000元光洋，岂不发了财。于是拍着胸脯保证道："你们放心吧！我几十条枪，不信就守不住这个洞！"

"那好，这头'肥羊'就交给你了！"

瞿伯阶说罢，就带着队伍撤去了来凤卯洞。只留下向道美与向道和等40多人继续守在飞虎洞。此洞面积很大，里面足有几个篮球场宽，其深长达数十里，且至今无人探险走通过。洞口的上面则是数百丈高的悬崖峭壁，下临明溪深潭，旁边只有一条小路通向洞口。向道美兄弟将这洞口边的小路封死，然后把队伍收进洞内，再凭险据守着，自以为万无一失。

此时，县府所派的一个营的军队很快就开来了。这回又是朱团长亲自指挥带队。朱团长把一个连摆在左侧，一个连摆在右侧，将山洞严密封锁后，然后用六挺机枪同时扫射，那洞口被打得火花直冒，碎岩乱飞，打了一阵，朱团长便下令出击。几十个士兵拿着上了刺刀的步枪就往洞口冲去，刚到洞口下边，里面一阵枪弹射下来，冲在前面的几个士兵顿时中弹倒在地，后面的人随即趴下，不敢再往上冲。

"给老子甩手榴弹炸！"朱团长又下令道。两旁的士兵遂又跃起冲至洞侧，接连向洞内扔了十多个手榴弹。一阵爆炸响过，洞内的守兵被炸死了十多个。众士兵再向洞边冲去。刚到洞口，里面又射出一阵密集子弹，冲锋的士兵再次被火力逼退了回来。

眼看这飞虎洞地势不利强攻，朱团长只得下令把洞口守住，他采用封锁的办法，想使洞内断了粮食。就这样接连围了 4 天。一面围，一面不停地攻打。到第五日，朱团长又下令进攻。一阵枪响过后，洞内竟无回应。众士兵再冲进洞去，只见洞里除了被打死的十多具尸体外，其余人已不见了踪影。

"奇怪，他们跑哪去了！"朱团长再命搜索。搜了半天，一个士兵忽然大叫道："喂，这里有人！"

众士兵执着火把走过去一瞧，只见一个胖妇人嘴里塞着毛巾，双手被反绑在岩柱上，正吃力挣扎。

"贾夫人！她就是被绑架的贾夫人！"有士兵认了出来，几个人随即将她解了绳索，扯掉口中毛巾，拖出了洞口。

朱团长见贾夫人被释放，立刻上前问道："那些土匪跑哪去了？"

"他们昨晚跑了！"贾夫人指了指洞内道，"那洞里另有一个出口！"

"他妈的，又便宜他们！"朱团长骂了一句，随即下令撤兵，也没再追赶。

此时，从另外洞口跑出来的向道美，带着十几个弟兄已到了来凤卯洞。

"你们怎么跑了回来？"瞿伯阶见到向敬海到来十分吃惊。

"粮食断了，我哥也被打死了。我们守不住，只好放弃了！"向道美悲伤地说。

"那肥羊呢？"

"被他们解救了，我顾不了啦！"

"嘿！你不是保证要守住码子吗？你的人伤亡那么多，人质又没守住，损失这么大，真是该杀！"瞿波平愤然说。

"对,连码子都没看住,要他负责任!"众人纷纷又责备。

"算了吧!"瞿伯阶道,"向道美没守住'肥羊'是有损失,但他上次攻城有功,他的哥哥又被打死了,遇到这样的不幸,我们怎能再责备他,应该原谅安慰他。"

大家听了此话,便不再责备了。此时,瞿波平又道:"没有了'肥羊',这年关将近,咱怎么过?"

"再想办法吧!"瞿伯阶又道:"年前我们一定要搞到年货。"

4. 绿林新主

在来凤卯洞住了数日,瞿伯阶正欲派人再去捉拿"肥羊",忽有龙山一支三四十人的武装首领"老松鼠"派人送了一封信来。"老松鼠"的本名叫贾松青。他信中大意是来投奔瞿伯阶,但不知他能否容纳。瞿伯阶当即回函表示非常欢迎,并约定他来卯洞相会。

次日上午,"老松鼠"带着漂亮的压寨夫人一道来到了卯洞,与瞿伯阶及其部属们相见了。瞿伯阶命人打来几只麂子、兔子,在洞内摆了几席野味宴进行款待。

席间,贾松青对瞿伯阶道:"久闻瞿大哥侠义大名,前些日你们占了龙山城,我就想率部前来投奔,谁知到县城附近,听说你把队伍拖到来凤来了,我就跟着到了这里。今天能得大哥收纳,实乃三生有幸,容小弟敬你一杯!"

瞿伯阶举杯与他一道喝了,然后用筷子夹了一块麂子肉道:"吃菜吧,我这里没什么好招待的,这野味还是你来了弟兄们特意去打的!"

"不错,不错,有这麂子肉吃,比什么菜都好!"贾松青客气地回道。

"你拖队搞了几十人枪,也不简单呀!"瞿伯阶又道:"你是怎么搞起这队伍的?"

"我是被逼上梁山的!"贾松青说:"两年前,我们乡里的保长熊酒桶抓我们壮丁,我到后山躲了起来,熊酒桶逼我父亲交人,我父亲交不出,几个枪兵用枪托把我父亲毒打一顿,打成了重伤,几天后,不治而亡。后来,我为报仇,把熊酒桶杀了,又邀伙计夺了几个保丁的枪,慢慢就把队伍拖大了。"

"你这位娘子是怎么搞到一块的?"坐在同席相陪的王继安接着又问。"这是老天赐的缘分呀!"贾松青道:"她本是贾坝场上一个良家女儿,名叫梁仙玉,人称梁仙女。我在贾坝搞掉了一个乡公所,提了十几支枪,那次意外见到了这梁仙女,觉得她长得不错,就托人做媒,后来就将她娶上山做了老婆。"

"好啊，你娶了梁仙玉这个仙女，真有福气呀！"瞿伯阶笑着道："你们两位看起来是像天仙配呀！"

"什么天仙配，是他把我抢上山才当了压寨夫人的！"梁仙女直言不讳地说，"你们这些男人，一手拿枪，一手就要抱个乖妹子，有什么办法！"

"嘿嘿，直率，直率！你这是说的英雄爱美人，美人其实也爱英雄！是不是？"瞿伯阶哈哈笑道，"就算他是抢了你做压寨夫人，你也早习惯了吧？"

"有什么办法，嫁鸡随鸡，嫁狗随狗。"梁仙女又道："我成了他的人，也只有跟着他走！"

"我这夫人就是不错哩！"贾松青又道，"她跟我学会了骑马打枪，一手枪法准得很，比我还厉害，不信可试试。"

"真的么？那就打两枪让咱们弟兄开开眼界。"瞿伯阶说着，即命人在岩洞口边让人点亮两根蜡烛，要梁仙女当场试枪法。

梁仙女也不客套，她从怀里拔出短枪，朝数十米外的两根蜡烛"啪啪"两枪，就见烛火顿时被击中熄灭了。

"好枪法，真好枪法！"众人啧啧夸赞着。

"好，有这等好功夫，你们夫妻二人以后可以双双并肩作战，各成猛将了！"瞿伯阶也高兴赞扬着，并且当场宣布，任命贾松青为连长，梁仙女为副连长。贾松青表示感谢道："我无功受禄，不好意思，今日初到，特捐5000大洋充公，算作见面礼，以表我贾某一番诚意，"说罢，即叫人将一担大洋呈献了上来。

"哟，你哪里搞得这么多钱？"瞿伯阶大喜道："我们正想派人去弄只肥羊，搞点款子好过年，没想到你一来就解决了这给养的大问题。"

"我还不是才捉了一只肥羊，"贾松青道："那家伙姓覃，是龙山城郊一个大土豪，我们把他捉去，他家老老实实把钱送来了，我们就把人放回了。"

"嗯，搞地主老财的，没错。"瞿伯阶又夸道，"你一来就立了大功！以后干得好，可以担当重任。现在，有了这钱，我们就不急着下山了，让大家好好过个年，快乐快乐！"

众部属随即都欢呼叫好。这一年腊月，一伙人就在卯洞吃吃喝喝，痛痛快快地过了一个年。

在来凤卯洞一带活动了几月，瞿伯阶部渐渐发展到了五六百人枪，不久，瞿伯阶将队伍又带回到了二所乡，把营部驻扎到了老兴场。一日下午，彭雨清忽然走出屋向瞿伯阶报告道："瞿大哥，萧瑞禾拜访你来了！"

"啊，稀客，稀客，请他进来！"

只见穿一身黄布军官服的萧瑞禾就跟着进了屋。瞿伯阶连忙上前与他握了握手道："你这黄埔生，怎么跑到我这来了？你不是跟师兴周上前线打日本鬼子去了吗？"

原来，这萧瑞禾是黄埔六期毕业的学生，曾在师兴周部任过连长。师兴周部整编到前线去抗日，萧瑞禾也随其上了前线。

"告诉你，师兴周又回来了，他现在在县里还没谋到职。"萧瑞禾说。

"他怎么又回来的？是不是临阵脱逃？"瞿伯阶问。

"不是，不是！"萧瑞禾忙解释道，"师兴周是辞了职，得到批准才回来的，他主要是不习惯在正规军的生活。"

"还不是怕死在东洋鬼子的枪下，这老滑头！"瞿伯阶调侃道，"哪你呢？堂堂的黄埔军官，难道也怕日本鬼子不成？怎么也跑了回来？"

"我岂会怕和日本人打仗！"萧瑞禾道，"我们在前线与日本鬼子交了几次火，因为部队伤亡大，上司同意我回来再招兵马，我就回来了。谁知到了县里，才知招兵不那么容易。我到你处来，就是想和大哥商议，能不能把你的部队整编拉去抗日。"

"让我的部队整编去抗日？你又玩什么花样！"瞿伯阶嘿嘿冷笑道，"上次县府也是动员把我的部队整编去抗日，结果呢，搞掉了我百多人枪，把我妻儿也捉拿了，难道我现在还会上当不成！"

"不，你别误会！"萧瑞禾又道，"我这次回来拖队，是真想去打日本鬼子的，如果你不同意，也就算了。政府没有派我来整编你的部队，是我个人来找你的。"

"若是这样，我劝你就留在我部怎么样，就在这里干，我给你任个参谋长。"

"你不是有个参谋长曾庆如吗？"

"他呀，被骗整编，杀头了！"

"可惜，可惜！"萧瑞禾叹了口气又道，"你现在人枪倒是不少，找个好参谋是有必要。"

"正因如此，我才劝你留下，就在我部干，我不会亏待你。"

萧瑞禾想了想又道："你要是想收纳我，有个建议不知肯依不？"

"请讲！"

"我的建议是，你要以抗日的名义成立一个湘鄂川边抗日游击司令部，这样会有很多好处。"

"有哪些好处。"瞿伯阶眼睛一亮，"你说说看。"

萧瑞禾侃侃而谈道："第一，你用了抗日的名义，会顺应潮流。古人曰'名不正则言不顺。现在用抗战的名义拖队伍，一定会赢得舆论好评。第二，既然成立了司令部，就可以大张旗鼓扩召人马。把人枪搞得越多越好。现在玩枪杆子，搞小了不行，终究没出路，你只有搞大了才有办法。搞大了，就可以脱离湘西的派别，到那时，蒋介石都会收编你，你不就成了他的直系部队！"

"对，把队伍搞大，确实是个办法！"瞿伯阶深以为然。

"还有，你搞了这么大支队伍，要加强纪律约束，不能胡搞乱来，把名声搞得太坏。这样会失去百姓拥护。"

"对，你说的这几条都挺重要，到底是黄埔生，看问题就有远见嘛！"瞿伯阶夸赞道。

"如果你能照我的建议去办，我就愿意助你一臂之力。"萧瑞禾又道。

"嗯，你这建议我马上可以采纳！"瞿伯阶表态道，"你愿留在这里是瞧得起我，我若成了刘邦，你就是我的张子房，我若成了刘备，你就是我的诸葛亮！"

"行！你这样提携信任我，我当然得效劳卖力！我决定留下来。"萧瑞禾说罢，遂又从挎包中掏出一本纸装书递给瞿伯阶道，"我初来没有见面礼，就送给你一本书。"

瞿伯阶接过来一看，见是兵法著作《武经七书》，哪七书，原来是《孙子》《六韬》《吴子》《三略》《尉缭子》《司马兵法》《李卫公问对》。瞿伯阶当下喜出望外地说："好，你这份见面礼太重要了，我一定得好好钻研一番，咱们一起把队伍拖大起来。"

萧瑞禾遂留在了瞿伯阶部，此后瞿命人都恭称他为萧何。

经过一段时间谋划准备，瞿伯阶便以抗日名义，正式宣布成立了湘鄂川边抗日游击司令部。瞿伯阶任司令，王继安为副司令，萧瑞禾任参谋长，司令部暂时下设两个支队和一个特务大队，分别由彭雨清、贾松青、向敬海、王家仁任大队长，瞿波平则担任了特务大队长。

第九章 石堤枭雄

1. 拉杆子杀刘四

当瞿伯阶在龙山渐把队伍拖大之时，与之比邻的永顺县，接着又出了一位轰动一时的绿林英雄，其名叫做彭春荣。据说他吼叫起来，声音特别大，故被人取了个绰号，称做"彭叫驴子"。（作者注：因为瞿伯阶部曾与彭叫驴子部有过一段合股经历，为弄清这两股武装的合股原因，2001年腊月初，我与摄影师骆驼曾先后两次专程到彭叫驴子的故居地他沙溪村作过采访。从石堤西去他沙溪村的路沿一条溪沟向里延伸。溪沟两岸有一座座丘陵小山，彭叫驴子的屋场，即处在溪沟一侧的山丘上。那老屋门前有块坪地，最早的老屋据说早已被烧毁，现在的老屋是1949年后修的，共有五间，从房子的修建规模来看，这家属农村中产之家。事实上彭叫驴子的祖父是清朝贡生，父亲读过高小，在当地属于知识分子，但家里并不富裕。到彭叫驴子出生时，其家已败落了。彭叫驴子共两弟兄，其兄名叫彭秀圭，1949年后去世。我们两次到他沙溪采访，找到了给彭叫驴子当过护兵的姚春香、彭自清两位老人。他们给我们讲述了彭叫驴子的一些故事，使我们了解到了许多有关彭叫驴子的传奇经历。）

且说1935年冬的一个深夜，21岁的彭叫驴子提着一支上了子弹的步枪，悄然向石堤乡凤栖坪寨子的刘四家里摸去。那刘四是当地一位保长，家里有财有势。一年多前，贺龙领导的红军在永顺一带活动，寨中有个穷青年彭传绪带头造反，在红军的鼓动下，当了农会主席。有一次，彭传绪带着游击队到凤栖坪打刘四家的土豪，刘四闻讯逃走了。其父被游击队枪杀而死。后来红军北上抗日去了，刘四带着保安团卷土重来，在他沙溪抓住了彭传绪。刘四命人将他一索子捆绑住押到凤栖坪，吊在一棵树上毒打了一顿，打得皮开肉绽之后，又凶残地用尖刀割了他的鼻子，挖了他的眼睛，其时彭叫驴子正在永绥的一支保安部队里当兵，闻知彭传绪惨死的消息后，彭叫驴子悲痛不已，因为他和彭传绪从小一起长大，按辈分算，彭传绪又是他的侄儿。叔侄俩年纪差不多，平日又是好友，彭传绪被杀后，彭叫驴子气愤不已，便决心为他报仇。一日夜里，轮到他站岗，他便悄悄偷了两支长枪，再用一床睡垫将两只长枪卷紧捆好，连夜翻山越岭，走了180多里小路跑回了永顺。回到家时，其母亲和他的妻子符芝兰正在吃早饭。彭叫驴子推门进来，母亲惊奇地说："咦，你怎么回来了？"

"想家呀！"彭叫驴子说着，抱着捆枪的睡垫朝门后一放，往椅子上一坐就直抹汗歇气。

"快吃饭吧，一定饿了！"妻子符芝兰盛了一碗饭给他。彭叫驴子接过碗，接连吃了几大碗才放下。饭毕，妻子又问他："你搬的什么东西，累成那个样子？"

"莫做声，这是两支长枪，是我从部队里摸来的！"彭叫驴子小声说着，就把睡垫解开，两支油光锃亮的长枪露了出来。

"你弄枪回来干啥？"母亲周锡兰一看，不觉吓了一跳。

"我要替绪佬报仇去，把刘保长干了！"彭叫驴子拿一枝枪在手，就要出门。

"天啦，这怎么行，你可别惹麻烦！"母亲急忙劝阻说。

"怕什么，此仇不报非男儿！"彭叫驴子又道，"绪佬从小和我那么好，我就是要替他出口气，他死得好惨啊！"

"可是你一个人怎么报得了仇？又没个帮手。"

"我有枪，一个人去报仇足够了。"彭叫驴子胸有成竹地说，"打死刘保长，我再拖队上山。"

"你这样做，岂不把全家都要连累？"妻子符芝兰也着急地劝助道，"我看你莫铤而走险！"

"我已想好了，你们莫劝了！"彭叫驴子狠狠说道，"如今这个社会，不造反不拖队，也没有出路。你们怕受连累，就到亲戚家去躲一躲，我好汉做事好汉当！铤而走险也要干！谁也劝不住。"

"你硬是一个犟驴子，脾气就改不了！"母亲喘息着，无奈地又劝道，"你就是报仇也莫那么急嘛，君子报仇，十年不晚。"

彭叫驴子听了母亲这话，也就把枪放下道："那我就等一等，天黑了我还是要去的!"

母亲见劝他不住,就与媳妇商量道:"芝兰,他硬要去造反报仇,惹了祸大家都没好处。谁劝他也不会听,他从小就是这个脾气。他父亲是个秀才,可惜死早了。春荣小时就没人管得住。把你娶过来,原指望改改他的脾气,可他还是没法改。到部队当了兵,还是老样子。他惹出祸,你就没日子过了。我看你不如趁早回娘家去躲一躲。别人问起来,你就说和春荣断绝了关系,这样就不会连累你。"

符芝兰听了这话,便眼泪直流地说:"我听娘的话,回我娘家去躲,春荣硬要去闯祸,我也没办法阻,那就由你了。"

彭叫驴子点头道:"我是铁了心要报仇,还要上山拖队干一场的,你怕受连累,回娘家去也好!以后有机会,我会来看你的。"

"你妈怎么办呢?"

"妈,你也去哪个亲戚家躲一躲吧!"彭叫驴子说。

"我准备到梭柯寨去,到你姨妈家躲一段。"母亲又说,"你哥到沅陵做生意去了,也没回来,你看怎么办?"

"我会想办法通知他的。"彭叫驴子道,"让他也躲一段莫回家。"

如此商议完毕,彭叫驴子便在家藏了一个白天。到傍晚时,天气陡变,又下了小雨。彭叫驴子穿了件蓑衣,戴了顶斗笠,就将一支长枪在家里藏好,另拿着一枝长枪,一阵风似地走20多里山路,到了凤栖坪寨边。那凤栖坪有百余人居住,一二十栋木房紧密相连。保长刘四家的房子在寨中间,其房四周封有丈余高的院墙。这一夜,刘四还在为死去的父亲做道场,度亡灵,院子里人不少,道士先生在一班围鼓的伴奏下,在堂屋中间对着红纸灵牌不断叩头披麻戴孝。半夜过去,跪得腰背酸了,膝盖痛了,脑壳晕了。道士暂时收了场,刘四也回了房上了床,对着葫芦灯抽了几口鸦片烟,尔后拥着小老婆一块睡了。

夜里的雨这时还下个不停。几个护卫保丁耐不住疲倦袭击,也在隔壁的房子里休歇入了梦乡。

在大门外窥看等候多时的彭叫驴子,见院里没了动静,便一纵身翻上了墙头。跟着轻轻一跳就到了院中,蹑手蹑脚摸到四合院房内亮灯的一个窗户边,用舌头舔破纸窗,往里一瞧,见几个保丁倒头睡在床上,几支枪挂在板壁上。他即转身到房门边,抽断蓑衣领上的棕绳,把那对开门上的两个铁圈死扣在了一起。然后提着枪找到刘四的住屋,"咚"的一声,用枪托把木窗砸烂，很快跳进去，摸到了刘四睡的床边。

其时，刘四床头的一盏煤油灯还亮着，一逢麻布帐子呈人字形半掩着，帐内睡的两人都已进入梦中。这声巨响吓醒了刘四，他急忙到枕头下去摸枪，枪还未摸到，彭叫驴子的枪口已对准了他的脑壳。刘四以为遇到了土匪，忙求饶道："好汉，饶命，你要什么东西，你尽管拿去。"

"我要你的狗命！"彭叫驴子咬牙切齿地说。

"你……你是谁？与我这么大仇？"刘四惊骇地问。

"老子是彭叫驴子，你没想到吧？你把我侄子彭传绪头砍了，我是来为他报仇的！叫你死个明白！"彭叫驴子说罢，一扣扳机，"砰"的一声枪响，刘四太阳穴上就冒出了股血来。接着，彭叫驴子对准他的心窝又补了一枪。这时，刘四的小老婆黄氏吓得筛糠一般连叫着："饶命，好汉饶命！"

彭叫驴子从枕头下搜出刘四的手枪，又对刘四老婆道："我来报仇只杀刘四，不会动你！"说罢，就开了后门，从容越墙跑了出去。

此时，隔壁几个保丁听到枪响，从梦中惊醒，待其持枪欲追，发觉门被扣死，等到把门绳割开，再去追赶，彭叫驴子早走远了。

当夜，两个团丁跑到石堤区，向区长袁霞楼报了案。袁霞楼带了 10 多个兵丁前来查验了一番。

袁区长问黄氏道："你看清了没有，那个行凶人真是彭叫驴子？"

"看清了！真的是他！他拿着一枝长枪，自己还亲口说我是彭叫驴子，是为彭传绪报仇才杀刘四的！"黄氏说。

"彭叫驴子是从哪来的步枪呢？"袁霞楼觉得奇怪。

"你忘了，他还在花垣当兵哩！"团丁彭二佬说，"他肯定是偷了枪跑回来报仇的。"

"如此说来，他是要造反起事了！"

"是啊！听说他在家乡的伙计很多，看样子是要拖队了！"

"不能让他搞成气候！"袁霞楼着急道，"我们要赶紧追捕！走，赶快到他家去看看！"

袁区长说毕，即带兵丁又赶到他沙溪，此时只见彭叫驴子的屋空锁着，里面一个人也没有。再找来寨中的几户邻居一问，得知其一家人整天都没归屋。

"他妈的，这一家人都跑了！"袁霞楼遂命人将彭家贴上封条。然后率兵丁回到石堤西。当日即把凤栖坪现场勘验的案情和到他沙溪追捕的情况向县府作了报告。同时请求县里派兵进行追捕。不久驻花垣的团防部队也发来了急函，要求永顺县府缉拿偷枪的逃兵彭春荣。县府接到两处报告后，即请国民党六十二师驻永顺剿匪的谢龙旅长出兵追剿。谢旅长带了两个连的人马，就开到石堤西一带开始剿起匪来。

2. 缴枪救母

又一个阴雨绵绵的雨夜，头戴斗笠身穿蓑衣的彭叫驴子，带着一长一短两支枪，悄然摸到了细砂溪一个青年小伙子吴应侯的家门外。

"吴猴子！"彭叫驴子敲着门低声叫着吴应侯的小名。

"哦，你是哪个？"屋内有人应道。

"我是老叫！"彭叫驴子回道。

"嗬，是你来了"吴应侯忙开了门道，"快进来，莫叫人听见了。"

彭叫驴子闪身进了屋去，在火塘边坐下。

"听说你把刘保长杀了，干得好哇！"吴应侯道，"我正想找你，不知你这几天躲哪去了？"

"我在山上躲了几天。"彭叫驴子道，"他们正在追捕我吧？"

"是啊！听说谢旅长亲自带两个连驻到了石堤西，到处贴告示要抓你，我们寨里都贴有布告哩！"

"不怕他，老子豁出去了！"彭叫驴子道，"有饭没有？我这几天饿坏了。"

"有，有！"吴猴子赶忙把碗柜里的剩饭菜拿到火塘上热了一下，让彭叫驴子饱吃了一顿。

吃完饭，彭叫驴子便道："今日来找你，因为你是我的好友，我想约你一起举事，拖队搞绿林去，你觉如何？"

"好！我也正这么想！你既然杀了刘保长，官府不会放过你，也只有搞绿林一条路，我全力拥护你！"吴猴子道，"我在家待厌了，种田糊不了肚皮，父母又都去世了，我也要找条出路。"

"行，你既然愿意，我们就来合计一下，看还能吸收哪些弟兄参加。"

"人多得很！"吴猴子道，"现在只需有人带头，就会一呼百应。因为老百姓受官府欺压太深了。"

"咱们要先找几个骨干一起干，成立一个游击队，怎么样？"

"没问题！我们一起联络，先把覃麻子、吴亚明、周银子、向吉武、杜阳生、'猫屎东'几个邀拢来，行不行?"

"可以!"彭叫驴子道，"还有周怀玉、申老七、张宝琴、朱云春、董波臣等伙计，也可以找来。咱们一起举事。"

"先搞谁呢?"

"把罗子庄的保长张干如搞掉，他那里保丁有好几支枪!"

"行，就这么定!"

两人如此商议一阵，各自就开始联络人员去了。过了几日，十二个人都按约到吴猴子家秘密汇合了。大家一块喝了鸡血酒，宣誓结盟成弟兄，又宣布成立了湘鄂边游击队，由彭叫驴子任了队长。

"弟兄们，从现在起，咱们就捆到了一起，有难同当，有福共享!"彭叫驴子在盟誓完毕后说，"明天晚上，我们就去罗子庄，把张干如干掉，他那里有好几支枪。搞到枪了，咱们再拖队到桑植、鹤峰去打游击，另外，我们这支队伍要专打豪绅富人，不搞穷人，不准奸淫妇女，这是个纪律，大家要记住。"

如此聚会之后，众人便分头去作准备。第二天傍晚，彭叫驴子从老家把那支藏着的长枪也取了来，接着，彭叫驴子就在这天夜里，率部突然袭击了二十多里外的罗子庄，将保长张干如杀死，夺了几个保丁的枪。随后，彭叫驴子又把队伍拖到桑植、鹤峰一带，先后杀了几个乡长和保长，不到一年，就先后搞了三四十支长短枪。然后把队伍又拖回了石堤西。

彭叫驴子频繁出击，使得当地的土豪富绅一个个都吓得谈虎色变。谢龙旅长率领清剿部队追来追去，却始终没抓到彭叫驴子一根毫毛。一天上午，谢旅长正一筹莫展之时，外龙乡乡长向玉汝忽然跑来给他出一主意道:"我看抓彭叫驴子也不难，只要把他母亲抓去，他必然会自己出来解救的，到那时就可以手到擒来。"

"这倒是个好办法!"谢龙想了想道，"他母亲在不在家?"

"不在!她躲到我们乡的梭柯寨去了，那里有她一个亲姐姐。你可马上派人去抓，听说彭叫驴子在母亲面前是个大孝子!"

"好!就这么办!"

谢旅长立刻授意手下的田连长，由他带队到梭柯寨，果然将彭叫驴子的母亲周锡兰抓住了，然后押解进了永顺城。

进了城内天后宫，谢旅长亲自对彭叫驴子的母亲进行了一番审讯。

谢龙说:"老婆子，你的儿子当了土匪，你知不知道呀!"

　　周老太答道："我儿自己要去当土匪，我也没法！"

　　"你是他母亲，你要劝一劝他嘛！只要劝他回心转意，不再当土匪干坏事，我们可以对他给予宽大处理！"

　　"你不知道，我这儿子自小脾气就很犟，我管不住他，拿他没办法！"

　　"要是他来自首了，你要多开导他！要他改过自新！"

　　"那当然，只要他肯自首，我会劝他做好人的！"周老太道。

　　谢旅长于是命人把周老太带下去，好好看管，并不准虐待。同时派人四处放风，要彭叫驴子缴枪自首，可予宽大处理。

　　过了一段时间，彭叫驴子在山中获悉母亲被抓，果然坐立不安了。他和部下们商议说："我三岁就死了父亲，母亲为把我们弟兄抚养成人吃尽了苦头。现在为我的事，母亲又受到连累，我不能让她老人家再受苦了。"

　　吴猴子便道："你想怎么办？是打进城去解救吗？"

　　"以我们这点人枪，攻城是不行的。悄悄袭击也不一定能成功。"彭叫驴子道，"我想只有去自首，才能把母亲救回来！"

　　"你要自首？这怎么行？他们不会放过你的！"其部下董波臣又道，"他们设了此计，还要把你捉拿归案，你怎能自投罗网？"

　　"不要紧，我可以随机应变！只要能把我母亲救出，就是死也值得！"彭叫驴子下决心道。

　　"既然如此，那我们就只好遵命了！"董波臣表示愿意随同一起去自首。

　　第二天，彭叫驴子救母心切，要吴应侯掌握好山上的部分人枪，自己则带了董波臣、向吉武等部属，挑了10多支枪，进城去接受招安。一伙人来到184旅旅部，彭春荣就对士兵说："我是彭叫驴子，给你们缴枪来了，请给谢旅长通报！"卫兵连忙跑进去作了请示。谢旅长听说叫驴子上门来了，心里又惊又喜，忙叫手下增设了护卫，才叫这一行人进去。彭叫驴子挑着枪进门后就说："谢旅长，我缴枪来了，你快放我母亲吧！"

　　谢旅长见这彭叫驴子不仅胆子天大，还生得英俊高大，长得一表人才，嘴里不禁连连称赞道："你真是个孝子，是个角色！你缴了枪就在我这里好好干，我给你任个连长，怎么样？"

　　"不敢当！不敢当！"彭叫驴子连忙说，"多谢旅长的好意！不过，我是来接我的娘回家的，不求来当官，只求旅长放我娘回家。我自己愿意回家做阳春。"

　　"你不愿当兵也可以！"谢旅长脑子一转道："你回去做阳春，我怕你又待不住哩！这样吧，你先在这里学习学习，我请一位先生给你教点书，让你读点书识字点，也好开开脑筋。至于你的母亲嘛，现在我就可以把她放了！"

彭叫驴子听了这番话，只得点头道："多谢多谢，只要把我母亲放了，我愿意在这里学习学习！"

谢旅长随即传令，将彭春荣的母亲释放了，并让彭叫驴子的几个部属把老人送了回去。

彭叫驴子本不想留下，但又没有办法。于是只装作高兴的样子，天天跟一位先生在旅部读书识字，谢旅长还派了两个兵专门"侍候"他，实是监视他，怕他逃跑。但过了一月，两个士兵对他的监视渐渐松懈。一天傍晚，彭叫驴子乘士兵吃饭之机，悄悄溜出了大门，然后乘夜幕直向家乡跑去。

3. 路见不平一声吼

当日深夜，彭叫驴子逃回家中，其母十分吃惊地问："你怎么跑回来了？"彭叫驴子道："谢旅长要我读书识字，想感化我，我是窑里的砖，定了型了，他哪里感得动我。我才不愿跟他去卖命，所以乘他们不注意就跑了回来！"

"你回来了，就好好做阳春，莫再作孽！"老母叮嘱说。

"我怕他们不会放过我！"彭叫驴子道，"我已走上了绿林路，是不好回头的！为防万一，我想把您老人家送到沅陵白溶亲戚家去躲躲风声，我也要上山了！"

"你大哥呢？他也没了音讯。"

"我听说他跑到保靖做生意去了，由他去跑吧，只要他不回家，就连累不到他。"

其母听了这话，也无可奈何。只好由儿子摆布。第二天，彭叫驴子派人将母亲转移送走，接着又召集部属们汇聚到了一起。彭叫驴子对弟兄们说："我这一次又悄悄跑了回来，咱们还是要继续和官府对干！那外龙乡乡长向玉汝和石堤区区长袁霞楼是我们的死对头，我母亲被捉进县城，就是向玉汝出的鬼点子。这回我们要和他们大干一场。"

"要搞他俩，这没问题！我们可以先搞袁霞楼。"董波臣道，"可派一个弟兄，去探听一下，只要袁霞楼在区公所，搞次袭击就可以干掉他！"

"好，我们先在山上避避风声，过一段就去搞他！"彭叫驴子随即率部转移到永桑交界的一个山中躲了几个月。看看风声过去，便又悄然率部组织回到石堤西。这日上午，他派了一个探子向武吉去镇上打探消息。

　　向武吉奉命到了石堤镇上。他装作一菜农，挑着一担菜到关帝庙转了一圈，得知区公所就设在这庙内，袁霞楼手下有十多人枪，每天晚上前门都有岗哨把守，但后门没有岗哨。

　　向武吉将地形一一熟记在心，当晚便回去做了报告。彭叫驴子于是作了部署，准备乘隙进行偷袭。

　　当日深夜，彭叫驴子率十多个弟兄悄悄出发来到关帝庙。一伙人将事先预备好的木梯搭在墙上，然后翻墙进去，先至前门，将岗哨干掉，再摸到区长袁霞楼的住屋，随即持枪一阵猛烈扫射，当场将袁霞楼及六个护兵全都打死，把枪一并提了，即连夜又跑回了山中。

　　第二天，石堤区公所被袭击的消息传进县城后，一八四旅立刻派兵前来追剿，连续几天，都一点踪迹都未找着。不久，该旅奉命调离了。永顺县府遂派保安营长彭春荃到石堤西担任区长。这彭春荃本是彭叫驴子的族兄，十五六岁时，彭春荣还在他手下当过两年勤务兵。因彭春荃脾气暴躁，经常打骂人，彭叫驴子受不了怄气而和他分道扬镳了。

　　彭春荃走马上任后，便集中全力追捕彭叫驴子。有一天，彭叫驴子将队伍分散趴壕后，自己独身穿了便衣到石堤西赶场。这天，场上人很多，彭叫驴子在街心处买了一根甘蔗，刚吃一口，诨名"三斤半"的一个小伙子就靠近他道："老叫，你还不快跑，瞎子营长派了好多兵在场上要捉你哩！"

　　那"三斤半"与彭叫驴子过去是好友，彭叫驴子听了他这话，连忙拔脚就走。来到老场边上，侧后忽有人喊道："彭叫驴子，给我一截甘蔗。"彭叫驴子一回头，见是单玉卿和三个团防兵各端一支枪逼了过来。

　　"要甘蔗给你一截，你莫多心！"彭叫驴子情知不好，即从容地折断一截甘蔗甩了过去。单玉卿正接甘蔗，彭叫驴子转身就飞奔起来。

　　"往哪跑，给我站住！"单玉卿大喝道。

　　彭叫驴子抽出枪"砰"地朝天开了一枪，一面大喊："快散开！"

　　那些赶场的人群顿如炸了锅，纷纷四下散开了。

　　单玉卿和三个团丁紧忙追赶，一面追，一面就开了枪。彭叫驴子刚跑到老场头，腰杆上就中了一枪，这一枪是单玉卿打的。彭叫驴子忍住剧痛，飞跑到了转拐处的一个山崖边。前面正愁断了路时，只见半年多不见的妻子符芝兰竟在这里扯猪草。

　　"快，把我掉下岩坎去！"彭叫驴子急忙说道："后面有人追来了。"

　　符芝兰情急之下，立刻从背笼里拿出一根葛藤，将彭叫驴子吊下岩坎。

刚刚吊下去，后面的追兵赶到了。

"他妈的，是不是你把彭叫驴子放下岩坎了？"单玉卿喝问道。

"是他自个跳下去的，我哪里帮他。"符芝兰辩解说。

"你把土匪丈夫放了，还想抵赖！"

"他不是我丈夫，我们早就没来往了，难道你们不晓得？"符芝兰反驳道。

"走，跟我们到区公所去！"单玉卿用枪指着她道，"你把彭叫驴子放走了，让彭区长来发落吧！"

符芝兰只得跟几个团丁到了区公所。

单玉卿遂将追击彭叫驴子的经过给彭区长叙说了一遍。彭区长听说彭叫驴子中枪受了伤，立刻分析道："这家伙跑不动了，你们为何不跟着追？"

"那岩坎很高，下不去，我们就没追了。"

彭春荃又阴沉着脸看着符芝兰道："你为何要放他下去？"

"是他自己跳下去的，我没放他！"符芝兰道。

"他受了伤，还能跳下岩坎？"彭春荃道，"你别撒谎了，等老子把叫驴子捉了来，到时再收拾你。"说罢，就命人将符芝兰看住，然后率领十多个兵丁绕道山脚向那岩坎下追去。到了岩坎边，见那地下还一路流有血迹，众士兵循着血迹往树林里追了一阵，这时，天快黑了，林子里什么也看不见。彭春荃便道："明早给老子再追，不信他长翅膀跑得脱。"

一伙人就撤兵回了乡公所。当晚，彭区长命人将符芝兰押进房内，假惺惺地对她说："你和叫驴子真的脱了关系，不是夫妻了吗？"

"是的，我都回娘家住一年了，我们早无往来了。"符芝兰道。

"好，你和他脱了关系就好！我也不追究你是土匪婆娘了，但你必须得和他划清界限！"

"我已划清了，你还要怎么办？"符芝兰道，"你把我押在这里，我又没犯法，快放我回去吧！"

"放你回去？没那么便宜！"彭区长忽然一板脸道，"你虽然没和叫驴子来往了，但你今日把他放下岩坎，让他逃去了，按理我也可以处罚你，不过嘛，只要你肯应允跟了我做老婆，我也就不追究你了！"

"那……那怎么行！"符芝兰听他这一说，急欲往外走。

彭区长随即一把将他抱住威胁道："你要不依，我就将你杀了，还要灭你一家！"

符芝兰害怕了，她不再挣扎反抗，最后便像绵羊般只得由那彭区长抱上床去强奸了，从此竟被他霸占成了小妾。

同日夜里，从岩坎下逃脱的彭叫驴子，忍着剧痛摸了几里路，到了拿湖洞胡狗三的家门前。

"狗三，开门！"彭叫驴子吃力地叫了一声。

屋内顿时有人开了门。彭叫驴子因流血过多，一下昏倒在门边了。

"啊，彭队长受伤了！"胡狗三惊道。

"快，把他抬进来！"房内有几个人急忙叫着。原来，彭叫驴子的几个部下董波臣、覃麻子、杜阳生、吴正明正在这家里按约等他。见到他受了伤而来，大家立刻给他进行急救。彭叫驴子的一根腰肋骨被打断了，伤口还在流血。董波臣给他弄了药糊住伤口，把血止住了，然后作了包扎。

"这地方恐怕不能待了，天亮了，彭春荃肯定会带人来顺血迹追捕！"董波臣包扎完毕道。

"赶快转移吧！把他抬到草儿铺去。"吴应侯说："狗三，你家里有滑杆吗？"

"有！"

"那好，把彭队长马上抬走。"

众部属遂将彭叫驴子用滑杆抬着，很快把他转移到了草儿铺，将他藏到了彭四屋后的一个岩洞里，董波臣又请当草药郎中的父亲董吉堂去帮助彭叫驴子治伤。

第二天上午，彭春荃带着一二百团防兵开始了大规模的搜捕。来到草儿铺时，众团防见山上有人，立刻跟踪追赶。这些人都是彭叫驴子的部下，大家有意转移团防队的视线，将团防引开了。正在山中为彭叫驴子采草药的董吉堂，见到官兵追来，也没命地往山林深处跑去。一个团防对准他"啪"地开了一枪。董黄吉堂身子晃了晃，就一头栽倒了岩砍下。彭春荃带人跑过去一看，见那中弹的老人已被打死，也就不再追赶，将队伍转移别处搜索去了。

当日夜里，为防团防再来搜捕，吴应侯、覃麻子等人，遂将彭叫驴子转移到了麻岔乡姜庚堂家里养伤，不久又再转至沅陵县境一个姓杨的农户家里。这家农户住在深山老林之中，一般不易被人发现。彭叫驴子在此安心治了几个月的伤。吴应侯、董波平等部属经常来看望他。给他送粮送药，吴亚明、覃麻子则伴随在身边，给他伺候起居。一天下午，吴猴子上山来忽对彭叫驴子道："彭队长，告诉你一个不幸的消息，你莫悲伤啊！"

"什么消息？你说！"

"你母亲去世了！"

"什么？我母亲去世了？她怎么死的？"彭叫驴子急忙问。

"她上吊自溢了！"吴应侯将真相告诉了他。原来，其母周锡兰自被送到沅陵一个远亲家里躲藏之后，因为精神恍惚，又不堪儿子当土匪而受辱，终在半月前一天晚上上吊自杀了。其尸体已由那位亲家就地作了安葬。

彭叫驴子获此消息，顿时放声痛哭悲嚎了一阵。

"是我害了我娘呵！"彭叫驴子伤心地哭道。

"算了吧，人死是哭不活的！"在众人紧忙相劝下，彭叫驴子才收住眼泪。

"我们都是为生活所迫，被逼上梁山，才走这一条造反之路啊！"彭叫驴子随后伤感地说："因为我们走上绿林之路，使得亲属们为我们受了连累，这使我们于心不安。但是，我们若不反抗，就会更加受人欺压！就更生活不下去。所以，我们面前只有一条路，就要是和那些恶势力斗到底。我们只有把队伍搞大起来，才有出头的日子！"

"对，对，留得青山在，何愁没柴烧。"吴应侯道，"只要你把伤养好了，就可带我们大干一场！我们都盼着你早日康复啊！"

"我的伤好多了！用不了多久，我就可以行动了！这段时间，真要感激弟兄们对我的照顾啊！"彭叫驴子真诚地说。

"一家人，有什么客气的，照料你是应该的！"

大家你一言，他一语，不断安慰着彭叫驴子。

时光飞逝。转晴夏去秋来，彭叫驴子的伤终于痊愈了。九月十九，一个晴朗的夜晚，彭叫驴子带了十多个弟兄，又神不知鬼不觉地连夜到了他沙溪寨子。在族侄彭传宗的木房外，彭叫驴子"咚咚"敲了两下木门。

"哪个敲门？"屋内有人问。

"是我，传宗，快开门。"

"啊，幺叔，是你回来了！"彭传宗——一个十七八岁的年轻小伙子赶紧开了房门道，"快进来吧！瞎子营长就住这在这寨里，还想抓你们哩！"

"我就是来找他算账的！"彭叫驴子道，"这回我带了这些弟兄来帮忙，一定要叫他脑壳搬家。"

"他身边有好多护兵，你们要小心哩！"

"不怕！我自有办法对付他！"彭叫驴子说："今夜，我们就在你这里借住一会，天亮了，我们就要去行动。"

"你们就住这儿吧！没问题！"彭传宗道，"那彭营长心肠太黑，村里人都恨他，你把他搞掉，人们都会拥护的。我也想加入你们队伍，跟你一起干，你收不收？"

"太好了，你愿来干，我当然很欢迎。但你父母同意吗？"

"同意，我父母都支持我哩！不信，你问他们。"

彭传宗的父母此时也都闻声起了床，并热情弄了饭菜，让彭叫驴子一伙人饱吃了一顿。吃过饭，天就渐渐亮了。随同彭叫驴子一起来的张春生和张二开始磨起菜刀。两人因为是外乡人，本地人不相识。彭叫驴子便让他俩先去侦探。快近中午时，两张便身藏菜刀，起身直往彭春荃家走去。

彭春荃自当上石堤西区长后，本来驻在石堤西区公所。但近日因为家里收割稻谷，有许多佃户要给他家送粮，他便带了10多个保镖回到了家里来住。由于彭叫驴子隐藏在外久未出头，他亦渐渐放松警惕。这日早饭后，太阳高照。门前的晒谷场上，一早就有佃户来送谷交租。

张春生和张二这时来到了彭春荃大门前，在晒谷场边的坎下迎面碰上佃户王三挑着一担谷交租来了。

"喂，这位兄弟，你看到彭区长在家吗？"张春生问。

"在家，我就是给他送租来的。"王三道，"你们问他干什么？"

"我们是外乡人，想找他找点活干，但不认识他。"

"我帮你们叫吧！"王三即扯开嗓子叫道，"彭区长，我给你送租谷来了，你出来一下吧，这儿还有人找你。"

彭春荃这时就拿着秤杆和帐本出门来到了晒谷场坎下，一边口里说："过秤吧，看你这担谷有好重。"王三就拿扁担和彭春荃过起秤来。

张春生和张二这时就围拢来说："彭区长，我们是九斗溪的人，到你这里想找点活干，不知有没有？"

"我这里忙得很，你们要做事，等会儿再说吧！"彭春荃不在意地回答着，一边把扁担放了，又勾起脑壳记起帐来。

说时迟，那时快。张春生就在这一瞬间，从怀里抽出菜刀，猛一刀劈去，彭春荃的脑壳就着了一刀，张二又一刀砍去，彭春荃"啊"地大叫一声，就往坎下一窜，一头栽倒在旁边的池塘里了。那池塘水不深，彭春荃的血一下染红了池塘，藏在另一处竹林里的彭叫驴子，这时冲过来，手里拿着枪对彭春荃道："瞎子营长，我报仇来了，你是罪有应得！"说罢，"啪啪"打了两枪，彭春荃在泥塘中就再未动弹了。此时，彭春荃的8个护兵，闻听叫声，从屋里刚赶出来，彭叫驴子率部一拥而上，用枪对准他们喝道："站住，哪个敢动就打死谁!"众护兵见这阵势只得一个个乖乖缴了械。

4. 凤滩劫兵船

彭叫驴子指挥部下缴了彭春荃护兵的枪,接着,一伙人又冲进彭春荃屋内,翻箱倒柜,将那值钱的财物掳掠了一空。张春生这时手拿着滴血的菜刀,在屋内捉住了彭春荃10岁多的独生儿子,欲要举刀斩草除根,彭叫驴子忙阻止道"莫搞他儿子,我们杀彭春荃已报了仇。"

张春生便道: "不杀他儿子也罢,但把他婆娘给我们兄弟一人分一个如何?"

"不行!"彭叫驴子道,"彭春荃的妻室儿子都不能动!"

此时,已被彭春荃霸占为妾的符芝兰,忽然找着彭叫驴子哭诉道:"春荣哥,我那天救了你,过后他们威胁我,说我救了土匪,彭春荃要我服从他,不服就要治我的罪,我是没法才被他抢来的!"

"你快回娘家吧!"彭叫驴子回道,"咱们的缘分已完,这也怪不得你,都是彭春荃作的恶,他现在已被处死,这段孽情也就了结了。"

符芝兰随即止了哭。彭叫驴子又送了她一些大洋,她才赶紧脱身,回了娘家。接着,他沙溪寨里的村民听说彭春荃区长被杀,都纷纷前来围观,彭叫驴子乘机鼓动说道:"乡亲们,我彭叫驴子今日报了仇,杀了彭区长,因为他作恶太多了,这是他罪有应得。我现在拖了队伍,专打土豪富绅,与官府作对,你们有愿跟我干的,就快来报名。"顿时彭家族中便有彭传宗、彭杰清等十多个弟兄当场报了名。彭叫驴子有个堂妹夫黄泽基,是石堤乡西坝湖的老秀才,这天也和妻子在他沙溪走亲戚,闻知彭叫驴子杀了彭春荃,并要扩展人马,也前来报了名。彭叫驴子对他很尊重,立刻就让他做了军中师爷。此后,彭部的函电、文书、布告,即大都由黄泽基执笔。在老家招了兵员后,彭叫驴子遂将队伍撤出了他沙溪。过后,永顺县府又派人带兵来他沙溪勘验现场,并增派军队前来他沙溪清剿,但剿来剿去,总是扑空。那彭叫驴子带兵也十分机灵,总是打一枪换一个地方,官军很难捕着。这一日,彭叫驴子率数十人的队伍到了高梁坪舅父家驻扎。其舅父有个女儿名叫周纯莲,年纪只有16岁,模样长得十分俊俏。彭叫驴子有心娶她为妻,当晚他便试探地道:"纯莲,我原来找的老婆跟我脱离了,现在我想新找个妻子做压寨夫人,你看有合适人吗?"

周纯莲嘻嘻一笑道: "你要找压寨夫人还不容易,手里有枪,要那个女的，谁敢不肯。"

彭叫驴子道："强扭的瓜不甜，我就想找个有感情的！"

"那你要什么条件？"

"没什么条件，就像长得你这样漂亮的就行了！"

"你别取笑我。"

"是真的！"彭叫驴子看着她说，"你长得好乖，怎么样，我就把你娶了，你愿意吗？"

"你别说浑话，你是我表哥，咱们是亲戚呀！"周纯莲脸红了。

"是亲家才更好嘛！亲上加亲，靠得住。"彭叫驴子又道，"我的队伍以后会越拖越大，你跟了我，就帮我掌好家，保你做压寨夫人会快快活活。"

"这事……我……我做不得主，你去找我爹妈嘛！"周纯莲有些动心了。

"好，只要你愿意就好办。你父母那里，我会说通的。"彭叫驴子说罢，当晚向舅父母挑明了娶亲之意。其舅父母见彭叫驴子敢作敢为，又拉起了这支队伍，以后或会有大出息，于是就同意了这门婚事。过了数日，周家父母就举办了一次婚宴，让女儿正式嫁给了彭叫驴子。

婚后，两口子倒也恩爱无比，彭叫驴子十分体贴她，并教她打枪骑马，使周纯莲很快成了一个得力助手。

再说彭春荃被杀后，石堤西的区长一职，一时竟无人敢去接任。不久，清剿军队一撤走，彭叫驴子带着新婚的夫人，把队伍又拖了回来。此时，他乘势占了区公所，并公开招兵买马，很快就拉起了一支四五百人的队伍。在石堤西过完年，闻知县府又将派兵来围剿，彭叫驴子将队伍拉向了羊峰。一日上午，彭叫驴子通过探子打听到外龙乡乡长向玉汝住在梭柯寨家里，遂把吴应侯叫来吩咐道："今天我们去梭柯寨拜年去！"

"给谁拜年？"吴应侯问。

"给乡长向玉汝！前年我母亲被抓，就是这家伙告的密，今天我们要去找他算账！"

"好！值得去搞！"吴应侯道，"怎么去拜年法？"

"就扮作保安队的人去干！"

"行，这办法妙。"

两人商议完毕，就吩咐20余名弟兄，一律穿了保安团的黄色军服，然后由彭叫驴子亲自带队朝梭柯寨走去。到了梭柯寨向玉汝的家门前，一行人将鞭炮点燃了，口里直喊："向乡长，拜年了！我们是县保安团的！"

向玉汝此时在屋内听到鞭炮响，忙问手下人道："是什么人来了？"

"是县保安团的，没错，一色的黄军装。"

"好，快去迎接！"向玉汝说着，拿了一盒烟就来到门口，一面抽出一支烟对彭叫驴子道："你们辛苦了，请抽烟。"

向玉汝伸出手还没缩回，彭叫驴子就一手捉住他的手道："向乡长，你认得我吗？"

向玉汝细一看，原来这穿黄军装的军官是彭叫驴子，顿时吓得面无人色，当下，只得硬着头皮道："没想到落到你手里，请赐我一个全尸吧！"

"好，赏你个快死！"彭叫驴子就一枪将其毙了命。

众部属随即拥进屋内，将几个乡丁的枪全收缴了，把财物掳掠一空，一伙人才从容向羊峰山撤去。

来到羊峰山脚，迎面一个探子跑来报告道："彭队长，黎世雍的队伍在前面，他想和你会谈一下。"

"叫他来吧！我在这里等他。"彭叫驴子回答道。

过一会，一位长得五大三粗，左手掌有块大疤的汉子带着几十个穿便衣的枪兵到了面前。这位汉子便是黎世雍，他是永顺县吊井乡人，两年前就拖了队，彭叫驴子已早闻其名。

"彭队长，今日与你相会，真感荣幸！"

"彼此彼此！"彭叫驴子道，"我也早闻你名。你来找我有什么事？"

"有个大买卖，想和你商议，不知你愿不愿意合伙干？"

"什么大买卖，只要我办得到的当然愿意。"

"告诉你吧！"黎世雍压低声音道，"最近凤滩那里驻有国民党海二团的几艘兵船，听说上面有好多武器弹药。我们人少了怕搞不过他们，所以想邀你去搞。"

"好，这可真是桩大买卖！"彭叫驴子立刻道，"我们就一起合作干嘛！不过话说回来，这买卖干成了，咱们怎么分成？先要讲好！"

"这好办！"黎世雍道，"只要你有本事指挥吃掉这几艘兵船，我黎世雍不要分成，以后都听你指挥，咱们就一道干到底。这回我主要是看看你的本事如何，你有能耐，我甘愿投到你部下。"

"行，就这么说定了。我们马上行动。"

彭叫驴子随即派周怀玉带几个人先行去侦探，自己随后往沅陵凤滩开去。

两天后，彭叫驴子带部队悄悄到了距凤滩 10 余公里的一个小寨隐藏住下了。此时，周怀玉带两个探子前来报告说："彭队长，凤滩的海军已经查清，他们是国民党的江防部队，这些人都是东北佬，那里停有五艘兵船，只有一个伍连长带着百余人马看守，我看可以去袭击。"

"有什么办法可以接触到兵船上去呢？"彭叫驴子问。

"有办法！"周怀玉附在他耳边低声说了几句。

"好，就这么办！"彭叫驴子听毕点头应允了。

当日下午，周怀玉选了两个兵士，装扮成送菜人的样子，挑了3担豆角黄瓜之类蔬菜，就朝凤滩岸边的一艘兵船上走去。

"你们要干什么？"守船的哨兵用枪拦住三人喝问。

"给你们送菜呀！"周怀玉道，"你们伍连长叫我们送来的。"

哨兵看了看那蔬菜担子，收住枪道："送去吧！"

三个人就挑着担上了一艘兵船。周怀玉将菜挑到甲板上，就大声叫道："伍边长，伍连长，给你送菜来了！"

那船上的伍连长听到叫声，见是三个送菜人上了船，便出来应允道："你们把菜送到厨房里去吧！"

周怀玉认出了这伍连长，遂从怀里拔出手枪对准他道："不准动，动就打死你！"

伍连长一下惊呆了。此时，另两个卖菜人放下担子，跑过来就把伍连长的枪下了。

"快下令让你的士兵集合投降吧！我们是彭叫驴子的部队！只要你们缴枪，保证不杀！"

伍连长此时被这三人挟持着，无法反抗，那些船上的士兵，一看伍连长被擒，一个个都惊慌失措，不敢开枪。

这时，彭叫驴子率领接应部队，在岸边突然包围了过来，并高喊道："海二团士兵们，你们快投降吧！只要缴枪保证不杀！"

伍连长看看大势已去，只得下令士兵们放下武器，不作抵抗。

六只兵船上的士兵，随即都主动丢下武器，一个个站到了甲板上。

彭叫驴子率部登上船去，很快就将那兵船上的所有枪支弹药都搬上岸来。这一仗，不费一枪一弹，竟夺得步枪百余支，机枪十余梃，子弹三十多箱。

把枪弹都卸下后，彭叫驴子便吩咐将俘虏统统释放了。然后带着战利品又急速地向永顺境内撤去。

5. 好汉乐绿林

永顺连洞乡猛岗坪。彭叫驴子部队行走在一个崇山峻岭的山谷之中。

"彭队长，这一仗打得真漂亮，我佩服你的本事，你用兵真如神啊！"黎世雍一面走，一面夸赞着彭叫驴子。

"这不是我一个的功劳！"彭叫驴子道，"首先还是你提供的情报嘛！你才是首功。现在，你想好了没有，是不是和我合股干？"

"早想好了，我就听你的指挥！今后跟定你了。"黎世雍道，"你打算怎么安置我？"

"这好办！"彭叫驴子道，"现在我们人马多了，五六百人目标很大。我想把部队编排一下，以便分开活动，咱们先到这山里休息一下吧。"

于是，该部在猛岗坪僻静的一处山寨里住了下来。彭叫驴子连夜召集吴应侯、周怀玉、彭杰青、黄泽基、黎世雍等人开了一个会议。会上，彭叫驴子宣布将游击队改为游击指挥部，任命黄泽基为指挥部参谋主任，指挥部暂时下设4个大队，分别由吴应侯任第一大队长，周怀玉为第二大队长，彭杰青为第三大队长，黎世雍为第四大队长。

将部队编排完毕，彭叫驴子即要各大队分散活动，以避免被国民党部队清剿围歼。同时，给各大队约定了联络办法。各大队长遵照命令，即把部队分散活动了。

彭叫驴子自己带着一大队继续留在猛岗坪一带。第二天上午，"吴猴子"带了几个弟兄在山林里想去打点野味。几个人转了一阵，不见一点鸟兽踪迹。在一棵松树下面的草丛边，忽闻有野鸡"嘎，嘎"叫了几声。

"喂，这儿有只野鸡，放在笼子里哩！"覃麻子叫道。

众人过来一看，果见一个竹制的笼子里，关着一支大野鸡，正嘎嘎叫。

"把它提走，咱们搞回去吃得一顿。""吴猴子"说。

"这是我放的媒子！"此时，有位穿对襟布衣扛着鸟枪的人从远处的松树背后露出头道。

"你是谁？""吴猴子"问。

"我是这山下的人，你不要问。你们把我的媒子弄去，待会儿可要给我送来！"那人说着，就头也不回地走下了山去。

"嘿，这家伙口气不小，他还想要我们把野鸡送回去！他到底是谁？""吴猴子"觉得有些不摸深浅。

"别管他，咱们把野鸡弄回去再说。"覃麻子遂将野鸡媒子捉住，就和"吴猴子"等人回到了山沟旁的一户农家住地。此时，彭叫驴子正坐在门口椅子上休息，见到覃麻子捉野鸡回来便问："你们运气好哇，一去就搞到了野鸡。"

"哪里运气，他把人家放的媒子抓来了。""吴猴子"道，"那放媒子的人口气大，他说等会儿要我们把媒子给他送去。"

"啊，他是谁?"

"他不肯说。"

"长得什么样子?"

"一个高个子，浓黑眉毛，粗长胡子，耳朵有些大。他说就住在这山下。"

"唔，一定是潘月樵了!"彭叫驴子忙说，"这个人可有来头了，你们赶快把媒子给他送去，我随后也去请他!"

"他是什么人? 值得大哥你亲自出马?"覃麻子问。

"你不知道，他和我一起当过兵，任过连长。我当兵跑回来时，他带兵上了前线去打日本，现在不知为何跑回来。你们赶快去送媒子吧，我还要请他来入伙哩，过去他与我的关系不错。"

覃麻子听了这话，遂与吴应侯一起提着野鸡媒子，向猛洞坪山脚一户人家走去。这户人家有一栋四间木房，旁边还有二间偏棚和牛栏猪舍，门前有个坪塔，一看外观，便知是户中等殷实人家。

覃麻子和吴应侯到了门前坪塔中心就叫道"潘连长，给你送媒子来了!"

潘月樵随即开门问道："你们怎知道我叫潘连长?"

吴猴子便道："我们彭队长与你认识! 说要请你来哩!"

"嘿，怎能劳驾他，他在哪里?"

"很快就会到。喏，你看，那不是来了!"吴应侯指着远处一行人道。

潘月樵转眼一瞧，果见彭叫驴子带着几个人从田坎那边石板路上走了过来。

"老叫，你好哇!"潘月樵连忙招呼道。

"你好! 你好卧龙!"彭叫驴子回道，"潘大哥，你是有名的猛岗卧龙，我一听弟兄们说你的样貌，就知道肯定是你回来了! 故此专来拜访你!"

"不敢当，不敢当!"潘月樵说，"几年不见，没想到你拉了这么大一支队伍。快请进屋坐吧!"

彭叫驴子一行便进了屋里坐，潘月樵的父母忙着给大家端茶倒水。彼此客套一番后，彭叫驴子就说："潘老兄，我只知你抗日去了，但现在不知你在何处就职？"

潘月樵便道："不瞒你说，我这次是偷偷跑回来的，正不知去往何处做事！"

"真的？你怎么会跑回来？"

"你不知道。"潘月樵叹了口气道，"我这命运注定多磨难呵！本来，我带一连人参加了湘北抗战，和日本鬼子打了几个硬战，结果，一连人搞得只剩了几个人。后来，我被送到长沙一个军校培训学习，只因买了些书刊看，被人怀疑有通共嫌疑告了密，他们要抓我，我就跑回来了，现在永顺专署还在通缉捉拿我哩！"

"啊，如此说来，你是被冤屈才跑回来。"彭叫驴子道，"官府要捉拿你，你也无法伸冤的，我看既然搞到这一步，你就干脆走我这条路，到我这支队伍上来干吧，我情愿让位，请你当指挥官，怎么样？"

"谢谢你的好意！"潘月樵道，"我已走投无路，跟你去干再好不过。但决不能占你的主位，只要你愿容纳我就行。"

"那就请你当副指挥官，你不要再推却！"彭叫驴子道，"以你的才能，比我要强多了！我真诚欢迎你来帮我把队伍拖大搞强。"

"行！我即决定跟你去干，就一定会竭尽全力帮助你！"潘月樵道，"我有两个朋友，一个是宋湘灵，现在永顺县常备大队任中队长，还有一个潘邦典，在73军军部任上尉副员。这两人都才干突出，我可以联络他们投奔到你处，你可予以重任。你要把队伍拖大，就要广揽一些人才，这样才能做成大事。"

"太好了！我就是想千方百计搞几个能干的人来帮助拖队！"彭叫驴子道，"你赶快想法去联系这两人吧！只要他们来，我一定会给予重任。"

"好吧！我就马上联系。"

潘月樵随即到内房取出纸笔，分别给宋湘灵和潘邦典写了一封信，然后交由彭叫驴子派人送了去。

当晚，彭叫驴子一行人在潘家吃过晚饭，就带着潘月樵一起回了宿营地。

过了数日，宋湘灵接信后，果然回信表示愿归附彭部。并约定于3天后在石堤西关帝庙相会。彭叫驴子遂于第二天率部来到石堤西，将区公所再次占领了。

第三天，宋湘灵带着五十多名县常备队的武装人员，如约来到了石堤西关帝庙，与等候在此的彭叫驴子和潘月樵相汇合了。双方寒暄相识后，彭叫驴子便对宋湘灵道:"宋队长,听潘老兄介绍,你是个很有本事的人才,我想你来了,就留在指挥部,一道搞指挥工作,你看如何!"

"到指挥部干,很好!"宋湘灵道,"我知道你们指挥部没有政治部,建议你设一个政治部怎么样,如果设的话,可以让我来干。"

"政治部是干啥的?"彭叫驴子问。

"就是做政治工作的!"宋湘灵解释道,"北伐时,各军部都设过政治部,那时算是首创。后来共产党领导的红军都搞政治部,效果证明很不错。你想想,部队这么多人,没人做思想工作怎么行,要是有了政治部,设一些政工干部,就可以专让做思想工作了。"

"这很好哇!"彭叫驴子立刻赞成道,"那就成立一个政治部,请你来当部长。"

"可以叫政治部主任。"潘月樵又插话道,"有了政治部,更可以加强队伍管理,这确实是个好办法。"

"那就这么干吧!"彭叫驴子同意了。

宋湘灵这时又道:"另外,我还建议我们的队伍要打抗日的牌子,现在全国都在动员抗战,日本人都打到慈利来了。国民党的主力抽了不少到前线,湘西一带比较空虚,我们乘此机会可以把队伍搞大起来,势力大了,国民党就把我们没办法,到那时要争夺天下,就容易了。"

"嗯,你的见解很有道理。"彭叫驴子道,"我们搞队伍,当然拖得越大越好。胜者亡,败者寇嘛!现在是抗日时期,打抗战的牌子才吃得开,你这个建议也很好!我们可以研究研究,把队伍的番号改变一下。"

两人正说着,警卫员彭传宗进门报告道:"彭队长,外面有个做生意的人要见你。"

"做生意的,是谁?请他进来。"

彭传宗把来人领进了屋。只见那人戴着一顶博士帽,长得团头阔脸,个头较高,一副商家派头。

"谁是彭指挥!"那人进来就问。

"我就是。你是谁?"

"我叫贺文慈,现在改名黄善臣。是桑植县人。"

"啊,我知道了,你就是贺文慈。"彭叫驴子点头道,"你原来在贺龙手下当过红军游击队长,是不是?"

"正是,正是!"黄善臣道,"红军走了,我隐姓埋名搞了几年,现在官府还在通缉捉拿我。我走投无路，特来投奔你处，不知彭指挥能收纳我不?"

"欢迎，欢迎!"彭叫驴子眉开眼笑道，"我这里专收反抗官府压迫的有志之士，只要有本事有能耐的，我都会重用!"说罢，就安排黄善臣暂到指挥部任了个副官闲职。

又隔数日，经潘月樵联系的潘邦典，也悄然脱离七十三军军部，投奔到了彭叫驴子部下。彭叫驴子给他任命了参谋长一职。

通过招揽众多骨干，彭叫驴子加强了对部队的训练管理，其战斗力大大加强。不久，永顺周边的梁海卿、粟明卿、田大相、孔圣武、向明钧、向登南、梁云卿等多股著名武装首领，都纷纷前来联系加盟。彭叫驴子的队伍很快便扩展到了三千余人枪。为了寻求更大发展，潘月樵、宋湘灵等都建议他与瞿伯阶的队伍取得联系，共同合股，以便对付国民党部队即将展开的大规模围剿。彭叫驴子思虑良久，决定采纳建议。

一天，他把堂兄彭杰青找来道："我听说瞿伯阶在龙山拉起了一支大队伍，你去永龙边界活动一下，看能否和他们联系上，若能和他们合股，力量就更大了。"彭杰青领命后，就带了一个大队到了永顺龙山接壤的万民岗一带进行活动。

第十章　鹤峰脱险

1. 趴壕养息

　　且说瞿伯阶和彭叫驴子在龙山永顺将队伍拉大后，对当地国民党的政权又造成了极大威胁。

　　为清除湘鄂川黔边的匪患，蒋介石这时下令成立了湘鄂川黔边区清剿总指挥部，由中将郭思演任剿匪总司令。郭思演走马上任，将指挥部设于龙山县城，后又迁至花垣县内。该指挥部下设参谋部、副官处、军法处、政务处、军需处等机构，隶属其部指挥的正规部队有江防独立总队和一一八师。其防区涉及到湘鄂川黔边的二十九个县。由于线长面广，兵力有限，其指挥部在成立后，清剿成效甚微，辖区匪患仍然不断。不久，蒋介石再作调整，任命了第三十八集团军军长傅仲芳担任总指挥。傅仲芳是浙江萧山人，带兵剿匪很有经验。一天上午，在花垣清剿总部召开的湘鄂川边剿匪会议上，傅仲芳重新部署了剿匪兵力。他在会上说："目前，抗日战争打得正激烈，湖南境内已连续进行了三次长沙会战，日军遭到了我军的沉重打击。但现在形势依然严峻，日军还有进犯我大西南企图。为了保卫大后方，蒋总统要求力保湘鄂川交通大动脉安全，为此限期要我们剿灭所有湘西匪患，现在我命令，江防总队和 86 军朱鼎卿部全部进入湘西剿匪，其重点放在龙山一线。"

　　"这不是要用拳头打跳蚤吗！"朱鼎卿开玩笑道。

　　"老弟，你可不要轻视瞿伯阶啊。"傅仲芳告诫他道，"那家伙狡猾得很，你不认真对付，还不一定抓得着他哩！"

　　"割鸡焉用牛刀！我就不信治不了这伙顽匪！"朱鼎卿拍胸脯保证道，"一月之内我必将他擒拿归案！"

　　"好，我等着听你的好消息。"傅仲芳说。

会后，朱鼎卿随即率了3个师进驻了龙山、来凤和永顺等地。由于大兵压境，瞿伯阶不敢恋战，他将部队撤至湘鄂川三省边界一带活动。但是，无论他走到哪里，发现到处都有国民党军跟踪追击。几次遭遇战后，瞿伯阶的大队人马便被打垮了。

一日傍晚，瞿伯阶从来凤转移回二所乡，保长向万炳闻讯忽来拜访他道："瞿司令，朱鼎卿派人来找过我，让我转告你，说只要你把队伍交出来，接受整编，派一个亲信带出去，就可以保命不杀！"

瞿伯阶正想找一个保存实力的良策，听了向保长的话，他立刻回复道："你去告诉朱鼎卿，就说我瞿伯阶愿意缴枪接受整编。3天内保证把队伍和枪支由我的亲信带出去！"

向保长很快跑去县城，将瞿伯阶的意愿如实作了转告。

三天后，瞿伯阶将一些破烂武器收集起来，派了向家彦为大队长，按照朱鼎卿指定的地点，将队伍开到了沅陵。这支队伍刚去报到，即被全部缴枪作了改编。这消息传来，瞿伯阶并不感到怎么吃惊。他本来缴枪就只想缓和一下局面。但不料朱鼎卿又派了向万炳来传话道："你的枪还没缴完，人员也还有不少，要保命的话，需将枪全部缴出。"

瞿伯阶对向万炳道："我已经缴完了，你还要我交，我哪有呢？"

向万炳狡猾地说："瞿司令，你瞒别人可以瞒我可不行，我知道你还有多少人枪，你不交完，朱军长是不会满意的！"

"你认为我还有？我说没有就没有！"瞿伯阶眼一瞪，顿时透出一股杀气。向万炳见神色不对吓得慌忙赔笑脸道："你说没有，那我就给朱鼎卿再报告，说你确实缴完了，求他放你一把！"

"这还差不多！"瞿伯阶点头道"你去吧，敢透露我的真情，小心你的脑袋！"

"是！是！"向万炳紧忙告辞走了。

瞿伯阶待他走后，立刻与几个亲信商议，决定将队伍进一步分散去"趴壕"。结果大部分枪支都被埋藏了起来。参谋长萧瑞禾辞职走了，大队长贾松青、王家仁、瞿波平等，各自率了一部分人枪分开了。瞿伯阶将大老婆和大儿子隐蔽在天马山下，将小儿子瞿崇栋寄到来凤卯洞的妹妹家中，只把田幺妹和几个护卫亲信带在身边，然后一气跑到了湖北鹤峰的一处大山中，这里有田幺妹一个姓王的老表，王家有个大财主叫王庆山。瞿伯阶以往与他曾经相识，此次朱鼎卿捕捉甚紧，瞿伯阶登门求助道："王大哥，我想在你这里躲躲风声，朱鼎卿正悬赏捉我哩！"

"怕什么！老弟，你住我这里尽管放心！我给你安排个住处，谁都找不着！"王庆山慨然允诺，遂将几人引至后山的一佃户家住了下来。

2. 虎口脱险

在这佃户家里，瞿伯阶一住数月，每天只是打牌，抽鸦片消磨时日。有一天，瞿伯阶拿出一支手枪给幺妹道："你把这枪带上，必要时好自卫。"幺妹说："我又不会打枪，要这干嘛！""你不会打，我可以教你。"说罢，就教幺妹学了学放枪的技术。但幺妹带了这支枪，却一直未打过几颗子弹。她觉得有了枪还会招麻烦。所以并不爱用它。又过了一段时日，有天早上眼看鸦片快抽完了，瞿伯阶吩咐贴身护卫"长脚蚊"道："你到沙刀沟买点鸦片去吧！"

"长脚蚊"接受任务，当即带了银洋，走几十里路，到了宣恩沙刀沟去买鸦片。一到沙刀沟街上，就见一烟铺老板向他招手道："冉启文，你到这里干什么？"

"啊，是你，张麻子！""长脚蚊"笑道，"我想买点鸦片！"

"你要鸦片，我这里有哩！"张麻子神秘地说，"不瞒你老弟，我现在专做这项生意，你要多少呢？"

"我要2斤，你要多少钱？"

"钱的事好说！"张麻子道，"你要那么多，是给大哥买的吧？"

"是呀！""长脚蚊"悄声道，"是瞿大哥专派我来买鸦片的，他的瘾很大，你可别声张。"

"这我知道！"张麻子道，"我也是瞿大哥老婆老表的堂兄，算起来还沾点亲嘛！我不会声张的。你尽管放心，他现在住在哪里？你们可要当心点呀！"

"没问题！他就在嫂子老表家里的后山住着。国民党抓不着的！我们都住了几月，鸦片都抽完了，你快给我把货弄好吧！"

"行，行！"张麻子便将2斤鸦片用纸包好，冉启文将一包光洋递过去道，"200块整，你数一数！"

"不用数，你给的，我信得过！"张麻子拿着光洋一掂道，"干你那行的，钱肯定多嘛！"

"好，那我走了！"

"用完了你再来！"张麻子又叮嘱道。

当晚"长脚蚊"回到住地，将所买鸦片给了瞿伯阶。他暴露了消息众人都还不知。但是瞿伯阶警惕性很高，这天深夜之后，瞿伯阶抽完鸦片，躺在床上精神焕发，突然间，他听到门外依稀有点响声不对，那响声很杂乱，间或杂着铁器撞击声。

"不好，有人袭击！"

瞿伯阶一激灵，也顾不了叫夫人，就赶紧从枕下抽出驳壳枪下了地。冉启文、黄毛狗、王麻狗等几个贴身护卫也一跃而起，迅速拉开大门，接着一起射击，很快向屋外突围跑了出去。

"快，抓住他们，别让瞿伯阶跑了！"一伙追兵紧紧在后追赶。但是，瞿伯阶和几个亲信几步跨进山林，很快就消失在密林中不见了。

"他妈的！到手的鸭子又飞了！"奉命前来捕人的保安团王连长大声骂道。原来，这王连长是接到张麻子的告密来捉拿瞿伯阶的。那张麻子在冉启文口中探知瞿伯阶的住处后，心想最近傅仲芳贴了布告，捉到瞿伯阶可领到10万巨额悬赏光洋，这比做鸦片生意还要强多了，于是就跑到鹤峰县保安团告了密。保安团当即派了一个连，在张麻子的带领下连夜到瞿伯阶住的茅屋进行包围，哪知瞿伯阶十分警觉，保安团刚接近茅屋就被其发觉冲了出去。

"到屋里再搜！"张麻子又道，"他老婆可能还在！"

众士兵随即拥进茅屋，这时幺妹正和衣躺在床上发着抖，知道大事不妙，想跑已迟了。而且她那时又有几个月身孕，肚子已微微挺起，实在跑不动。

"你是田幺妹吧？"张麻子提着手电即照着问。

"哈哈，这匪婆还长得蛮漂亮哇！"王连长乜斜着眼道："你男人跑了，你为啥不跑？"

"我又没做坏事，你们抓我干嘛？"

"你是土匪婆！还没做坏事？跟我们走一趟吧！"

一伙人就押着她往回走。因她穿的衣多，手枪放在内衣袋里，他们也未搜去。这时天还未亮。走到一个山岭岔路边，幺妹假装哼着声道："唉呀，我肚子痛，我要解手！"

押解士兵都不怎么在意，"去解吧，你可别耍花样！"一位士兵说。

她便哼叫着走向路旁一间茅棚，几个士兵站在棚外等着。几分钟过去了，里面不见动静。

"喂，你还没解好？快出来！"

茅棚内没有声音。

一个士兵钻进去一看，里面空空如也，这才大叫道："快，这婆娘跑了。"

众士兵赶紧搜索，可是搜了半天，却什么也没搜着。其实，她那时从茅棚扯了个洞钻了出来，躲在不远的密林深处，直到看见他们走了，才一个人又慢慢地向龙山方向逃去。

3. 枪杀"卖客"

三天之后，幺妹悄悄又跑回了瞿家寨。怕让人看见，她乘天黑了才摸回家门前。她敲了敲门，公公问道："谁呀？"

"是我！"幺妹低声答道。

"啊，你怎么回来啦！"公公拉开门，她一眼就望见孩子崇胜在家里。

"妈妈，妈妈，你跑到哪去了？"崇胜见她进来，喜出望外地扑到她的怀里，幺妹把他抱起，亲了又亲。

公公这时又问道："就你一人回来么？"

"是啊！"幺妹说，"我是悄悄跑回来的！"

"伯阶他们呢？"

"他也跑啦！我还不知他的去向哩！"幺妹说罢，就将在鹤峰脱险的经过给公公说了一遍。公公听罢，不由得叹口气道："伯阶还不知道他妹妹已被人杀了！"

"什么，他妹妹被杀了？是谁杀的？"

"还不是保安团干的！听说是卯洞乡的乡长向泽和告的密。他们还没杀你的孩子。孩子本来是和姑姑在一起，姑姑死了，彭家人才把崇胜送到了我这里！"

"我的天啦，他们怎么要对一个女人下如此毒手！"幺妹不禁悲愤地说，"等伯阶回来，一定要报这仇！"

"伯阶他何时能回来？"

"我想他很快就要回来的！他是和我同时出逃的啊！"

第二天夜里，瞿伯阶果然带着几个弟兄也跑了回来。大家相见之后，彼此有说不出的大悲大喜。"没想到我还能见到你！"瞿伯阶夸她说，"你真的机智，竟然还能跑回家？"

"我还跑到了你前面回到了家！你们怎么比我还迟回来呢？"她不解地问。

"我们联系找人去了！"瞿伯阶道，"这次回来，我要东山再起，我已把队伍都找到了，枪也取了出来。可以很快干起来！"

"要干就干吧！你妹妹的仇还等着去报哩！"

"我妹妹怎么啦？"

"她被卖客杀了！"瞿伯阶父亲这时又插言，将卯洞的女儿被害之事又说了一遍。

瞿伯阶听后，不禁牙齿咬得咯咯响道："此仇非报不可！赶快叫舍命王和彭猴子来！"

当日夜里，在后山隐蔽的瞿波平和彭雨清奉命被叫到了家里。瞿伯阶对他俩说："这次我们要出口恶气，要杀几个卖客！"

"你吩咐吧！要杀哪几个？"

"把那张麻子干掉！"瞿伯阶恨恨地说，"是他出卖了我的驻地！还有卯洞的向泽和，勾结官军杀了我妹妹，二所乡的保长向万炳也不是个好东西，这几个人都该杀！"

"我去搞张麻子！"彭雨清说。

"那我就搞向万炳！"瞿波平说。

"好，你俩行动要快！那向泽和由我自去解决！"瞿伯阶道。

于是，三人各引了几个帮手去完成任务。彭雨清到宣恩沙刀沟找到了贩卖鸦片的张麻子，于一天夜里将他抓获处决。瞿波平领十多个弟兄来到瞿家寨中寨，于一日中午突然闯进保长向万炳的家。向万炳正与几个人在家里打牌。瞿波平抬手一枪就打死了向万炳，众牌客还不知怎么回事，一个个吓得直打颤。

"没你们的事！我只打卖客！今后谁要和我们作对，就是向万炳的下场！"瞿波平说罢，就和一班弟兄扬长而去。

瞿伯阶亲自带领三十余人来到来凤卯洞，乘一个黑夜包围了乡长向泽和的住屋。向泽和这晚上正躺在床上抽鸦片，冷不防瞿伯阶带几个人已闯进屋来。

"向泽和，你认得我吗？"瞿伯阶用枪指着他的头道。

"啊，瞿伯阶，你要干什么？"

"我要你的狗命！你为什么要杀我妹妹？"

"不是我杀的，别误会……是保安团干的！"

"你还想抵赖？"瞿伯阶道，"要不是你当卖客，保安团能抓到她吗？"

"是，我有错，求你饶我一命！"

"你还想饶命，赏你一颗花生米吧，这是你应得的下场！"说罢，抬手一连三枪，即把向泽和枪杀了。接着，瞿伯阶还不解恨，又命人点起一把大火，将向家大屋烧了。

4. 血战里耶

瞿伯阶指挥手下一起动手杀了几个对头后，将队伍拖到了里耶的八面山上。此时，从抗日前线溜回家乡的师兴周，正闲居在内溪棚老家。一日，忽有里耶镇长瞿闵生派人送了一封急信来。内云："酉阳匪首白树庭、张绍卿和秀山匪首武南卿联合一起，欲犯我古镇，匪势盛炽。本镇人枪不足百余，难以抵挡。里耶危在旦夕，特请师团长火速派兵增援，切切。"

师兴周看罢此信，一言不发的在室内踱步想了十多分钟。增援里耶去不去？他感到事关重大。那瞿闵生的叔父瞿伯真与师兴周的堂兄师立诚是儿女亲家，从情面上讲推辞不过。如果去增援的话，自己只有三百多人枪，力量不够大，而且这些人枪是自己保家的本钱，一旦输了就不堪设想。当初，师兴周迫于抗日的大局，不得不服从命令把部队改编带去了前线，但在家乡，他留足了这支保家的队伍，一般不到万不得已，他是不会动用这支队伍的。师兴周即使在外带兵打了败仗，回到家乡，依然可以靠这支队伍重起炉灶再图发展。所以，几个月前，他把保安团带上抗日前线，自己只到长沙就辞去了团长之职而又跑回了龙山。此次回县后，他原想在县里再谋求当个保安团长一职，谁知，他走后，刘紫梁已乘机占据此位，他只弄得个龙山保靖联防办事处主任的虚职当着。心里很不如意，便只好在家闲居。里耶镇长此时来信求援，自己正可名正言顺的出兵，因为这一仗关系很大，如果打好了，对自己重新出山会大有好处。所以可不惜老本，把自己保家的队伍拖到里耶增援，去和酉阳来犯的土匪决一雌雄。

如此想毕，师兴周便答应了送信使者，决定立刻出发增援。当夜，他即亲自披挂上阵，带了三百多人的保家队伍，直向五六十里外的里耶镇急速开去。

天亮时分，师兴周的队伍到了里耶镇边。此时，但见这座古镇街上有雾气笼罩，往来行人已在开始喧闹。原来，那里耶本是个繁华之镇，虽然，此镇地处龙山边陲，但由于一条酉水从四川酉阳流过来，直经里耶到达保靖，尔后下泸溪入洞庭，成为横贯湘川境内的一名重要水上交通大动脉。（作者注：公元2002年，里耶2万多枚秦简的出土文物，更让全世界的考古学界都为之一惊，想不到在偏僻的湘西境内，竟会产生出如此重大的考古新发现。这些新出土的秦简及其它文物证明，至少在二千多年以前，里耶就曾经是战国时著名的商埠古城。后来，里耶不知为何逐渐衰落了。但它纵然衰落，也仍然不失为一个繁华的古镇，往来做生意的商人尤其不少，到 20 世纪三四十年代，这里仍然是酉水航运的重要码头之一，每天停泊的船只都有数百只。）当传闻酉阳和秀山的土匪要来攻镇时，好些镇内的商家们都感到了很恐慌。当师兴周的增援队伍出现在街头后，居民们才稍稍放心。镇长瞿闵生当下在街上和师兴周相见了。

瞿闵生说："师团长，有劳你大驾出征，我们全镇人要感谢你啊！"

"不客气，不客气。"师兴周道，"保卫里耶是我们的共同责任。你应该去信，再请刘紫梁也派队伍来增援。"

"我已派人去了！"瞿闵生道，"酉阳秀山的土匪来得快，他们对里耶已摆开了进攻架势，你看远处那座山，有许多土匪已经集聚。"

师兴周取出望远镜，对千米之外的一座山头观望一阵，果见那山上已集结了不少人马。

"赶快作准备吧，敌人好像就要进攻了！"师兴周紧忙下令，让瞿闵生的队伍驻守镇外，许败不许胜，以便诱敌深入。自己的队伍占据了镇旁几个制高点和临街营房的高屋，将火力摆好，准备迎敌。

过了一会，那山头边的数百名土匪，果然呐喊着冲了过来。瞿闵生在外围稍稍抵抗了一下，即撤进了镇来。进攻的土匪愈加得意，认为守兵在败退，更加长驱直入。师兴周这时不慌不忙，待其来到街头，便一声令下，师部的 10 余梃机枪和二百多支步枪一阵猛射，来犯的土匪顿时被一片片打倒在地。没死的土匪见镇上火力很猛，知道上了当，一个个赶紧撤了回去。

"他妈的，怎么遇到了这么猛的火力？"在后指挥的土匪武南卿狠狠骂道。原来，这武南卿是秀山匪首，他和白树庭、张少卿约好，准备联合进攻里耶。武南卿最先来到里耶附近，他欲抢占头功，所以没等白树庭和张少卿部到来，就抢先发动了进攻。没想到，刚刚出手就遭到了沉重打击。

稍顷，白树庭和张绍卿各自率部赶到了。白树庭了解到武南卿第一次冲锋被打退的情况后，给他打气鼓动道："别丧气，待会咱们再一起出动，一定会攻下里耶！"

"不见得啊！"武南卿道，"里耶的防守火力很强，机枪都有好多梃，我猜那不是瞿闵生镇长的队伍，估计是师兴周增援支持来了。"

"师兴周来了也要打，他现在没当保安团长，不会有好多人枪。"白树庭自信地说，"我们三支队伍，加起来有上千人，还怕攻不下个小小里耶？只管打吧！"

张绍卿这时便道："那师兴周的保家队伍，也是精兵良将，我们不可轻视。这样吧，咱先派人去送封信，要他们赔偿一些损失，若能赔偿，咱就退兵。若不答应，再攻不迟。"

白树庭想想这办法不错，随即写了一信道："此次我部兵临里耶，实乃我方白明祥、王老六在里耶被枪杀之缘故。或曰白、王二人为何在里耶将商人陶万秦打死，其中又有一缘由：因陶万秦曾许诺帮我部购买武器，我部派人携带烟土到常德找到陶万秦，陶见财而起异心，竟杀了我方使者，把烟土吞并，人却潜住到了里耶。我方随派白、王二人将陶在里耶处死。不料贵镇不问情由，竟将我方白、王二人以打死人罪捕杀，此举践踏公理正义，不能不令人义愤填膺。我方故此欲兴兵报仇。考虑到战火兴起，会殃及无辜居民百姓，如若贵镇能以银洋万元，赔偿我方人命损失，则我部可撤除包围，早息干戈。如若你们置若罔闻，那就勿怪我们兵戎相见，拼个你死我活。书到之时，即限明早作复。"

信写毕，白树庭即派人把信送进了里耶镇。镇长瞿闵生接到来信，当日和师兴周研究了一番，遂也作了一函回复云："贵部所提赔偿条件不能接受。白王二人在我镇内公然行刺，杀死商人陶万泰，无论其杀人动机如何，致死人命，理当伏法。贵部以此为由，大兴干戈，实乃愚蠢之举。我镇有人枪千余，更兼数千居民枕戈以待，尔若敢来侵犯，保你有来无回，不信即来一试，我等在此恭候。"

第二天早上，瞿闵生派人将信送了过去。白树庭读了回函，顿时火冒三丈。"不答应赔偿，老子就要打！"说毕，就强行开始组织进攻。那武南卿也不甘失败，两人随即指挥部属，从西北、西南两方的山上冲下来，向里耶展开了进攻。而张绍卿很狡猾，他带着人马按兵不动。他想看看双方势力到底如何。

里耶镇内，师兴周也早将人枪作了周密部署，他派了蔡金阶和叶仲翔两个善战的营长各挡一面，没等对方到镇边，就猛烈开枪还击。如此激战了三天，双方各有伤亡。进攻的一方仍无法攻进镇内。此时，张绍卿在观望两天后，觉得师兴周部的火力确实很强，而刘紫梁的援兵也快到了，随即悄然溜走了。白树庭和武南卿见张绍卿撤走，攻占里耶已经无望，遂就撤兵各自回老巢去了。

里耶战事结束，师兴周顿时成了增援保卫里耶的功臣，龙山县府报请省府给他记了大功。不久，他又被重新启用，并替代刘紫梁当上了县保安团长之职。

到县城走马接任的师兴周，这时似乎又找回了昔日的威风感觉，连走路都觉扬眉吐气了，并且变得日渐荒淫起来。他自己娶了7个老婆仍不满足，每日在街上还狂嫖滥赌。他的亲信部下更是有恃无恐，在县城不断滋事生非。一天，其部一个名叫柳干臣的排长和几个街痞在街上摆摊赌博，被正在巡逻执勤的国民党驻龙山的江防部队毛中队长发觉。毛中队长当下喝令道："喂，谁叫你们聚赌的，走，跟我们去一趟。"

柳干臣这时站起来大骂道："你管什么闲事，管到老子头上来了。"

毛中队长又道："你是谁，还敢撒野，给我带走。"

几个兵上前就要动手。忽然，柳干臣怀里拔出枪来，对准毛中队长。"啪"的就是一枪，当场把毛中队长打死了。

其余几个兵见势不妙，慌忙跑回了营地。当晚，这几个士兵将中队长被打死的情况逐级上报给了湘鄂川黔清剿总指挥部傅仲芳。傅仲芳一听，立刻下令江防总队驻龙山的大队长张义忠，让他率兵逮捕师兴周。张大队长接令后，随即率领一百多士兵，于一天清早闯进师兴周的保安团部。其时，师兴周尚在院子里刚刚起床。保安团的警卫们见江防总队来了这么多人且气势汹汹，也不知是什么事。双方都拔枪在手。一时剑拔弩张，大有一触即发之势。

师兴周此时强作镇静地说："张大队长，你们这是干什么？"

张义忠道："昨晚你的部属柳干臣打死了我们一个中队长，你知不知道？"

"知道了，我正准备捉拿那小子来赔礼哩！"师兴周道。

"说得轻巧！"张义忠道，"你的部队军纪败坏，这是你一贯纵容的结果。现在，清剿指挥总部傅司令已下令我们捉拿凶手，你也被捕了！"

"什么？傅司令下令要捉拿我？"师兴周大吃一惊。

"对，请你放老实点，命令你的弟兄们不要轻举妄动，否则，一切后果由你自负。"

"嘿，你们怎么搞到我的头上了，我被冤枉了，我没犯法啊！"

"你少啰嗦，上司的命令你服不服？"

"服……服！"师兴周额上渗出汗道，"我跟你们去，有理慢慢讲，我相信可以把事情搞清楚，还会回来的！你们都服从命令，不要乱来！"

众警卫见状，只得收了枪，由江防总队的士兵将师兴周上了手铐。接着，江防总队又分别把柳干臣、贾福吾、贾玉昌、师秀章等亲信骨干全部抓获，连同刘紫梁等也以通匪嫌疑犯抓了起来，统统押入了龙山监牢。

这一回，任凭师兴周、刘紫梁等人再申述无罪，国民党还是以"明团暗匪"等罪名，将这两个头目和其他几个亲信一起，最后押解到了耒阳省监狱服刑。那柳干臣则很快被江防总队处决。

第十一章　合股对敌

1. 收编"贾辣子"

江防总队捕捉了师兴周、刘紫梁等地方头目后，八十六军在龙山各地又开始了大规模的剿匪行动。此时，瞿伯阶隐蔽在八面山上，已被八十六军的侯振汉团探清了目标，侯振汉早几年前曾驻防来凤，对瞿伯阶部的活动规律比较熟悉，乘着瞿伯阶在八面山上聚集之机，他带了一团人马，从县城直向百里之外的八面山上扑去。

当侯振汉的人马还未抵达八面山之时，另一支从花垣方向开来的约四百余人的苗民队伍，已爬上了八面山顶。这支队伍的为首者名叫"贾辣子"，是慕名前来投靠瞿伯阶。两人在山顶一草屋前相见了。

"瞿司令，久仰你大名！我专来拜访，想投到你门下，不知你愿收纳否？"贾辣子谦恭地说。

"欢迎，欢迎！"瞿伯阶眉开眼笑地说，"老弟大名，我亦早闻！你愿与我一起拖队干事，我求之不得哩！咱们今日好好喝一杯！"说罢，就吩咐人去弄酒肉，准备摆席喝酒，为贾辣子入伙洗尘。

两人正说着，忽有一头黄麂子在百步开外的岩缝中窜了出来。有人吆喝道："下酒菜来了，快去赶吧！"

贾辣子这时道："你们别动，看我的枪法！"说罢，怀里拔出驳壳枪，甩手就是一枪，那黄麂顿时应声栽倒在地，不动弹了。

"好，真乃神枪手！"瞿伯阶夸道，"今日晚餐就吃这麂子肉。"

有人随即跑过去将那麂子提起，很快剥皮割肉，就做了几盘丰盛的野味宴。这宴席就摆在草坪地里，大家一起席地而坐，开始吃晚餐。

"来，为你的到来干一碗！"

瞿伯阶端起苞谷酒，和贾辣子端的酒碗碰了碰，两人便一饮而尽。

"这麂子肉真香哩！"贾辣子夹起一块肉，嘴里嚼着又道，"我从小就喜欢赶猎，到现在不知打了多少麂子！"

"这么说你是个老猎户啰！"瞿伯阶又问道，"你老家是哪里人？"

"我是保靖杉木溪人，16岁就干了绿林。这些年都在保靖花垣一带活动，最近傅仲芳的队伍在花垣保靖一带剿匪，风声很紧，我就把队伍拖到了你这里，不知你们现在的境况如何？"

"我这里也形势险恶啊，八十六军的队伍到处都扎得有，我们队伍都损失不少！"瞿伯阶又道："你既然来了，我们可以合作起来，共同抗敌，力量也就大了。"

"我正是这样想！"贾辣子道："我投到你处，就是想靠你扶一把！你看我适合干什么，就只管吩咐！"

"我和王副司令商量一下，看给你搞个什么名义合适。"

王继安便道："你我是正副司令，就给他弄个前敌总指挥如何？"

瞿伯阶道："好呀！这前敌总指挥名义也不小，你觉如何？"

贾辣子道："行！！封我个前敌总指挥，我干！"

于是，大家商议同意，便让贾辣子当了前敌总指挥，另有一个新投奔的黄埔军校毕业生李国柱被瞿伯阶任命当了参谋长。

队伍编排刚完，朱鼎卿的候振汉团已围剿过来。瞿伯阶紧忙率部进行抵抗。双方一阵猛烈交火，候振汉的正规军因为武器好占了优势。瞿部抵挡不住，随即在一个夜晚，撤退作了转移。临行前，瞿伯阶决定将队伍分开进行活动，他先派了贾松青率一部分队伍去永顺与彭叫驴子部进行联系。然后与王继安商议道："你和贾指挥去花垣怎样？我准备到龙山永顺边界去，这样可以避开候振汉团的围剿。"

王继安点头道："我们分兵也好。候振汉这只猎狗凶得很，你去永龙边界，我就到花垣去，让这条猎狗嗅不着了，过一段再汇合。"

两人商议妥当，王继安遂和儿子王家仁带了自己一帮人马，与贾辣子一起悄悄撤向了花垣境内。瞿伯阶则率彭雨清等部到了洗车河。

约莫过了半月，隐蔽在花垣龙潭一带活动的王继安，因为不耐苗乡水土，在岩洞里长了一身毒疮。其儿王家仁请草药郎中服了几服药仍不见好转。王继安自知性命难保，乃嘱咐儿子道："野鸡要有自己的山头，白鹤要有自己的滩头。在外乡活动不是长久之计。我死后，你赶紧把队伍拖回龙山去找你干爹吧!"过了数日,王继安果然不治身亡。王家仁就地将他作了埋藏,然后想约贾辣子去龙山,贾辣子却不肯再去。王家仁遂将队伍拖回龙山,并在洗车河附近与彭雨清大队相会了,从而重归了瞿伯阶指挥。

2. 相聚洗车河

再说贾松青率部来到永顺县的万民岗一带,正好与彭叫驴子的堂兄彭杰青部相遇。贾松青即将瞿伯阶希望合股的来意挑明,彭杰青也表示愿与瞿部商谈。两人随即率部到洗车河与瞿伯阶相见了。

瞿伯阶当晚热情款待了彭杰青。酒席上,两人谈了很久。瞿伯阶道:"你兄弟的大名在龙山传得很响,但不知他现在情况如何?"

"现在很好!"彭杰青道,"我这兄弟很有指挥才干,他手下现有六个大队了,人数有三千多。前两月,他派我来永龙边境活动,要我设法和你们联系,我到万民岗,正好碰上你的部属,此乃天意作合,说明我们有缘分相识嘛!"

"对,对!"瞿伯阶道,"我也早想与你们联系,并派了贾松青寻找你们。现在天遂人愿,还请你回去转告彭春荣,就说我瞿伯阶欢迎他来洗车河相聚,我们可以一起合股抗敌。国民党的部队目前猖獗得很,我们两支部队团结起来,力量就大多了。"

"行,我马上回去转告。"

第二天,彭杰青便回永顺向彭叫驴子做了汇报。彭叫驴子觉得合股正中下怀,乃率部应邀来到洗车河,在镇上一家酒店内,二人各带随从一起会面了。

瞿伯阶仔细看那彭叫驴子,只见他外穿一件青哔叽衣,下着一条灰麻布裤,脚上一双棉头布鞋。额部宽阔,浓眉大目,头留分发,双耳卷长,果然生得一表人才。论其身材差不多高,两人都有一米八多。只是比较起彭叫驴子,瞿伯阶略显成熟老气一些,毕竟二人年纪相差了十多岁。彭叫驴子当下很尊重地对他说:"瞿司令,你是大哥,今日与你约会,是小弟的福分哪!"

"哪里!哪里!"瞿伯阶道,"我久闻你叫驴子大名!今日初次相见,果觉英俊不凡,是个难得人才。我想只要我二人携手合作,一定会能干出一番大事来!"

"对!我也这么想!"彭叫驴子道,"要对付官军追剿,我们只有团结合作,力量才大。"

两人初次相识,谈得十分投机。瞿伯阶当即吩咐副官,命后勤杀猪宰羊,殷勤款待彭叫驴子的部队。

　　晚间酒席上，瞿伯阶又与彭叫驴子边喝边谈，就双方合股问题作了细致商讨。

　　瞿伯阶道："我们合股后，你看打什么名称为好？"

　　"你打的是湘鄂川边游击司令部招牌吧？"彭叫驴子问。

　　"是啊！我这招牌打了几年了！"

　　"我看，我们还可以加上抗日的名义，就叫湘鄂川黔边抗日游击总队如何？"

　　"这都没问题，以抗日名义很好。"瞿伯阶又道，"合股后的指挥班子，你有什么意见？"

　　"你是大哥，当然还当司令！"彭叫驴子道，"司令部之下，可以再成立'湘鄂川黔边区抗日游击指挥部'，由我当指挥官，你看行不行？"

　　"很好，很好！"瞿伯阶拍手赞成道，"我当司令，你当指挥官，就这么办！不过，我们要统一行动！"

　　"那当然！"彭叫驴子道，"你是总司令，有权节制指挥部，我们大家都应服从你的总指挥！"

　　瞿伯阶见彭叫驴子表示愿意服从他的指挥，很觉高兴。两人随即商定，决定要举行一个盟誓仪式。

　　第二天上午，瞿伯阶便选定在洗车河附近的一座庙里，按照清帮规矩，举行了一个隆重的拜把仪式。瞿彭双方的分队长以上的头目都来参加了。其时，庙门内外布置一新。进得门去，只见义心堂上贴着一副对联：安清不离远与近，一祖流传到如今。堂中的墙上贴着一张大红纸，上书翁钱潘三个祖师之神牌位。堂中摆着两张大方桌，桌上放着五个香炉，炉中共燃五炷香、六支蜡。香炉摆着四包贡果。穿长袍的贾松青充当司仪官首先念请香词曰：

> 一炉香烟往上升，三老四少在堂中，
> 弟子上香把祖请，迎来祖师潘钱翁。
> 二炉香烟举在空，三老四少喜盈盈，
> 祖师迎来上面坐，弟子上香把礼行。
> 三炉香烟敬祖师，三老四少齐欢喜，
> 欢庆堂口多旺盛，今天是个喜庆日。
> 四炉香烟献堂前，三老四少尽开颜，
> 香堂口里人兴旺，福寿安康万万年。

> 五炉香烟摆堂前，三老四少站两边，
>
> 小爷就在门外坐，大家一齐把祖参。

请香词念毕，司仪又念请蜡词曰：

> 一对蜡烛照堂前，三位祖师在上边，
>
> 弟子上香把供摆，潘门香烟代代传。
>
> 二对蜡烛照满堂，富贵荣华永世旺，
>
> 切记帮规与海底，忠孝节义记心上。
>
> 三对蜡烛照四方，同心协力保家邦，
>
> 淫邪偷盗切莫作，扶老携幼理应当。

请香请蜡后，又请家法，其词曰：

> 小小家法森又严，帮规戒律切莫犯。
>
> 哪个不慎犯邦规，定请家法不容宽。

司仪念完这些词，遂引领各位弟子参拜了祖师诸神。尔后，瞿伯阶以帮主身份，又受了所有弟兄纳头参拜。拜毕，贾松青又执刀在手，将一只公鸡杀掉，把鸡血滴入一坛酒内，然后说："诸位弟兄，现在我们各喝一碗血酒表表忠心，今后咱们要团结一心，在瞿大哥的指挥下勇往直前，共图大业。若有二心，如同此鸡一样不得好死。"咒誓毕，即带头喝了一碗血酒。其余瞿彭部的头目都依次排队，一个个到酒坛边舀了一碗酒发了誓后一饮而尽。

喝完血酒，众头目又聚在一起，开了一个联席会议。会上接序就座，"鼠大王"瞿伯阶坐了第一把交椅，彭叫驴子坐了第二把交椅。其余的头目，依次各坐在瞿彭的两旁。瞿伯阶一边的头目依次是：李国柱、"老松鼠"贾松青、"彭猴子"彭雨清、"糊疤子"向敬海、"长毛熊"王家仁、"舍命王"瞿波平、"黑虎"彭杰青。

彭叫驴子一边的头目依次是"猛岗卧龙"潘月樵、"大智囊"宋湘灵、"鲤鱼精"潘清泽、"师爷"黄泽基、"吴猴子"吴应侯、"草上飞"周怀玉、"黎疤子"黎世雍、"老粟米"粟明卿、"黑雷公"贺文慈、"大鲨鱼"梁海卿、"叫鸡公"孔圣武。会上，双方正式决定合股建立新的编制。总计共组建十四个大队，其中八个属彭叫驴子的部队，另五个大队是瞿伯阶的部队。瞿伯阶直接指挥六个大队。这六个大队长是：第一大队长彭杰青，二大队长贾松青，三大队长彭雨清，四大队长王家仁，五大队长瞿波平，六大队长向敬海。彭叫驴子指挥的八个大队分别是：第一大队长吴应侯、第二大队长周怀玉、第三大队长粟明卿、第四大队长梁海卿、第五大队长黎世雍、第六大队长孔圣武、第七大队长贺文慈、第八大队长梁云卿。编排完毕后，众头目即大开宴席，喝酒吃肉。席上，瞿伯阶端起一杯酒道："弟兄们，今天是个大喜日子，我们两支人马合股了，应该好好庆贺。我这里作一首打油诗，你们看好不好。"说罢，即朗声吟道："昔有桃源三结义，今有瞿彭大联盟。绿林携手创大业，试看天下谁称雄。"众人听了不禁都喝彩叫道"好！好！"继瞿伯阶之后，又有其他一些头目吟唱了几首山歌小调，还有人划拳作乐，这一顿酒宴热闹到天黑方才散席。

瞿伯阶与彭叫驴子合股后，一时声势大振，双方总计人马已达三四千人。湘鄂川黔剿匪司令傅仲芳急令湘警部队加紧围剿。

为避敌锋芒，瞿伯阶在合股后的当晚即和彭叫驴子商量道："敌军闻讯会很快用兵来围剿，我们可分开行动，以分散敌人注意力。"彭叫驴子说："行！我回永顺沅陵边界去行动，你就在龙桑边界活动，咱们可互为犄角。"

二人如此说定，便相互道别，开始率部作了新的转移。

3. 火烧官军

四月，罂粟花开了。粉色的花瓣，一团团，一簇簇竞相绽放，远远看去，尤似一片片火烧云一般美丽如画。

"这花好漂亮啊！"住在二所乡一个农户家里，幺妹望着山坡上的罂粟花不禁赞叹道。

"鸦片很快就要收割了，我们要赶快去抽烟税哩！"瞿伯阶和幺妹欣赏不同，他由此花很快想到了要去抽税捞钱。

"赶快叫各大队长来碰头研究一下！"他对王麻狗说。"好！"王麻狗应允着，很快将各大队长都叫到屋里来了。瞿伯阶遂将抢收鸦片税的事给大家说了说，然后要大家发表意见。

"鸦片是我们的主要经济收入，我们要多去捞点。"贾松青这时表示赞成道。

"要搞，我们去桑植八大公山如何？"彭杰青说："现在官军追踪我们甚紧，要摆脱他们的追击，最好朝八大公山去，那里山大好隐蔽。鸦片又种得多，我们可以一举几得。"

"行，就朝桑植开拔吧！"瞿伯阶下了决心。

队伍遂像游蛇般从二所乡出发，经召头寨，蜿蜒直向八大公山开去。

第二天中午，瞿伯阶率部从龙山边境到了桑植卯子垭。此处是个小乡镇，镇上有个墟场，每逢三六九是赶场日。瞿部到来那天正逢集市，赶场的人很多。因为长途行军，士兵们又累又饿。上了集市，便如饿猫扑鼠，全散在集上吃喝起来。

俗话说"狭路相逢"，有些事总是在对立双方均不知情的情况下便发生了。就在瞿伯阶率部向猫子垭开拔的当天，由永顺专区保安副司令赵崇炬率领的千余人枪，从桑植陈家河出发，也开始在向猫子垭运动。该部的目标是在八大公山一带去堵截围剿瞿伯阶部，想不到部队快接近猫子垭时，在前方担任搜索任务的尖兵排长包长林忽然发觉猫子垭街头到处是背枪的人，他立刻悄然踅回头向赵崇炬报告道："碰到土匪了，碰到土匪了。"

"有多少人？"

"街上满了，到处都是枪兵。"

"这是哪部分土匪？你搞清了没有？"

"好像是从龙山那边刚开来的，后面还有队伍跟进。一眼看不到边哩！在街上的这些人正在吃东西。"

"好，这是个歼灭土匪的好机会。"赵副司令立刻下令道，"马上给我抢占山头，再发起攻击。"

随即，赵部的几个营迅速占据了就近的一座山头，然后向猫子垭街头展开了进攻。此时，瞿部的士兵在街上一个个正吃喝得有滋有味，突然，一阵猛烈而又密集地机枪步枪声响起，站在集市外大路边的瞿部人马顿时被打倒了一大片。

"糟了！我们被官军包围了！"瞿伯阶抽出枪来，紧忙倚在一栋屋后对部下命令道，"快，快冲，把那山头攻下来！"

几个大队长迅速组织各部人马往山头冲去，刚冲至山坡，便被猛烈的机枪火力一片片打倒。第二批接着冲上去，又被打得死的死，伤的伤，剩下几个只好趴着不敢动了。

"我不信就攻不动！"第一大队长彭杰青发火了，他把袖子一挽，拿着驳壳枪高声喊道："有种的，跟我来，非把这山头攻下不可！"说罢，就带头又往上冲，几十个敢死队紧紧相随。冲至半山腰，山上的 10 多梃机枪一阵猛扫，几十个人又一片片栽倒在地。冲在最前的彭杰青"啊"地叫了一声，很快被机枪打中阵亡了。

看见伤亡太大，瞿伯阶忙命停止攻击。这时，他仔细观看了一下山势，发觉这山头地形不高，草木很浓密，而其时又有微风。心头顿时想到：《吴子》兵法中说"居军荒泽，草楚幽秽，风飙数至，可焚而灭"。《孙子》兵法中亦说"火可发于外，无待于内，以时发之"。遂在脑中冒出了一计。他把彭雨清叫来道："快，传令士兵点火，给老子用火烧死他们！"

彭猴子立刻领悟道："好，这办法妙！"即率数十士兵从四面纵火点燃山脚的枯草，草枯风顺，火焰顿起，霎时，这山头便成了一片火海。占据在山上的官军，万没想到瞿伯阶会用火攻。一时都慌了手脚，众官兵纷纷夺路而逃，但为时已晚，因为火势太大太猛，除少数人跑出火阵外，多数都被活活烧死在了山头。那赵崇炬站在山坡岩石边，眼看火焰逼近，四处没有退路，乃长天叹息一声道："我本要剿灭瞿部，哪知反被瞿部所败。老天灭我，奈何奈何！"言毕，对准自己的太阳穴开了一枪，顷刻晃了晃就倒在了一片火海之中。

这场大火直烧了两三个小时才熄灭。一场遭遇战结束了，瞿部清扫战场，共计夺得重机枪三梃，轻机枪六梃，其余步枪五六百枝。

赵崇炬部被歼灭后，国民党当局大为震惊。湖南省主席兼第九战区司令官薛岳，立刻下令将第八行政督察区专员仇硕夫解职，任命顾家齐为该专区专员兼保安团司令。限期清剿永顺龙山的所有土匪。顾家齐是凤凰人，原在陈渠珍部下当过旅长。陈渠珍去职后，顾家齐任暂编三十六师代理师长，不久该师改编为一二八师到前线抗战，顾家齐担任师长。一二八师在上海嘉善一带与日军血战七天七夜，所部伤亡过半。后来该师被取消番号重新改编，顾家齐即离职回了湘西。薛岳看重顾家齐，是因他在率部与日军作战时勇猛顽强，不愧为一员虎将。顾家齐也自信当个专区保安司令，剿灭地方上的土匪毛贼绝无问题。所以，他到永顺上任后，先派人将赵副司令的遗体运回永顺城，并开了个追悼大会，披麻戴孝作了隆重安葬。然后，召集属下各级官员开了一个清剿动员大会。会上，他谈笑风生，显得很有把握地说："瞿伯阶、彭叫驴子的土匪队伍，不过是些乌合之众。大家不必害怕担忧。这伙土匪就是钻天入地，我们也要将他们抓回来。我这次上任，还准备了两双草鞋，穿一双剿瞿伯阶和彭叫驴子；若是没剿到，就穿另一双自动回家。"顾家齐如此表态之后，便派了侦探四处寻找，准备一旦探听到消息，即率部去亲自征剿。

4. 攻掠永顺城

猫子垭一场遭遇战获胜后，瞿伯阶又率部往永顺开去。他知道官军不会善罢甘休，因已暴露目标，原想在八大公山一带活动的计划也只好放弃。

两日后，瞿伯阶率部来到永顺沙堤，与彭叫驴子的队伍又合在了一起。

"塔卧有两个保安连，守备松懈，我们可去吃掉！"彭叫驴子建议说。

"好！只有两个连，容易解决！"瞿伯阶点头赞同。

当晚，二人即率部连夜奔袭，将塔卧200多保安团人员包围起来。枪声一响，睡梦中的保安士兵未作多大反抗，便一个个缴枪做了俘虏。

第二天，塔卧失守的消息传到县城，顾家齐闻报感到十分吃惊。他立刻传令保安团和警察大队一起出动，3000多人马直向塔卧扑来。

彭叫驴子见顾家齐倾巢而来，立刻笑呵呵地对瞿伯阶道："好，老子正要引蛇出洞。顾家齐出来，永顺城这下空了，我们正好抄他的老窝。"

"对！"瞿伯阶道，"孙子兵法上讲'攻而必取者，攻其所不守也'。我们让顾家齐顾家去，把他老窝端了，他就只有撤兵去顾家啰！"

"这一个空城，我想只要派一个大队去就可攻下来。"

"可以，你准备派谁去？"

"让梁海卿去打，他的队伍离县城比较近。"

"那就快传令吧！"

彭叫驴子随即派人传令给隐蔽在吊井岩一带活动的七大队梁海卿，让他尽快进攻永顺县城。

这时，永顺警察中队长曹子西的队伍已到塔卧附近的蟠龙山，彭叫驴子的大队长米老六率部与曹子西的警察中队发生了一场激战。曹子西在伤亡40余名警察后，不得不率部溃退。刚退下去，顾家齐率保安团主力已赶到了。

"你们怎么退回来了？"

"报告顾司令，前面碰到叫驴子的人马，他们占住了蟠龙山，我们警察队人手太少，攻不上去。"

"他们有多少人？"

"起码五六百！"

"五六百算什么？给我赶快进攻！"顾家齐随即一声令下。

保安团上千人马，很快向蟠龙山上冲去。

随着一阵激烈的枪炮声响起，保安团毫不费劲地就攻上了蟠龙山山顶。可是，彭叫驴子的队伍不见了一个人影。

"他妈的，他们简直比兔子还溜得快，土匪全跑啦！"保安团长在电话中向顾家齐报告道。

"跑了，会跑向哪里？"顾家齐正感疑惑，一个副官忽然匆匆跑来向他报告道："顾司令，不好了，彭叫驴子的队伍打到永顺城去了！"

"什么，他们打了永顺？"顾家齐顿时叫苦不迭。他知道，永顺城只留一百余人防守，几乎是空城！这叫驴子也真狡猾，突然会乘虚而入攻这县城。"赶快撤兵！"顾家齐已无心恋战，紧忙决定率部回救永顺城。

当日傍晚，顾家齐率部走几十里赶回永顺，只见城内已一片狼藉。县府被一把火烧成了灰烬，街上数十家商号被抢劫，街头有许多被抢的居民在悲哭泣痛。顾家齐感到很内疚，想不到自己拍着胸脯保证要剿拿彭叫驴子等匪首，如今土匪没剿灭，这县城倒被土匪攻进来受了劫掠。看来，对付瞿伯阶和彭叫驴子这样的匪首，还真不容易哩！接着，顾家齐回到专署，通过一番了解，才得知永顺城被攻掠的详情。

原来，那梁海卿自接到彭叫驴子的攻城命令，即率部下四百余人枪，连夜赶到了永顺。到天亮时分，只见大雾迷漫，几米外看不清人影。梁海卿高兴地说："此乃天助我也！"遂率队伍从东门发起进攻。此时守卫在东门桥头碉堡内的守军仅一个班的士兵。由于大雾笼罩，碉堡内的守军架着一挺重机枪，无法看清目标，只好一顿乱放。梁海卿的队伍乘机长驱直入，很快就攻进了县城。

其时，县长曹恢先清早起来，正和各机关职员在操坪举行升旗仪式，旗子才升到半腰，东门关帝庙方向就传来了激烈的枪声。众职员慌忙四下躲避。曹县长见势不妙，也赶忙逃到大西门边一户姓陈的居民家里藏了起来。

这时的街上，只碰到几个警察边打边退，一直退到了县政府内。梁海卿挥兵进入县府，将那几个警察打死，再放一把火，把那县政府的几栋木房就全烧了。接着，梁海卿率部进攻专署，由于遭到守军顽强抵抗，梁部没能攻下来。与此同时，梁部还攻打了监狱和银行，监狱未被打开，银行却攻进了，抢走了大量银钱。因为害怕在县城久呆不利，梁海卿怂恿部属在街上又抢劫了大量布匹商品，直到中午时分，才将队伍撤出城去。

顾家齐为自己粗率用兵未能保境安民而深感不安，他将此次失误的详细经过向上司作了自责检查，并等待着省府给自己以严厉处分。

彭叫驴子和瞿伯阶见顾家齐退了兵，遂将队伍也转移到了永顺沅陵边界一带去活动。那梁海卿在攻进永顺城后大肆抢劫，犯了彭叫驴子不得侵扰百姓的军纪，彭叫驴子下令撤了他的支队长职务，另派梁云卿任了该部的支队长。

在沅陵县内活动了数日，有天上午，彭叫驴子忽然化装成商人，到沅陵县城找到了国民党七十九军九十八师驻沅陵通讯处的上校主任彭泽。那彭泽与彭叫驴子本是同乡同族人，自小又一起长大，相互关系不错。两人相见后，彭泽即对他道："老叫啊，你拖队伍单干总不是个办法，国民党不会容你老作对。我看你不如干脆受招编算了，也为抗日出点力。"

彭叫驴子回道："我也想去打日本鬼子，瞿伯阶也有这个想法，可国民党只怕不会收编我们。"

"我帮你们活动活动怎么样？只要你们同意，我让第十集团军总司令王敬久收编你和瞿伯阶，这样你们可脱离永顺专区的追剿控制了。"

"行，只要你说得通，我和瞿伯阶都会愿意接受改编，把队伍拖去抗日。"彭叫驴子爽快地应允了。

过了几日，彭泽果然通过一番活动，将九十八师师长向敏思说通了，又由向敏思出面，说通了第十集团军总司令王敬久，由王敬久给彭叫驴子和瞿伯阶各弄了一张委任状，分别委任这二人为"湘鄂边区抗日游击指挥部司令和总指挥"。委任状写好后，王敬久便委派了第十集团军总部少将刘高恭和九十八师副师长朱齐猛等人，准备去彭叫驴子的部队正式进行收编。彭叫驴子派了副指挥潘月樵去石门迎接这几位官员。当潘月樵带人将刘高恭、朱济猛一行迎入到永顺后，刘、朱二人决定到永顺专署会见顾家齐专员，以便把收编情况说明一下。谁知顾家齐听说此事后，当即表示反对说："瞿伯阶和彭叫驴子都是些顽匪，对这二人只能剿不能抚！"刘高恭道："现在抗日形势很紧，从大局出发，招安这两股队伍，对安定地方不是很好吗？"

"好什么！这些土匪都是反复无常的家伙，你今日收编了，他明日又会变卦，所以我坚持要围剿，你们若要收编，我将会报告给省府，上司保证不会同意收编，不信你们就试试。"

"既然你不同意，那我们就回去汇报了此事再说。"刘高恭遂打了退堂鼓。

双方会见后，刘高恭与朱济猛既打道石堤西回了石门。在永顺与大庸交界之处，两位收编官员在潘月樵的带领下，还与彭叫驴子会了面。双方寒暄几句后，刘高恭道："顾专员态度强硬，他不同意招编，我想此事只有缓一缓，待我们回去给向师长和王司令汇报了再想法吧！"

彭叫驴子很义气地说："向师长和你们大家的好意我领了，你们也不用为难，我们没被招编，就准备跟顾家齐打到底！"

如此说毕，刘高恭和朱济猛就无言可回，两人最后只得快快作了告别。

5. 枪毙二锤子

彭叫驴子收编未成，便决心与顾家齐决战到底。谁知没过几日，湖南省府主席薛岳下令撤了顾家齐的永顺专员兼保安司令的职务，顾家齐曾说没剿到彭叫驴子就穿一双草鞋回家，如今这话果然应验了。代替顾家齐的新任专员兼保安团司令名叫张中宁。此人走马上任后，对清剿土匪决定实行三项政策：即族清其族，保清其保；拿获匪徒呈准枪决，自新者予以保障；拘办通匪，济匪豪劣，断决土匪活动。这三项政策经颁布后仍然收效甚微，因为彭叫驴子和瞿伯阶部发展的势力越来越大，许多的乡村政权已失去控制。瞿伯阶与彭叫驴子对所在部的军纪约束也开始严格起来。

一日上午，彭叫驴子在沅陵一户农民家正玩牌，一个姓王的老人忽然跑来跑来跪下大叫道："彭指挥官啊，我好冤枉！你的兵作了孽，你管不管？"

"什么事？"彭叫驴子忙把他扶起来道，"王大爷，你莫急，慢慢讲！"

"昨天深夜，我们都睡了，你们有个兵翻开我家窗子，跑进我闺女房里，用枪逼着将她强奸了！还不准我们做声！"

"你看清他的样子没有？"

"看清了，他个子不高，人长得矮敦，他自己说是指挥官的护卫哩！"

"好，赶快通知警卫班的人集合！"彭叫驴子立即下令道，"让王大爷认认，认出来了，军法处置！"

三十多个警卫护兵随即在院子里站成了一排。彭叫驴子在队前紧绷着脸道："你们昨晚有人做了见不得人的事，这个人是谁，查出了莫怪我不客气！"说罢又道，"王大爷，你来认吧！"

王大爷蹒跚着步子，一个个看着，当走到一个矮墩的士兵之前时，他颤抖着手一指道："就是他！"

"二锤子，果然是你！"

彭叫驴子脸色一变，双眼露出了一股杀气。

"饶命！"二锤子"卟嗵"一声跪下地道，"我……我一时糊涂！"

"你还知道糊涂？我给你们警告过多少次，你竟然当耳旁风，还要明知故犯？"

"饶他一命吧！"支队长黎世雍劝道，"他是初次犯禁，又是你的亲戚！"

"亲戚怎么啦！亲戚更要严格管束！"彭叫驴子不肯应允饶恕。

正在众人无法劝说之时，彭叫驴子的夫人周纯莲忽然闻讯跑来了。周纯莲与彭叫驴子感情一向不错。彭叫驴子平时很爱她，凡事都爱听她的话。而二锤子是周纯莲的妹夫。所以，周纯莲跑来就求情道："你饶了他吧！我的表妹拖着几个孩子，你杀了二锤子，孩子如何拖得大？"

"孩子不要紧，我们可以帮忙养起来嘛！"彭叫驴子对妻子道，"你不要再讲了！军法无情，他犯了法，若不枪毙，今后还怎么带兵？"说罢，又转对二锤子道，"好汉做事好汉当，你尽管放心，你的妻子和孩子我会照顾好的！"

二锤子见活命无望，只得哭着站身道："弟兄们，都怪我二锤子不争气，你们大家多保重，我走了！"

众人见状都不禁生悲，但谁也不敢再劝了。

几个护卫随即将他押至村外，在一处树林边将他枪毙了。

彭叫驴子杀了二锤子后，心情亦很烦恼无奈。过了数日，邻村又有一个老太婆拄着棍子来找他道："彭指挥官，我一向听说你的队伍规定不准抢老百姓的东西，可你们有的弟兄就是不听，昨日我们寨子里好几户人家的鸡鸭都被抢光了！我家的5只生蛋母鸡捉得一只不剩，你管不管呢？"

"是谁到你们村抢了鸡鸭？你弄清了人吗？"彭叫驴子吃惊地问。

"我弄清了，他们有几十人来捉鸡鸭，为首的两个人，有个叫贾老二，有个姓王，叫什么王疤子。"

"我知道，这两个人一个是贾松青的部下，另一个是王家仁的手下。"黎世雍接话道："我也听到不少百姓反映，贾王二人的部下抢了不少农户的东西！这样下去恐怕不行，他们在我们的地盘上胡作非为，老百姓会怨恨我们！"

"我去找瞿司令，怎么能这样！"彭叫驴子立刻来到附近另一个寨子，找到瞿伯阶就气呼呼地说，"瞿大哥，我接到几个老百姓告状，他们反映贾松青和王家仁的部下在村里乱抢东西，把鸡鸭都捉杀光了！这样搞法太不像话！我的队伍是禁止抢百姓鸡鸭的，你也要约束一下他们，不然以后就没有老百姓拥护我们。我们在这里还怎么能立足！"

"此话进得有理！我马上查问一下，看到底怎么回事？"瞿伯阶说罢，就让人去叫贾松青和王家仁。

不一会儿。贾松青和王家仁就被叫来了。

"你俩说说，你们各自的部下是否有人抢了老百姓的鸡鸭？"瞿伯阶严厉的问。

"我……我不知道！"贾松青迟疑地说。

"我没调查，也不知道。"王家仁道。

"有人到彭指挥官那里反映了，你们还不知道？"瞿伯阶道，"你们回去好好查一查，查出来，要好好整顿整顿！"

"你们去问吧！昨日为首的抢鸡鸭的叫贾老二，还有个叫王疤子！这两个是不是你们的部下？"彭叫驴子说，"告状的人还在我那里！按照我这里的规矩，抢百姓鸡鸭的，我是要枪毙的！我希望你们也把为首者交出来！杀一儆百，好吸取教训！"

"是不是该杀，这事要慎重啊！"瞿伯阶耐心劝说道，"我的意思，只要他们自己整顿整顿，以后不再犯就行了，这次就饶了他们！"

"不！这不能饶恕！你愿意和我一起干的，就杀掉这几个人，不听，我们就只好分手！"彭叫驴子强硬地说。

瞿伯阶沉默了一下，只好说："好吧！就依你的！军纪不整顿是不行！"说毕，即对贾松青和王家仁道："你们回去吧！把贾老二和王疤子给我押来！"

贾松青和王家仁只好回队，当即把贾老二和王疤子押了来，瞿伯阶遂命特务连的人动手，将2人押到村外枪毙了。

第二天上午，贾松青约王家仁一起来到司令部，然后对瞿伯阶道："我那些弟兄管不住，他们都不想到彭叫驴子地盘上呆了，你让我们回龙山吧！"

王家仁也说："我也想回龙山去，到这里只有受气，和彭叫驴子怕相处不好！"

"你们要回去也可以！"瞿伯阶道，"分散活动，也可牵制敌人！不过，我们和彭叫驴子还是要好好合作，他整顿军纪也是必要的，你们不要有想法！"

"我没别的意见，就是不想在这里干了！"

"那好，我给彭叫驴子说一下。"

瞿伯阶遂让人把彭叫驴子找来，说明贾王二人想把队伍拖回龙山，并决定同意让他们回去。

彭叫驴子便道："要回龙山去也可以，我可以派人送他们到永顺，不然，这路上怕不安全。"

瞿伯阶说："这样最好！"

于是，彭叫驴子便派支队长梁云卿率部护送贾、王二部去永顺。两个支队路经古丈县李家洞时，走在前面的王家仁支队忽然与沅陵县的一个保安营狭路相逢，双方发生了激烈交战。这个保安营营长名叫刘福广，他本是受省府之命前来李家洞偷袭捉拿当地匪首张大治的，不料与欲撤回龙山的王家仁、贾松青部撞个正着。保安营因为正从山顶往下走,地理上占据着优势,双方一开火,保安营即控制了山头制高点。

在山下的王家仁支队,受到火力压制,一时被堵住了前进的路。此时,王家仁询问伴陪护送任务的梁海卿道:"这山头上是哪部分部伍?"

梁云卿说:"看样子是国民党的正规部队,估计是沅陵方向来的,咱们只有冲过去了。"

"那就打吧!"王家仁道:"我从正面进攻,你从侧翼摸上去,把这个拦路虎搞掉。"

"好!我就从那侧面偷袭,你们只管从正面进攻吧!"梁云卿遂带着几个人悄然向侧翼摸去。

王家仁随即从正面发起了冲锋。

第一次,50个敢死队员往前冲,还只冲到半坡,即被山头猛烈的机枪射倒了一大片,余下的人都撤退了。

第二次,王家仁挥着驳壳枪大叫道:"有种的跟我上,拿下这座山头我会重赏!"说罢,就带兵往山上冲去。几十名端着长枪的特务队士兵紧紧相随。

冲至半山坡时,保安营的轻重机枪又开火了。此时只听"唉哟"一声,王家仁被一颗机枪子弹击中倒在了地上。原来,这一枪打中了他的睾丸,他顿时昏倒在地了。

"不好,王队长受伤了!"

一个随身护兵嚷叫着,立刻护住王家仁,将他背到了山脚下。

此时,梁云卿率部从侧翼摸上山顶,然后突然发起进攻,保安营猝不及防,只得放弃山头阵地,溃散回逃下了山去。

把保安营击溃后,梁云卿听说王家仁受了重伤,遂下到山脚与贾松青一起查看了王家仁的伤势。

"他这伤太重,我看只有住下来赶快抢救!"梁云卿建议道。

"这附近有没有可靠的人户家去住?"贾松青问。

"有,这李家洞下面的张家坨有个张大治,我们与他有交情,可以把王队长送他那里去救治。"

"那就赶快送去吧!"

两人商议好,即把队伍部署作了警戒,然后将王家仁朝几里外的张家坨抬去。

那张家坨距李家洞乡街上仅有两百余米。其地有二十余户人家,张大坨家是个单户独院。梁云卿领着一行人来到其院外，就对一守门院丁说："请你去告诉张队长，说我梁云卿来拜访他。"

那院丁进去作了通报。片刻，一个团头大脸留着分头，穿着黑衣警服，眼睛贼亮汉子走了出来，此人即是张大坨。"呵，什么风把你吹来了？"张大坨眼角一瞟，显得有些生疑地问。

"我是受老叫之托，奉命护送瞿司令的人回龙山，不料刚走到你们李家洞前面的那山口，就碰上一支保安队，和他们打了一仗，王家仁支队长受了重伤，我特地送他到你这里来救治一下，不知你能不能帮忙救治？"梁云卿解释说。

"原来如此，我说今天老听到远处有枪声传来，不知是你们与保安团干上了。我和你们叫驴子总指挥都老交情了，这个忙自然该帮。你们将他抬进去，我马上派人请医生来救治。"

张大治说罢，即命人把李家洞一个著名的草药郎中张古垴请了来。张古垴当晚即给王家仁仔细的救治上了药，作了包扎。

过了两日，瞿伯阶闻讯王家仁负了伤，又和彭叫驴子亲到张家坨看望了王家仁。此时，王家仁经过抢救已苏醒了过来。瞿伯阶问他道："家仁，你的伤怎样？"

"我怕好不了啦！我好想回龙山啊！"王家任央求道："干爹，你把我送回去吧，我死也想死在家乡。"

"你要回去，我们就回去吧！只是我怕你这伤没好，抬你走，你受不了。"

"不要紧，只要有人抬着，我挺得住。"

"你挺得住也行！我和彭指挥商议一下就走吧！"

瞿伯阶遂与彭叫驴子商议妥当，决定分开行动。第二天，瞿伯阶即将自己的队伍全部带回了龙山。并将负伤的王家仁也抬了回去。

第十二章　古丈魔王

1. 杀人起家

瞿伯阶和彭叫驴子将队伍从李家洞撤走后，驻沅陵的保安团忽又派营长刘福广准备前来剿拿张大治。（作者注：沅陵保安团为何要打张大治？张大治又到底是个什么样的人物？为搞清其人的经历，2002 年正月，我与骆驼曾从古丈县城租了一辆面的，行车三个多小时才到达李家洞，然后作了一番探访。）

李家洞坐落在一个高高的大山上。其地山势陡峻，山顶却较开阔。乡政府所在地取名为李家洞，实际上这里最初只是李姓人居住过，而这一带的山洞很多，故被称做李家洞。张平的老屋就在距李家洞乡政府约百余米的张家坨。其老屋现在还保存着，是个四合院子，但已破旧不堪，屋外还有一座碉堡。张平当年的结发妻子杨炳莲现在还活着，并在乡政府旁开了一个玩麻将的娱乐场所，当地人称其为"快活楼"。晚年的杨炳莲生活得很好，但说起过去的历史，老人却心有余悸。她告诉我们，她和张平结婚后，一共生了十个孩子，现在还有三个儿子、一个女儿及二十多个孙辈子女。"生养那么多孩子，你怎么养大的？"我们又问老人。"以前我只管生，"杨炳莲说，"每生一个就请一个奶妈喂乳抚养。"

"那要请多少奶妈？"

"一共请了十个。"杨炳莲平静地回答道，"那时张平家大业大，鸦片都是用水缸装着，家里佣人有二三十个，请十个奶妈不算什么，他养得起。不过这样的日子没过多久，很快就解放了，张平被打死，我被划成地主，只住到一间房子了。这时奶妈都散走回去，我一个人带那么多孩子可吃尽了苦。"

我又问了她与张平相识的经过，她对张平的印象等等。她似乎不愿触及张平其人的丑恶行径，或者对张平做的许多坏事真的不知？但他的儿子张高粱却很本分，特意带我们到张平当年当土匪时住过的一个山洞去查看。我们又问了一些其他知情人士，从而基本上搞清了张平的大致人生经历。

原来，张平本名张大治，那张大治在当地是个无恶不作令人生畏的角色。18 岁那年，张大治就花 100 多元光洋买了根"汉阳造"，玩起了枪杆，并自封为团防局长。当年冬月的一个晚上，天上下着鹅毛大雪，张大治邀约了张大美等 3 个伙计，突然闯进了同寨中张廷富的家中。张廷富一家 6 口人正围在火塘边烤火。

"你们要干什么？"见到张大治几人充满杀气而来，张廷富站身惊问。

"我来杀你全家！看你还说不说老子的坏话！"张大治狠狠地说。

"天啦！我没说你什么呀！我只劝你莫和婶娘乱来……"

"哼！你如此诬蔑，还讲没说什么，我叫你从此永远闭嘴！"言毕，只一扣扳机，"啪"的一枪，就将张廷富胸部打中了。张廷富立刻栽倒在火坑边。其父母妻子和 2 个孩子尚未反应过来，张大治和他的 2 个同伙又一起开了枪。瞬时，这一家六口很快就倒在了血泊之中。

张大治领人行了凶，就赶紧跑出来连夜逃往沅陵县桐木溪的一个姑妈家藏了起来。

众邻居听到枪声，纷纷跑来张家观看，只见张家火塘边歪七竖八全是尸体，地上流满了血迹。死人堆中，忽然有一人活转了过来，这人便是 19 岁的张廷胜。

"咦，他还没死哩。"有人叫道。

原来，那张廷胜在张大治一伙开枪时，吓得昏倒在父亲的尸体下，才侥幸得了一条性命。

"是谁杀你全家的？你快去报案呀！"

"是……是大治！"

"嘿，知道就是他，只有他才干得出来。"众人纷纷议论着。

此时，张大治的祖父张朝玉也闻讯匆忙走近屋来大叫道："天啦！我孙子怎么作了这天大的孽！"

"都是你小时太娇惯纵容他了！"一位老太婆指责道。

张朝玉呆若木鸡地不做声了。他心里明白，乡亲们指责他娇生惯养纵容了这孙子。实在一点也没说错。18 年前，这个孙儿一降生下来，他就觉得这孩儿哭声特别尖厉，不同凡响。当时，依照张家族人"高学文成明，万世朝廷大"的排行辈分，张朝玉给这孙儿取了个张大治的名字，意在期望他将来前途通达，治理天下。

后来，张朝玉专到县城给这孙儿算了个命，算命先生说孩儿是"三马"之命，所谓"一马为骑，二马为赛、三马为将，四马为帅"。这孩儿命中是个"三马武将之命，但就是八字恶得很，会克父母，会捞钱财，会伤官民。"

那时张朝玉还半信半疑。不过，孙儿既有武将之命，他便喜出望外。从此，对他格外看重娇养。此儿不满两岁，生父张廷舟因未考中科举，竟吞鸦片而亡。生母向桂莲也改嫁了他乡。张朝玉觉得算命子的话还有些灵了。张大治长到 7 岁时开始上学读书，在李家洞、桐木溪、芭蕉冲乃至沅陵县中都读过，此儿读书成绩倒不赖，一手钢笔字也写得不错，但品性恶劣，脾气暴躁异常，9 岁在李家洞读书时，就用砚池把老师向正学砸了个头破血流。15 岁中学没毕业，被学校开除回到家里，从此就流荡成性，成了乡里闻名的恶少。张朝玉为拴住他的心，给他娶了沅陵桐木溪向和甲的女儿向丁丁为妻，婚后，不到两年，向丁丁因不堪张大治的无故毒打就吞鸦片自尽了。向丁丁死后，张大治又将同族的一个婶娘（哑巴叔叔的妻子）强行奸污，接着与这位婶娘长期姘居。同寨的人都知道这件丑事没敢哼声，唯有张廷富出于好意，想劝导他注意点影响，张大治觉得他是败坏其名声，于是便邀约了几个同伙制造了这一场血案。

张朝玉被乡亲们同声指责，好半天才醒过神来对众人说："我这孙儿犯了杀人罪，我也管不到他了，你们尽管去告状吧！把他抓住，杀人偿命也是应该的。这一家人的安葬费我就出了。"说罢，即让人买来棺木，将张廷富一家五口作了安葬。

同寨乡亲因惧怕张大治报复，也没人敢去报案。只有张廷胜逃到永顺县府，请人写了状纸，将张大治告了状。县府在查实所告情况属实后，即委派石门寨团防局长张兴楼去设计擒拿张大治。张兴楼思索数月，仍未想到好计策。过了一年多，张大治见家乡风平浪静，便窜了回来，且依旧自封为团防局长，在李家洞耀武扬威。神气十足。一日上午，忽有石门寨团防局长派人送来信一封，张大治拆开一看，只见信上写道："近来县城各地土匪猖獗，为保境安民，我寨愿与贵地联办团防，是否同意，即望回函。"

张大治不知是计，觉得联办团防主意不错，随即回函表示同意，并约请张兴楼来李家洞当面洽谈。第二天上午，张兴楼即带了几个随从到了张家坨。张大治将他迎入家中款待，两人先躺在床上抽了一阵大烟。张兴楼说："我们两寨联办团防，要通知保甲长一起来开个会通告一下，今后派粮派款少不了找他们。你派人把他们叫来吧！"

"嗯，让保甲长来商议一下也好！"张大治遂把几个团防兵都使去叫人了。他的身边就没了护兵。

此时，在门外窥伺已久的张兴楼护兵张敬柏，从门缝中对准张大治连开了两枪，谁知这两枪都是臭子，没有打响。张大治一下发觉了，起身欲往外跑，张兴楼一把将他抱住，两人就在屋内扭打起来。从室内打到堂屋，从堂屋又打到四合院的坪坝中。张敬柏欲帮忙又无从下手。张大治个头不高，但身体粗壮，张兴楼扭他不住，他的一根手指被张大治卡断了，却仍拖住他不放，口里一面对张敬柏吼着："快开枪！"

张敬柏重换了一颗子弹，却怕伤着张兴楼，瞄了瞄没扣扳机。此时，张大治从腿上拔出了匕首，往张兴楼胸前就刺，张兴楼躲闪匕首，双手就松了。张大治乘机跃起跑出了门。张敬柏对准他开了一枪，却没有打中。很快，张大治就跑到转角处的山后去了。

"真无用！"张兴楼爬起来，见张大治跑远了，忍不住骂了张敬柏一顿，接着便垂头丧气转回了石门寨。

张大治侥幸脱逃后，跑到沅陵岩坳一个姑妈家又躲藏了七八个月，其间与芭蕉冲的向三妹结了婚。不久，张大治带着向三妹又窜回了李家洞。这时，其祖父张朝玉已经病逝。张大治回乡后，继续网罗一班狐朋狗友，力图拖枪自保，并把势力进一步扩大。

转眼到了1927年春天。一日清早，张大治还在床上睡大觉，沅陵县刘本洲保安团忽又派兵来袭击了。这次来的是一个姓罗的排长，带了三十多个士兵，因为张兴楼事前探得张大治的踪迹，知道张大治在家。罗排长指挥部下将张家坨包围了。随着阵阵枪声响起，张大治慌忙跳下床。一个保安兵从窗口边往床上打了一枪，恰巧他弯腰穿鞋，这一枪没有打着，只把蚊帐穿了一个洞。张大治随手抄起枪夺门而出，一面跑，一面向后射击，保安团士兵都不敢靠近。张大治突出包围，很快跑到了后山岩洞中藏了起来。

罗排长见张大治跑进岩洞，就命人将洞口封锁起来。一面在村里杀猪宰羊，吃喝一顿后，即开始向那岩洞发起进攻。

几个保安士兵摸到岩洞前，只听"啪"的一声枪响，一个士兵"啊"地大叫一声就翻倒在地了。其余士兵赶紧撤退了。罗排长下令射击，一排枪弹打过去，岩洞口只见火花乱飞，却没伤着张大治一根毫毛。

保安团正起劲攻打，忽有李家洞的麻脸保长张朝连领着六七人向保安团发起了攻击。罗排长不明底细，慌忙率部撤退到金华山。张大治乘机钻出岩洞，与麻脸保长汇合后，开始向金华山发起了进攻。罗排长不熟悉地形，撤退中被打死了10多名保安团士兵，最后狼狈逃回了沅陵。

保安团退走后，张大治对麻脸保长张朝连道："大爷，今天多亏了你来相救！"

张朝连道："我看你在家里待不得了，你和张廷胜、张兴楼结了仇，他们不会放过你的，保安团就是他们请来打你的。你还不如投靠军队去当兵哩！"

"投靠哪个军队？有谁肯收下我？"

"你不妨到河蓬乡去，找舒安卿团长求求情，可以认他作干爹，看他收不收你，他的势力可大呢！"

"好，我就去投靠他！"张大治觉得这主意不错。舒安卿是陈渠珍部下的团长，他的老家在古丈河蓬乡，其部队也驻扎在古丈县。若能找他去认个干爹，可一举几得，既能到正规部队学点军事本领，又能寻求到一个有力的靠山作后盾，将来不愁出了头。如此算计一番，心里就打定了去投靠舒安卿的主意。

2. 为虎作伥

古丈县河蓬乡，一座四合院的木屋内。袒胸露腹的舒安卿靠在床头正抽大烟。

"报告团长，外面有个后生要求见你。"一个门卫走进来请示道。

"哪里来的后生，叫什么名字？"舒安卿问。

"他说是李家洞人，找你有重要事相告。"

"唔，有重要事？让他进来吧！"舒安卿应允了。

门卫即把那后生带了进来。这后生即是张大治。这天他穿了一身学生装，头发梳得光溜溜的，模样看上去还有些英俊风度。

"舒团长，久闻你大名，如雷贯耳。小生张大治特来拜见！"张大治进门就鞠了一躬说。

"嗯，你找我有何事？"舒安卿吐出一口烟问。

"我想投拜到你门下，认你为干爹，做你的干儿子，跟你当兵学点军事技术！"

"啊，你要认我做干爹？"斜靠在床上的舒安卿一下坐起来认真看了看他道，"你说说，你有何本事？何能耐？"

"我会打枪，在家乡办过团防。还在沅陵中学读过书。"

"如此说来，你是有文化之人，何以又弄起了枪杆子？"

"我不爱读书，所以中学没毕业就回乡了。我想当兵，搞枪杆子才有出息。"

"现在玩枪杆子是提着脑袋跑啊，你不怕死吗？"

"不怕，砍掉脑壳才碗大个疤嘛！"

"好，只要你不怕死，当兵这条路也走得。"

舒安卿想想又道："你既要去当兵，到县里报名就行了，为何要投我门下，认我做干爹？"

"我听说您很讲义气！"张大治煞有其事地道，"在家乡我被人欺负，有仇人要杀我，我投靠你，他就搞不到我了。"

"唔，你那仇人是谁？他为何要欺负你？"

"他叫张兴楼，是石门寨团防局长。"张大治假做受委屈样告状道，"张兴楼想夺我的枪，几次带人偷袭李家洞，差点把我枪杀了。我在家恐遭他毒手，所以想投到你门下，求你帮我撑腰！"

"原来你是想找个庇护所？"舒安卿弄明白了，他遂表态道："我对你还不大了解，你到底有没有本事，我还要看你露一手。这样吧，你暂就住在这儿，明日我们到甘溪去打靶，你若打中了，一切都好说，若不中，那就莫怪我不收留了。"

如此说毕，张大治就住了下来。第二天，舒安卿带着几十个随从来到甘溪，吩咐人在五六十米开外的一个山脚插了三根香头，然后对张大治道："后生呀，你的枪法怎么样，这就看你的本事了！"

张大治平日在家经常练习射击，百步穿杨不在话下。这时他接过一根汉阳造就道："干爹，那我就献丑了。"说罢，举起枪来，只听接连三声枪响，三根香火全熄灭了。

"好枪法！好枪法！"众人齐声喝彩。

"行，从今天起，我就认你这干儿子，你的职务为中尉副官！"舒安卿高兴地作了任命。

"多谢干爹！"张大治立刻跪了一个响头表示拜谢。

从此，张大治得到了舒安卿的信任。有了这个中尉副官的封任后，张大治进一步投其所好，对其大献殷勤。舒安卿觉得他脑瓜机灵，办事勤快，更视他为心腹。如此过了两月，转眼到了秋季。一天上午，舒安卿把张大治叫来吩咐道："大治呀，我在沅陵清水坪的庄园没人照管，让你去照管这个庄园，怎么样？"

"干爹要我去，我就去！"张大治满口应允道："我保证守好庄园，不让人偷盗。"

"对，你的任务就是当好看守"。

"我知道！"张大治乘机又道，"我去守庄园，有一事还想求你撑腰。"

"说吧，只要我做得到的。"

"我去后，要找个机会把我的仇人张兴楼干掉，不然他会杀我！"

"这事你自己去干！不要对任何人说！"

"好，我只要你让我干就行了！"张大治高兴地说，"我杀了他，官府要通缉我，求干爹到时要帮我。"

"去吧，你自己要小心点！"舒安卿含糊地说。

张大治获得了舒安卿的默许，随即奉命到了清水坪去守庄园。到清水坪待了一段时间，他即悄然到了石门寨下的吴家坪，通过一番询问，打听到了张兴楼带着张廷胜到永顺县府开会去了。那张廷胜已投到张兴楼手下当了保镖。为了等候张兴楼的到来，张大治买了一斗荞粑背着，然后躲到吴家坪的一个山林边藏了七天七夜。第七日下午，张兴楼与张廷胜果然从永顺开会回来了，两人一前一后。

张兴楼走在前边，张廷胜走在后边。两人都各挎着一枪汉阳枪。那山林边的小道是通往石门寨去的必经之道。看看相距只有十多米了，张大治隐在一棵大树背后，伸出枪扣动了扳机。只听一声枪响，张兴楼"啊"地惨叫了一声，随即倒在了路旁的稻田中。走在后边的张廷胜见势不好，赶紧飞快地往后跑去，张大治又一枪射去，张廷胜的肩膀被擦破了皮。但他狂奔不止，张大治也没去追赶，由他逃脱了。

倒在稻田中的张兴楼被击中胸口，张大治跑去一看，见他已断了气，遂将他的枪摘下，转身就朝清水坪方向飞跑了。等到石门寨的团防兵闻讯赶来，张大治早已不见了踪迹。

张大治杀了张兴楼，永顺县府根据张廷胜的报告对张大治又作过通缉，但是由于有了舒安卿的庇护，此案也就不了了之。

在沅陵县清水坪守了一年多庄园，其间，张大治娶了一个沅陵的姑娘向三妹为妻，两人婚后吵吵闹闹，感情不和。第二年，张大治以向三妹不能生育为名，将她一纸休书又逼回了娘家。

　　张大治独身又混了几年。贺龙领导红军在永顺一带活动时，舒安卿部奉命剿共，驻防到了永绥县城。张大治这时被提升当了上尉连长。在永绥县城闲来无事，张大治便天天逛街，一日下午，逛到一小巷中，见一摆摊的少女长得细皮嫩肉，身材苗条，面若杏桃，十分漂亮。张大治一见钟情，遂想了个勾引的计策。他怀里摸出一块银圆上前问道："小姐，买一根针，一根线！"

　　"我没钱找！"那少女说。

　　"没钱没关系，我不要你找，你先记着，下次我还要买东西来的！"张大治说罢，就将银圆朝摊子前一放，转身就走了。

　　第二天下午，张大治又在同样的时间到了这摊前。

　　"喂，今天再买一根针，一根线！"张大治开口道。

　　"你要这么多针线干啥？"少女觉得有些疑惑。

　　"有用呗！"张大治看着她道："你贵姓呀？"

　　"免贵姓杨。"

　　"啊，杨小姐！我以前好像在哪见过你！"张大治嘻嘻笑道。

　　"你胡说。"杨小姐嗔怪道。

　　"我才不胡说！"张大治狡猾地又道："我是在梦中见过你嘛！只怕咱们有缘分。"

　　"你乱说什么！"杨小姐脸上飞起红晕道，"你们当兵的，就喜欢流里流气乱开玩笑。"

　　"我不是开玩笑，我真想和你攀个亲嘛！"张大治嬉道："你父母是干什么的？"

　　"不告诉你，你不怀好意。"杨小姐生气地说。

　　"哟，你真讨厌我吗？"张大治嘻皮笑脸地又道，"我是带兵的连长，一个军官，你可别小瞧我们军人嘛！"

　　"谁敢小瞧你们呀！"杨小姐回道，"你们手中有枪，哪个不怕！"

　　"有枪就怕吗？不要怕，不要怕！只要不和我们作对，怕个什么！"张大治说罢，怀里又摸出一块银圆道，"这块钱又不要你找，我只买根针线。"

　　杨小姐犯难了，这军人缠着她买针线，而且总拿着一块银元要给她，显然是有意想和她要好。她又不好拒绝得罪他，于是只好给了他针线，把银元收下了。

　　如此往来几次，张大治摸清了杨小姐家里的底细，杨小姐名叫杨炳莲，其父母都是做生意的人。有时候在外进货还不在家。

一天夜里，杨炳莲收摊回到家，忽见张大治突然跟着进了屋。

"喂，谁让你到我家来的?"杨炳莲心慌了，因为其父母这日正好不在家。

"来看你嘛!"张大治淫笑着说，"你把我想死了。怎么样，做我的老婆吧! 我把你娶了，保你以后有享不尽的荣华富贵。"说罢，一把就抱住杨小姐，强行剥了她的衣服。

杨小姐先使劲挣扎一回，却根本无法挣脱。她想叫喊，又怕出了自己丑，最后无可奈何，只得任由张大治放倒在床上占有了。

半个月后，张大治通过媒人上门，名正言顺地将杨炳莲娶进军营，入了洞房，办了婚事，从此杨炳莲就成了他的正式夫人。

3. 抢婚美女

张大治娶了杨炳莲后，说也奇怪，他对这位妻子倒十分疼爱，也不再像对待前两位妻子那样虐待。婚后 10 年内，杨炳莲一年生一个孩子，接连生了 10 个孩子，其中有六男四女。杨炳莲每生一个孩子，张大治都要请一个奶妈，专门负责抚养。生下第三个孩子时，舒安卿的团队奉命上前线抗日，张大治不愿去抗日，于是给舒安卿说好话，经舒安卿同意，把他推荐到古丈县警察局当了一名中队长。张大治上任不久，就利用手中的职权，不断排斥异己，大力扩展自己的势力。他借清匪为名，先后率部下乡袭击地方武装，将麻溪乡、宋家寨等团防武装缴了械，并杀死了保长向先银、向雪清父子等多人。由于他作恶太多，百姓纷纷向永顺县专署和省府告状。不久，永顺专署又发出通缉捉拿张大治。同时撤了他的县警察中队长职务。

张大治在古丈县城待不住了，遂带亲信骨干几十人又跑回了李家洞。这次，他决心回家落草大干一番。为准备一个安全之地，他选中了化江溪半坡上一个岩洞作为栖居之地。此岩洞上临百丈高的悬崖绝壁，下临几百米的高坡，往上只有一条羊肠小道通往洞口。张大治命人在岩洞边筑墙砌屋，设置枪眼路障，把进洞的通道封锁起来，凭此天险，想抵挡任何来进犯的武装进攻。

岩洞边墙修筑好后，他即收集了向国年、向国万、舒鑫、张朝连、胡开书、张老五等二十八个"老弟兄"，在岩洞内杀鸡宰羊，喝酒吃肉，砍香盟誓。一番结拜仪式过后，张大治即对众亲信说："今后，我就是你们的龙头大哥，你们一切都要听我的，老子叫怎么干，你们就要怎么干! 打了天下，大家可共同享乐。我当了将军，就给你们弄个师长、团长当当；我当了皇帝，你们就是开国元勋。大家记着了吗？"

"记住了，我们都听你的。"

活阎王向国万此时接话道："要是真打得江山，你当了皇帝，你就要说话算数，起码让我们到皇宫里享享福，送几个美女给我们奖赏奖赏！"

"这算什么！送几个美人儿不在话下！"张大治道。

"只要有奔头，我们都会卖力干！"保长舒鑫又道，"古人都讲'将相本无种，白屋出公卿'。我们干得好，将来不愁当不到官，享不到福嘛！"

张大治又道："将来的前程要靠我们去博取。你们记着，生为男儿，就要干出一番大事来。我这人信奉的格言是：蛇狼横行江湖，无毒不成丈夫。宁可我负世人，世人不可负我。生不流芳百世，死亦遗臭万年。"

"对，对，咱们就要有这样的志气。"向国年又赞成道，"咱们要把声势搞大，最好和彭叫驴子取得联系才好！要成大气候，就要多联合几股力量。"

"这话有道理！"张大治道，"就派你去联系彭叫驴子的队伍，我们可以应允和他结盟，互不侵犯，但咱们要有自己的独立性，我们不能受任何人制约。"

"对！只要和他们保持盟友关系就行了！"舒鑫也赞成道，"我们还是要立足自己的力量来发展实力。我看现在当务之急应该去打石门寨。"

"打石门寨？"张大治忙问，"为何要去打此寨，你讲讲理由。"

"我听人说，石门寨的大财主张楚才对你很不满，他是张兴楼的族亲侄子，你杀了他叔叔，他想报仇。"舒鑫编了一套谎话想激怒张大治。因为他自己为山林纠纷曾和张楚才有过冲突，受过张楚才的欺压。他想借助张大治的势力把张楚才干掉。

"这张楚才是不是活得不耐烦了！"张大治一听果然起了火，"你弄确实了吗？他是真想替张兴楼报仇？"

"弄确实了。"舒鑫道，"张楚才最近砍了许多木材，已卖往外地，据说他是想卖木材赚了钱，再买枪来打你！"

"他想搞我，老子要诛他全族！"

"对，要先发制人，才不会吃他亏！"舒鑫又鼓动道。

"那就攻石门寨吧！"张大治遂下了决心道，"你们都赶快准备，明早我们就去袭击。"

"打石门寨，人少了怕不行啰！"麻脸保长张朝连又道。

"咱们多邀些人，你们几个保长能找多少人参加？"

"我那里可邀一二十个。"舒鑫回道。

"我们去李家洞组织三四十个人没问题。"张朝连说。

"好，有这些人足够了！"张大治一拍大腿道，"就这么定了，大家赶紧准备，明日凌晨出发。"

第二天清晨，一支百余人的队伍按时在李家洞集合了。张大治带了一长一短两支枪，把手一挥就上了路。

约一个小时后，这支队伍就开到了石门寨前。此时，只见寨内死寂沉沉，天色还朦胧未亮。人们尚在睡梦中酣睡未醒。

"把寨子围住，一个都别让他跑掉！"张大治下了命令。

随即，其部属从三面将石门寨围住，然后机枪步枪一齐扫射，直向寨内冲去。寨内的村民听到枪声，纷纷向外奔跑。跑向前门的，多被枪弹打死，跑向后面山上的，才得以脱逃。张楚才此日起得比较早，枪声一响，他命几个保镖持枪掩护，自己带着妻儿媳妇跑进了山林才免一死。掩护张楚才的保镖张厚其、李大皮、李皮皮等人全被打死。

张大治冲进石门寨后，发觉张楚才一家已经逃跑，不由得猛叫道："张楚才跑了，给老子把东西搞光，再点一把火，把房子烧掉，看他跑哪去！"众部属得令，遂将寨内的几十头耕牛和生猪、鸡、粮食等抢劫一空，然后放一把火，将那寨内的几十栋房屋全引燃了。须臾，只见浓烟滚滚，火焰冲天，很快，石门寨的所有房子全都化成了一片灰烬。

烧了石门寨后，张大治还不罢休。回到李家洞，他又召集亲信开会布置道："这次没搞到张楚才，我们要继续去追他。舒鑫负责到吴家坪追击，胡开书到老官坪打探。只要发觉张楚才一家人的踪迹，就要把他们搞死。"

舒鑫、胡开书领命之后，即在吴家坪、老官坪与沅陵边界一带放了"边棚"，准备随时袭击这一家人。不久，胡开书领人在老官坪一条河边，将张楚才的妻子向氏及儿子张敬柏当场打死，接着，又在吴家坪一带杀死了张楚才的母亲和两个同寨的木匠。

张楚才被搞得家破人亡，便数次跑到省府告状。省府即从沅陵派了一个保安团营长李前耐、连长曾广继及海军陆战队连长刘福亮等，分别带着两个连的士兵前往李家洞来征剿张大治。保安团的一个连刚开到柏路界，即被张大治设伏打死了13个人，带队的李营长不知底细，只得命令部队往后撤。张大治乘机率部追击，恰遇刘福亮领着一连援兵到达。双方一场激战，张大治抵挡不住，随即败退回来。刘福亮与李前耐挥兵反击，很快将李永洞占领了。张大治率部狼狈逃窜，逃来逃去，却始终摆不脱保安团的追击，他指挥的一百多人也被打死了几十个。

一个多月后，张大治躲藏在山中，感觉已无处可去了。此时，保长张朝连给他建议道："我们这样跑来跑去躲避不是办法，我看不如想个办法，给保安团缴些枪，再送点鸦片去拉拉关系，哄得他们高兴了，他们就会撤兵。"

"嗯，这办法可以试试。"张大治点头道，"就请你去跑一趟，给他们敬贡点鸦片，再缴几支破枪，看其态度如何。"

张朝连即带了几个人，挑了两担鸦片和10多支破枪，专程到了驻防吴家坪的保安团营部。营长李前耐惊奇地说："咦，今天太阳从西边出来了，张大治怎么会来缴枪呢？"

"张大治让我来联系，他愿意缴枪，不再和政府对抗，并托我给您送来两担鸦片。"说罢，即让人把担子解开，把那装在担内的两大包鸦片取出来。

李前耐弯腰把那鸦片缸揭开看了看，随即大笑道："好家伙，这两缸鸦片倒是好货，咱就收下了。你转告张大治，只要他缴了枪，不危害百姓也不和政府作对，我们可以饶恕他。他和石门寨的张楚才是冤家，请他不要再打斗了！"

"现在是张楚才要报复张大治啊！"张朝连道，"张大治不想再斗了，但他怕张楚才不依啊！"

"不要紧，张楚才那里，我可以调停。"李前耐道，"我要他摆几桌酒席，让他和张大治当面讲和，以后都不准再相互仇杀，你看怎样？"

"若能这样讲和，那当然最好！"张朝连道。

"这没问题！我们会说服他！"李前耐表态道。

张朝连遂回去将情况如实转告了张大治。过了不久，李前耐果然劝导张楚才和张大治和解，张楚才开始不肯应允。李前耐即借口张大治已经缴枪归顺而撤了兵回去。张楚才斗不过张大治，只得在五官坪设宴欲与张大治和解。张大治表面上应允，并在酒席上假惺惺地表示："冤家宜解不宜结呀！今后咱们就和解了！"

"我是真不愿结怨了！"张楚才诚恳地说，"我不会搞你，你也莫搞我，咱们讲好了，这杯酒就是和解酒，咱们碰了怎么样？"

"行！行！喝了这杯和解酒，咱们就和好了！"张大治端起杯来，遂与张楚才碰了碰，即一饮而尽。

"我们即已和解了，我想还回石门寨去！你看怎样，别地方我没处安身啊！"

"你回石门寨，很好啊！"张大治假作宽容地道："那里是你的老家，你可以重建房子，我不会再搞你的，你放心！"

张楚才把这话听进当真了。席散之后，就带着些流落的乡亲回了石门寨，开始了重建家园。

几个月之后，张大治对张楚才还是不肯放过。他暗里对舒鑫又交代说："你设法把张楚才干掉吧，这人只要活着，对你我都是个心腹大患啊！"

"现在他警惕心很高，不容易搞到他哩！"舒鑫说。

"你多动点脑筋啊！"张大治又授计道，"要暗里去搞，搞乖巧点，莫让人知晓是我的主意。"

"这你放心。"舒鑫说，"我要搞就会搞他个神不知鬼不觉。"

"对！你去办吧！"张大治又道："万一有什么事，我也会替你担着。"

舒鑫奉了命令，即把手下几个亲信叫来，仔细研究了一番行动方案。半个月后，舒鑫带着几个亲信来到鱼儿溪，将正在此处扎排的张楚才捕捉住了。办法是由其手下采用打牌的方式将他缠住，然后在晚上乘机下手，把他捆了起来。

"你们这是干什么？"张楚才其时气愤地问。

"不干什么，我们是奉张大治的命令来收拾你的！"舒鑫狰狞地说，"我让你死个明白，张大治根本就不相与你和解！"

"老天！张大治真是恶毒之极！他为何老不放过我！"张楚才悲愤地说，"你们这样狠毒，将来也不会有好下场的！"

"我们的下场不用你操心！"舒鑫拿出一把刺刀对他一晃道，"今日先送你走旱路，待会儿再送你走水路！"说罢，就对准他的心窝一阵猛刺，张楚才惨叫了一声就毙了命。接着，舒鑫指挥众亲信，将他装进早已准备好的一只麻袋，再压上一块大石头，就把张楚才的尸体沉到了鱼儿溪潭中。

4. 血洗干田坳

春日的天气说变就变。刚刚还是晴朗的天空，忽然飘来几朵乌云，这乌云不断翻滚扩大，很快遮盖了整个天空。接着，一道闪电划破天空，一二秒钟后，轰隆一声巨响，天地仿佛都要被震垮了。伴着这雷声而来，是哗哗的骤雨。那雨点密密麻麻，铺天盖地。

就在这雷雨声中，一个光着脑壳，全身淋得像落汤鸡的密探忽然来到张大治的院中报告道："张队长，不好了，我听说新任县长陈立漠要来李家洞视察，他们人已上了高峰山。"

"他到李家洞来干什么？"张大治有些吃惊地说，"是不是想来捉拿我？"

"不清楚他们的目的。"那密探道，"我看你是不是要躲避一下，听说这陈县长很厉害，他一上任就把警察局的中队长龙祥云枪毙了，这不是杀鸡给猴看吗？"

"不怕，老子不怕！"张大治硬着头皮道，"我有这么多人枪，他要敢动手，我们就对着干。"说罢，即吩咐手下人作好应战准备。

过了约一二小时，骤雨过去，天又放晴了。县长陈立漠一行，在百余士兵凑拥下，果然到了李家洞的街上。在一家伙铺坐下，陈县长即命王秘书去请张大治来相见。王秘书从街上一侧顺一条小路来到张家坨，老远就见张大治与几个亲信正站在大门边。

"喂，张队长，陈县长请你哩！快去吧！"王秘书招呼说。

"请我干什么？"张大治试探着问。

"有好事，你只管去嘛！"

"去就去！"

张大治遂带着几个护卫跟着王秘书到了李家洞街上的那伙铺边。

"陈县长，他就是张队长！"王秘书介绍说。

"啊，你就是张大治？"陈县长眼睛如电光一扫问。

"是，我是！"张大治嘴里虽说不怕，但见了这陈县长额头上还是不由得紧张得渗出了汗珠。

"听说你自封了李家洞乡长一职，是不是？"

"是，李家洞的乡长没人当，大家推荐要我干。"

"要干就好好干嘛！你不必紧张！"陈县长又道，"我此来不是捉拿你的，我是要你当个真的乡长？"

"嘿，那我碰到大贵人了！"张大治双腿一跪，连磕了三个响头道，"谢大人知遇之恩！我张大治愿为大人赴汤蹈火。虽肝脑涂地，也在所不辞。"

"嗯，你不必这样！"陈县长亲手扶起张大治道，"只要你好好跟我干，我当然会重用你！不过，你这张大治的名字在外名声不好，我想给你改个名字，你看如何？"

"我听你的，你帮我改吧！"张大治忙答应道。

"你的原名大治，大治则平安，我看你不妨改名为张平。"

"好，我就叫张平，你改的这名不错。"

"既然好就这样叫了！"陈县长又交代道："现在，永顺专署已决定将各县的乡级政权重新划分。古丈县由8个乡增设至12个乡。李家洞已从永顺县划分给古丈县管，乡名改为保安乡，这个乡长由你当，你们要给我当好！一切要听从招呼！"

"那当然，我保证服从您管。"张平立刻表态道，"今后有什么事，你只管给我吩咐，我一定会照办！"

"县里目前还缺军事人才，你要干得好，到时我会再让你挑重担。"陈县长又许诺点拨道，"你现在乡里要稳住阵脚，保住一方平安。这段时间县里重新划分乡治，有些地方要重新丈量土地，并按土地确定粮赋上交任务，有的农民可能不服气，或者抗税抗粮，你要密切注意动向，莫让乡民起来闹事，搞得影响不好。"

"这你放心！"张大治拍着胸脯保证道，"有我张平在，哪个敢闹事，我保证搞得他服服帖帖。"

陈县长见他如此表态，心下更觉十分满意。本来这陈县长也是搞军事出身的，并且是省主席薛岳的亲信。薛岳派他到古丈，是让他稳住古丈局势，防止土匪扩张势力，古丈稳住了，就能保住沅陵和辰溪安全，沅陵、辰溪不出事，就能控制整个湘西的局面。所以小小古丈关系安危大事。陈立漠走马上任，深知其任的重要性。他一到古丈，就想找一个强有力的帮手。选来选去，他最终选中了张平。他觉得张平名声虽臭，但这样的人若将其加以利用，对稳住大局是很起作用的，所以他毫不犹豫地选准了张平，并且亲临李家洞来视察，给其面授了这些机宜。张平对此受宠若惊，他表示了一番忠心后，即接陈县长一行到了张家坨家里，用那野鸡、黄麂等山珍海味隆重招待了陈县长等人，晚上又陪着打麻将玩了半夜。

第二天上午，陈县长坐轿打道回府，张平又派几个亲信抬着两缸鸦片，一起送到了陈县长的府上。

有了陈县长的庇护，张平从此如鱼得水，很快又神气起来。当了乡长之后，张平打着征粮征税旗号，要乡民交钱交粮、交鸦片，并征了大量劳力，在李家洞修了两座碉堡。同时招兵买马，扩展了一二百人的队伍，增强了防守能力。因为迷信自己是三马将星之命。他还特意派人买了三匹战马供养。接着，他又听信亲信及管家建议，调集几十个木匠，砍了大量木材，给自家修了一座大四合院房子。建房之时，张平在院中边看边说："这房子修嘛修在这里，也不知将来归哪个住！"

"那还不归你住，还归谁住！"正干活的木匠瞿升振说。

"我的将来说不定，起码我会到县里去干事，这里哪会住？"

"你不住，还有你的儿孙住嘛。"

"儿孙会不会住，也难说！"张平似有预见地说。

房子立扇落成那天，保安乡各保甲长及乡绅财主率领乡民都来祝贺。四合院内外，有数百人观看热闹场面。此时，只见戴着黑头巾的木匠瞿升振站在排扇边，扯开嗓子高声念着竖屋起扇词道：

建起扬桥搭起台，

主东请我起扇来。

中柱站一对檐柱站一双，

亲戚朋友站两旁。

……

东边修起文王阁，

西边修起转阁楼。

前头八步朝阳水，

后头八步水朝阳。

朝阳水水朝阳，

斧子锉子叮当响。

东边一朵祥云起，

西边一朵紫云开。

祥云起紫云开，

张郎鲁班下凡来。

鲁班下凡无别事，

正是弟子起扇时。

一张封天忌，

二打地无忌，

三打天地，

阴阳百无禁忌，

天煞地煞年煞月煞日煞时煞，

五五二十五煞，

八九七十二煞，

铲头木马弟子无见煞。

信发斯人长发斯人，

供果满园各归原位。

斧子一响黄金万两。

斧子二响富贵荣华。

斧子三响，

各位弟子排整齐，

斧子四响，

各位弟子齐努力，

立——！

随着这一声叫，众多拉扇的后生随即一起使劲，那第一道排扇眨眼就立了起来，接着，第二道排扇、第三道排扇……全立了起来。排扇立完后，遂又开梁口搭梁。领头的瞿木匠唱道：

珠红桌子架一张，

一对云盘摆中央。

……

自从今日上梁后，

满门公卿食宽禄。

上了梯子又上枋，

主东金银用仓装。

脚踏枋，手攀梁，

一莫急来二莫慌。

一步一步登主梁，

来到梁头打一望，

观见主东好坐场。

后面来宾千里远，

前面配山正高强。

荣华富贵享不尽，

天长地久地久天长。

如此唱罢，又有人从梁上向四面抛下许多糍粑、花生之类，让众人享用。此谓之抛梁粑。抛撒越多，越表明主人日后会发达富裕。上梁仪式完毕，即放鞭炮以示庆贺。然后众人入席喝酒吃肉吃饭。张平这一日喝了一大碗苞谷烧。酒后他借着狂劲说："今日是立屋大喜之日，咱们饭后搞个打靶比赛，看谁枪法好。"

"好，我去布置靶场。"七阎王向国万答应说。

过一会，众人吃罢酒席，即来到一处大田边，开始参加打靶比赛。此时，只见张平第一个上场，他从护兵手中接过一支步枪，向百米开外一排悬吊着的红枣举枪就射，接连三枪，3个红枣都被打碎了。众人都齐声喝彩："好枪法！"其余打靶者，有打中一个的，有打中2个的，却没有一个连中三枪的。张平这时得意扬扬道："怎么样，你们有谁能连中3枪者，我奖励大洋3元。"

众人一时都没人敢试了。

"我来试试吧！"木匠瞿振升忽然走上前报名道。

"你一个当木匠的，也会打枪？"七阎王向国万问。

"行不行，我只试一下嘛！"瞿振升道。

"让他试，让他试！"张平忽点头道："有本事尽可露一手。"

向国万遂将步枪递给了瞿振升。

瞿振升端起枪道："我不要打枣子，只打挂枣绳子。"说罢，只听三声枪响，3只挂枣的绳子竟都被打中，枣子都掉在了地上。

"好！好！"众人齐声喝彩着。

"好家伙，这么好的枪法！你是跟谁学的？"向国万问。

"我打过猎，这点本事算什么！"瞿振升回道。

"不错，你的枪法比我的还厉害呀？"张平又道，"来，这是给你的赏钱！"说罢，即把3元大洋给了瞿振升。

瞿振升接过钱道："多谢，多谢。我现在就回去了。"

"你的工钱给了吧？"张平又问。

"工钱给了。"

"那你走吧。"张平同意道。

瞿振升遂收拾行装，装起一套木匠工具就走了。此时，天色渐晚，打靶的人也都散了。张平回到家中，忽然将七阎王向国王叫来吩咐道："兄弟你给我走一趟，把那瞿振升小子干掉！"

"啊，怎么要搞他？"

"这家伙枪法好，留着是个隐患。"

"一个木匠，有什么要紧？"

"不，你不知道，我暗里作了调查，这瞿振升已和胡小林的女儿订了亲，胡小林与我有仇，我不搞他，将来会吃他亏。"张平接着又道，"我要搞谁就搞谁！你给老子赶快去，没搞到莫回来见我。"

"是，我去我去！"向国万遂领命向瞿振升追去。

一个小时后，向国万在高峰一处山界上赶上了瞿振升。

"喂，瞿木匠，有个事找你！"

"什么事？"瞿木匠一回头，发觉向国万把枪口对准了自己。

"告诉你吧，是张平派我来送你上西天，你莫怨我！"说罢，没等瞿振升作出反应，就拉动扳机。随着一声枪响，瞿振升"啊"的一声惨叫就倒在了地上。

瞿振升被打死后，张平又佯装惊奇，假装派人去追查一番凶手，并报了案子，但后来也就不了了之。

又过数月，张平一日在家正抽鸦片，八阎王向国泰忽来报告道："近日我到叫驴子那边去了一趟，他让我带信来，约你一起去合股干，你看去不去？"

"不去！不去！"张平连连摇头道，"我现在是县里封的乡长了，不能再和他叫驴子搞在一起，以免受嫌疑。今后也不能与他公开来住，知道吗？"

"知道了。"

两人正谈着，忽有探子张大旺急匆匆跑进屋报告道："乡长，不好了，有人攻打我们来了。"

"谁打来了！"张平一惊，慌忙甩掉烟枪，怀里拔出了短枪。

"是仁爱乡、西南乡的农民，他们有好多人哩！"

"我以为是谁，原来是些泥腿杆子！"张平嘿嘿一笑道，"不怕他们人多，给老子只管阻击！"

话音刚落，就听远方传来阵阵枪声。只见上千暴动农民正执着百余支步枪，几百支火枪以及梭镖、大刀，在向李家洞呐喊挺进。原来，这些人都是仁爱乡和西南乡的农民。仁爱乡和西南乡过去叫田王二保，归永顺管辖。当地俗语称："田王二保，岩多土少。"以前两个保的村民只出夫，不纳粮。这次重新划分乡村，两保划为仁爱乡和西南乡后，地方归古丈管辖。新任县长陈立漠要求新划乡一律都要上交钱粮，两乡的人觉得吃了亏。以向天锡为首的农民，遂组织农民成立了反"土地呈报"总指挥部，动员了上千农民，很快把几个丈量土地的编丈员赶走了，接着又将县里派来弹压的保安连击退了。众多农民拿着武器经官坝、草翁、草塘、河蓬到清水坪，直向李家洞冲来，想把张平的武装首先打垮，然后进攻古丈县城。

张平见两乡农军来势迅猛，急忙组织部下飞跑到枫香塘进行阻击。双方交火打了一阵，农军死伤了数十人，张平的两个老弟兄和十多个兵丁也被打死。眼看抵挡不住，张平率部后撤到了干田坳，农军又跟着赶了上来。正在张平感到危急之时，陈立漠派来的保安团突然增援来了。保安团带来了重机枪和迫击炮，一阵猛烈射击，农军队伍招架不住，很快溃散！张平乘机发起反攻，七百多农军被包围枪杀了，另有两百多人被活捉。

张平获胜之后仍不解恨，他吩咐七阎王向国万道："去，给老子选两个俘虏，杀了给死了的弟兄们祭坟。把两人剥了皮，做我的马鞍。"

向国万领旨，遂带了几个刽子手，从捉来的战俘中选出了绰号"陀螺""胖哥"两名年轻后生，将其衣裤扒掉，然后赤裸绑在树上，再浇些白酒，割心剜肝，祭了坟，再一刀一刀从头到脚剥了皮。两张人皮后来果真制成马鞍，就成了张平的坐垫。

干田坳一仗，张平因镇压农民暴动有功还得到了省地县各级上司的赏识，省主席薛岳送来了锦旗，永顺专员亲到古丈为张平"庆功"，县长陈立漠密荐提拔张平当了县清乡司令部副司令兼河防大队长。张平从此掌握了一县兵权，开始飞黄腾达起来。

第十三章　八面山上

1. 干一大票

再说瞿伯阶回到龙山二所乡后，将五个大队的人马又汇聚到了一块。此时瞿部总计已有二千余人枪。加上永顺彭叫驴子的队伍，两股合计已有六千余人。瞿伯阶犹觉不足，他想把队伍拖得更大些。一日上午，他将王家仁、瞿波平、贾松青、向静海、彭雨清等人招集拢来商议道："我想派人到四川去，把杨树成找来，让他当副司令。听说他现在只有 10 多条枪，但他的活动能力很强，我们只要给他支持，他一定会拖起一支大队伍来的。你们大伙觉得怎样？"

"没意见！""老松鼠"贾松青道，"四川方面我们应该联系，这样可以更加壮大实力。"

"对！我也同意！""舍命王"瞿波平道，"请杨树成来当副司令，他一定会卖力干！今后，我们三股人马合在一起，那势力就可观了，官军更加好对付，我们活动的地方也就宽多了。"

向敬海、彭猴子等人也纷纷表示没有意见。瞿伯阶遂派人去联络。

三天后，杨树成果然应邀到了龙山，瞿伯阶在二所乡和他相见了，并给了他一纸副司令的委任状。杨树成原是张少卿的部下，张少卿被官军剿灭后，他带着少数人马还在东奔西跑，到处流窜，无处安身，不料现在瞿伯阶如此重用他，他当即感激涕零地说："瞿司令，承蒙你大哥瞧得起，我一定好好干，不负你的栽培！"

瞿伯阶道："你的本事我知道，人很能干，过去是张少卿的得力助手，还和我作对过，但我决不会计较。我们现在应该团结起来，共同对敌。目前你还没走好运。这样吧，我给你两百人枪，你回去再广泛发动旧部，把酉阳、秀山一带的青年都动员起来，队伍发展得越多越好！我们的实力强了，保安团就奈何不得！"

"好！瞿大哥，你这样诚心待我，不和我计较，我一定卖力干！只要有你的支持，我相信拖大一支队伍是没问题的，你尽管放心！"

杨树成说罢，就在当晚率部回到了酉阳。过了不到两月，杨树成果然一气发展了两千余人的队伍。瞿伯阶闻讯十分高兴，他把队伍立刻带往酉阳，与杨树成又合了股。现在，两股合算起来已有五六千人枪了。人多势众，他自觉羽毛已经丰满。接着，他便集聚人马，杀了一个回马枪，不费吹灰之力就吃掉了驻卯洞的一个保安营。继而瞿伯阶将队伍带回龙山达拿乡附近，准备伺机袭击龙山县城的八十六军侯振汉团。一天下午，瞿伯阶将特务大队长夏亦清找来吩咐说："你去县城探听一下，看看虚实如何。"夏亦清奉命到县城侦探了一番，回来即向瞿伯阶报告说："龙山城驻有重兵把守，八十六军的侯振汉团也刚刚开过来不久。其中有一个排还驻在南门外我舅子家。以我们这几千人，要想攻县城恐怕不易。"

"攻不下县城，我们吃掉他一小股也行嘛！"瞿伯阶道，"《孙子》兵法曰'因间者，因其乡人而用之'，你那舅子家既住了一个排，可把他们动员反水行不行呢？"

"可以试试！"夏亦清道："我舅子与他们混得很熟。"

"那就派你打进去，争取把这个排的人枪拖过来。"

"好，我马上去活动。"

夏亦清遂再返县城，并带了不少鸦片烟，在其舅子的帮助下，夏亦清扮做生意人与这个排的王排长和三个班长相识混熟了。他每天请这几位头儿喝酒、打牌，搞得火热。最后，王排长在夏亦清的策动下，毅然率领三十多个兄弟投靠了瞿伯阶，并带走了三挺轻机枪和三十多支步枪。这个排被策反后，侯振汉吃惊不小，他匆忙下令，将其驻在城外的部队赶紧都收缩进了城内。

瞿伯阶虽不进攻县城，但很快在达拿乡又击败一个保安团，缴获了百多支步枪和两挺机枪。过了一段时间，再率部进入四川酉阳，在溪口又消灭一个保安营。接连几个胜仗一打，其队伍已发展到上万人了。国民党当局这时派了代号"万安、万全、万盛"的三个师前来围剿。瞿伯阶将队伍时而分散，时而聚合，和围剿的官军像捉迷藏一样不断兜圈子。结果，半年过去，三个师的官军不仅没剿灭瞿伯阶，相反，他的队伍反而扩得更大了。不久，"万安、万全、万盛"三个师奉命撤走，瞿伯阶将队伍汇聚清点，此时，总计三股人数已达一万九千多人，计有枪支一万二千余条，可谓进入了全盛的发展时期。

瞿部的人枪多了，子弹却不够用。瞿伯阶正愁弹药无处购买时，有一天，彭叫驴子忽然派人送来一份报告，内容略称："近据密探侦知，辰溪县有一国民党的军械仓库，内藏大量弹药，尤以步枪子弹为多，该处守备兵力不多，建议速派人前去劫夺！"

瞿伯阶看完报告，立刻高兴地叫道："此乃天助我也！天助我也！"随即派人传令，要杨树成派一千人枪，彭"叫驴子"派两千人枪，自己派直属部一千人枪，三股共计抽出四千人枪，以五百人为一个支队，共组成八个支队前去辰溪偷袭，队伍统由彭叫驴子的支队长黎世雍指挥。

三天后的一个凌晨，这八个支队从永顺经慈利入桃源悄然到了辰溪军火仓库所在地。其仓库坐落在一个天然的山洞里，洞前两侧驻扎有国民党部队的一个营，洞口边还设有一岗亭，里面24小时都有人值岗守卫。黎世雍率一个支队走在前面。临近仓库时，他示意队伍趴下隐蔽，然后注意观察动静。此时有一队四人的巡逻兵走过，岗亭里的哨兵喝问了一声口令，巡逻兵回答了一句，双方便不再吱声了。这时，军营一片沉寂，看样子守军已入梦乡。

"去，你们快装成流动巡逻人员，把岗哨给老子干掉！"黎世雍低声对贴身护卫的特务班长卢胜吩咐道。

卢胜立刻带了三人，穿着国民党的军服，立马起来直向电灯照耀下的岗哨走过去。

"口令！"岗亭里的哨兵发觉有四个军人走来，立刻持枪喝问。

"我们刚刚来过，你又问什么！"卢胜大声喝斥道。那哨兵尚未反应过来，卢胜的枪口已对准哨兵喝道："不准动！"说罢，即把哨兵的枪缴了，把人绑了起来。几个人在岗亭内又把开仓库的钥匙找到了，一枪未放就把军械仓库打开了。接着，几千人拥进仓库，把那堆积如山的子弹箱各扛一件在肩，就匆忙往回撤走。这时，守卫仓库的驻军发现了，双方开始了激烈的交火。黎世雍下令一个支队在后掩护，其余人边打边撤。走回约二三十里处，却不料又中了国民党四个团的埋伏。原来，湖南省主席薛岳闻讯军火仓库被劫，不禁大发雷霆，他立即下令，迅速派了四个团在桃源与慈利间的一条必经之道进行埋伏。结果，一仗打得瞿部措手不及，几千人马被冲得七零八落，好不容易才突出重围，所有抢来的子弹也全都丢光了。

2. "长毛熊"反水

偷袭辰溪蚀了本,瞿伯阶懊恼不已。这下又捅了马蜂窝,他估计国民党必会派重兵来围剿。果然,蒋介石很快亲自下令,限期剿除湘西土匪,并又派了八十六军朱鼎卿的部队前来追剿。

在八十六军源源开至龙山之时,瞿伯阶召集部下大队长以上首领在二所乡开了一次会议。会上,瞿伯阶征求大家意见道:"这次八十六军来势很猛,我们要怎样粉碎其围剿,请大家提提'想法'。"

"要保存实力,就只有趴壕。"彭雨清说。

"不,我们力量已不小了,可以和八十六军打打硬仗。"贾松青建议说,"咱们最好上八面山去,在上面据险阻击。"

"嗯!上八面山倒是个办法。"瞿伯阶点了点头。他近来看《孙子》兵法,有段话还热记于心:"夫地形者,兵之助也。料敌制胜,计险厄远近,上将之道也。知此而用战者必胜,不知此而用战者必败。"他想,八面山易守难攻,何不凭此地利优势与八十六军决一死战呢?若打赢了,就可立住脚根,若未打赢,还可退向四川。如此想定,便定下了与八十六军决战之计。

第二天,他即率部转移到了八面山,又派人将酉阳杨树成部调来汇聚到了一起,打算凭借八面山地利的优势,据险进行抵抗。同时,还派人将自己的父亲转到了酉阳一姓王的人家藏了起来。让大老婆带着大儿仍隐藏在天马山中。田幺妹那时也带着两个孩子,大的崇胜已有9岁,小的崇敬才3岁。瞿伯阶对幺妹说:"这次战斗祸凶难测,你拖两个孩子不好办,你干脆把大孩子寄到老百姓家里去吧!"幺妹说:"寄给谁呢?"瞿伯阶道:"这八面山下岩洛科有个王大爷,我很熟,就寄在他家吧!"幺妹本舍不得孩子离开,但又怕战火无情伤及孩子,遂同意将大儿子寄到了那位王大爷家中。

把孩子寄托好,她和瞿伯阶就又回到了八面山上。此时,朱鼎卿的部队开始了猛烈进攻,他们从四面八方向山头攻来,但却被瞿部一一击退。接连打了4天,八十六军仍没有攻下来。眼看硬攻不克,朱鼎卿烦躁不已。他把军部设在里耶。其时里耶镇有个姓黄的大财主,因与杨树成结过仇,这回便主动找到八十六军军部,对朱鼎卿献策道:"八面山山势陡峻,易守难攻。国军最好的办法是智取。"

"黄先生,你有什么好计策呢?"朱鼎卿反问。

"据我所知,瞿伯阶的有个支队长叫王家仁,此人可以去争取反正。只要他投了诚，就可以打开缺口，攻上八面山去。"

"你估计能说服王家仁吗?"

"我想可以。因为王家仁原是王继安的儿子，他父亲跟瞿伯阶是拜把兄弟，王家仁又拜瞿伯阶做了干爹。后来王继安在花垣病死了，其部才由王家仁带领。本来，王家仁与瞿伯的关系还可以，但听人说，在沅陵时，彭叫驴子借故整顿军纪杀了他手下的弟兄，瞿伯阶没能制止，由此二人产生了矛盾。王家仁一气之下，把队伍往回拖，不料在古丈又被保安团击伤大腿。现在还行走不便。他若想保命，就不排除有投诚的可能!"

"好! 这个情况很重要!"朱鼎卿道，"只要争取王家仁能反戈一击，说不定我们不须大动干戈，就能收拾他们!"

朱鼎卿于是和黄某仔细计议，决定首先派一位川军的排长白太福悄悄上山，去收买王家仁部的一个同乡副官白太祥。那白太福领命之后，即择日在一个早晨向八面山王家仁部据守的卡子走去。到达半山腰的一处岩口边，忽有2个持枪的哨兵从岩石后跳出来，其中一个大喝道:"干什么的? 往哪去?"

"啊，我是找你们的副官白太祥的!"白太福镇定地说。

"你是他什么人?"

"我和他是同乡，想找他来做点事呀!"

"你要上山吗? 得把眼睛蒙上!"说罢，一哨兵即拿出一块布帕，将白太福的眼睛蒙了，又在他身上搜了一下，没发现武器，方才给他递一根棍子象牵瞎子一样牵着他向山顶走去。约莫走了二三百多米，迎面来到一栋茅棚前，一哨兵即解了他的布帕。

"进去吧!"白副官住在里面。

白太福走进茅棚，果见白副官一人坐在里边。两人目光一碰，白副官立刻惊奇地站了起来。

"是你，白太福，你怎么到这里来了?"

"我专来找你的呀!"

"你是不是当兵去了?"

"是啊，我现在就在你的山脚下!"白太福小声道，"今日我是受朱军长之命，特来拜访你的。"

"啊，请坐!"白太祥忙招呼道，"你来此想做说客吧?"

"不错!"白太福坦然说，"你猜对了。我是受朱军长委托，他要我与你联系，通知你去做王家仁的工作，动员他投诚! 你想，现在大军压境，这八面山迟早是要被攻克的，你何不早点择条后路呢？"

"这事我可以试试！"白太祥道，"看在我们是同乡同族弟兄的份上，我一定按你的要求去办，王家仁那里，我估计有点把握，他现在负了伤不能行走，跑也跑不脱，只要把他说动，攻这八面山就必能成功。"

"那好，我就等你回音了，你快去游说吧！最好要他设法将瞿伯阶干掉，这样就更不用围剿费力了。"

"好，我去找他，你等着吧！"

白太祥遂到另一处茅草房中，找到王家仁说："八十六军派了人来游说，想动员你投诚，可保证你的生命安全。你看这事该怎么办？"

"那人在哪里？"

"在我那里！要带他来吗？"

"慢着！"王家仁坐在一张木椅上，一只腿已动弹不得。他只鼓着两只眼睛说道："依你之见，你看该怎么办？"

白太祥道："我看现在局势危急，八面山迟早是守不住的，你现在又跑不动，还是留条后路啊，不如就应允投诚，这样可获得一条生路。"

"我投诚了，他们能够保证不杀吗？"

"绝没问题！"白太祥道："不信你可当面问他。"

"好，你把他叫来吧！"

白太祥遂走出去，将白太福领了进来。

"这是我们王支队长，这是白排长，我的老乡！"白太祥将双方作了介绍。

"王支队长，我代表朱军长向你问侯！"白太福道，"白副官转达我的意思，你考虑好了吗？"

王家仁道："让我们投诚可以，但你能保证我的安全吗？"

"这你放心！"白太福道，"朱军长给我说过，只要你投诚，他可以给你放个营长当当！"

"当营长我都不想，我的腿负了伤，我只想回家过安稳日子就行了！"

"好说，好说！"白太福又道，"你只要投了诚，一切都好说。不过，你既然决定脱离瞿伯阶，你就干脆设个计将他干掉如何？"

"瞿伯阶是我的干爹，杀之不义！"王家仁道，"我可以投诚，但不要杀他！"

"那就算了！只要你投诚也可以。"白太福又问道："那瞿伯阶的夫人和孩子呢？是否都在身边？"

"他夫人带在身边，有个儿子寄在农户家了。"

"寄在何处？"

"就在这山下岩洛科王大爷家。"

"好，这个情况很重要！"白太福道，"我们把他的儿子捉住，也可以逼瞿伯阶缴枪就范嘛！"

白太福说毕，即告辞下了山。

3. 效命鼠王

第二天早晨，白太福带着一排士兵来到岩洛科寨，按图索骥找到王大爷家中，果然就把瞿伯阶寄托的两个儿子抓走了。白太福把两个孩子交给了团长侯振汉。侯团长自己没有孩子，即吩咐把孩子带在身边，然后从王家仁据守的大岩门卡子上一举攻上了山来，王家仁很快率部投诚并缴了械。八十六军两个团突破这道防线，继续向八面山纵深突击。双方在山顶的开阔处展开了激烈的交战。瞿波平的一支队在防线打得勇猛顽强，已接连击退了敌人的几次进攻，二支队贾松青的人死得不少，他那会打双枪的老婆梁氏，在防线上拼命抵抗，也不幸打死了。

"喂，瞿伯阶，你听着吧！"战斗一阵后，敌军的阵营里忽然有人喊话了："我是八十六军二百团团长侯振汉，我告诉你，你的义子王家仁已投诚了！你的孩子也在我手里！你要孩子的话，就赶快投降吧！"

喊过话后，一个敌兵果将孩子推到了面前。只见那孩子哭哭啼啼地叫道："爹爹，爹爹，快救我们啦！"

看到自己的孩子落了难，田幺妹这时哭叫着不顾一切地从壕沟掩体里站起来，想去救孩子。

"你疯了！"瞿伯阶一把将幺妹按下，然后趴在岩石后大声回话道，"侯团长，你不要与我孩子过不去嘛，孩子是无辜的！有本事直接与我打！"

"好，你放心，你的孩子我会替你养着，但你要识时务的话，就赶快投降！"侯振汉说着，命人将孩子带了下去。

"我是不会投降的！"瞿伯阶又高叫道，"除非你把这阵地攻下来！现在，咱们的胜负还没定哩！"

侯振汉遂又下令部下进攻，但很快又被瞿部的火力击退了。

渐渐地，天色晚了，八十六军停止了进攻。而天空又纷纷扬扬地下起雪来。乘着这夜里的空隙，瞿伯阶将几个支队长召集拢来商议道："这次战斗损失不小，我没料到王家仁竟会叛离，使敌人攻上了山来。现在我们不能再困守这山头了，今夜得赶快突围，你们意见怎样？"

"是要撤离了，我们的伤亡太大。"几个支队长都同意撤离。

于是，当晚各支队开始作撤离准备，到下半夜时，便悄悄向四川边界方面撤去。第二天上午到达可打湖，前面忽传来一阵激烈的枪声。

"怎么回事？"瞿伯阶正疑惑时，一支队长瞿波平跑来报告道："大哥，前面又发现敌人阻击。"

"你估计有多少敌人？"

"怕有一个团！"

"八十六军真狡猾，在这里布了兵来拦截，这可是想断我们的后路哩！今日能否冲出包围，就在此一战！"瞿伯阶想了想又对一个传令官道，"这样吧！传令各支队各组300人枪，要精干的，每支队组成10个小分队，每分队组30人敢死队。务必给老子把阵地攻下来！"

"是！"传令官飞快传令去了。瞿波平亦奉命迅速组成了10个分队，开始轮换向阻敌进行猛烈进攻。最后，瞿部终以付出三分之一伤亡人员的代价，终将阻敌的阵地攻破，敌军被迫放弃山头向后退却了。瞿部接着组织了400人的队伍跟踪追击，扩大战果，到当日晚上，全部人马才突出敌军的包围圈，顺利转移到了湖北来凤的河东三堡。

在八面山的这场血战中，瞿波平的一支队打得最顽强，二支队贾松青的人员死伤了大半，三支队向敬海的人也伤亡很大，四支队王家仁的队伍大半投了诚。只有特务大队夏亦清和彭雨清的队伍损失较小。其时，瞿部还传有几句顺口溜，说法是"一支队舍命王，二支队爬岩坎，三支队脚杆长，四支队守后方"，可见瞿波平的一支队是打仗最出名的。由此，瞿伯阶对瞿波平也格外器重。不久，在瞿伯阶的撮合下，田幺妹那丧夫守寡的姐姐田四妹也与瞿波平结了婚。这样，两家算是亲上加了亲。

4. 隐身里耶

从八面山突围出来后，瞿伯阶率部到处奔波，他想把队伍拉到永顺去汇合彭叫驴子的队伍，但半途就受到阻击，在桑植八大公山受到挫折，只好又折兵回到龙山境内。这时，他身边的队伍已不足千人。为保存实力，他让杨树成带一部分队伍又回到四川去活动，其余鹤峰、咸丰的人也让他们回去了。队伍分散后，那些地方保安团也敢来欺负了，地方上到处都有封锁。瞿伯阶带着一二百人的队伍，跑来跑去，已经疲于奔命。一天晚上，瞿波平建议说："大哥，留得青山在，不怕没柴烧。我看你还是找个地方躲一躲，队伍让我们带着。只要国民党正规军走了，我们就又可以出头！"

幺妹也劝瞿伯阶说："你就听波平弟的话，让他掌握队伍，把目标可以引开！"

瞿伯阶想想有道理，随将队伍大部分交给了瞿波平指挥，另让二三支队和特务大队都保留了几十人的架子，让他们各自分开活动，自己身边只带了王麻狗、冉启文两个护卫。然后，就悄悄向里耶镇走去。

次日凌晨，几个人来到镇长瞿闿盛的院子外，王麻狗上前敲了敲门。

"谁呀？"

"瞿镇长，是我！"

瞿闿盛上前开了门。

"唉呀，瞿司令，你怎么到了这里？"

"我专来投靠你，想在你这里避避风！"瞿伯阶道。

"快进来，快进来！"瞿闿盛道："你的胆子也真大，现在四处搜捕你的风声甚紧，这镇上还住有八十六军的部队，你竟敢到他们眼皮子底下来！"

"越是这样的地方才越安全嘛！"瞿伯阶道，"我与你也是老朋友了，再说都是瞿家弟兄，我想你会容我住几天吧！"

"没问题！没问题！"瞿闿盛忙道，"你想住多久就住多久！到里耶镇我说话还是算数的！"

"那好，我就在你这里避避风！"瞿伯阶又道，"我实话告你，八十六军奈不何我，我还有几千人马没被打垮，他们现在只是分散在活动。一旦八十六军走了，我很快就会再出头！"

"你是打不死的程咬金，我相信你一定能东山再起！"瞿闿盛又夸他道，"当世英雄非你莫属，我一定会想办法帮助你！"

"好吧，那就费你心了，你给我多探听一下消息，看永顺彭叫驴子的近况怎么样了，我想和他再取得联系。"

"好，好，我马上派人去了解。"瞿闿盛应允着，遂将四人安藏到了自己的家中居住。并让家人一日三餐的进行招待。当八十六军在各处布兵进行严密搜剿的时候，瞿伯阶却在里耶镇的镇长家里，安安稳稳地隐藏了几个月。

第十四章　乌龙山下

1. 奇袭黄石军火库

当瞿伯阶兵败八面山之时，彭叫驴子在永顺沅陵一带却还在频繁活动。一日下午，彭叫驴子在永顺郎溪召集副指挥潘月樵、参谋长潘邦典与支队长黎世雍等人商议说："上次我们打黄石吃了亏，现在过了半年时间，也不知那里情况如何。我想派人去侦探一下，如果守兵不多，我们可再去袭击黄石搞点子弹。"

"去搞子弹很重要！"潘月樵赞同道，"现在日本军队正在进攻衡阳，国民党军却调到前线会战去了，黄石的守军肯定不会多了。黄石军库主要是存放弹药，能打下来影响就大了。"

参谋长也赞同道："派人侦探很有必要，把情况摸清，有把握打就可以去搞。"

"好！我愿再当一次先锋，以雪上次之耻。"黎世雍赞成道，"你们就把任务交给我吧！"

"这回我要亲自出马！"彭叫驴子道，"给你一个任务，你只负责侦探情况，把黄石的守军底细摸清，等你回来我们再商定袭击计划。"

"行！我马上就去！"黎世雍说罢，即带了几个亲信扮作几个找工做的农民，连夜出发向桃源黄石走了去。

三天后，彭叫驴子在郎溪正等得心焦，黎世雍率几个弟兄忽然回来了。

"情况怎么样？"彭叫驴子一见面就急问。

"我们摸清楚了。"黎世雍擦了一把额上的汗水报告道，"黄石现在只有两个营驻守，军火仓库边只有一个排。其余都驻在一里开外的军营边。另外在五里开外有一个团驻军。我们如果倾巢出动，打下黄石还是有把握的，只是不宜久待。"

"按照你说的这情况，咱们只能速战速决啰？"

"对，攻占越快越好。打开仓库，把弹药搞到手就要赶快撤离。"

"你看白天去搞还是晚上去搞？什么时候好袭击？"

"说不准。现在他们晚上戒备也很严。"

"那就白天去吧！"彭叫驴子道，"我们要用智取，白天去，其守备可能还松懈些。"

"我也这么想。我看干脆选个赶场日动手，这样他们会更大意一些。"

"好主意，就这么定！"彭叫驴子遂下决心道，"后天就是黄石赶场日，我们明晚准备出发。"说罢，几个人又商议一下详细方案，决定由黎世雍带手枪队扮作赶集农民打前阵，解决仓库卫兵，粟明卿、吴应侯负责掩护，防止国民党守军反扑。其余支队就背子弹。

第三天清晨，吃过早餐，彭叫驴子即通知大队伍到尚家村集合了。行前，他站在队前大声训话道："弟兄们，这次我带你们要到一个地方发财去。大家行军时不要掉队，也不准偷抢。到了发财之时，我自会告诉大家，那时大家只管攒劲挑攒劲背。挑背得越多越好。"众部属听了指挥官的这一番训话，也不知要开向哪里去发财，一个个都翘首而盼着。

训完话，由黎世雍率领的百多人就各带一把短枪先出发了，这些人分作三五个一伙，有的挑箩筐，有的背背笼，有的拿扁担，都装作赶场去的模样。这支队伍前行约半小时后，彭叫驴子才率大队伍开始出发。

走了几小时，黄石就到了。这天赶场的人很多，集市上熙熙攘攘，往来人群川流不息。黎世雍率领手枪队的人靠近了军火仓库。一个守库的班长见这些赶场的农民靠近仓库来了，便大声喝斥道："喂，你们隔远点，怎么挤到这里来了？"

"我们歇歇脚。"黎世雍将背笼往地下一放说，"咱们卖柴禾搞累了，场上挤得很，没处坐哩！"

"没地方坐也不能呆这里！"那班长又吼道："这儿不是你们待的地方。"

这班长的吼声刚停，场上赶集的人忽然纷纷散开了。有人大声叫道："快走哇，彭叫驴子的部队开来了。"

此时，黎世雍拔出枪来对那班长喝道："不许动，你们被包围了，快把库门钥匙交来。"

那班长见势不好，顺手要摸枪，黎世雍啪啪两枪将其打倒在地。其余手枪队员跑上前，将几个守库士兵都缴了械，还有几个匆忙撤到后山碉堡里去了。那军械仓库也很快被砸开了。

领着大部队的彭叫驴子，这时高喊道："弟兄们，发财的时候到了，大家到仓库里搞子弹去，打空手的每人挑两箱，带枪的每人背一箱！"众人随即涌进仓库。只见那库中堆满了各种子弹箱，有步枪子弹、机枪子弹、手枪子弹。众人挑的挑，背的背，足足搞了五千多箱子弹。

过一会，远处传来了密集的机枪声，驻守黄石的国民党军的一个团倾巢出动了。彭叫驴子命令吴应侯和粟明卿两个支队断后掩护，其余几个支队带着子弹迅速离开了。国民党驻军只有一个团，比彭叫驴子的人马少得多，因此，也不敢久追。双方交火打了一阵，彭叫驴子的两个支队就从容撤走了。

2. 赏金十万捉"老叫"

陪都重庆。

一座隐蔽于山城近郊的豪华别墅中，国民军事委员会主席蒋中正在室内焦躁地来回踱步。此日正是下午五点左右，他刚接到湘鄂川黔边区清剿总指挥傅仲芳的电传报告，内称彭叫驴子部约八九千人围攻黄石，将军库的五千箱子弹已劫掠一空。为此，他感到十分吃惊。进入1944年的夏季以来，因为日军大举进犯湖南，军事委员会原拟定的衡阳会战计划已受到重大挫折，衡阳守军以不足四个师的兵力，坚守孤城47天后，终被日军突破。衡阳不保，广西的失守已经难免。下一步，日军有可能进攻湘西，并沿湘川公路直入四川，进而威胁战时首都重庆。蒋介石意识到，湘西的安危事关重大，而湘西匪患不除，势必会造成更大损害。所以他考虑一番对策后，即拿起笔来给第六战区司令长官孙连仲及湘鄂川黔四省边区清剿总指挥傅仲芳分别拟了一道电令。其文略称："桑（植）、永（顺）、沅（陵）、大（庸）间彭春荣股匪，希即加紧剿办，迅速歼灭。"

电文拟好后，蒋介石才叫来副官，吩咐立刻发出。当日夜里，接到蒋介石电令的第六战区司令长官司孙连仲，又根据蒋介石的指令精神，给湘鄂川黔四省边区各县发了一道悬赏通缉令，文称：

"兹查湘西桑永沅大间股匪彭春荣等流窜各边境，频频作案，危害甚巨，……各县应遵照上令，严行并村筑寨，详查户口，认清匪源而绝根株。匪若集股逃窜，追剿部队不分境域，猛击穷追，务歼灭之。……凡生擒或击毙梁海卿、吴应侯、王家仁、贾松青者，赏洋壹万元；生擒或击毙潘月樵、宋湘灵者，赏洋两万元；生擒或击毙彭春荣、瞿伯阶者，赏洋十万元。"

湘鄂川黔四省边区清剿总指挥傅仲芳，接到蒋介石的电令和孙连仲的悬赏通缉后，立刻又召集下属团队以上指挥官会议，决定调正规军八十六军三个团、十八师三个团、独立旅一个团、五十五师一个团、一四二师一个团、一四九师一个团，加上江防总队一个大队，湘警第九、第十六两个大队，总计 14 个团的兵力，分驻湘鄂川黔边界几个重点县进行大清剿。

会议开完后，傅仲芳便亲带 3 个团到了永顺县城坐镇指挥。此时，彭叫驴子攻打黄石回来，部队已扩充到九千余人，其部分散在永顺、沅陵、大庸三县一带活动。为探查彭叫驴子的踪迹，傅仲芳派了许多探子去下乡进行打探。

一日下午，彭叫驴子率部驻扎在贺虎溪，那溪沟有个深潭，彭叫驴子闲来无事，拿了一根钓鱼竿，带着几个护兵到了潭边去钓鱼。一条鱼儿刚刚钓上来，路边忽然来了一个鼠眉贼眼戴青布头巾的后生，彭叫驴子的护兵彭传文将他喝住道："喂，你是干什么的？"

"我……我是来看你们钓鱼的！"那后生有些慌张地说。

"看我们钓鱼？你是个探子吧？"

"不，不，我不是探子。"那人慌忙辩解道。

"那你是何处人，我们当地人怎不认识你？"

"我……我是来走亲戚的，我有个亲戚在贺虎溪。"

"你的亲戚是哪个？"

"他……他姓贺，名字我记不准了。"

"哼，想骗我们，给老子捆起来。"

几个护兵遂将这后生捆了起来。经过一阵审问，这后生不得不交代自己是个探子，名叫张大林，本是县城一个无业游民，因为傅仲芳出了重赏，所以报名当了个探子。谁知他刚到贺虎溪一带来探听情况，就被彭叫驴子的护兵抓起来了。

张大林被抓后，彭传文即向彭叫驴子请示道："彭指挥官，你看这探子该怎么发落？"

彭叫驴子摆摆手，转问那张大林道，"你知道傅仲芳带了多少部队来永顺？"

"多得很！"张大林道："永顺县城里扎满了。"

"他派你们下来怎么交待的？"

"他只要我们探听了情况就马上回去报告，情况属实他就会派兵来围剿。"

"嗯，你既然讲了实话，我就放了你。请你回去只管转告傅仲芳，就说我彭叫驴子在贺虎溪钓鱼，他若想来，我等着还要钓他这条大鱼！"

如此说毕，即令护兵将张大林放了。张大林当晚赶回县城，见了傅仲芳，就把遭遇经历果真如实讲了一遍。傅仲芳觉得这情报很准，其钓大鱼的口气合乎彭叫驴子的狂妄之言。遂即赏赐了一些大洋给张大林，同时，下令外号"草包"的颜得志团长率两个团士兵迅速向贺虎溪扑去。

第二天中午，颜团长率部刚到贺虎溪，就遭到彭叫驴子一个支队的伏击。颜部顿时死伤了三四十个人。但颜团长自恃武器精良，并不把彭叫驴子放在眼里。他下令攻占了贺虎溪一座山头后，就不再往前进攻，而是集中炮火，向贺虎溪内的各处山野村寨猛烈轰击，彭叫驴子部被炮火打死百余人。眼看伤亡不少，潘月樵建议彭叫驴子将部队撤往七溪去，因为七溪地势险要，中间有两条二十里长的大山界，可做两道防线，这两道防线之后，还有许多大山界，可以随时撤退再防守。彭叫驴子觉得这建议不错，随即下令将主力部队连夜撤往了七溪。同时命令驻在各地的支队速往七溪集中。

第二天上午，彭叫驴子率部到了七溪，七八千人奉令布防到了二十多里长的各山头之上，队伍刚刚摆好，十八个师的三个团已跟踪围追了过来。彭叫驴子胃口大，占的地形有利，企图吞掉这三个团。而十八师装备精良，士兵都经过正规训练，也不把彭叫驴子放在眼里。双方就这样在长达 20 余里的峡谷战场上互相对峙，反复冲锋厮杀，一连打了三天三夜。结果，双方各死伤两千余众，未分胜负。

第三天晚上，傅仲芳派 2 个团的援军也赶到了。彭叫驴子自知势单无援，不利久战，遂下令队伍往后撤。经过几天急行军，彭叫驴子终于摆脱追击，把队伍带到了鹤峰与石门交界的南北墩。傅仲芳又急令当地国民党驻军四二五团据险阻击。四二五团迅速抢占了一个大山包。其时已至中午，彭叫驴子的部队经过连续几日行军，已人困马乏。眼看前面山道已被阻住，彭叫驴子即问侍卫大队长道："彭传宗，你看怎么打？"

"你要哪个支队上，哪个支队就上！"

"好，你去打头阵吧！"彭叫驴子吩咐道。彭传宗二话未说，即带了 3 个分队上前，来到一包谷地边，彭传宗手一扬道："来，咱们先抽支烟。"说罢，让每个人都猛抽了一阵香烟，等劲头上来了，彭传宗就命吹冲锋号。接着，3 个分队从左、中、右猛冲上去，将四二五团的阵地一下就打垮了。该团退到山脚烂泥田里跑不动了，最后只得举手投降，结果，这一仗共缴获该团短枪四百余支，迫击炮两门、马克沁重机枪两挺和轻机枪十二挺。

3. 败走乌龙山

南北墩一仗获胜后，彭叫驴子率部从大庸、沅陵交界的崇山峻岭间又绕回永顺县境。12 月 1 日，该部到达乌龙山下的叫木溪。当日下午，彭叫驴子主持指挥部开了一次会议。会上，副指挥官潘月樵建议说："根据情报，乌龙山上有了敌人，从这里上去，可能遇到他们的堵截，我看咱们最好绕道过去。"

"对，这个山地形太陡，不好过去，万一敌人在山上有了防备，就不好办了。"宋湘灵也建议道。

"怕什么，我看就要从这里翻山过去。咱们只要连夜爬上去，先占住山顶，就不怕敌人堵截。"彭叫驴子坚持要过乌龙山。他甚至认为，只要抢占了山顶，还可利用这个天险吃掉围剿的敌军。

潘月樵和宋湘灵见彭叫驴子固执己见，坚持要从此山过去，最后也只好表示服从命令。

会议开完已到傍晚时分。彭叫驴子将支队长彭芹生叫来嘱咐道："你赶快带几十个人轻装上山，把主峰占住。"

"是！"彭芹生随即领命，从支队中挑选了 30 多名精干人员，每人各带一支长枪一支短枪，就迅速向乌龙山主峰爬去。这乌龙山主峰有 1000 多米高，彭芹生带着尖兵花了约二三小时，才爬到主峰高地。上去之后，并未发现敌人，而山顶天气又十分寒冷，彭芹生遂将尖兵队又撤回到半山腰的乌龙庙里烧火御寒。彭芹生的这一决定，即犯了致命错误。就在他们撤下不久，上溶乡的乡长覃鹤岭，带了国民党两个团人的马，已悄然爬上山顶，占据了乌龙山主峰和邻近的几个高地。

在叫木溪山下的彭叫驴子，此时对山顶情况还一无所知。彭芹生率部先上山后，他带着大队人马，杀了头骡子吃过夜餐才慢慢出发。从叫木溪上山，路很窄，山很陡。天气出奇地寒冷，路上草丛中都结满了冰柱。加上天黑不看见路，几千人马行动缓慢，直爬到天亮时分，彭叫驴子率指挥部才来到乌龙山的半坡之上。这时听到一阵激烈的枪炮声响，走在前面的队伍开始受到了阻击。

"大哥，不好，敌人已占领了主峰！"大队长彭秀樵此时从前面退下来报告说。

"彭芹生他们干什么去了?"彭叫驴子吃惊地问。

"他们被阻在乌龙庙边,也动弹不得!"

"糟了,我们怎么会落在敌人后面呢?"彭叫驴子想了想道,"你赶快组织队伍冲锋吧!这主峰,一定要拿下来!"

"是,我去了!"

彭秀樵遂返身到队前,挑选了100多名敢死队员,开始向主峰发起猛烈进攻。

在十几挺轻重机枪的掩护下,几十名敢死队员跑步向山顶冲去,快冲到山顶前时,守军居高临下一阵猛射,敢死队一片片倒下了,第一次冲锋很快被打退了,第二次发起冲锋又被打退了。彭秀樵火了,他端起上了刺刀的枪,大吼一声:"不怕死的,跟我来!"几十名敢死队再次往上冲,刚到主峰前约二三十米的地方,对方的机枪步枪又如雨点般泼下来,彭秀樵连中数弹,身子晃了晃,也倒在了地下。

"彭叫驴子,乌龙山是攻不动的堡垒,有本事你们就攻上来吧!"这时,主峰上有人大声狂叫着。

"他妈的,这不是覃鹤龄吗?"侍卫大队长彭传宗对彭叫驴子说,"原来是覃鹤龄引了国民党兵来阻击我们,他硬是我们的死对头!"

"彭指挥官!我看是不是让你那覃志美去做覃鹤龄的工作,劝他不要和我们作对吧!"支队长黎世雍又对彭叫驴子道。

"嗯,这倒是个办法!"彭叫驴子会意地点头道。他遂让人把小老婆覃志美叫了来,很亲热地对她说:"志美啊,你是我的好妻子了!我想派你去做做你父亲的工作!他现在带着国民党军在乌龙山顶上,不肯放我们过去,你就去求他一下,说服他放我一马,怎么样?"

"我怕说不好!"覃志美说:"我爹的脾气犟得很哩!"

"你就去试一试吧!"彭叫驴子道,"你叫他不要为国民党卖命,如果说服他了,等这一仗打完,我可以敲锣打鼓放鞭炮,把你明媒正娶娶过来,这样挺好吧!"

"你非要我去,我只有遵命啰!"覃志美说。

"好!为了我们大家,你去吧!"彭叫驴子说罢,又拿出一把手枪和一盒金首饰给她道,"你把这些东西带着,作个留念。"

覃志美接过枪和首饰,装进挎包就说:"我走了!你们等着消息吧!"

彭叫驴子下令暂停进攻。覃志美大步向主峰走去，一面走，一面叫道："爹爹，我来啦，你别打枪，我有话要给你讲！"

覃鹤龄没想到女儿这时会走上山顶来，他忙求官军不要开枪，覃志美就独自一人走上了山顶。

"你来干什么？"覃鹤龄等女儿上山顶后，惊奇地问她道。

"我跟你说句话！"覃志美回道。

"有什么话你就讲吧！"

"我要到一边去说！"

"你来吧！"

覃鹤龄只好带她到一旁问："你到底有什么事？"

覃志美撒着娇道："爹，我求你不要帮他们打彭叫驴子了，你快撤走吧！"

"你怎么这么糊涂？是彭叫驴子派你上来求情的吧？"

"是他要我来的，不错！"覃志美笑道，"我觉得彭叫驴子人还不错，反正我现在已成了他的老婆，他就是你的女婿，我们应该是亲家了，你就放他一马吧！他应允这一仗打完，就明媒正娶来娶我！"

"我才不认他这个女婿！他是我不共戴天的仇人！你还好意思为他讲话，难道你就忘了我们家的仇了？"覃鹤龄怒不可遏地训斥着女儿。

覃志美顿时哑口无言了。原来，这覃鹤龄本是上溶乡乡长，在永顺郎溪、镇溪一带是当地一霸，彭叫驴子拖队后，在郎溪一带活动，与覃鹤龄时有摩擦，覃鹤龄暗中策划彭叫驴子部下的小头目覃竹山反水，使彭春荣的队伍损失不小。尽管如此，彭叫驴子还是想和覃鹤龄和解，但覃鹤龄倚仗官军，一心想剿灭彭叫驴子。有一次，覃鹤龄派人将彭部的中队长田运槐、田运攀抓去杀了，又将彭部支队长一个护兵的妹妹轮奸致死了。这下惹怒了彭叫驴子。一日凌晨，彭叫驴子带着大队人马突袭了覃鹤龄的老家元宝垭，覃鹤龄其时只有三十多支枪，听到枪声一响，覃鹤龄匆忙从后门侥幸逃走了。彭叫驴子没抓到覃鹤龄，一气之下，下令将覃的老巢一把火点燃，结果引发大火，共烧了七十多栋房屋。彭的部下又杀了几十个元宝垭的无辜百姓。从此后，覃鹤龄无家可归，便外逃到了大庸沅陵一带。又过一年之后，彭叫驴子的一个支队长黎世雍，在大庸后坪袭击保安队，意外地捉住了覃鹤龄的女儿覃志美。黎世雍想利用覃女来逼迫覃鹤龄就范，乃出谋献策，把覃志美送给了彭叫驴子做小老婆。彭叫驴子很高兴，为此犒赏了黎世雍三支短枪。覃志美长相并不出色，人高脸长，但青春年少，情窦初开，见彭叫驴子有权有势，一表人才，心下亦觉称意，于是就乖乖做了彭叫驴子的小老婆。彭叫驴子又请了青天坪的一个老人去覃鹤龄家里求情，同时到处放信，说"彭叫驴子与覃鹤龄乡长和好开亲了。"目的是想逼覃鹤龄上山归顺彭部。但覃鹤龄并不上钩，伺机报复彭叫驴子的决心仍旧不变。不久，当八十六军大部队开来之后，覃鹤龄便带二三百保安团丁主动充当了五十二、五十三两团的向导，深入山区追剿彭叫驴子。此次到乌龙山堵截，就是他闻讯彭部要过乌龙山后，速带了国民党两个团从另一方向攀上乌龙山顶，率先抢占了主峰和另外几处高地，从而将彭部堵在半坡上。此时，彭叫驴子被围山中，眼看就要被击败了，在此关键时刻，覃鹤龄哪里肯听女儿的劝说，会放过歼灭彭叫驴子的这个大好时机？而覃志美见劝说无效，一时感到无地自容，随即取出一坨鸦片吞下，竟当场自杀毙命了。

覃鹤龄见女儿已死，便命手下团丁将尸体抬下山去埋葬了，自己仍在山顶帮官军一道坚持阻击彭部的进攻。彭叫驴子见覃志美劝说无效，又继续组织敢死队往山头冲锋，但每次冲锋都被击退，因为国民党军在地理上占据了绝对优势。如此坚持了三天三夜，眼看伤亡越来越大，彭叫驴子急如火燎，国民党的援军又源源不断开来。

"指挥官，我们不能再打下去了，赶快突围吧！"支队长粟明卿建议道。

"朝哪里撤呢？"

"我们朝黄包垭、石竹山方向去吧！我老婆熟悉那条路！"

"好，赶紧突围！"彭叫驴子同意了。

于是，由粟明卿妻子徐桂英带路，彭叫驴子率指挥部和黎世雍等支队一起，从木朗溪屋后上坡，由砍柴小路穿过黄包垭，当夜到达石竹山。接着又从磨子垭穿至狗儿庵，经两岔溪、雪冷坡到达龙家寨的关南坪，沿途四天四夜没吃到东西，到达关南坪后，彭叫驴子才决定休息一天。此时清点队伍，彭叫驴子发觉身边已只剩下了一百多人。乌龙山一仗，彭部共有大小队长两百余人被俘，九百余人伤亡，两千余人溃散，总计损失达三千余人枪。彭叫驴子为此悲痛不已，这一仗已伤了他的元气，眼下虽然冲破包围，但今后该怎么办，他在内心已感到了一片痛愁和茫然。

第十五章　收拾旧河山

1. 石堤西诱降

深夜，渗着油液的枞树柴火在火塘内噼啪燃烧着。那炽热的火焰烤得屋内十分暖和。彭叫驴子和潘月樵、宋湘灵、黄泽基、潘帮典等指挥部核心官司员聚在一起，围着火塘一面烤火，一面又在研究下一步行动方案。

"我看咱们得分散趴壕了。"潘月樵发言道，"目前我们虽冲出了包围，但还没脱离危险，只有分开活动，才能保证安全。"

"我也同意分开。"黄泽基道，"咱这一百多人，目标还是大。分开一段，等国民党正规军撤走，咱们再聚集。"

"好吧！大家都赞成趴壕，我们就分散一段时间。"彭叫驴子道，"这次战斗我们损失太大了，这个责任主要在我。是我判断失误，指挥不当，心里很难受啊！"

"指挥官不必过多自责，胜败乃兵家常事嘛！"宋湘灵发言道，"咱们还有百多号人，各地失散的弟兄还有几千，只要坚定信念，重整旗鼓，我们还可以收集旧部，东山再起！"

"对，留得青山在，何愁没柴烧。"潘邦典又道，"带兵者不言败。只要有口气，咱们就要和他们干！"

"弟兄们有如此气概，不怕失败，我还怕什么！"彭叫驴子道，"只要有机会，我们一定可以重整旗鼓。眼下为了保存实力，避其锋芒，咱们就先趴壕一段，但人员不要太分散。等风浪过去再聚集吧！"

如此商议一番，大家便决定分开行动。第二天，彭叫驴子的残部，便3个一伙，五个一群，各自回了石堤西一带隐蔽去了。彭叫驴子本人则带了10多人重回了七溪，住在当地农户钟绍韩家里，暗里继续活动，联络旧部，扩充队伍。

一日上午，隐蔽在石堤西一农户家的参谋主任黄泽基，忽然收到了当地的周保长转来的一封信。黄泽基连夜到七溪把这封信送到了彭叫驴子手中。鼓叫驴子展信一读，只见上面写道：

彭、潘司令官台鉴：

久慕大名，深为敬仰。时值多事之秋，望以国家民族至上，一致团结对外抗日。本人受傅仲芳司令所托，特邀请二位到敝处一叙。商谈招安整编事宜。如无异议，即请本月 28 日到石堤来相见。如若不愿受招安，则大军会继续清剿，那时则悔之晚矣。何去何从，即请回复。

清剿总指挥部董其平

"这董其平是什么官儿？"彭叫驴子看罢信问。

"他是党政处处长。"黄泽基回道。

"他想招安我们，肯定又是骗局。"

"虽然是骗局，但我们迫于压力，能够拖延一下时间也好恢复一下元气。所以我建议还是派人去谈判一下为好。"

彭叫驴子沉思了一下，即点头道："此事非同小可，还是请大家研究一下再决定吧！"说罢，即命人将潘月樵、宋湘灵、潘邦典等人召集拢来，当晚又开会商议了一阵。会上，众人都同意派人去谈判一下，看其是否真有招编诚意。彭叫驴子最后说："既然你们都认为可去谈判，那就由月樵和泽基去代表我谈一下吧，看对方究竟有什么条件。就是缴一部分枪，只要保证人身安全，我们都可以考虑。另外，我们也得做两手准备。谈判不成，我们只要拖延一下时间，咱们再集合旧部，可以重整旗鼓。过几天，我决定去联络神兵，发动一下神兵起义，团结这一部分人，我们的力量就又会强大起来。"

"对，把神兵动员起来是个好办法。"宋湘灵深表赞成道，"永顺县的神兵搞起来起码有一两万人，等他们闹起事来，咱们就可以乘机发展自己的队伍。"

一番对策商定之后，大家便又分头行动起来。

几天之后，潘月樵和黄泽基受命到了石堤去谈判，两人带了几个随从来到乡公所，见董其平果然早已等候在此。除他之外，清剿总部还派了军法处长陶醒石等人来谈判。双方见面，彼此礼貌地寒暄了几句。接着便到乡公所的一间木屋内举行了正式会谈。

董其平首先说："二位到此来会见，显见有诚意来受招安，对此我们表示十分欢迎。我们来前，傅司令叮嘱过，只要你们接受招编，我们就不会再清剿了。"

潘月樵说："我们不想再打了。彭春荣派我们两人来，就是表示他有诚意接受招安。我们这支队伍本来说是打的抗日旗号，抗日的主张也早宣传了出去，我们想开去前线打日本，政府却不容忍，就派军队围剿我们，弄得我们没有办法才只好反抗。"

"你们自己要和政府作对，还能怪谁？"陶醒石道，"打着抗日幌子，危害地方政权，还搞什么打富济贫，杀了那么多人，夺了那么多枪，政府不派兵来围剿，你们岂不要闹翻了天！现在，你们主力已被消灭，大势所趋，难道你们还有什么犹豫的？清剿总部给你们留条生路，叫你们招安受编，这是一个天赐的良机。彭叫驴子只要受招安，我们可以赦免他，但是还有两个条件我们要申明：第一，你们要交出政治部主任宋湘灵和参谋长潘邦典；第二要点验人枪。如果不答应这两条，就不能招安，国军将会继续清剿。"

黄泽基随即回道："彭春荣的人都是被逼上梁山，才拖了枪的。不是有意和政府对抗。至于杀人夺枪，这也是迫不得已。国军要清剿，我们也只有反抗一条路走。过去，我们也曾联系过招安事宜，那时和向思敏师长也谈好了，向部还派了人来洽谈，但是被永顺专员顾家齐回绝了。所以，我部招安受编的诚意早就有过。现在，你们又提出要交出两个人并点验人枪，这样的事我们做不了主，而且也认为第一个条件不合情理，你们为何要逼我方交宋湘灵和潘邦典呢？"

"因为这两人危害大，是傅仲芳点名要交的。"

"这个我们恐怕办不到！"潘月樵又道，"你们再考虑让让步嘛！"

"我们不会让步。"陶醒石道："你们若交不出人，那就只有免谈了。"

"我看咱们回去把情况告诉彭指挥，由他决定后，再来答复你们，怎么样？"

"行，如果你们做不了主，那就请回去商量了再来回复吧！"董其平又道，"过几天等你们商议妥当了，咱们再来会谈。"

"也好，就这样说定了。"

潘月樵和黄泽基站身起来，第一次会谈就此结束了。

当日晚上，潘月樵和黄泽基又回到七溪，找到彭叫驴子做了汇报。彭叫驴子召集宋湘灵、潘邦典等人又作了商议。几个人研究时，彭叫驴子说："他们提的条件太苛刻，要我们交人，肯定办不到。点验人枪都好办，可以搞些人找些破枪去应付应付。"

宋湘灵说："他们要把我和邦典搞去，我看我们两人可以出走，这样就好交待了，你们只说我们二人已不在这支队伍了。"

"这倒是个办法！"潘月樵点头道，"要不，你俩可潜往外地躲避一段时间，以后等风潮过去，再露头不迟。"

"行，我也愿意出走，莫连累你们大家。"潘邦典表示道。

"要走，等我们明日拜访了神兵头领后再走不迟。"彭叫驴子最后拍板道，"月樵兄和泽基要继续去谈，就说宋、潘二人已不在我部了。他们要点验人枪，可让田大相、孔圣武、彭绍春带二三百人去应付应付。"

潘月樵道："也只好这么办了！去石堤谈判我们可拖几天。到时我们会尽量去争取招安，这样可以避免被他们清剿遭受更大的损失。至于神兵那头，你们明天先去联系，我们后天来参加一下结盟仪式就行了。"

彭叫驴子说："这样也好，咱们一定要把神兵鼓动起来。"

潘邦典又道："要走，我就想早点走。我准备到武汉去躲一躲，彭兄你看怎么样？到神兵那里，有他们几位帮你一趟就可以了。"

"行，你可以先走一步，宋湘灵迟几天再走。"彭叫驴子点头道，"以后有机会你要多联系。"

"当然，我不会忘记的！"潘邦典有点难舍地当即就作了告别。

2. 结盟神兵

第二天下午，彭叫驴子穿了一身蓝衣短装，头上戴着一顶博士帽，手中提着一根黑漆自由棍，带着宋湘灵、王福泽等十余个亲信，请人挑了两担鱼肉作为礼品，专程来到了永顺西库寨的神兵头领刘巨川的院门前。

刘巨川的房子是个四合大院，八字槽门之外，有两个神兵在持枪放哨。其中一个名叫向乃苏，是神兵大队的队长；另一个叫田传久，是龙家寨神兵头目田勉游的儿子。两人拦住这一行人道："你们是哪里人？来这儿干什么？"

"我们彭指挥官来拜访刘神师，烦请你通告一下。"宋湘灵说着，将手里一张黄纸写的名片递给了田传久。

田传久接过名片一看，只见上面写着："湘鄂川边区民众抗日游击指挥部总指挥彭春荣"字样，便立刻说："你们稍等，我马上去通报。"说罢，就走进院中一间正房，对神师刘巨川道："彭叫驴子带人来了，说要拜访你，你看怎么办？"

穿着一身青布衫衣的刘巨川，此时正和王和甫、田勉旃、胡世泽等人一起聚会，这几人分别是勺哈、龙家寨、两岔等乡的神师，几个人商议的内容是如何入伙防匪防兵、保家安命。因为这一年地方受了旱灾，百姓生活十分困难，神兵头目们想聚集起来，共同"抗丁抗粮抗税"。神师们一听彭叫驴子来了，各人反应不一。刘巨川因不明其来意，就接口道："他怎么来了，也不知想干什么。我还是避一避，你就说我不在。"

"不，我们应把情况弄清一下。"王和甫道，"他来了多少人？"

"只有十多人。"

"那不足过虑。"田勉旃松口气道。

"我看人家指挥官亲自来访，还是应以礼相待。"王和甫又建议说。

"好吧，那就领他进来。"刘巨川又示意胡世泽道，"你就作点防备吧！"

胡世泽点了点头，遂绕茅厕溜进了后屋，准备见机行事。

稍顷，彭春荣、宋湘灵等人就从八字槽门进了院子。刘巨川与王和甫、田勉旃一起开了中门迎接。

这时，彭叫驴子带着笑意将博士帽摘下和自由棍一起交给了随从拿着。随即用右手握了四指并跷起大拇指，右手做成了乙字形，然后双手合拢向刘巨川等三个神师行了个江湖拜码头的礼，口里说道："小弟少读诗书，不知圣礼，初进龙门，不懂堂规，望诸位大哥海涵。"

刘巨川与王和甫、田勉旃一起，则在西边站立，同时双手起眉，从左到右行了个迎接龙头大哥的礼。然后刘巨川接话道："海涵之言，岂敢岂敢。"彭指挥官光临寒舍，使敝屋蓬荜生辉，实乃鄙人三生有幸。王和甫也招呼道："久慕彭指挥大名，今日亲眼相见，果然风度不凡，大家快请进屋坐！"

彭叫驴子与宋湘灵随刘巨川等人进正屋坐了。其余随从则被主人安排到了左厢房款待。所挑鱼肉礼物也由刘巨川安排向乃苏收了下来。

进房后坐下，刘巨川指着宋湘灵问："这位兄弟是谁？"

"他是我的当家三爷，叫宋湘灵。"彭叫驴子介绍说。

"啊，久闻，久闻。"刘巨川又指着王和甫和田勉旃介绍说，"这位是勺哈的神师王和甫，这位是龙家寨的神师田勉旃。"

"好哇，今日真是幸会。没想到在这里碰到几位大神师，真是有缘呀！"彭叫驴子又哈哈笑道。

"喝茶吧！"一个家人用茶盘送了几杯茶来。彭叫驴子和宋湘灵便各端了一杯慢慢喝着。

"你们今天来我这里，一定走累了吧？先到我内房休息休息。"刘巨川又道，"有话等会儿酒席上再说，晚饭正在开，你俩就吸几泡鸦片吧！"

"好！你是个爽快人，让我们吸烟，吸就吸！"彭叫驴子正觉有些困乏，刘巨川一请，他就与宋湘灵进了内房，一起躺在床上吸起鸦片烟来。吸了一阵，彭叫驴子烟瘾过足，从床上起来，直盯着穿衣镜内的自身形象出神。那镜中的一张脸有些苍白疲乏，眼睛已没有了往日的锐利，只有眉毛还是那么黑乎乎的，又粗又长，下巴上一颗黑痣也显得十分突出。宋湘灵这时便开玩笑道："指挥官，你的形象可上凌烟阁哩！将来成了大器，就是开国元勋。"

"我可没那么大奢望！"彭叫驴子回道，"我老叫东奔西突，其实只为行个侠义而已，并不图个人名利，只是眼下孤军奋战，又蒙受这么大损失，心里着实有些难受啊！"

"那有什么！"宋湘灵道，"三十年河东，三十年河西。阴沟里的篾片有翻身之日，成败又何足为奇。"

"说得也是，所以我决不会屈服认输，咱们应该重整旗鼓！"

躲在后房的胡世泽，在墙缝中不断偷听着二人的谈话。过一会，晚饭弄好了，刘巨川在书房里摆了一桌酒席，即请二人入席。另由刘巨川、王和甫、田勉旃3三人作陪，几个人一再谦让，请彭叫驴子坐了首席。接着，刘巨川就分别给每人倒满一杯白酒，尔后，站身端起酒杯，从东至西敬了一番，然后说："今日彭指挥官光临寒舍，鄙人倍感荣幸。在此特请为指挥官和诸位的鹏程万里，赏脸干杯。"

大家跟着都站身而起，端起了酒杯，彭叫驴子顺手倒了点酒给刘巨川的杯中道："多谢神师厚意。"即一饮而尽。众人也跟着把酒喝干才坐下来。宋湘灵此时又夹了一个鸡头给彭叫驴子的碗中，口里笑着道："我来借花献佛，请老板莫推让，吃鸡不吃头，好比正月玩灯，有头无尾不好看了。"大家笑说："对，对，这鸡头应该吃。"彭叫驴子也就没谦让地吃了。

宋湘灵借着酒意又道："我们彭指挥官为人特别仗义，他拖枪举义，杀的第一个仇人不是为他自己，而是帮别人报仇，这事你们都知道吧？"

"知道，早知道哩！"大家附和道。

"彭指挥疾恶如仇，他指挥队伍专门打富济贫，从不搞穷人。这几年又打起了抗日大旗，想发动民众去打日本鬼子，可是国民党还要围剿我们，彭指挥也就只有领着我们与国民党去斗了。"

"斗得好，斗得好！"王和甫又道，"国民党欺压老百姓太狠。彭指挥有本事，我们早就久仰大名了。"

彭叫驴子此时便插话道："大家夸奖了，我彭某以义为重，倒是没错。今日来此拜访，主要有三层意思。一是来问候诸位神师兄弟；二是想与大家结盟，交个朋友，共同联合抗日；三是为我们的当家三爷饯行，他将到四川酉阳去，找杨树成副司令联系。现在，外人说我似乎山穷水尽，被国民党剿灭了几千主力。其实，我虽然损失了二、三千人，但这算不了什么，我们队伍还多着哩，暂时避其锋芒还隐藏着，到时还会重整旗鼓。眼下日本鬼子从华容直插沅江、汉寿，听说慈利都失守了，这都是蒋介石枪口只对内不抗日的结果。有良心的中国人谁不气愤？所以，我想要联系神兵共同举义。我不久将去湖北鹤峰，当家三爷要去四川，准备扩至更多队伍打日本。我们走后，对付地方上这国民党王八蛋，就靠你们组织神兵同他们拼了。为了我们的神兵神将成功，我们来干一杯！"

众神兵立刻起身端杯，一个个口里说着"干！"就一起一饮而尽。

刘巨川喝了两杯酒，一时兴致大发，口里说道："彭指挥官适才所言，正中鄙人下怀。我们神兵愿意遵命，与你们结盟弟兄。共同对付国民党，拥护抗日。"

王和甫也道："咱们合作起来，力量就更大了。你们上前线打日本去了，地方上的这些国民党保安团，我们负责对付。"

田勉旃道："我早就想举义，咱们找个机会可以同时举事。"

"嗯，诸位有这个决心，我非常高兴。"彭叫驴子说，"明日咱们来搞个结盟仪式，我的副指挥官潘月樵和参谋主任黄泽基也会来参加，你们看怎样？"

"很好！明日我们开山堂！"刘巨川立刻应允了。

几个人商定完毕后，就又吃吃喝喝，直到深夜才各自入房歇息。

第二天上午，潘月樵和黄泽基果然如约到达。几个人相识寒暄一番之后，黄泽基就用红纸写了关圣帝君神位，贴在刘巨川堂屋正中。又写了"民乐山，西安堂，复兴香，团结水"等字样，分别贴在堂屋中的神龛上方。再用红纸写了一纸誓词，也贴在了堂层一旁的墙上。

一切准备完毕，到入夜之后，开山立堂仪式就开始了。此时，只见神堂内灯烛辉煌。刘巨川、王和甫、田勉旃等神兵首领站立一侧；彭叫驴子、潘月樵、宋湘灵等站在另一侧。黄泽基以龙头大哥身份主持了仪式。他首先跪下向关圣帝牌位叩了三个头，然后站起，用双手抱拳向左右各行了个礼，神兵大队长向乃苏右手拿菜刀，左手捏只雄鸡，一刀把鸡头砍断，将那鸡血滴进一缸白酒内。黄泽基这时即领着大家念诵了一遍贴在墙上的誓词。词曰：

> 关圣帝君位前蹲，
> 桃园弟子在堂中。
> 忠义堂前来结拜，
> 同生共死万古存。
> 吃血饮酒把誓立，
> 千刀万剐永无怨。
> 出卖组织乱纲纪，
> 五雷劈身炮穿心。
> 同穿绣鞋触律法，
> 三刀六眼自己行。
> 礼义廉耻人自立，
> 江湖子弟团结紧。
> 三把半香记心上，
> 五湖四海一根宗。

誓词念毕，大家便各自舀了一碗血酒一饮而尽。

盟誓后，大家再回到房中，彼此又商议筹划了一阵对策，决定成立"湘西抗日救国神兵大刀联合总会"，由刘巨川当总指挥，王和甫、田勉旃任副总指挥，下辖勺哈、龙家寨、盐井、首车等乡"神兵大刀队"。并议定择日举义，首先进攻龙家寨。

次日清早，彭叫驴子要走了，刘巨川特意准备了一些鸡头、鸡腿及猪腰子等食物饯行。彭叫驴子吃过饭后，将身上一支驳壳枪解下送给刘巨川道："这支枪就给你作个纪念。"刘巨川接过枪道："谢谢指挥官，我们后会有期！"

彭叫驴子伸手与刘巨川握了握手，又与王和甫、田勉旃一行人分别作了告辞，然后才率几个亲信离开刘家大屋。

3. 血洒天王庙

与众神师结盟回来，彭叫驴子又回到了七溪。宋湘灵这时也准备出发了。彭叫驴子让老婆搞点私房钱来。周纯莲从他沙溪象鼻嘴大松树下挖出埋藏的六百块银圆，连夜取回交给了彭叫驴子。

"你这回离开，真是无奈！"彭叫驴子拿着一袋光洋对宋湘灵道，"这六百光洋是我老婆的私房钱，我别的没什么送你了。你在我这儿干这么久，真对不住你啊！"

"指挥官说到哪去了！"宋湘灵回道，"我本来也舍不得离开你啊，但为了大局，还是离开一段为好。我此次远去，还想顺便打听一下当年的红军，若能找到的话，咱们可以去投靠。"

"好，你就留心找一下吧！"彭叫驴子点头道，"我也希望能投奔到红军中去，有个靠山才踏实啊！"

"你等着吧，有了消息我会尽快联系。"

两人这般说定，宋湘灵就告辞向慈利方面走了。

潘月樵和黄泽基受命谈判，又去了石堤西。彭叫驴子在七溪呆立久了，也想挪个地方隐蔽，遂带了个护兵到了车坪乡李家坪寨。任过永顺县长的向仲璋就住在该寨的向家大院里。

彭叫驴子一行人冷不防来到向家门前敲门，向仲璋开门一看，见是彭叫驴子来了，连忙热情招呼道："哟，彭指挥官，真是稀客。"

"我来麻烦你啰！"彭叫驴子嘿嘿笑着说。

"哪里，哪里！你是难得一来的贵人，快请进屋坐吧。"

彭叫驴子就与护兵一起进了屋坐下。

"快送茶来。"向仲璋对家人又吩咐了一声，一个中年妇人就沏茶送了上来。

彭叫驴子接过一杯茶，喝了一口就道："向县长，我老叫喜欢开门见山。俗话说无事不登三宝殿，我这次来是想到你这儿借住几日，你看如何？"

"没关系，没关系！你一定遇到了难处，八十六军把你追得急是不是？"

"不错，他们天天到处搜捕我。"彭叫驴子道："我受了点挫折，损失了二三千人马，但我的实力还不小，他们奈何不了我的，我现在让队伍分散趴了壕，人员还有几千，不是我老叫吹，一、二千人的队伍，我只要一声召唤就能聚拢。八十六军搞不垮我，海二、三团没什么了不起的，湘警大队的底子我很清楚。曹振亚是本县人好说话，什么这个队那个军，都是山里的水，流不长的。我们都是石头，水流走石还在，你说是不是？"

"嗯，咱们本县人，生于斯，长于斯，当然好说。"向仲璋道："国民党正规军迟早要开走，你就在我这儿住几日，避避风，有什么事由我担着。"

"那就麻烦你！"

"不用客气。"

向仲璋说罢，就安排彭春荣几人在木楼上住了下来。

第二天，向仲璋正陪彭叫驴子在家摸麻将，一个家丁忽然匆匆走进屋道："向县长，不好了。颜团长带着清剿队来了。"

"什么？颜团长来了？有多少人？"向仲璋忙问。

"有好几百人，村子扎满了。"

"你们快到楼上躲一躲，让我来应付他，颜团长肯定会到我家来。"

彭叫驴子听罢，只好带几个护兵到楼上藏了起来，并握枪在手，注意听着动静。

过一会，颜得志果然带着10多个护兵和团部机关人员到了向仲璋家门前。

"颜团长，你好哇，什么风把你们吹了来。"向仲璋笑着迎接道。

"我是来清剿彭叫驴子这伙土匪的，想借你家住几天。"颜得志道，"我们团部就设在你家里，你看怎样？"

"欢迎，欢迎。"向仲璋道，"你们部队为地方清剿土匪，我们理当提供方便。"说罢，就让颜团长一伙进了屋。一面叫人端了茶来。接着，又办了一桌酒席进行款待。席上，颜团长喝了几杯酒，大吹特吹道："我部这次围剿彭叫驴子，血溪一仗打死了他们二千人。乌龙山一仗，又灭了彭叫驴子主力。现在他趴了壕，这一回，彭叫驴子跑得不知去向了。我现在奉命搜剿，到处都布了天罗地网。他就是钻天入地也跑不脱了。"

"好，好！"向仲璋道，"国军正规部队就是不一样！土匪部队哪是你们的对手！但愿你们早点抓到彭叫驴子！到时也让我来看看热闹，开开眼界。"

"你等着吧，我们一定会捉到他的！"颜团长不断吹嘘着。这些话被楼上的彭叫驴子和几个护兵听见了，一个个都不觉暗中好笑。

颜团长就这样在向仲璋家里住了几天，彭叫驴子几人则藏在楼上。双方平安无事地在一栋房子里相处了几天。数日后，颜团长终于领兵走了。彭叫驴子走下楼笑着对向仲璋道："向县长，你真是不简单，你把我们两只老虎都容纳到一起，也不怕伤了你！"

"那颜团长算什么老虎，他不过是个草包团长，怎能和你比，你是我的朋友嘛，我怎敢不尽力保护你！"

"好，这次蒙你掩护，又躲过一次险关，日后我时来运转，一定前来酬谢！"彭叫驴子说罢，就带着护兵，告辞离开向家，又向永顺与桑植交界的沙堤一带走去。

又过数日，潘月樵和黄泽基代表彭叫驴子与傅仲芳的代表董其平在石堤谈判达成协议，彭部同意缴枪受编，并将队伍开到永绥听候点编。随后，潘月樵、黄泽基集合了一支约三百余人的队伍，包括支队长侯斌、孔圣武、梁云卿、田大柏、彭绍春在内，一起率部到了永绥，在指定地点永绥县天王庙集中了。

天王庙有几重大殿，里面古树参天，环境幽静。庙中供奉着几十尊大小菩萨，什么观音娘娘、地藏菩萨、药王菩萨、金刚罗汉等等。

这日下午，潘月樵等人率部刚到该庙中，傅仲芳即领着卫队来到庙内，传令彭部人马迅速集合进行清编。潘月樵遵命把队伍在庙中坪塔刚集合完毕，傅仲芳把手一挥，众卫队即上前将所有彭部人员的枪支全收缴了。接着，军法处长陶醒石按照名册逐一清点，把二十多位大队长以上的干部统统集合到了一边，另二百多人被送往部队充实兵源去了。

剩下的二十多人，很快被关进了庙中的一间大房中。傅仲芳坐在另一间小屋中，逐一对这些头目进行了一番审讯。

第一个被押上来的是潘月樵。傅仲芳审问道，"你是彭叫驴子的副指挥官吧？为何彭叫驴子自己不来投降，却要派你来？"

"我是奉命来缴枪的。但缴了枪，你们就不该这样对待我们！"潘月樵气愤愤地说，"咱们谈判时说得好好的，只要来听点编缴枪，就保证我们人身自由，生命安全。可是你们现在却扣押了我们，我要抗议。"

"你还抗议！到了这里，你抗议有个屁用！"傅仲芳冷笑道，"现在你就给我老老实实交代吧！你为什么要参加土匪队伍？为什么会跟彭叫驴子搞在一起的？"

"彭叫驴子不是土匪！"潘月樵道："他是为打抱不平走上绿林之路的。现在，他拖队是为打日本鬼子，可是你们不让他去，还要派兵来围剿，其实哪是土匪队伍？我是看彭叫驴子为人正直侠义，我们意气相投才投奔他的，你还有什么要审问的？"

"彭叫驴子现在藏在何处？他为何不来投诚？"

"他没有告诉我躲藏的地点，我也不知他在哪里活动。彭叫驴子不愿来投诚，是怕你们说话不算数，会把他杀了。所以他派了我们来。他自己说已不愿玩枪了，枪都交你们了，你找他也找不到！"

"你不要嘴硬，还想帮他掩护。"傅仲芳道："他趴壕了，你当我不知道！他是想混过这回的清剿，等大军走了，以后又可东山再起，是不是？"

"我不知道！反正他的下落我不清楚。"

"我看你是不愿交代吧？等着处理吧！"傅仲芳说罢，把手一挥，几个卫兵就将潘月樵押走了。黄泽基接着被押了上来。

"黄泽基，听说你就是彭叫驴子的军师吧？"傅仲芳盯着他问。

"我是什么军师？"黄泽基道，"我只是谈判代表。"

"你不用隐瞒嘛！军师就是军师！"傅仲芳道："听说彭叫驴子部的那些文告都是出自你手？你的文笔还不错嘛！可惜一支笔杆子，却用错了地方。"

"你们不能这样对待我！我们按照谈判协议，把枪缴了，你们却背信弃义，为什么要扣押我们？"

"谁叫你们当土匪呢？"傅仲芳道，"现在我只要你老实交代，彭叫驴子为何不来投降？他躲在哪个地方？只要你交代了，我们就会释放你。你不交代的话，那你就脱不了皮。"

"彭叫驴子把枪都交我们带来了。"黄泽基道，"他不会再拖枪了，你只管放心。至于他去了哪个地方，他没告诉我，我们都不知道啊！"

"你也是他的死党一个罗！"傅仲芳道，"你不说，那就押牢房去，再好好想一想。"说罢，将手一挥："带下一个。"

黄泽基被押了下去，田大相又被押了上来。

"田大相，你知不知死罪？"傅仲芳睁狞着眼盯着他突然问。

"我……我有罪！"田大相忽然扑倒在地求饶道，"傅总指挥，求你饶我一条命，我不该投奔彭叫驴子当土匪。"

"好！你有知悔之心，那就老实交代！我们会给你一条生路，不会杀你。"

"我交代，我一定老实交代！"

"那彭叫驴子现在藏在何处？"

"他藏的地方很多，前段在七溪，有段在石堤西，现在又朝永顺桑植边界方向去了，具体地方我还是说不准啊，因为他的行踪飘浮不定，事先不会告诉别人。"

"嗯，他身边还有哪些人？"

"他的身边还有几个心腹，彭传宗，是他的侍卫支队长；黎世雍，是他的支队长；吴应侯，是他的支队长。他们都分散隐藏着，队伍至少有上千人。"

"好，你交代了，我们可以宽大你。等几天，由你去给清剿队伍带路，把这些土匪统统抓来，明白吗？"

"是，我愿去做向导。"田大相应允了。

　　傅仲芳遂让人带了他去，另又传令审下一个……结果，彭部被抓的这二十多个人除了田大相外，孔圣武也自首了，其余不肯投降者，则都被集中关押到了天王庙中的大屋中。

　　次日凌晨三点，在大屋中的这二十多人挤在几床被子中，一个个都疲惫不堪地入了梦中，唯有梁云卿没有睡着。突然，牢房前有人在开门，梁云卿从被子中猛然跃起，一拳击碎木窗户，然后纵身跳出窗外。与此同时，一阵猛烈枪声在房中响起，那睡在地下的潘月樵、黄泽基、彭绍春等二十多个头目们，一个个都被枪弹打成了肉泥。唯有梁云卿一人从窗口跃出后经天王庙跑向后山，最后侥幸脱逃。

4. 神兵大战龙家寨

　　彭叫驴子与众神师告辞不久，神兵总指挥刘巨川即策动部分神兵袭击了两岔、茶溪、勺哈等地的乡公所，分别打死了十多个乡丁和警察。

　　过完春节后的一天晚上，刘巨川又召集田勉旃、王和甫、朱咏礼等神师开了一个会。刘巨川在会上说："现在各乡的神兵已发动起来了，我们要乘胜打几仗。我看咱们可集中兵力去打龙家寨，如果把那里的警察队打败，咱们就能多夺点枪！"

　　"对，龙家寨是个大镇，把那里攻下来，在全县能产生很大影响。"田勉旃表示赞成道。

　　"龙家寨的警察有几十条枪，就怕难攻哩！"王和甫有些担心。

　　"没问题，我们有一二千神兵，还怕对付不了那几十个警察吗！"刘巨川拍板道，"田勉旃你就率部先进攻，我第二天来接应。"

　　"行！有这么多神兵，龙家寨一定拿得下来！"

　　田勉旃说罢，就应允率部先去围攻。

　　第二天上午，各路神兵即按指定的地方来到了龙家寨附近的把子河一带集结了。

　　此时，只见龙家寨镇内一片冷清萧条。本来，这个寨子是永顺北面一座有名的古镇，近来只因传闻神兵来围攻，各商家就纷纷关门闭户，居民也都躲了起来。驻守在镇内的武装人员，一个个都提心吊胆，恐慌不已。这些武装人员共有三部分人，一部分是乡公所的乡丁，约有一二十余人；另一部分是镇警察队的警察，约有四十余人，其住地在"田财神"家中；还有一部分是在龙家寨摧粮收税的省"湘警队"的警察，约有十余人，其中有挺机枪，驻地在龙家寨禹王宫小学校园内。

率领神兵进攻龙家寨的田勉旀，对镇内守兵的情况并未摸清，他自信人多势众，攻下龙家寨应无问题。当众神兵集结后，他即在一面黑旗下念一番《金光咒》咒语："天地玄宗，万气本根。广修万劫，证吾神通。三界内外，惟道独尊。体有金光，覆映吾身。视之不见，听之不闻。包罗天地，养育群生，受持万遍，身后光明。三界持卫，五帝司迎。万神朝礼，役使雷霆。鬼妖丧胆，精怪忘形。内有霹雳，雷神隐名。洞慧交彻，五气腾腾。金光微现，覆护真人……"

念毕，接着授符，即把书符的黄纸折叠整齐，装进三角形小布袋，用细绳系在颈上，垂在胸前，这就叫"护身符"，人人都须佩戴。

授符完毕，田勉旀又向佛神念呈词："今众身处世俗，念欲归道。请求神灵，接了我身。诚心皈命，依教奉行。如若违背，五雷劈身。打不进，杀不进，钢刀一举，枪炮化飞尘……"如此念完，田勉旀即向众神兵发令道："出发！"

神兵们迅即拿起大刀，口里大声叫道："枪打不进，刀砍不入！"一个个从河那边越过澧水桥，蜂拥着直向河这边的龙家寨镇冲了过来。

此刻，在街上正探听动静的乡丁"疤老五"和"四麻子"，见势不妙慌忙撒腿就跑。四麻子跑得快，侥幸跑脱了。疤老五慢了一步，几个神兵撵着他追，他掏出短枪，瞄也不瞄，急忙向后直扣扳机，枪声响过，却一个也没打中，而一个神兵赶上去，大刀一晃，疤老五的脑袋就歪在了肩上，很快倒下地来。另几位神兵赶来，又是几刀，将他的肚皮划开，肠子也流了出来。接着，众神兵迅速攻进乡公所内，又将"覃司爷"、"大野猫"、"小野"等乡丁砍死了。乡长向泽生从后墙吊绳子下来，然后沿墙根跑出外到李家寨躲了起来。

神兵攻下乡公所后，转而将禹王宫和田财神家又包围起来。禹王宫内有一百多名小学生，湘警队凭高据守，神兵刚挨近，一排子弹射来，神兵便倒下了四五人。其余人便不敢再贸然进攻了。

驻守田财神大院的警察队开始被神兵包围时，一个个都很慌忙。因为这个警察队是临时招募的人员，有的连枪都不会使。警察队长黄麒是县长黄颖川的兄弟，平时未经过严格军事训练，更未打过仗，此时遇到危急局面，心里不免更加紧张。但他手下有个周班长却很沉着，他安慰黄麒道："神兵没有钢枪，怕什么！他们吹嘘刀枪不入，等会儿看我放他几枪，看打不打得死！"

　　果然，等冲锋神兵靠近院子时，周班长站在墙头，一枪一个，接连打死了几个神兵。

　　"神兵打得死呀！"众警察唏嘘大叫着，遂都鼓起勇气一起开枪射击，将那进攻的神兵打死了十多个。在后督阵的神师田勉旃，眼见神兵牺牲太大，只得下令暂停进攻，众神兵于是将田财神家包围着，也不冲锋。就这样，警察被封锁在院子里出不来，神兵堵在院墙外也攻不进去。双方即开始了一种僵持局面。

　　当日晚上，驻禹王宫的湘警队，在机枪的掩护下，撤离了禹王宫，来到田财神家，与警官队的人合在了一起。

　　第二天上午，刘巨川闻讯龙家寨久攻不下，又带上百名神兵亲来助威。永顺县长黄颖川，此时接到龙家寨逃出来的一个马夫报告，得知神兵在攻龙家寨，立刻派县警察中队长曹子西率百余警察增援来了。双方冲杀一番，神兵毕竟缺乏武器，最后不得不在夜里撤走了。

　　攻打龙家寨失败后，刘巨川、田勉旃、王和甫等神师当即都逃往外地躲了起来。不久，县府派兵来围剿，凡是闹过神兵的村寨都遭到了烧杀掳掠，许多当过神兵头目的人都被捕杀。一场波及永顺10多个乡的神兵暴动起义，就这样被扼杀了。

　　再说彭叫驴子到沙坝一带隐蔽一段后，把趴壕的弟兄召集起来，在永桑边界又开始了活动。一日傍晚，从永绥脱逃的梁云卿忽然来到沙堤，在一个农民家里与彭叫驴子相会了。彭叫驴子当即惊问他道："你被招编去了，为何跑了回来？"

　　"那是个骗局！"梁云卿眼圈一红道，"我们去的弟兄当头儿的都被傅仲芳捕杀了！"

　　"什么？都被捕杀了？这么说，潘月樵、黄泽基都被杀了？"

　　"是啊！那天凌晨，我们一屋子睡的20多个弟兄，全被乱枪打死了。我是跳窗及时才跑出来！"

　　"嘿，傅仲芳这个臭王八蛋！把我的骨干都搞尽了！"彭叫驴子痛苦之极地揪着头发。

　　"傅仲芳下令，还在不惜血本要捉拿你啊！你一定得当心！"梁云卿提醒说。

　　"他们找不到我的！"彭叫驴子道，"迟早有一日，我要东山再起，那时抓住了傅仲芳，我要剥了他皮，为我们的弟兄报仇。"

"眼下我们还要忍耐，国民党清剿部队还没撤走，咱们应该继续趴壕。"

"永顺我们已呆不下去了。"彭叫驴子道，"听说神兵最近暴动也没搞成功。咱们应该赶快转移。"

"转到哪去呢？"梁云卿问。

"我想只有转到桑植八大公山去，那里地方宽阔，活动余地大，清剿部队一时注意不到，你看怎么样？"

"行，那地方倒是个趴壕的好地方。"梁云卿赞成道。

"那就这样定了！你赶紧把你手下分散的人员都收拢来，我们好一起转移。"

梁云卿领命，即暗中通知所属部下统一集中，其他各支队一些趴壕的人员也都奉命归队。在集聚了五六百人枪之后，彭叫驴子便将队伍缓缓拖往桑植的八大公山隐蔽去了。

第十六章　柯溪毙命

1. 大义收叛将

寒冬过去，春天又到。当里耶河边的柳树绽出新芽时，瞿伯阶象冬眠的蛇醒来一样，又开始回家乡二所一带活动了。此时，八十六军已经撤走，龙山只留了候振汉一个团在地方驻军。

二所乡是瞿伯阶的老巢，他一回来，便有许多趴壕的弟兄又纷纷集聚到了门下。瞿伯阶取出一些埋藏的枪支，重新将他们武装起来，接着将队伍拖到河东三堡，与瞿波平和向敬海所带的一、三支队的弟兄汇合了。瞿伯阶为此感到十分高兴。因为瞿波平保存了一支队的骨干实力，有百余人枪。

队伍相聚后，瞿伯阶命人在河东三堡的一处山野里堆起几堆篝火，然后将从村中或买或抢来的数百只鸡烤得香喷喷的，大家边啃烤鸡边商谈。

"波平，你这几个月难关是怎么渡过来的？"瞿伯阶见面就拍着他的肩问。

"我们吃了不少苦头哇！"瞿波平眼圈一红说，"这几个月我们到处流动，和八十六军兜着圈子，因为敌人搞并寨封锁，我们常常挨饿受冻，有的脚趾头都冻烂掉了。后来我们跑到桑植八大公山，找到一个无业游民张青，给他十条枪，请他联系发展了八十多人枪，并和五道水一个乡长拉好关系，才在当地隐蔽下来，住了两个多月。听说八十六军走了，我们才回龙山二所。前日听人说你到了河东三堡，我们便又找到了这里。"

"好！你们能坚持下来就是了不起的胜利！"瞿伯阶道，"吃得苦中苦，方为人上人。人在吃苦的时候，只要咬紧牙关就能挺过来。你看，现在难关已过，八十六军调走了，我们又可以大干一场！"

两人正说着，原特务大队的一个分队长王家池带了二十多人，又到了河东三堡。瞿伯阶又高兴地向王家池道："你这几月跑哪去了？"

王家池道:"我本来在古道溪趴壕,不料被当地人出卖了。被国民党军抓了起来。后被我侥幸跑脱了。八十六军走了以后带着弟兄杀回古道溪,将那卖客和二十多个族人都干掉了!也算报了一仇,出了口气!"

"你怎么能杀那么多人?"瞿伯阶道,"岂不杀了些无辜百姓?"

"我不给他们点颜色看看,他们不知道厉害!"

"嗯,以后注意莫乱杀人就行!"瞿伯阶又道,"你们都挺过来了就好,在特殊时期,错杀人也是难免的!"

瞿伯阶对王家池的凶残乱杀并不指责,他觉得此时正是用人之际,不能挫伤这些弟兄的锐气,所以还重用他当了警卫营长。

又一傍晚,彭猴子忽派一护兵来到河东三堡,找到瞿伯阶说:"彭支队长想归队回来,不知司令官愿不愿收留他。"

"不行,不行!他跑来我一炮打他成两截!"瞿波平愤愤地说。

"怎么回事?"瞿伯阶忙问缘由。

"你不知道,这人就是反复无常!"瞿波平回道。原来,彭猴子在去年分散趴壕后,一度经受不住国民党威胁利诱,有段时间投了诚,并被国民党封为剿匪队长。但是国民党对他并不信任,利用他一段后,又设计剿灭他,他在无可奈何之时,又只得回过头来,想投靠瞿伯阶。前些日子,他曾到老兴找到瞿波平的妻子田四妹,欲要她出面帮忙联系瞿波平和瞿伯阶。田四妹对他说:"对不起,彭队长,我有句话要讲,你莫生气!俗语说:'要得梁山灭,除非贼杀贼!'你说你对不起大哥,你又要出卖大哥,那叫大哥怎么容得下你呢?你要仔细考虑!"

彭猴子说:"我知道我错了,大哥是宽宏大量的人,我和大哥分开不得,求他再原谅我一次,我一定跟他好好干。"

田四妹答应给瞿波平转告一下,可是瞿波平听了他的情况后,坚持不容他回来。彭雨清没有办法,只好又派人来找瞿伯阶。瞿伯阶想了想,即对瞿波平道:"不要紧,只要他肯拢来,认了错,我们还是要原谅他!"瞿波平见瞿伯阶表了态,也就只好不再反对了。那位护兵随即回去,把瞿伯阶的态度告诉彭猴子,彭猴子即率二十多人来到河东三堡,与瞿伯阶又汇合了。瞿伯阶再次原谅了彭猴子的过错,并重新任命他当了一个支队长。

2. 杀父之仇未报时

在河东三堡住过几天,瞿伯阶将队伍又拉到四川酉阳,与杨树成的队伍再次合了股。几股队伍汇合，又有了四五百人枪。

瞿伯阶的队伍又渐拖大之时，有一天，驻扎在来凤白福司乡的八十六军侯振汉团长忽然派人送了一信来，信中写道："我们彼此交道已久，去年八面山之战后，我算你是搞不起来了，想不到现在你又出了头，我真的佩服你。八十六军调走了，我也要调往恩施。你的儿子现还在我身边，希望你接回去。但是有个条件，只要你把龙山策动去的两梃轻机枪和二十几条步枪归还给我，你的儿子就退你。"

瞿伯阶看罢信，一时陷入了犹豫中。原来，半年多前，侯振汉团驻守龙山县城时，他通过收买手段，将侯振汉团驻在郊区的一个排的人枪策反了过来。如今，侯振汉提出用这些人枪来换他的儿子，他想了想，觉得有些棘手，遂征求幺妹的意见。幺妹急切想接儿子回来，忙对他建议道："你就依他的条件吧！给他把枪送去，只要能接回儿子，几根枪算什么！"

"不！我想孩子在他那里住了那么久，说明他不会加害我们的孩子。这些枪可以不交他！"

"那我们的孩子怎么办！"

"以后会有机会接回的！"

瞿伯阶如此分析后，也不顾幺妹的意见，就回了一信道："你去恩施，如不便带走我的儿子，就放他回来。你所提的条件不能照办。枪现不在身边，暂时不能还给你。我是儿子的生身之父，你是他的养身之父，我有骨肉之情，你有养育之恩，将来儿子长大，定会感恩图报，将他送回或带走全凭于你，有机会我们还会见面的。"

侯振汉接了此信，只得又客气地写了一信说："你的儿子暂时还是由我带去吧！我负责抚养，只是你现在年纪已经老了，将来父子恐怕不易见面，嫂子或者还可以见到。"瞿伯阶看了此信，仍不为父子之情所动，儿子也就由侯振汉带走了。

儿子不能赎回，幺妹感到十分伤心失落。瞿伯阶一再安慰她，说是一定还有机会接回儿子的。

瞿伯阶率部继续在湘鄂川边境一带流动。一天，队伍来到老寨附过，瞿伯阶带了几个人来到王青家，想去看看寄在这里的老父亲，王青见瞿伯阶到来，神色很不自然。瞿伯阶说："我父亲在你这里过得还好吧？"

"瞿司令，很对不起哟！"王青慌忙说，"你的父亲开始住一段还好好的，可有一天，他说要出门去，结果一去就没回来了，把我急得要死！他老人家年纪大了，精神也像不怎么好！一天唠唠叨叨的！"

"这么说他失踪了！"瞿伯阶信以为真，他表示理解道，"我父亲神经是有些失常，他会去了哪里？"

"这我就不知了！"王青又道，"都怪我没把他老人家照顾好！"

"算了，算了！"瞿伯阶道，"这也不能怪你！你只帮助留心打听，若发现我父下落，还望来告我一声。"

"那当然！我若看见到了，就马上给你送回！"王青忙应允道。

瞿伯阶没见到父亲，也就很快离开了老寨。过了数日，在他身边的一位勤务兵王小三悄悄告诉他道："那王青撒了谎，你父亲被他勒死推进了深山的天坑内。"

"你怎么知道的？"

"他的媳妇告诉我的，我与他家媳妇关系好！"

"原来是这样！"瞿伯阶顿时怒不可遏，立刻下令特务队去抓王青，要活剐了他。可是王青却闻风而逃了。瞿伯阶又悬赏几百两鸦片捉拿王青，并到处搜寻其下落。过了一个多月，王青被逼得无处躲藏，竟自动投上门来向瞿伯阶下跪道："瞿司令，我向你自首来了！以前我是向你撒了谎，你父亲是我杀死的，我坦白！"

瞿伯阶喝问他道："你为何要杀我父亲？"

"因为八十六军在我们寨里，他们规定，谁家窝藏土匪，一律杀无赦。我那时感到很害怕，就把你父亲勒死丢到了天坑里！我自知罪孽深重，现在你要剐要杀我，怎么都行！我认罪！"王青老实坦白作了交代。

瞿伯阶这下倒不作声了。他细想了想，王青这回算是说了真话，而且他自动来投案了，心里的气也就消了大半。再说父亲死了，也无能挽回他的生命。他于是对王青道："你既然坦白了，我也就不追究你了，你也是出于害怕才这样吧？这事就饶恕了你，你快走吧！别让我再见到你！"

王青没想到瞿伯阶竟如此宽宏大量不报复他，忙叩头感谢道："瞿司令海量容人，我没齿不忘！小人万谢了！"说罢，就赶紧爬起身走了。

"你怎么把他放了，连父亲的仇都不报？"瞿波平当即问。

"他杀了我父亲，我哪真的不想报仇？我是为大家，为部队发展着想而容忍着。再说，一个人小肚鸡肠也成不了大事。"瞿伯阶的这种能容人的大度气量，使得部下们对他也更敬重了。

3. 趴壕八大公山

　　瞿伯阶的队伍拉大之后，国民党又派了四川部队潘文华的三个师来湘西剿匪。潘文华的部队是杂牌军，战斗力不强。但是杨树成开始主张避敌锋芒，瞿伯阶也有顾虑不敢与川军打。一天中午，瞿伯阶率部在河东三堡正商议撤退时，川军一个团突然扑过来。瞿伯阶沉着指挥，让各支队坚守山头阵地。川军接连几次冲锋都被击退了。打到下午四点左右，一支队长瞿波平反守为攻，下令出击，将川军一直赶了几十里路，杨树成指挥的二、三支队也发起冲锋，把川军的这个团彻底打垮了。战斗结束，总计共缴获了机枪十三挺，步枪七十多支。这一仗获胜后，瞿伯阶大大增强了信心。他觉得川军并不怎么厉害，于是决心留下来对着干。不久，瞿伯阶又获得一情报，驻二所乡滑石板的川军一个营没修工事，防守不严，便率部乘机奔袭几十里，在一个拂晓包围了这个营，一举俘虏了川军两百多人，营长也被擒获了。共缴了九挺机枪，一百七十多条步枪。

　　川军吃了几次亏，又集中大部队来进行追剿。为避敌锋芒，瞿伯阶部向龙桑边境撤退。转移之前，他将田幺妹与孩子崇敬又寄托到了来凤漫水乡金珠宝寨的一个农民家里。一天上午，一队川军来到这个寨子，将田幺妹和孩子又抓了去，并押解到潜江县监狱看守了起来，这是幺妹的第二次坐牢生涯。瞿伯阶与田幺妹分开后，不久到了桑植卯子垭。其时遇一个姓潘的团长带着两个连的川军在此驻守。瞿部一个冲锋就将该部打垮了。当场共俘虏一百余人，又缴获了六挺机枪和五十多条步枪。

　　在猫子垭获胜后，瞿伯阶正要率部开拔，忽有一个穿便衣的汉子来到司令部，两腿一并报告道："瞿司令，我是彭指挥官的警卫队长彭传宗，他派我来接你到八大公山去！"

　　"啊，彭春荣上了八大公山！"瞿伯阶高兴地握了握彭传宗的手道："我们此来正要找他！你就快带我们去吧！"

　　彭传宗随即当了向导，将瞿伯阶部引至一座高高的大山中，在一个密林深处的茅屋中见到了彭叫驴子。

　　"原来你躲在这里！"瞿伯阶哈哈笑道，"我一直找你不着，还以为你搞不起来了！"

　　"我受的损失惨重啊！"彭叫驴子沉重地说："我的上万人马，搞得只剩几百人了，乌龙山一仗，伤了我的元气！现在不能不避避风头呀！"

"你不要灰心嘛！"瞿伯阶道，"胜败乃兵家常事！只要我们坚定信心，我们一定还会有出头之日！"

"人走到这一步，当然要干到底啰！"彭叫驴子又道，"现在，我们要积蓄力量，等待时机，我想在这里多待一待，这地方比较偏僻安全，你就一块住这里，到时我们再一起行动嘛！"

"好！很好！"

瞿伯阶道："我们可休整一段时间。咱们多总结一下经验教训也好嘛！这一年多来，也不知你是怎么挺过来的？"

"我在乌龙山被打垮后，与永顺一支神兵联系，和官府又对抗了一段时间。去年2月，我的几个部属被骗去谈判招安，结果在花垣被杀了。副指挥潘月樵，支队长孔圣武、彭绍春都遇害了，国民党的招安受编不可信，我从此决不再上其当了。官军现在一直视我为心头大患，永顺县还驻有不少国民党正规军，我是被逼无奈，才跑到这八大公山来趴壕的！"

"没关系，没关系！"瞿伯阶对他打气道，"国民党正规军很快要开走的，那些川军也不可怕，我最近还胜了他们几仗哩！再说，现在抗日胜利了，国民党和共产党又打起了内战！双方在全国都在抢占地盘，国民党的主要对手是共产党和解放军。他们会顾不上与我们地方势力作战，只要国民党大部队一开走，我们就可以去大干一场了。"

"好！骑驴看唱本儿，走着瞧嘛！到时哪一方得势，我们就投奔哪一边！我相信过几年全国的局势还会大变的！只要我们把队伍拖大起来，在这乱世，总会有一席生存之地的！"

两人如此谈毕，瞿伯阶就决定在八大公山暂住了下来。

4. 猛虎下山被犬欺

八大公山山势很高，地方宽阔。瞿伯阶与彭叫驴子的1000余人的队伍隐蔽在此，几乎也见不到什么痕迹。

住了约十多天时间，瞿伯阶便坐不住了，他找着彭叫驴子又商量道："春荣，我们还是下山吧！久困在这里也不是办法！"

彭叫驴子道："这地方富足，山上有的是苞谷粮食，又盛产天麻药材，这天麻是补品，你多吃点养养身子，怎么住不惯呢？"

"不是住不习惯。"瞿伯阶说道，"我们只有拖队出去，才有出头之日。"

"恐怕国民党正规军还没撤走哩！你急什么？"

"据我所了解，现在只有川军了，而川军是不足怕的！他们是杂牌军，不经打！我们和川军交过几次手，知道这个情况！"

"可是我眼下还是不想走。"

"为什么?"

"我老婆请人算过命，说我现在不宜出头。所以我想还等待一段时间！"

"唉，你怎么信这算命先生之言，他们多半是算不准的！"

"我再考虑考虑吧！"彭叫驴子说。

瞿伯阶一时没说动他，遂又找到彭叫驴子的老婆周纯莲说："周纯莲，你和彭春荣当初是怎么认识成亲的呀?"

周纯莲道："我们是表兄妹，亲戚关系嘛！他看上我，就要求我，我们就成亲啦！"

"他比你年纪要大点吧?"

"他是属虎的，我是属鼠的，他比我大6岁！"

"你们俩很般配呀！彭春荣对你一定不错。"

"他为人是好，就是脾气犟，不然人家怎么称他'叫驴子'！"

"好男人是钢，怎能没有脾气！个性犟说明为人执着，他想要办的事就一定能办好！"

"是啊，他就是这么个人！他想要干成的事，谁也拉他不回。"

"你能找到这么个男人，也就是命好嘛！"

"命好不好? 谁说得清?"周纯莲扑闪着眼睛又道，"我们现在嫁的是玩枪的人，等于把命押在你们男人裤带上，让你们提着跑，谁知道将来会是怎样一个结果?"

"做女人嘛，就是嫁鸡随鸡，嫁狗随狗。"瞿伯阶说，"你担忧那么多干啥！只要男人干好了，就少不了一份福气嘛！"

"我们不想多大福气！只求平平安安就不错了！"

瞿伯阶又道："你们在这地方住了几个月了吧?"

"有两三个月了。"

"久住你不感到厌?"

"厌又怎么办? 反正没好处去！"

"我们转移到别处去，换换地方也好呀！"

"不行！我请算命子给彭春荣算过，他现在还不宜出行！"

"为什么?"

"算命先生说，他是属虎的，今年是狗年，虎与狗不相容。狗在势头上，虎就要注意，要不就会虎落平川被犬欺。所以今年彭春荣不宜多动，要等过了三、五、九月，才能出头。"

瞿伯阶道："算命先生的话也不一定说得准。再说，现在是四月，出去问题不大。等到了五月，再找个地方去隐蔽吧！"

"这事你还是跟彭春荣去商量吧，我一个女人家也不能替他作决定！"

"不，你们是夫妻，统一认识也很重要呀！我看咱们还是把队伍早拖出去，发展壮大实力才有希望！"

"好，我可以跟彭春荣说说！"周纯莲应允帮助游说了。

过了数日，彭春荣终于被瞿伯阶说动了心。他决定率众随瞿伯阶一起，经桑植、永顺向龙山挺进。

5. 殒命柯溪秘不发丧

4月18日，瞿伯阶与彭叫驴子率一千余人队伍，从八大公山经蹇家坡到了桑植陈家河，在此与国民党一六三师陈兰亭的部队激战了一阵，随即向慈利、石门方向撤退。走到慈利南竹溪一带，复又经桑植折回大庸，从桥头罗水到达温塘，在温塘宿了一晚。4月22日清早，瞿伯阶与彭叫驴子率部从温塘徒步涉过澧水，来到永顺麻阳坪，在一个油栈吃了早餐。油栈的一个老板对瞿伯阶说："前面就是柯溪，上面的云朝坡、包包山、索利包都修了碉堡，有人驻守！你们过这山去要小心啦！"

"看来，我们只有攻下碉堡才能过去！"瞿伯阶说。

"不，这里都是本地人！打碉堡会使老百姓吃亏，我们只要讲清借道过去，他们会同意的！"彭叫驴子自信地说。

从麻阳坪过去，经过柯溪，只需两三个小时即能到达石堤西。彭叫驴子原计划回家乡看看，所以选择了这条近道。

在油栈吃过早餐，队伍又开始前进。走了一二里路，迎面即到柯溪。这时前面响起了枪声。"指挥官，有人开枪，打不打？"走在前面的一个小队长喊叫着请示道。

"别打！我来看看！"

彭叫驴子让队伍停下，作好隐蔽。自己则跑到前面，想观看一下地势。此处是一个朝天坡，约在300米开外的坡上，有一处十几栋房屋的寨子，寨上修筑有一个碉堡，刚才的枪声，即是从碉堡里射出。原来这碉堡里住着保长向桐山，他清早听说有土匪来过山了，估计是彭叫驴子的队伍，忙命手下人守住碉堡，当彭叫驴子的队伍一露头，就开枪向山下射击了。那彭叫驴子对此情况毫无所知。他这时站在一个农家菜园的枇杷树下，一只手撑着枇杷树，向山头碉堡内的人喊话道："喂，你们不要打枪！我们只借道过路，不会打你们……"

话未说完，碉堡里一排密集的子弹射来，彭叫驴子的胸部忽然中了一颗子弹，他一手捂着胸部，口里直骂着："狗日的，这一炮打得好，这一炮打得好。"说着，头一歪，那只撑树的手无力的滑落下来，整个身躯就栽倒在枇杷树下。

"指挥官，指挥官！"几个侍卫忙上前扶住他，将他迅速背出危险地段，放到了柯溪一栋民房的屋角边。

侍卫们紧忙检查他的伤势，发现他的左胸乳部已被击中，鲜血渗满了他胸部。一件白色内衣和蓝色便衣都染成了红色。他的脸渐渐变成了青紫，瞳孔也变色外凸了。

"指挥官，指挥官！"众护卫急切地悲叫着，但彭叫驴子却没了一点气息。

"天啦天！我的春荣，你不能死呀！"背着一支左轮枪的周纯莲闻讯跑上前来，趴在丈夫的尸身上开始放声悲哭。

"快，快去报告瞿司令！"支队长黎世雍忙对一卫士吩咐。那卫士匆匆跑到队伍后面报告道："瞿司令，不好了，彭指挥被打死了！"

"什么？彭指挥被打死了？"瞿伯阶简直不敢相信卫士的报告，该没弄错吧？他随那卫士走到前面屋角，果见彭春荣倒在地，众人正围着他的尸体恸哭。

瞿伯阶蹲下身，拉开彭叫驴子的衣服看了看渗血的伤口，口里又叫了几声："春荣，春荣！"见彭叫驴子竟无反应，乃知彭叫驴子确已被打死。心中顿时亦泛起无限悲痛。然而，此时他却只强忍着吩咐大家道："你们莫慌，不要声张！"说罢，叫人拿白布来，将彭叫驴子的尸体裹了，上面再盖了黄油布，准备命人抬走。

接着，瞿伯阶又问支队长彭传宗道："我们不走云朝坡，可不可以过去？"

"可以，但要绕点路！"彭传宗回道。

"那我们就另走别的路吧！"

彭传宗又道："指挥官被打死了怎么办？不能就这样算了，我们要把这寨堡打掉，为指挥官报仇！"

瞿伯阶道:"老弟,不行啊,不能打!这寨堡只有几十条枪,打掉它没有什么好处。我们起码还要几十个人的代价去换。指挥官被打死了,这仇是一定要报的,君子报仇十年不晚,小人报仇只在眼前,咱们还是走吧!"

彭传宗听罢这话,想想也有道理,随即听从了瞿伯阶的劝告,就率部绕道往赛香山大山撤了去。临走还气愤地烧了柯溪刘家大屋。当晚到达赛香山中,在一个庙里歇宿了一晚。是夜,暴雨如注,众人都沉默无言。只有周纯莲守在彭叫驴子的尸体旁,仍伤心恸哭不止。大家这时不断劝她,要她想开点,莫哭坏了身子,她却嘤嘤哭道:"他不该出山太早啊!我真是好后悔啊!"

瞿伯阶安慰她道:"人已死了,哭亦无益。现在咱们还是商量一下,你看把他葬在何处为好?"

周纯莲道:"把他送回老家吧!"

瞿伯阶说:"送回去安葬,目标太大,让敌人知道,还放不过他的坟哩!"

"那就另选个地方。"周纯莲答应了,"瞿司令你不信算命先生的话,现在果然应验了,呜呜,我命好苦啊!"

于是,第三天,瞿伯阶又命手下将彭叫驴子的尸体直抬到永顺与龙山交界的正河,下午才在老百姓家找到一副棺材,将彭叫驴子尸体抬到一处山林中安葬了。

第十七章　又上连环套

1. 万山皆我家

葬毕彭叫驴子，天快黑了。周纯莲趴在坟头痛哭了一阵。瞿伯阶这时劝他道："别哭啦，你要保重身子！为彭指挥官保住骨血，生个儿子，将来就可报仇。"

周纯莲止住哭道："你们走吧，我在这里还要守守坟，他太寂寞了。"

"不，这里你不能久待！"瞿伯阶道，"国民党的清剿部队还在到处寻找我们，咱们要赶快转移，不然会被发现的！"

"你准备朝哪儿去？"

"我想还是把队伍拖到龙山二所乡去，永顺不能再呆了。"

"那你去吧！我不会去龙山的。"周纯莲道，"我的队伍愿跟你去的，你都可带走，不去的就让他们散伙。"

"也行！"瞿伯阶道，"你的身边可多留点人，其他愿去龙山的我很欢迎，不愿去的就不勉强，任其自便。"

如此商定之后，瞿伯阶便把彭部的黎世雍、彭传宗、梁云卿等支队长召集在一起，谈了他的想法。结果，几个支队长都不愿把队伍拖往龙山，瞿伯阶只好率自己的队伍连夜离开了正河。黎世雍、梁云卿、彭传宗等人也各自散了伙。彭传宗回了他沙溪老家，不愿再拖队了。黎世雍、梁云卿各率队伍去了永桑边界一带隐蔽活动。周纯莲身边只剩了大队长彭芹生、刘云卿等五十余人。

大队伍散走后，周纯莲在正河一农户家还住了一个晚上。第二天早上起来，彭芹生匆匆进屋报告道："嫂子，不好了，我们得赶快转移，清剿队追踪来了。"

"来了多少人？"

"估计有一个团，上千人。"

"那就走吧，避开他们。"

周纯莲随即走出门来，带着众亲信迅速离开正河直向桑植八大公山作了转移。

一行人前脚刚走，一个团的国民党清剿部队就开到了正河寨边。该团属于一六三师陈兰亭的部队，团长姓张。他是奉师部命令从义安乡一路跟踪追击而来的。

"报告团长，正河寨已搜索完毕。"特务连王连长报告道："这村中老百姓说，昨晚土匪还住在这里，今日一早已不知去向。"

"又走了？这些家伙真比兔子还溜得快。"张团长摸摸头道，"那些老百姓知道土匪去的方向吗？"

"他们不知道，但是村里人说，土匪在这里买了一副棺材，把一个土匪头目埋葬了。"

"啊，这土匪头目会不会是彭叫驴子？"张团长一下来了兴趣，"赶快把这处坟墓找到，把那尸首挖出来。"

"是！"王连长双腿一并，立刻奉命执行任务去了。

半小时后，王连长率部在一处山林中找到了那处新坟，经过挖掘打开，见这棺木中果然葬有一具尸体，其尸被红绫包裹着，里面穿着青布内衣。尸体尚未腐乱，胸部还有枪伤印痕。

"这恐怕就是彭叫驴子。"掘尸的士兵纷纷议论。

王连长派人请了张团长来查看尸体。张团长过去没有见过彭叫驴子，此时也不能断定死者身份。但他估计死者十有八九就是彭叫驴子。因为五官乡乡长向绪武曾汇报称："匪股自柯溪激战后溃向寨香山，在义安乡属麻里坳、罗塔坪早餐后，将该地人覃世绪绑去，挑夫送至烟竹山歇宿。覃世绪乘夜昏逃去。该匪等一路号哭'指挥官'，情甚悲切，确系彭叫驴子于柯溪战役身受重伤毙命是实。其尸首用红绫缠裹，由烟竹山沿龙家寨抬去。特将王光武所得确情，呈报钧所鉴核"云云。

"把他的头砍下，送转来凤去核查！"张团长随后下令道。

几个士兵遂将彭叫驴子的头砍了，用竹笼装着，就送往来凤摄取了照片，然后呈永顺认得彭叫驴子的人去辨认，结果，认得的人都指证这照片为彭叫驴子的首级无疑。

又过数日，第八行政督察区专员公署又接到桑植县警察局长张乐送呈的一份审讯报告。其中的供称如下。

讯问笔录：民国三十五年六月七日。

问：姓名、年岁、籍贯、职业？

答：陈钧化，四十二岁，桑植达泉乡第十保一甲叶家桥，农民兼染匠。

问：彭叫驴子的队伍在何处把你捉去的？

答：在慈利南竹溪捉去的。

问：你到南竹溪做何事？

答：关团长叫我送信给李团副。

问：他把你捉到以后，他对你说什么没有？

答：他问我军队扎在哪里？说我是探子，遂将我捆起解送见指挥官，但指挥官是否即彭叫驴子？我不认识。

问：你见了指挥官怎样？

答：指挥官同样问军队驻扎地点，叫我说实话，允许不杀我。

问：他后来为何又要你抬轿呢？

答：走到车路湾，发现了军队。他说我没讲实话，所以叫我抬轿子，恐怕我逃走。

问：指挥官年纪有多大？有什么特征没有？

答：大约三、四十岁，面上右下颚有一颗大黑痣，脸是尖尖的样子，身体高大。

问：你怎样认识他是指挥官呢？

答：我听他们都喊"指挥官"。同时，到桥头的时候，碉堡上发生枪声，前面又喊"指挥官"。于是，他在半坡上下轿，指挥某支队打这边，某支队打那一边。

问：你一共给他抬了几天轿？经过哪些地方？

答：抬了三天。经过桥头、罗水到温塘。

问：他被打死的地方，叫什么地名？

答：我只晓得温塘过河到麻阳坪上垭，过小沟登坡时发生枪声，前面又喊"指挥官"，报告有敌人打枪。他即下轿走了两三丈远，观察地形，忽然碉堡上响了几枪，即见指挥官当时倒地。什么日子我记不得了。

问：他倒地后怎样？

答：当时有几个女的男的围着哭。随即拿来一匹白布，叫我帮他裹。

问：指挥官穿的什么衣服？

答：未死之先穿的蓝色短便衣，以后又加了几件青布衣服才用布裹。

问：指挥官伤在何处？你看见没有呢？

答：我只见乳房旁有一个小洞，身上有点点儿血。

问：他打死以后的尸体葬在哪里？

答：当时没有葬，还是叫我抬起随队伍走。

问：你又抬了好远？

答：我又抬了上十里的地方，天色已晚，而且下大雨，就住在一个庙子里宿营。我看到他们都烤火去了，我就乘机偷偷地由山上滚下来跑了。

问：你抬指挥官一路经过的地方，遇到军队打过火线没有？

答：一连三天没有遇到军队。只有在桥头、麻阳坪碰上两处，自卫队响了几枪。

问：和你抬轿子的一共有几个呢？

答：他沿路抓人就换，只有我没有换过，我的肩上破了皮，痛得忍不住，所以才跑。

问：他们挑的东西多不多？一天吃几餐饭？

答：东西不多，但是饭不论餐，随时有随时吃。

问：你所见到的还有什么特殊情形没有？

答：只见他们沿路拉夫，沿路虏抢，在罗水过来的溪沟烧了一栋小茅屋，又在温塘打死了一个人。

被讯人陈钧化押

审讯者张乐记录者张凤鸣

通过各方面反复查证，彭叫驴子被打死的消息得到了确认。国民党清剿部队及地方官员们至此总算松了口气。但是，虎死余威还在，彭叫驴子的部属们仍隐藏在各地还没有被剪除。一六三师奉令仍要继续清剿，第八行政督察区专员张中宁亲至永顺大米界脚下之细砂坝，召集永顺、大庸、桑植三县县长、警察局长、警保科长及有关乡保人员，举行了最后一次清剿会议，决定集中全力，要把彭叫驴子的部属们一网打尽。

此时，彭叫驴子的妻子周纯莲率部藏在八大公山，连续几月东躲西藏，在山中风餐露宿，挨饿受冻，日子过得十分艰难。她又怀孕在身，行动十分不便。一天上午，一行人来到笔架山下，迎面忽见一个衣着褴褛挂着篮子的女人走了过来。

"徐桂英，你怎么到了这里？"周纯莲一眼认出她是粟明卿的妻子，连忙迎上前问。

"啊，周大姐，我找你们找得好苦！"徐桂英抓着周纯莲的手道，"粟队长被打死了，宋湘灵和吴队长都战死了，我装成叫花子讨饭才找到这里，没想到真找到了。"

"咱们到那边去谈谈吧！"周纯莲拉着她走到山林中一块岩石边坐下，就听徐桂英详细讲了一番粟明卿队伍的情况。

原来，粟明卿自与彭叫驴子分开趴壕后，自带一部分队伍到了永顺沅陵边境活动。有一天，宋湘灵经过沅陵准备下常德去，被粟明卿发现劝留下了。不久，在沅陵桐车坪一次和清剿队的遭遇战中，宋湘灵不幸中弹牺牲，粟明卿此后元气大伤，因摆不脱追剿，最后被迫应允招安受编，他的队伍被编进十三师三十八团，在开往湖北途中，粟明卿又暗中拖队跑了回来，到永顺郎溪乡车木垭时，不料又遭当地民团阻止。粟明卿冷不防被乡丁曹孝德用锄头打死。

粟明卿死后，徐桂英回到茶园乡里。吴应侯和罗秀福带了一支枪来到茶园，本想来保护粟妻，却又中了当地保长鲁碧臣的伏击，吴罗二人被打死，手枪被鲁碧臣缴获。徐桂英当即脱身逃走，经过数月流浪暗访，才来到桑植八大公山境内。

徐桂英讲毕实情，周纯莲久久没有吭声。彭叫驴子昔日的骨干们，一个个都完蛋了。作为他的妻子，脚下的路该怎么走呢？她已感到了十分的迷茫。

2. 压寨夫人才当家

秋雨绵绵，雾气弥漫。八大公山山中，到处一片湿漉漉的。

由于连续几月的趴壕煎熬，周纯莲身边已只剩三十余人。近几日来，断粮已持续3天了。众人一个个饿得头昏眼花。

"嫂子，咱们要找户人家搞点饭吃，不能饿死在这山里。"彭芹生建议说。

"你带两人去弄点吃的吧！"周纯莲道，"吃点东西，我们还是朝永顺转移，只有回家乡才好活动。"

"对，我们不能久困在这山里。"

"你去搞吃的不要惊扰百姓。"周纯莲又叮嘱道，"我这里有一匹布和10元光洋，你拿着，可找老百姓斛换点粮食。"

彭芹生接过周纯莲的布匹和光洋，即带一个护兵到了山下。很快在山坳里找到了一栋单家独户的茅棚屋，那里面住着一户姓张的人家。

"喂，老乡，你家有粮食没有？我们要买点。"

"你们是哪里人？跑到这儿买粮食？"姓张的农夫问。

"我们是做山货生意的，到这里来采购。今日饿极了，想找你家买点东西吃。"

"我们自己都断了粮，哪里有吃的。"

"你那炕上有两个老南瓜，我们给你10元光洋，卖不卖？"

"我真不想卖啊，咱自己都吃不饱！"

"你就行行好吧，我们把这匹布再加给你，怎么样？"

姓张的农夫看见彭芹生手中的布匹和光洋终于动心了："你们硬要，就卖给你们！"

彭芹生遂将光洋和钱给了他，就和护兵一起，一人抱着一个南瓜回到了山中。

靠着这两个南瓜，大家架上土罐煮熟后，狼吞虎咽地吃了一顿。

当天夜里，周纯莲便率部作了转移。第二天上午，一行人来到桑植利福塔乡境内时，正巧碰上前几日派去的侦探彭来喜。"周大姐，我正要找你报告！"彭来喜说。

"有什么情况？"周纯莲问。

"我到了永顺城，被湘警大队抓到了。周笃恭大队长给你写了封信，把我放出来，是让我好送信给你。"彭来喜说罢，即从怀中掏出了一封信来。

周纯莲接信一读，只见上面写道：

"纯莲妹妹，我与你是同族家门，如不嫌弃，我愿以你作亲妹妹。你的丈夫已死，众多骨干均已投降。我劝你也认清时务，接受招安，只要把枪缴完了，我可保证你的人身安全。"

"周笃恭写的都是些鬼话，我才不信。"周纯莲道，"他们要我投诚，没那么容易。"

"我想这事值得好好考虑一下。"彭来喜道："听说黎世雍也投降了！咱们也要划点后路啊。"

"你听谁说的，黎世雍投降了？"周纯莲感到一惊。

"我从塔卧来时，路上听人说的。"

"听人说靠不住！"周纯莲道，"黎世雍若投诚了，那我们到时再考虑。咱现在还是先到永顺三家田去吧。"

一行人便继续往前行。过了桃子溪、砂坝，前面即到了三家田。周纯莲这时只觉一阵肚子痛。众人忙用滑竿将她抬到三家田铁匠街后山上一个农家住下。到夜里，周纯莲感觉更难受了，她睡在床上不断地呻吟，那鼓起的肚子一阵痛似一阵，徐桂英和贴身女护兵唐妹一起守在她的身边，给她助产。

"周姐，你痛得很吗？只管使劲吧！"徐桂英安慰她道，"你这是生的第二胎，应该很顺！只要使劲，就会像挤包谷子的一下挤出来。"

"你说得倒容易！"周纯莲道，"我会痛死哩！我生第一个女孩还没这么痛过。"

"你那女孩现在放在哪里？"

"我那女儿改名换了姓，寄养在孔坪孔家，也不知现在长得怎么样了，我一年多没去看她。"

"这次回永顺，可去看望一下。"

"不行啊，我怕暴露目标，反而连累人家。"

"那就等一段吧。"

周纯莲说过几句，肚子又大痛起来。不一会儿，随着她一声撕心裂肺的喊叫，一个婴儿终于生下了地。徐桂英手脚麻利地为孩子剪断脐带，然后把孩子用布衣包了，口里说道："好家伙，生了个小子，真像彭指挥官哩！"

大家细瞧，只见那孩子头大耳长，嘴巴上还有一颗痣，真的与彭叫驴子一模一样。

"好，彭指挥官有儿子接班了！"唐妹高兴地说："这小子长大一定也了不起。"

周纯莲生了孩子，全身已虚弱得没了一点力气。但听说产下的是个儿子，她的嘴角又露出了欣慰的笑容。

一夜忙忙碌碌，众亲信为着产妇的安全而操累着。天亮时分，彭芹生、刘云卿等人又与周纯莲商议了一下行动问题。

彭芹生说："周姐，你现在生了孩子，行动不方便，清剿队只怕又会跟踪而来。我看为家人和孩子着想，咱们还是投诚去吧！"

刘云卿亦道："如今已难坚持下去，我也同意去缴枪算了。"

周纯莲想想没有别的办法，只好应允道："大家都不想干了，我们就去缴枪吧！回去做个老百姓也好，只要能保一条命。"

如此商议之后，众人便用滑杆将周纯莲抬着，然后前呼后拥地经大庄、石堤向县城走去。

两天后的中午时分，这一行人便到了永顺县城警察局门前。警察局长张炳坤见周纯莲率部投诚来了，急忙带着众警察到院内迎降。

"你就是周纯莲吗？欢迎你们来受招安。"张炳坤见面后客气地说。

"周队长给我写了信，要我接受招安，我听从他的劝告，把我的人马全部带来了。你们点一点，一共 39 人。"周纯莲说。

"好！好！只要缴了枪，我们保证你们的生命安全。"

张炳坤遂命一个副队长拿着名册，将周纯莲带来的人分别作了登记，然后将投诚人员押进了一个大仓内看守了起来。

住在仓库内又黑又暗，周纯莲只待一会就大声骂道："张炳坤，你们警察局怎么不通人性，我们讲好是受招安来的，为何要把我们关进仓库？"

"周夫人，请息怒！我这是临时安排你们住一下。"张炳坤道，"待我禀报县府和专署，会给你们再作安置。"

"你们要快点处理，我这些弟兄还等着回家去种田。"

"放心吧！很快会给你们一个处置。"

张炳坤说罢，果真就到县府和行署做了汇报。县长郑达和行署专员张中宁听说之后，立刻约湘警大队长周笃恭和保安团的曹振亚队长等人一起，一道到了警察局旁的大仓库边看望周纯莲。

张炳坤命人把仓库门板打开，然后对周纯莲说："周夫人，张专员、郑县长、周队长、曹队长来看你来了，你有什么话说，快请讲。"

周纯莲抱着孩子站到仓前说："你们这些当官的，把我招安来了，却关我到仓房里，太不讲人道，我有什么可讲的！"

"你别生气，你别生气！"张专员立刻回道，"住这仓房是不像话，行署里有几间空房，你把她弄到那里去住吧！瞧她还在坐月子，可不要虐待她！"

"对！对！张专员是很关心你的！"县长郑达也很热情地说，"你缴枪了，我们不会为难你的，会保证你的生命安全。"

周笃恭也安慰道："周纯莲，你还是不错嘛，我只写了一封信，你就听了我的劝告，看来，我是有缘要认你这家门做妹妹哟。"

"好哇！你俩还认了亲吗？那就更该关照了。"张中宁又道，"你只要不再拖枪，帮助把叫驴子的人都招收回来，就算一个功劳！"

"我们的人都召集来了！"周纯莲道："只有一个黎世雍，久久未联系，失去了联络。"

"啊，黎世雍的下落你还不知吗？他已投降被保释了，现在住在青天坪做了伙铺老板。"张炳坤解释说。

"那么，彭叫驴子的骨干就没有了。"

"不，还有一个彭传宗，是你的侄儿，他回了石堤西老家，你知道不？"

"他早就散伙回去了。"周纯莲道，"他对我说过，不愿再拖队了。"

"他还没来登记哩！"张炳坤道："我们会去找他。"

"你们什么时候放我回去呀？"周纯莲问。

"等你坐月子满月了，就让你回去！"郑县长表态说。

第二天，几个警察果然奉令将周纯莲送到了行署里住了下来，这行署的房子很宽敞。在里面住着，伙食也吃得不错，每天有鸡有肉，周纯莲就这样住了整一个月。这期间，郑达县长还经常来看望她，并给了她一些钱用。郑达为何特别关照周纯莲，原来，他怕周纯莲供出彭叫驴子以往与郑县长有过交情，而被疑为"通匪"。彭叫驴子与永顺县许多达官贵人都有过千丝万缕联系，大家也都怕牵连上身。故此对周纯莲都表现出了异乎寻常的关心和热情。在郑达县长的关照下，周纯莲坐满月子后，果然经两个商人担保，就被释放回了石堤西老家。其余亲信人员，也都被释放回了家去。

压寨夫人的传奇生涯从此中断了。

3. 赶仗毙命

傍晚时分，天空纷纷扬扬地飘起了雪花。这雪开始还是零星地散落着，雪花片也很小很小。渐渐地，随着一阵狂风卷起，气温变得更冷了。风过后，雪花便越飘越大，越飘越密。这样悄无声息地下了一夜，到早晨时分雪才停住。此时放眼望去，只见所有的山林、村庄、田野、到处都被一片厚厚的大雪覆盖着。

落脚在永顺青天坪街上做伙铺老板的黎疤子，一早起来，见到这雪白的世界，口里不禁叫道："好雪呀！这是个赶仗的好日子！"

赶仗，也就是打猎，是山民们十分喜爱的一种活动。在山区，下了雪后，那地上由于被雪覆盖，动物没有了觅食的地方，便会四处寻找。这时若带几只猎狗一赶，山中的动物会奔窜而出。打猎者乘机守住"卡子"，等猎物赶出，过卡时就会撞到枪口上来。

黎疤子年轻时就是个打猎的好手，拖队走上绿林后，也常隐蔽活动在山上，靠猎野物维持过生活。自从彭叫驴子死后，他率领一部分队伍活动在永顺桑植边境，由于国民党清剿部队的不断围追堵截，其部几个亲信骨干均被打死，在走投无路之中，黎疤子不得不缴枪投降了，并经县城绅士杨树仁担保获释，落户在青天坪乡做伙铺生意。黎疤子虽不拖队了，却还留着两支手枪没有缴，而想必要时可以自卫。谁知，这两支枪却给他带来了灭顶之灾。那青天坪乡的乡长杨先觉，获知黎疤子有两支枪没缴，暗中给石堤乡警察所所长黄鹏告了密。黄鹏认为黎疤子投诚不诚，决定采用暗杀手段将黎疤子除掉。他遂开出一百二十元光洋的奖励，要杨先觉去物色人刺杀黎疤子。杨先觉回到乡里，立刻与乡丁杨智、杨明、李悦生等人作了商议，决定以打猎为名，把黎疤子邀出来，然后由李悦生见机下手开枪把黎疤子打死。计谋停当，这日早上，杨先觉即带几个人来到黎疤子伙铺前说："黎队长，听说你枪法准，会打猎，咱们今日上山赶仗去，搞点野味吃，怎么样？"

黎疤子说："好，我正想赶仗去！打几只麂子和兔子，我开店子也不要买人家的野味了。""好，咱们打到麂子了，就在你店里来打平伙。"

"那我就去赶脚，你们几位守卡。"黎疤子道。

"行，你去赶脚吧！"杨先觉应允道。

几个人说罢，遂各自开始行动。

黎疤子带了一只猎狗，就到冒水坑一带去赶脚。杨先觉与杨明、杨智、李悦生等分头到山中各处守卡。

按照分工，黎世雍要把猎狗赶上卡子来，这就是赶脚的职责。赶脚人要发现猎物，主要依靠猎狗。黎疤子的那条猎狗是条黑毛狗，个子不算高大，但很机灵勇猛。到冒水坑一带只赶几分钟，一只大黄麂子拼命往前跑，黑毛狗紧跟着在后狂叫着追赶。黎疤子拿着火枪，也兴奋地跟着往前赶。大黄麂向前跑了一段，很快要进入卡口边了。此时，守在卡口上的杨先觉和李悦生端着枪静候着。忽然，那大黄鹿似乎有所知觉，不往卡口跑，而折向一旁的山林中了。黎疤子提着火枪已距卡口边不远。杨先觉便对李悦生道："你开枪吧，就在这儿干掉他。"

李悦生端起枪来，手里却直发抖。因为他一见黎疤子就有点胆战。正犹豫的时候，黎世雍已提着枪赶进了林中。过一会儿，只听远处一声枪响，那黄麂已被打倒在地了。

半小时后，黎疤子提着黄麂从另一小路走出树林，回到了街上，杨先觉等人也撤了围场走了回来。

"黎队长，还是你的枪法好！就你一个赶到麂子打中了。"杨先觉夸他道。

"不是我吹，就是老虎豹子撞在我枪口上，也照样跑不脱。"

"你算得个打猎英雄呀！"

几个人说笑着，黎世雍就用刀把那麂子皮剥了，然后把麂子肉在伙铺里弄熟了，大家一块美美地吃了一顿。那麂子肉味道鲜美，在飞禽走兽中算得上一种珍品。

吃罢野味，杨先觉与杨明、杨智、李悦生回了乡公所。当晚，几个人又密谋了一阵。杨先觉说："李悦生，我叫你开枪，你没卵用，到手的一百二十光洋拿不着。"

李悦生说："我下不了手，还是找别人干吧。"

"把汪天赐叫来，明日让他动手。"杨天觉说。

"好，我去叫他。"

李悦生就到隔壁将另一个乡丁汪天赐叫了来。

"汪天赐，我有事给你说。"杨先觉道。

"什么事？"

"是这样，上司要我们设计除掉黎疤子，因他投诚不诚，有反水迹象。我想让你去干掉他。"

"他是我干爹，我怎么好干？"

"认的干爹算什么，你只管去动手干，上司还有一百大二十元光洋奖励。"

汪天赐心动了，一百二十元光洋对于他实在有很大的吸引力。他掂量一下，就点头应允了。

按照商定计策，第二天一早，汪天赐背着一支步枪，手提一块腊肉到了黎世雍的伙铺门前。

"干爹，给你拜年呀！"汪天赐见面就亲热地叫着。

"哟，是你拜年来了，快请坐！"黎世雍热情招呼道。

汪天赐进门后把腊肉放在桌上又道："干爹，杨乡长约我们今日又去赶仗，到山上玩一会，打打猎，怎么样？"

"杨乡长又发瘾了？他昨日什么都没搞得，还是我打了个麂子。"

"你打猎比他要强，我知道。"汪天赐说，"我今天也去帮着守卡，你只管带猎狗去赶仗。"

"好，去就去！这正月间无事，是要玩一玩。"

黎疤子说罢，就草草弄了点早饭，招呼汪天赐一块吃了，然后带着猎狗又上了山。

杨先觉、杨智、杨明、李悦生等人又各持枪，在各卡口守候着。黎世雍引着猎狗跑了一阵，却没赶出一只猎物。

忽然，杨先觉在一个茶树林里喊道："喂，这里有麂子脚印！"

黎世雍就带猎狗前去观看，快近茶树林边时，躲在一旁的汪天赐"啪啪"开了两枪，黎疤子"啊"地叫了一声，身子歪了歪就倒在了地上。

"好，干得不错！"杨先觉跑过去，见黎世雍确实断了气，就率几个乡丁匆匆回了乡公所去。

黎疤子被刺杀后，杨先觉等人对外声称是其仇人把他杀了，此事也就不了了之。

彭叫驴子的另一个重要亲信骨干彭传宗，自从散伙回他沙溪后，身上长了一身脓疱，在家动弹不得，不久，石堤乡乡长甘金明打听他回来了，上门动员他投诚，彭传宗表示愿意，甘金明即派人用滑竿将他抬到永顺县城，让他作了自首。彭传宗到永顺城后，正好新上任的湖南省主席王东原来到了永顺视察。张中宁专员指着彭传宗向王东原介绍道："这个彭传宗就是彭叫驴子的一个大帮手。"王东原点头道："啊，你投降自首了就不错，我给你奖励一百元光洋！"说罢，真的掏出一百元光洋，当场对彭传宗作了奖励。同时又让彭传宗与王东原、张中宁等一同照了相。此后，彭传宗被宽大释放回家种田去了，直到八十多岁才老病死去，此是后话。

4. 说客劝降乱纷纷

瞿伯阶从永顺回到龙山后，心里一度也很沮丧，因为彭叫驴子之死，使他不免产生了兔死狐悲的感觉。但是他不甘心就此沉沦，他继续注重发展实力，而和围剿的川军小心翼翼地作着周旋，这样又渡过了大半年时光。

转眼又到初冬。一天下午，二所乡通往贾田的山路上来了一乘滑竿。抬滑竿者刚刚来到瞿家寨五把刀山的一处山口，两个穿青布便衣的大汉，从松树林中突然跳出来大喝道："什么人？站住！"

抬滑竿的民伕忙把滑竿放下，坐滑竿者不慌不忙把架在鼻梁上的墨镜取下从容说道："鄙人是武汉来的远客，想求见瞿伯阶司令，你们想必是他的部属吧？"

"找瞿司令有何贵干？"

"有要事禀告，请你们快通报吧！"

"你叫什么名字?"

"欧阳金!"

"走吧!我带你去见他!"

半小时后,来客被带到了瞿伯阶的家里。

"你到底是什么人,从何处来?"瞿伯阶问。

"我是程颂公派来的人,从来凤到这里!"欧阳金道,"此次来是想告诉你,程颂公现任武汉行辕主任,他有意收编你,只要你接受,要什么名义给你什么名义。"

程颂公即程潜,是国民党握有实权的元老。瞿伯阶听这来头不小,即关切地问:"此话当真?"

"当然是真,不然我跑老远来干啥?"

瞿伯阶掂量一下,觉得来客不像说假。他遂答复道:"如果程颂公收编,我当然很愿意。不过,我现在的部队隐蔽各处,你们若要我把部队收拢来,就请把四川部队撤出我的范围。"

"这事我可以到来凤去发电报请示,估计没有问题,但不知你能收到多少部队?"

"我的部队收拢来有上万人!只要四川部队撤了,我保证把队伍收编好!"瞿伯阶如此说毕,就吩咐手下办了一桌宴席,对来客进行了一番热情款待。

欧阳金很顺利地谈妥并吃了酒饭后,就立刻赶回来凤,向其上司卢鹏高作了汇报。卢鹏高即发电报向武汉请示。武汉方面表示,只要瞿伯阶听编,就同意撤除四川部队。卢鹏高又派欧阳金到贾田溪向瞿伯阶作了通报。过了几日,四川部队果然从龙山撤走了,瞿伯阶就开始大力收集人员。

正在收集队伍之时,忽又有两位不速之客登门拜见瞿伯阶。这两人一个叫周克原,一个叫杨又然。两人持着罗文杰和瞿闵盛的介绍信,一来就对瞿伯阶道:"我们是省主席王东原派来的人,王东原有意收编你,给你什么名义都可以,你切莫错过时机。"

瞿伯阶道:"武汉的程潜已派人来联络了,我已应允受他招编,你们看怎么办?"

周克原道:"王东原是省主席,直接管辖湘西,你还是受他招编为好!"

瞿伯阶想了想又道:"我答应了程颂公,怎好反悔?要不这样,王东原主席如果要我,他可直接去找程潜,只要程潜同意,我就愿被王主席收编。"

　　周克原听了瞿伯阶的这个答复，亦觉有理，于是只好回去复命。王东原本来就没有程潜的来头大，最后也就不再争了。

5. 招安当师长

　　瞿伯阶向欧阳金夸口说有上万人，可是过了一月余，实际人数只有千余人，七百多条枪。他把这些部队开到召头寨，由武汉行辕派来的人进行点编。点编者名叫蔡泽南，瞿伯阶为笼络他，给他送了许多鸦片烟，蔡泽南明知瞿伯阶没有那么多人枪，却加倍虚报有四千多人，一千多条枪。数字报上去后，武汉方面来了命令，开始调动瞿部到来凤，接着又调到鹤峰、长阳、资丘。在资丘，第二次进行点编，瞿伯阶为把人枪报多一点，让各支队造了假名册，同时将假名写在士兵的手板上，事先记熟。当点编者叫名时，就以多报假名进行应付。点枪支时，点编者开始要登记号码，一支队长瞿波平故意发乱说："你们搞什么名堂，把人都搞疲劳了，肚子也搞饿了。"点编者怕惹麻烦，只好说："搞累了，那就不看号码，只点下数字算了！"照这样办法，瞿部各支队又过了点枪这一关。

　　二次点编后，瞿伯阶被任命当了直属第一纵队司令。瞿伯阶从此正式被收编了，但他对这个纵队司令职务并不满意，因此想继续扩展人马。

　　不久，瞿部又奉命调到了宜都。瞿伯阶到该县后，派人到来凤、保靖、桑植等地去大肆招兵，同时给了欧阳金一个支队长名义，让他在宜都又招了一千八百多人。瞿部这下实有了四千多人。接着，瞿伯阶派人在宜都、长阳、洛阳关等地收购了十多万斤木炭，以五万斤送给武汉行辕，五万斤发卖，赚了不少钱，又到龙山等地收买鸦片，运到宜昌等地去卖，从中获了不少到。然后，利用这些钱，购买了四川潘文华部一个被编垮旅部陈旅长、潘团长的两千多条枪，二十万发子弹，从而把部队的实力搞雄厚了。

　　又过数日，瞿伯阶打了个报告，请求武汉行辕再派人点编人枪。程潜这次派了个王参谋来到宜都，让他去实地点验人枪。

　　王参谋带着随行几人来到宜都，瞿伯阶将他们安排在一个高级客栈住下，一面用好酒好肉进行招待，一面派瞿波平和彭雨清与宜都黄县长联系，商议借人借枪应点，黄县长满口应允，决定把县警察大队及民团的上千人枪全借给瞿部去应点。

　　第二天上午，在宜都一广场上，瞿部人马集合了。王参谋一看，好家伙，瞿伯阶的部队竟站满了一操场。他按照瞿部呈送的名册一一点名，那些被点者一个个扛着枪高声应答，一连点了两个多小时，足足点了八千多人，五千余支枪。

"好，没想到瞿兄还真有办法，你的部队人员真不少哇！"王参谋点验完毕，不禁对瞿伯阶夸赞道。

"我们从湘西十县召了这些人枪，费了很大力，还请王参谋回去在程颂公面前给我美言几句，至少编一个师，我们才名正言顺呀！"

"放心吧，我一定帮你争取！"王参谋应允道。

过了数日，王参谋回到武汉，把情况给程潜作了汇报，程潜见瞿伯阶有这么多人枪，也就批准了瞿部的报告请求，给瞿伯阶任命了暂编第十师师长之职。

当王参谋奉命将烫金的任命状送到瞿伯阶手中时，瞿伯阶十分得意地笑了。自从第一次拖队上山搞绿林起，他就一直向往把队伍弄大，然后名正言顺地接受政府改编，成为一支正规部队。如今，他的愿望总算大致实现了。为了表示庆贺，接到任命书的当日，他举办了一次大型宴会，隆重庆祝了一番。酒宴上他情不自禁，当众吟了一首诗道："多年苦熬盼出头，终被收编喜欲狂。从今鼠王成正果，了却心愿返故乡。"众头目都鼓掌喝彩，说他的诗吟出了大家的心声。接着，他又宣布将一二支队编为一个团，任命瞿波平为团长，贾松青为副团长；三、四支队为一个团，彭雨清、向敬海分别为正副团长。另给欧阳金一个补充团长的名义。原参谋长李国柱此时患病请了假，在里耶的瞿闵盛投奔他来了，瞿伯阶就任命了他当参谋长。

6. 严军纪毙信使

瞿伯阶当了师长后，为着巩固已有的地位，争取更快向上攀升，他又仔细研究《武经七书》，开始不遗余力地思考起下一步带兵的治军权谋了。这一日上午，瞿伯阶正津津有味地翻看《尉缭子》，其中有一段话写道："将帅者心也，群下者支节也。其心动以诚，则支节必力；其心动以疑，其支节必背。夫将不心制，卒不节动，虽胜，幸胜也，非攻权也。"瞿伯阶拿着铅笔，为这段话打了杠。正在他入迷思考之时，"嘀嘀！"门外一阵吉普车的喇叭叫，打断了他的思路。

"报告师长，您的太太已经送来！"

"啊，幺妹回来了？"瞿伯阶回过神来，立刻迎向门口，原来，这田幺妹自从一年多前被抓去，就一直关在潜江监狱，直到瞿伯阶接受改编当了师长，才又被释放。此时只见田幺妹披红挂彩，从吉普车上牵着儿子崇敬的手一起走了下来。

"幺妹，让你受苦了！"瞿伯阶迎上去说。

"没……没想到还会见到你！"田幺妹有些激动地说，一面又叫小儿子道："快叫爸爸！"

"爸爸！"小儿子崇敬怯怯地叫了一声！

"唉！我的好儿子，一年多不见，你长高了！"

"他都12岁了！对了，我们的崇胜呢？有消息吗？"幺妹又问。

"他很快也要回来了！"瞿伯阶道："我接到了侯振汉的一封信，他说他的队伍已被裁军撤掉了，他准备辞职回山东原籍去。行前给我来了一封信，让我派人去武汉接儿子。我已派人去接了，估计也快回来了！"

两人正说着，外面又传来一阵汽车喇叭声。有卫兵进来报告，瞿崇胜已接回来了。

"好啊，今日是双喜临门！"瞿伯阶欣喜地说。

这时，瞿崇胜在警卫人员的陪同下，也到了办公室与其父相会。

"爸爸！妈妈！"瞿崇胜跨进门就亲热地叫道。

"哟，我们的大儿子长这么高了！"田幺妹激动地把大儿崇胜拉到了身边。

瞿崇胜14岁了，长得高高的个头，身材修长，看上去很有点像他父亲的样子。

"你在侯团长那里受过苦没有？他是不是虐待你？"瞿伯阶问。

"没有，没有，侯团长对我好极了！"瞿崇胜说："他还送我上学念了几年书。"

"好！没想到他会对你这么好！我们应该感谢他！"

瞿伯阶说罢，就将家人安排好，当日又举行了一番宴会，庆贺一家人喜获团圆。接着瞿伯阶又派人给侯振汉送去了一封信，大意是感谢他这几年对孩子的抚养，并邀请他到自己的部队来工作。侯振汉接信后，就真的应邀到了瞿伯阶的部队。

"我非常欢迎你的到来！"瞿伯阶与他一见面就开玩笑地说，"我们是不打不相识，没想到打了这么几年，咱们会走到一块来！"

"我也真没想到，你会修成正果，居然当了师长！"侯振汉感叹地说，"人生一世，真是三十年河东，三十年河西。变化之快，令人难测啊！"

"眼下这世道很乱。天下没有太平，咱们还需要和衷共济，效忠党国，共渡难关啊！"

"对，我此来就是想帮你出把力，你用得着我的地方，尽管吩咐！"

"好！你先帮我培训一下军官，就在干训班当主任！以后有变动，再给你调整，怎么样？"

"遵命！"侯振汉爽快应允了。

两个老对手此时就把手紧紧相握在了一起。

在宜都住了一段，瞿伯阶每日处理公务，忙得不可开交。他的部队从被收编之后，各部冲突矛盾也一直不断。

一天下午，机要员刘原忽然送来武汉行辕一纸电令，瞿伯阶接过一看，只见电令上写道："瞿师长，近日你部长江防线接连发生抢船事件，请你迅即调查并将案情呈报。"

瞿伯阶即派人把瞿波平找来吩咐道："我们驻守长江边，现在不断发生抢船事件，外人不知情况，还以为是我指挥部属干的勾当。你现在马上带人去调查，查清了案情，我将严惩不贷。"

瞿波平奉命之后，即带着一支便衣队到长江航线暗里作了一番调查。三天后，他回到师部向瞿伯阶报告道："案子我已查清了，这抢船的幕后主犯是欧阳金。"

"啊，是他！"瞿伯阶点头道，"我就知道别人不会有这么大的胆子，只有他才会做这种蠢事。你马上派人把他抓来。"

"他的部队怎么办？捕了他，会不会发生激变？"

"这样吧，你带两个团去，干脆把他那一团人马缴了械！"

瞿波平接令，随即率了两团人马，于当日夜里突然包围了补充团，欧阳金猝不及防，一团人被缴了械，欧阳金本人也被瞿波平捉到了师部。

瞿伯阶亲自审问欧阳金道："你驻防长江边，为何要抢劫船只？"

欧阳金道："我部粮饷不足，劫船是为了补充士兵薪饷。"

"胡说！"瞿伯阶发怒道，"照你这么说，你莫非还有理？"

"我知道错了，求你看在我牵线让你受招编的份上，饶我一命吧！"

"军法无情！"瞿伯阶断然拒绝道，"你犯了抢劫大罪，罪不容赦。"说罢，只一挥手，几个护卫就将欧阳金押到郊外枪毙了。

7. 击伤"糊疤子"

将欧阳金枪毙后，瞿伯阶力图要整顿军纪，但是其部属不久又出了一个大乱子。一天夜里，团长彭雨清忽然跑到师部来报告道："瞿师长，糊疤子跑了，他把他的队伍带走了。"

"什么？糊疤子敢把队伍拖走？"瞿伯阶一听有些懵了。

原来，那"糊疤子"是向敬海的绰号，因他小的时候，家里失火被烧伤，有半边是疤子，一只眼睛向下扯着，故得了此绰号。向敬海跟瞿伯阶拖队起事早，又当过多年支队长，自以为劳苦功高。谁料这次收编，三四支队合编一个团，团长由彭雨清当了，他只当了副团长，对此他很有意见，并认为此事是参谋长瞿闵盛捣的鬼。为此还公开散布说："部队能够存在，是两海的功劳"，这"两海"指瞿波平（又名兴海）和他自己向敬海。所以，他擅将自己的部队人枪拖走了。

瞿伯阶当下对彭雨清道："你把这个团要稳住，我马上让波平去追向敬海。"说罢，即让人把瞿波平找了来。

"波平，你赶快带人去追糊疤子！"

"怎么，糊疤子出了什么事？"

"他跑了，把部队拖走了。我要你马上去追。如果他不回来，就把他干掉。"

"是！"瞿波平遂率一团去追赶。该部日夜兼程赶回龙山，在板栗坪赶到了向敬海。瞿波平隔着几十米田坎向他喊话说："向敬海，我奉命来收你的部队，你要好好干，就跟我一道回去，不回去就莫怪我不客气！"

向敬海道："我对你和瞿师长都没什么意见，就是对瞿闵盛有意见，他当参谋长，在师长面前挑拨是非，把我团长职务搞掉了，我就是不满意！"

"你是不满意，可以提意见，但不能把部队拖走哇！"

"你告诉瞿师长，什么时瞿闵盛走了，我就回去。"

"我劝你莫犟，还是服从命令吧！"

"我不听又怎样？"

"不听我就只好动家伙了！"

瞿波平刚刚说毕，只听"叭"的一声枪响，向敬海的脚已被打中了。这一枪是瞿波平的连长瞿兴生所打。

向敬海中弹，部下立刻乱了阵脚，瞿波平随即大喊道："二团的兄弟们，你们赶快缴械，不然就要被消灭！"

　　向敬海的部属们顿时就乖乖将枪甩在地上。瞿波平手一挥，众士兵跑上前去，即把向敬海的几百人的枪支全收缴了。向敬海负伤无奈，只好承认错误。后来，瞿伯阶对他作了宽大处理。瞿波平曾劝瞿伯阶道："向敬海拉走队伍，犯了大错，你不应重用他吧？"瞿伯阶道："作为将帅要有容人之心。兵法上曰：将帅者心也，其以诚，则支节必力。我对他没有疑心，只有诚心。这样重用他，相信他也不会再背叛我。"之后，就让他继续担任副团长之职。

第十八章　密救专员

1. 玩枪玩大了

时光回逆，话说 1944 年初冬时节，一个雾气弥漫的上午。龙山县里耶镇的酉水码头边开来了一支大乌蓬船。船上走下来一位穿着灰布长袍，一手拎着一个公文包，一手拿着文明棍的男子。此人即是从耒阳国民党一所监狱坐了四年牢刚刚释放出来的师兴周。

没有人陪伴，也没有人来迎接，师兴周独自一人走上码头台阶，然后到了镇长瞿闵盛的门前。其时，瞿闵盛尚未去投奔瞿伯阶，正好在家。

"瞿镇长！"师兴周扯开嗓门叫了一声。

"啊，师团长，是你回来了！"瞿镇长开门出来应道，"请屋里坐。"

师兴周走进屋内坐下道："我这次多亏你们里耶瞿荪楼老先生的担保，才获释放。"

"瞿荪楼是国民党的元老，他出面求情了，你当然就没事了。"瞿闵盛看着他一幅落魄的样子，不禁又问道，"你这几年坐牢，肯定吃了不少亏吧？"

"还好，还好，我没受虐待。"师兴周又回道，"虽然住牢房，我比普通囚犯待遇要好。饭能吃饱，身体也没垮，只是受了些冤枉。现在洗刷清了，事实证明我没有通匪，而且是剿匪的骨干，所以省府对我信任了，他们又封了我一个'清乡督察专员'的职务。"

"这么说你又当了新官！"

"算不了什么，这只是一个虚职。"师兴周又道，"但我会很快搞到武装，把实力壮大起来。"

"你是有本事的人，又有老底子，当然能够东山再起。"瞿闵盛客气地奉承了他几句，当即在家招待他吃了一顿午餐。

　　下午，师兴周闲来无事，提着一根文明棍在街上溜达了一会，走到里耶小学时，见校园花圃里盛开着红黄白几种颜色的菊花，禁不住手痒，顺手便折了几枝，拿在手里观看欣赏。

　　"喂，你是什么人？怎么敢乱摘花？"一位姓张的小学老师忽然跑过来责问道。

　　"我是师兴周，摘几朵花管你何事？"

　　"你师兴周有什么了不起，摘了学校的花，就要罚款赔偿。"

　　"放你屁！"师兴周顿时勃然大怒道，"当年要不是老子保卫里耶，还有什么卵学校！"一面骂，一面举起文明棍，劈头就朝张老师打去。张老师头一歪，这一棍就打在了肩上。

　　"不许打人，不许打人，把凶手抓住。"

　　校院内的许多学生和老师一下围了过来。

　　师兴周气急败坏地说："你们谁敢抓我，老子的枪子不认人！"说罢，将怀里的一支手枪拔了出来。

　　众师生见状不妙，一个个赶紧跑开了。

　　师兴周收起枪，转身走出校门，又回到了瞿镇长家里。

　　不一会，里耶小学的师生成群结队来到街上，他们高呼口号："赶走师兴周！不许师兴周在里耶称霸！"

　　师兴周见众怒难犯，不得已向镇长瞿闵盛解释了事情缘由，并通过里耶小学校长向被打的老师道了歉。经过瞿闵盛的一番劝说，这场折花风波才平息下来。

　　第二天清早，师兴周雇请了一乘轿子，由两名轿夫抬着，便灰溜溜地离开里耶，直朝家乡内溪棚走去。约莫下午2时，师兴周到了内溪棚街上，给两名轿夫付了工钱，师兴周回了自己的家园。此时，只见院中一片冷清，连守门的门卫也早不见了。唯有所娶的七个妻子，还有三个住在院内。这三个都各生有子女。其中最大者还只有十来岁。师兴周一回来，几个老婆都围上来只管诉苦。大老婆向氏说："你坐牢去不久，我们的家就被抄了，家里值钱的东西都被掳走了。"

　　"是谁抄了我的家？"师兴周问。

　　"是塔竹坪的王福田！"二老婆黄氏说，"他带了几十人人来到我们院子，连牛羊都被牵走了。"

　　"王福田还说你是土匪，抓去坐牢是罪有应得。"三老婆张氏又补充说。

"我操他娘，王福田不就是个小小保长吗？他竟敢抄我的家。"师兴周咬牙切齿地说，"此仇不报，我誓不为人。"

"你拿什么去报仇啊？现在人都散了。"大老婆又问。

"师文元在家吗？"师兴周反问。

"他在。"

"你快去叫他来！"

大老婆向氏随即出了门。不一会，师文元被叫来了。

"文元，你现在干些什么？"

"我什么都没干了！"师文元说，"自从你被抓走后，我们都不敢出头了，我们在家乡活得好窝囊。"

"嗯，现在你只管挺起腰杆，振作起来，再大干一场。"师兴周鼓动他道，"我已洗刷了冤案，省府重新任命我当了清乡督察专员，这次回来，就是要重新发展武装实力，你可帮我把过去的旧部人员都召集拢来。"

"好，你回来了就好办！"师文元道，"我马上联络他们。"

过了数日，师兴周的旧部人员，果然都被召来了不少。其中的主要骨干有师文元、蔡金阶、叶仲翔等人。接着，师兴周将埋藏在各处的所有枪支全部取了出来，很快又拉起了一支三百余人的武装队伍。

有了这支基本队伍，师兴周欣慰不已。虽然这支武装实力还太少了一点，而且无法与瞿伯阶的人枪相比，但是，他毕竟又有了自己的队伍和扩张的资本。师兴周期望靠着这支队伍的支撑，进而再夺取全县的掌兵大权。

一日傍晚，师兴周正在家抽鸦片，忽见姐夫贾福吾领着几个人走进了屋。师兴周忙起身招呼让座。

"兴周，你何时回到家的？"贾福吾坐下即问。

"我都回来好几天了。"师兴周回道，"这几天我把旧部都招了拢来，准备东山再起。"

"很好哇！"贾福吾道，"你回来了，大家就有了主心骨，我们都会支持你的。"

"那好！"师兴周又道，"我现在人枪还不多，只招得300多人，不知你那里能帮忙搞点人枪不？"

"我现在年纪大了，不想多出头露面了。"贾福吾道，"但我不当头，儿子贾奇才却长大当了头。你看，你这外甥长得怎么样？"

师兴周仔细一看，见这外甥贾奇才身材高挑，长相英俊，果然生得一表人才，遂点头道："几年不见，外甥真当刮目相看了。但不知奇才现在担任什么职了？"

"他当了三个乡的联防自卫队长，都是族人拥护推选出的。"贾福吾解释说。

"好！有能耐！"师兴周赞叹道，"到底年轻有为，你今年多大年纪？"

"22。"贾奇才回道。

"才22，正是大有作为的时候。"师兴周又道："你到我处来干如何？"

"我就是想投奔到你部来呀！"贾奇才道，"久闻舅舅大名，我想跟着你学点功夫。"

"好，好！就这样说定了！我非常欢迎你。"师兴周高兴地点头道，"待我在县里执掌兵权后，到时一定会给你委以重任。"

贾福吾父子的加盟，使得师兴周的武装实力又大大增强。靠着这支六七百人的武装队伍，师兴周在县内又名声鹊起。一天下午，龙山县县府马秘书受县长之托，专程来到内溪棚，对师兴周说："省府已批准在龙山成立自卫队，总队长由县长向阳兼任，您被任命为副总队长。这是给您的任命书。"说罢，即把一张烫金的证书送了过来。

师兴周接过任命书，眼睛眯着瞧了许久，脸上不由得掠过了一丝得意的笑容。

2. 十万火急

数日之后，师兴周奉命率部进驻了县城，县长向阳此时虽名义上为总队长，但自卫部的实权，实际上都操在了师兴周的手中。

一日上午，自卫总队召开联防会议。县长兼总队长向阳在会上训话说："现在土匪猖獗，县自卫队要配合正规军抓紧进剿，重点是打击瞿伯阶，同时搞好县城治安防务。"

师兴周则在会上训话道："目前瞿伯阶在八十六军的围剿下已土崩瓦解，我们县自卫队要继续帮助正规军肃清瞿部土匪，另方面要把其他股匪一并消灭。比如塔竹坪的老土匪王福田，盘踞乡里，残害乡民，自卫队要抽调精干力量去围剿进击。"

"那王福田是个保长，不是土匪呀！"有人提出疑问道。

"怎么不是土匪，他拖了几十支枪，专和我作对，把老子的家都抄了，还不是土匪？我就是要去剿灭他！"师兴周瞪着眼珠说。

"对，咱们要把王福田股匪消灭掉！"众亲信纷纷表态赞成。

那提疑问的人，见状再不敢吱声了。县长向阳亦不表示反对。

"就这样定了！"师兴周遂一锤定音道。

会议之后，师兴周即以剿匪名义，派出县自卫队开赴踏竹坪，将王福田据守的村子包围起来，王福田凭着堡垒顽强对抗，双方打了一个多月。县自卫队在付出40多人的死亡代价后才攻占踏竹坪。王福田在弹尽粮绝之后率几名亲信突围逃跑了。

王福田被打败后，师兴周总算报了抄家之仇。不久，国民党召开全国代表大会，各县开始选举国大代表。师兴周竭力扶持当三青团干事长的族侄师文雅参加竞选，而县党部书记兼县参议长田中和则支持族人田植竞选，双方钩心斗角，互拉选票。结果却以田植竞选获胜。师兴周恼羞成怒，暗中策划报复。一天晚上，他将隆头乡自卫队分队长向天寿招来吩咐道："田中和老与我作对，你看怎么办？"

向天寿道："除掉他嘛，这还不好办？"

"好，这任务就交给你了，听说他最近要到隆头搞三青团登记，你可见机行事。"

"行，就包在我身上。"向天寿点着头道。

过了几天，田中和果然带着两个随从到了隆头乡。当日夜里，乡长将其安排在乡公所住宿。睡到半夜时，向天寿率两个士兵蒙着面，忽然持枪破门而入。

"有刺客！"一个护卫大声叫着就要摸枪。

"叭叭叭！"随着一阵枪声响起，田中和与两名护卫一起在床上都中弹毙了命。殷红的鲜血染红了几床棉被。

遭到惨杀，引起了县长向阳的怀疑。他派人将案情呈报给永顺专署，新任专员聂鹏升接到报告后，当即派了秘书曹瑞田和几名警员、法官一起组成调查小组，前往龙山进行了一番调查。曹瑞田在勘验死者尸体，走访一些当事人后，对此案的幕后凶手心里有了数。回到永顺专署后，聂鹏升问他道："你办的案子，调查结果如何？凶手找到了吗？"

曹瑞田回道："凶手没有抓到，但从这案情我可推测到凶手是谁。"

"啊，你说说，凶手到底是哪位？"聂鹏升急忙问。

"他不是别人。"曹瑞田压低嗓子悄声对聂专员耳边说道，"我猜那凶手的幕后指使者是师兴周！"

"是他?"聂鹏升点头道,"那可是条地头蛇!"

"是啊!"曹瑞田道:"据龙山知情人反应,师兴周平时与田中和关系就不好,两人为龙山竞选国大代表一事相互斗争,矛盾尖锐。田植当选获胜后,师兴周十分不满,田中和在此时被刺杀,实乃事非偶然!"

"你这只是推测,并无真凭实据啊!"聂鹏升道,"师兴周是一方地头蛇,没把他搞倒,他反会咬人哩!"

"是啊,这个案子的难点就在这里!"曹瑞田当即见风使舵道,"依我看,此案已无须查了,查也查不下去,不如送个人情,将来说不定还有用得着师兴周的时候哩!"

"你就看着办吧!"聂鹏升点头道:"以不了了之亦可也。"

"好!你这句话说得好!我就以不了了之也。"曹瑞田应允道。

第二天,曹瑞田即以行署调查小组名义,写了一个案情报告,内言"几经勘验,主谋难定,凶手难惩"云云,便将这个杀人案子以不了而了之了。

师兴周获悉永顺专署没有破案深究,不由得对几个亲信吹嘘说,"我和聂专员是穿一条裤裆的兄弟,有他给咱们撑腰,咱还怕个卵球!"众亲信深以为然。从此,师兴周在龙山县便更加肆无忌惮,为所欲为。

又过数月,全国局势动荡大变。在武汉任行营主任的程潜被调至湖南当了省主席。瞿伯阶亦奉命率部撤至湖南。该部先驻慈利王家厂,继而与瞿波平一团汇合后又回到了龙山。师兴周为避免与瞿伯阶部接触,遂将自己的队伍又撤到了内溪棚一带。

一日夜里,师兴周在家里正玩麻将,一个护卫忽然进来报告说:"师团长,永顺专署的曹瑞田秘书来了,你看是不是见一见?"

"啊,曹秘书来,快请他进来。"师兴周忙点头道。

护卫返身出去,很快把曹瑞田带进了屋。

"曹秘书深夜至此,有何见教哇?"师兴周招呼他坐下后即问。

"我是受聂专员的委派特来找你的!"曹瑞田道:"聂专员现在遇到了危难。"

"呵,他有什么危难?"

"他被软禁了!"

"什么?他被谁软禁了?"

"你不知道吧?永顺的曹振亚、汪援华搞了兵变,他们率部攻打沅陵去了,聂专员被看管了起来。"

"啊，永顺竟出了这么大的事。"师兴周神情复杂的又问，"聂专员打算怎么办？"

"他派我来找你救援，永顺城防已经空虚，你只要派几个大队去就能攻下此城，救出聂专员。"

"那城里有多少兵力？"

"不多了，只有百把人留守，其余武装都打沅陵去了。"

"乘虚而入倒也不难。"师兴周权衡了一番又说，"聂专员还有什么吩咐？"

"他给你委任了八区保安副司令，这是委任状。"曹瑞田说罢，即把一任命书递了过去。

师兴周接过任命书，立刻双眼放亮道："好，聂专员够朋友！他有了难，我理当发兵相救！"说罢，让人叫来心腹外甥贾奇才道："奇才，永顺城发生兵变出了乱子，曹振亚率兵叛变打沅陵去了，其城防已很空虚。现在聂专员被软禁在专署，我要你马上率部去救聂专员，务必把他接到龙山来。"

"好！舅舅尽请放心，我一定完成任务。"贾奇才点头道。随即奉命点了三百多人枪，由曹瑞田领着连夜向永顺县城开去。

这贾奇才是贾福吾的儿子，贾福吾因为年纪已大，便将贾家兵权交给了贾奇才执掌。贾奇才中学毕业不久，正是血气方刚之时。所谓初生牛犊不怕虎，玩上枪杆子之后，更是勇气十足，锐不可挡。

一行队伍翻山越岭急行军，到天亮时分，即赶到了永顺县城外围隐蔽了起来。曹瑞田这时和贾奇才商量说："我先进城去看看情况，你们就在这里接应。"说罢，即悄然摸进城内，到专署找到了聂鹏升。两人随即带了一个卫士，从专署后门溜到了城内街上，接着来到小西门，与贾奇才的接应队伍相汇合了。此时，留守永顺县的城防司令鲁邦典接到部属报告，得知聂鹏升已逃走，待其派兵追到小西门时，聂鹏升在龙山接应队伍的前呼后拥下早已远离了。

3. 该出手时就出手

经过一下午的疾走，聂鹏升离开永顺到了龙山边境。在猫儿滩宿过一夜后，第二天中午，又转移到了里耶。

此时，师兴周从内溪棚专程赶到里耶，与聂鹏升在一家酒店相会了。

"聂专员，让你受惊了！"师兴周见面后关心地说。

"多谢你派兵相救！"聂鹏升回答道，"我能侥幸跑出，全仗你的支持。"

"这是应该的！"师兴周说："你是堂堂专员，我岂能坐视不救！现在到了我的地盘，已经脱了险，你尽管放心，咱们好好喝一杯，为你压压惊！"

"好！好！这两日跑累了，我想就在里耶休整一下。"

"没问题，一切包在我身上！"师兴周一扬手道，"老板，快上酒菜！"

"来了！来了！"

店老板抱着一瓷坛白酒来到桌前道："这是里耶自己产的高粱酒，味道醇正，你们试试吧！"

"行，行！赶快搞点菜来，炖个火锅牛肉。"

"是，是，马上就送来。"

一会儿，店伙计将火锅牛肉送上来了，几盘小菜也送上了桌。师兴周、贾奇才、叶仲翔、黄心白等人就陪着聂鹏升大吃大喝起来。几个人一面吃喝，一面商议交谈。

师兴周喝了几杯酒，向聂专员道："永顺那帮家伙胆子真是天大，他们怎么会闹起兵变来呢？"

"你不知道，这都是十七绥靖公署戡乱闹出的乱子！"聂鹏升道，"十七绥靖公署要求各县建立戡建大队，永顺县奉命组建，新任大队长彭久立手中没有枪，县长杨禹九只好做警察局的工作，要警察局交一部分枪来，曹振亚局长又不肯交枪，居然把队伍拖到石堤去了，随后即和汪援华、曹子西、周海寰、李兰初、向克武、冯泉等人密谋，组成所谓自卫军，举行了兵变，把我软禁了起来，并且率部杀向沅陵，把沅陵县城占领洗劫了。现在省府正在派兵清剿。永顺这些人搞兵变，把湘西局面弄得一团糟了。以后还不知怎么收拾。我想咱们要随机应变，赶快采取紧急措施，率兵去攻占保靖花垣，再包抄永顺，你看如何？"

"聂专员高见！"师兴周点头赞同道，"保靖距里耶不远，我们可先占此城。不过，我在龙山不能轻举妄动，你若去打永顺，我可以借兵给你，由你去攻保靖。"

"行，只要你支持，事情就好办。"聂鹏升道，"你可以坐镇龙山，我只要把你部下贾奇才、叶仲翔、黄心白几个大队继续借我去攻保靖即可。"

"没问题，这几个大队你就带走吧！"师兴周接着道，"我这外甥贾奇才是员猛将，你把他用好了，攻下保靖绝无问题。"

"嗯，他确实不错！"聂鹏升端起酒杯看着贾奇才道，"本专员决定任命你为第一纵队队长。"

"多谢聂专员栽培。"贾奇才随即站身恭谢道。

"你父亲贾福吾就是个好汉，他现在哪里？"聂鹏升又问。

"我父亲在老家守家！"贾奇才道。

"你能不能回去把你父亲也动员来去打保靖？把他请来，我们的力量就更大了。"

"我可以回去请他出山。只要聂专员用得着他，他一定会来。"

"那好！你就回去一趟，就说我派你请他来，咱们一道去攻占保靖。"

"是！我保证将父亲请来，请你放心。"

贾奇才说毕，吃完饭就带几个护兵回了贾家寨去。第二天，贾福吾果然带领了全寨两百余人枪，随着儿子贾奇才一起投奔到了里耶。聂鹏升见贾福吾父子到来十分欣喜。他对贾福吾道："久闻你这老将大名，有你出山相助，我们一定能拿下保靖。"

贾福吾道："我老了，不中用了，还是我儿子年轻气盛，你可多用他。"

"我已委任他为第一纵队队长，再任命你为参谋长。"

"多谢专员提携！"贾福吾忙答谢道。

在里耶休整了半月，聂鹏升招兵买马，最终集聚了五六百人枪。万事俱备之后，聂鹏升便将队伍分成三路纵队，一路由贾奇才为先锋，另两路分别以叶仲翔和黄心白为首，各率队伍相继出发，浩浩荡荡直向保靖开去。

此时，保靖县长黄宝辉闻讯龙山兵马到来，立刻派兄弟黄奇和部将彭天威等倾力守备。贾奇才率部来到保靖城郊，首先对梓童阁展开攻击，经过一番激战，贾部占领了梓童阁，守军撤进了城内。贾奇才再挥师攻城，接连攻了两日，因城防坚固，未能攻下。第三日，贾奇才将部下贾文渊找来吩咐道："保靖守军工事坚固，硬攻会吃亏。我想派你化装摸进城去，把守南门的贾绍胜说服过来，采取内外夹击办法，此城则必破无疑。"

"好，我去游说吧！"贾文渊应允道。

当日傍晚，贾文渊即穿了便装，带一个伙计一起到了城南门边。那城门紧闭着，贾文渊在门下高喊道："喂，城楼上的弟兄，请开下门，我要进来。"

"你是什么人？"守城兵在楼上喝问。

"我是你们贾连长远房兄弟，请你们转告一下，我要见他。"

楼上士兵听说是贾连长的亲戚，忙去向贾绍胜禀报。贾绍胜即命士兵开了城门，让贾文渊两人走了进来。

贾文渊来到贾绍胜的连部，即悄然劝告道："贾大哥，我是龙山贾家寨人，算起来咱们是同族兄弟。不瞒你说，我今日是受贾奇才之托，特意来拜访你的。"

"啊，贾奇才派你来有何贵干？"

"他让我转告你，让你不要为黄宝辉卖命。我们这次到保靖，是聂专员亲自带队的，保靖城绝难受住。如果你能归顺我们，贾奇才和聂专员会重用你，让你当大队长。"

贾绍胜掂量了一会，即点头道："好，承蒙贾大哥瞧得起我，我就归顺了他。这样吧，你回去转告贾大哥，让他凌晨来南门，我们来个里应外合，把黄宝辉和黄奇干掉。"

两人商议好后，贾文渊即连夜返身出城将进城策反情况向贾奇才做了报告。贾奇才遂部署人马，第二天凌晨，悄然率部来到城南门内，与贾绍胜的人马合在一起，向城内县府攻去，县长黄宝辉猝不及防，连忙带人从城西怆惶逃走了，其弟黄奇当即被乱枪打死。

贾奇才率部很快攻占了保靖全城。聂鹏升随后也进了城来。因为贾奇才攻城有功，聂鹏升升任他当了保安副司令，让他指挥人马去攻永绥。贾奇才乘胜进军，在永绥城的天王庙、浮桥一带反复冲杀，很快打败了永绥张远耀、朱世希的守军，从而一鼓作气又攻占了永绥县城。

4. 湘西"不倒翁"

农历 1949 年 2 月，正是油菜花盛开的时节。隐居在凤凰老家的陈渠珍忽然坐卧不安了。近数日来，随着南下解放军的节节推进，湘西政局接连发生了几起大的事变：3 月 2 日，永顺县以曹振亚、汪援华为首的武装头目，打着人民自卫军的旗号公然暴动哗变，并率兵沿酉水而下，一举攻占了湘西重镇沅陵。3 月 5 日，辰溪的张玉琳又率部哗变，将辰溪军火库内的枪支及大量弹药劫掠一空。面对湘西地方军队哗变，国民党省府一面派重兵包围沅陵，一面施展安抚策略，采用封官许愿的办法，先后给汪援华、曹振亚、张玉琳等为首头目加官升爵，重新招编，从而暂时平息了暴乱。但湘西的政局却从此变得更加纷乱复杂。且说辰溪的张玉琳夺得一万多支枪后，摇身一变当了"军长"。人枪一多，张玉琳便计划着要去找陈渠珍报仇。原来，二十多年前，张玉琳的父亲张贤乐和其兄张玉昆本在陈渠珍部下任职，张贤乐曾想谋杀陈渠珍，但其密谋被陈渠珍所获悉，故张贤乐、张玉昆在凤凰城被陈下令抓获处决了。张玉琳其时年纪尚幼。后来，张玉琳投军习武，从一名普通兵士升到了军长。如今他羽毛丰满，便想到凤凰来报此仇了。为试探陈渠珍的虚实，他派人送了一封信给陈渠珍。其信略曰："今天下动荡，群雄并起。近因'三二事变'仓促，我采取紧急措施，打开了辰溪兵工厂，缴枪数万，募兵万余人，维护社会秩序，以保卫地方治安。尔来凤乾麻一带混乱不堪，先生年迈在家，诸多不便，我特拟来凤凰请安，维持时局，绥靖湘西。"

陈渠珍看罢此信，当下为之一惊。

他即唤内侄刘文蛟，旧部熊子霖、印远雄、包凯等人前来商议对策。陈渠珍把信让几位亲信看了后说："张玉琳这封信是何意图，你们说说看。"

"他这封信来得不善，其意旨在为父兄报他。"熊子霖道，"此信实际上是一篇杀气腾腾的战书。"

"他夺得了兵工厂，自恃有一万多人枪，就想来犯凤凰。"包凯说，"玉公可借此机会起兵出山，只要你一声号令，保管会有众多旧部纷纷响应。"

"我年岁已大。自从抗战起，离开政界也已多年。本不想再过问政治，但现在的湘西局面很乱，实令人堪忧。"陈渠珍顿了顿又道，"你们几位还有何高见，不妨都说说。"

印远雄道："圣人顺时而动，智者因机而发，依我看，玉公虽然归隐多年，但你的威望在湘西没人能代替。而当今局势紧迫，现在应是复出的最佳时机，切不可错过。只要你出了山，湘西局面不难收拾。况且保家乡，保湘西，保田园墓楼皆名正言顺。所以，我觉得你要抓住这个时机，来个东山再起。"

"好，大家的分析很有道理。"陈渠珍道，"我准备采纳你们的建议。但如何复出掌兵，你们有可妙策？"

"这很好办。"包凯道："明日就派人找田名瑜和谭自平，就说张玉琳要血洗凤凰，玉公将退往铜仁，届时田、谭二人必来相求玉公出山保凤凰，玉公则可顺势接掌凤凰军政大权。同时对湘西各县旧部加以号令收编，不愁大事办不成。"

"嗯，此计甚妙。"陈渠珍点头应允，众亲信遂依计而行。

第二天，印远雄、田景阳等即分别给县长田启瑜、县参议长谭自平透露消息，说张玉琳给陈渠珍写了战书，扬言要报父兄之仇，将玉公满门抄斩，同时血洗凤凰。陈老统准备带全家往铜仁逃难。

田名瑜和谭自平得此消息，顿时都感大骇。二人遂到陈渠珍住处挽留相劝，请求陈渠珍出面组织"凤凰县防剿委员会"。由陈渠珍担任主任掌管所有军政大权。陈渠珍在谦让一番后，最终应允担当了该职。

接着，陈渠珍即着手组建武装队伍。同时给张玉琳回了一封信曰："顷诵大札，深知你对往事如新，拟来凤凰'请安'，实不敢当，然我早已料及，邀来宾朋，专侯驾临，斯时，春光明媚，凤凰山青水秀，正好狩猎，如阁下不克来凤，我将来辰拜望。需知苗疆乡人善猎，雪峰山麓，辰水河畔，正好捕猎野兽。"

张玉琳接着此信，深知陈渠珍老谋深算，其旧部遍及湘西各县，自己门下的师长胡震、徐汉章等人都是他的旧部，一旦打起来只怕后院起火难以招架。因此，颇为顾虑，不敢轻举妄动。陈渠珍却乘此机会重新出山，不仅掌握了凤凰一县军政大权，连麻阳、乾城、花垣、永顺等地的武装首脑们都相继望风归附。不久，陈渠珍移住乾城，并在乾城成立了"湘鄂川黔四省边区军政委员会。"陈渠珍担任了主任，罗文杰、周燮卿为副主任，杨光耀为参军长。五月，宋希濂又请陈渠珍出任了川黔湘鄂绥靖公署副司令长官。程潜则以湖南省府主席名义，又任命陈渠珍当了省府委员兼沅陵行署主任之职。

5. 天降银圆

陈渠珍身兼数职后，便力图将混乱的湘西各派势力统归到麾下。他计划着要召开一次"三二"事变后的善后会议，重新明确各县武装头目们的势力范围，但召开这样一次会议，经费来源却尚无着落。正在他为经费问题绞尽脑汁之时，一日下午，凤凰县防剿委员会的谭自平忽然电话来报告说："一架飞机坠落在凤凰新德乡鱼井村内。机上载有不少银圆，当地老百姓捡到了许多。你看此事该怎么办？"

"马上派人把现场封锁起来！"陈渠珍想想即做指示道，"所有银圆都是国库的钱，必须如数上缴。"

"是！"谭自平放下电话，即下令由负责城防的大队长余子坤率人去保护现场。

余子坤带了几十个士兵，第二天上午来到鱼井溪。只见那坠落后飞机已碎成无数残片，机头、机身、机翼全都分离，地面上撞了几个大坑，驾机的飞行员被甩得断肢残腿，血肉模糊，那飞机上满载的一箱箱银圆，此时大部分被埋在泥土中，还有不少散落在飞机残骸的周围。上百名苗家男女老少，还在现场拾捡散落的银圆。

"哼，马上给我封锁现场，谁也不准抢国家的财宝。凡是拾到的银圆，要统统给我登记追回。"余子坤下着命令。

众士兵随即将现场封锁起来，同时把那些苗民围住，然后开始一个个调查登记。

"喂，你叫什名字？"余子坤亲自讯问一个戴青丝帕的苗家老人道。

"我叫麻老四。"老人回道。

"你是什么时候看到飞机掉下来的？"

"是昨日下午。"老人如实说道，"当时我们好多人正在田里插秧。猛然间，听到天上一阵轰响，抬头一望，见一架飞机斜落了下来，那翅膀先脱落了一只，接着机头脱落，机身从我们头顶划过，就落在这鱼井溪里，'轰'的一声巨响，飞机就散架了。当时我们好害怕，大家都不敢靠近飞机，怕有炸弹爆炸。过了好一阵，见飞机没爆炸，大家才围拢来。"

"飞机落下后，有哪些人来现场看过？"

"有一二十多人最先赶到，后来两个寨的人都来了，有上百人。"

"你们拾到了多少光洋？"

"有的拾得多，有的拾得少。我只拾到十几块光洋。"

"不论你拾到多少，都要交出来！"余子坤说，"这飞机上的银圆都是国家的财产，谁也不能乱动。拾到了就要退出来，知道吗？"

"退就退呗！我反正只拾到几块，都在身上带着，给你们就是了！"麻老四说罢，就从口袋里把几块光洋交了出来。

余子坤遂让人造册作了登记。其余在场的苗民，一个个只好都把拾到的光洋退了出来。

"你们还有哪些没交的，还有藏在屋里的，全部都要退交出来。否则，一经查出有没交的，将要受国法处置！"余子坤又警告说。

众苗民这时都面面相觑，无可奈何。

不一会，新德乡乡长吴有凤也到了现场。余子坤又向他交代说："你是这里的乡长，百姓拾到的银圆都要退赔，没退交的，到时拿你是问。"

吴有凤便道："我们要赶紧追查，有些人捡到银圆都收藏了。咱们只有挨家挨户去清查。"

"对，就是挖地三尺，也要把他们收藏的银圆收缴回来。"余子坤狠狠地说。

　　吴有凤遂带枪兵到临近的两个寨子去清查,所有在现场的苗民被搜身之后才一一放走。

　　余子坤接着指挥手下士兵,在飞机残骇的周围仔细清理失散的物资,共拾得银圆六万多元,加上从百姓家中强行搜来的银圆,共计获银圆约8万多元。

　　三天后,余子坤奉命将这批银元全部押解到乾州,当面给沅陵行署作了交办。陈渠珍这时又接到省府主席程潜的电话。程潜告诉他,财政署官员打来电话,声称这架失事飞机是从厦门起飞,准备经重庆加油后飞往兰州的,主要任务是运输光洋到兰州,机上共载有50箱计十万元光洋。是供给前线官兵的军饷,不料该飞机在飞抵凤凰境内腊尔山时,却突然失事坠落。财政署要求当地官员配合,把散落的光洋收缴上去。程潜批示陈渠珍赶快派人清理现场,争取把光洋收缴国库。陈渠珍口头应允,但光洋收缴后,却不肯解送上去。他料定局势已混乱不堪,财政署无暇顾及这批失落银圆。果然,此后省府和财政署都未追问光洋下落,陈渠珍有了这笔光洋,就解决了召开湘西善后会议的经费问题。

　　又过数日,陈渠珍便以湘鄂川黔边区绥靖司令副司令长官兼湖南省府委员、沅陵行署主任的身份,通知湘西各县军政首脑及知名人士代表聚合乾城,隆重召开了一次"善后会议"。出席会议的代表计有一百余人。会上,陈渠珍发表讲话,称自己"年将古稀,论情论理,都应该休息。但湘西这次变乱,程主席、宋总司令不弃衰朽,以大义相责,要我出面收拾。渠珍为了地方的痛苦,为了程、宋两公的诚意,不能不勉强出来……"又说:"现在的湘西,如同大火一般已燃烧到每个人的房子来了,在座诸君都有这种危险的。所以每个湘西人都应该负起救火的责任,只要群策群力,一德一心,我相信这大火一定可以扑灭的。……关于各县的纠纷,我决定于会议时间外,当各县代表个别商量,于无可解决中一定要求得一种合理的解决办法,总要使湘西从今以后不许乱放一枪,妄杀一人,自然平我二十年前所喊的口号'保境息民',使人民得以安居乐业,这就算我收拾湘西善后唯一的目的。"

　　此会经过一番激烈争论,最后决定将尚未编定的湘西第八行政督察专区和第九行政督察专区的武装队伍,统一编为"中国人民革命军湘鄂边区湘西自卫军",由沅陵行署和绥靖行署副司令部统一指挥。同时决定由谭自平任凤、麻、泸三县边区清剿指挥部指挥,龙矫任永绥县长兼永绥清剿指挥部指挥。张平任沅、古、泸三县边区清剿指挥部指挥。杨元机任泸溪清剿指挥部指挥，张晋武任永、庸边区清剿指挥部指挥。汪援华、周海寰任永顺清剿指挥部指挥。原九区专员陈士与八区专员双景吾互调任职，而另一位八区专员聂鹏升占据保靖，与陈渠珍部相对抗，则未参加会议。不久，聂鹏升又被宋希濂任命为绥保守备司令。湘西各路武装首领，就这样各自得到了新的分封。"三二"事变后的湘西混乱局面从而也得到了暂时的平息。

第十九章　临终遗嘱

1. 养病太平山

再说瞿伯阶在宜都驻防了约一年多，随着局势动荡大变，不久程潜被调至湖南任省主席，瞿伯阶亦奉命撤至湖南。该部先驻慈利王家厂，继而与瞿波平一团汇合后又回到了龙山。

转眼到了 1949 年 3 月，瞿伯阶住在龙山县城一个四合院内，忽然一病不起。那时，幺妹每日侍候在侧，见他咳喘不止，疼痛不止，整个人也消瘦异常。那咳的痰中还夹有血丝，她疑心他是得了痨病。一天上午，幺妹将县城有名的黄老中医请了来给他诊病。黄医生给他看过脉后，将她叫到一旁悄然说："瞿太太，你丈夫的这病来势不轻啊，我察他的脉象已很微弱，他的这病必是肺上出了问题。"

"会不会是痨病！"她疑惑地问。

"差不多，就是肺结核，这病很不好整！"

"他怎么会得这病？"

"多半是因风寒引起，又操劳过度吧！"黄医生说。

幺妹道："他的病真是这样，去年冬天过洞庭湖受了风寒，那以后就一直咳嗽不止。他有时咳得无法，就抽鸦片止咳，鸦片能镇静一会儿，但时间久了就没效了。"

"鸦片不能治本啊！"黄医生又道，"这肺结核现在还无特效药治，我也只能给你开点中药处方，你先把这药给他试试，看效果怎样！"

黄医生把处方开好，又对幺妹道："你告诉瞿师长，这病还要多静养，多呼吸新鲜空气，最好住到山上去，或许对病愈有好处。"

幺妹拿出一沓钱，将黄医生打发走了，就派人照处方抓了中药来，自己亲手熬了一碗药，然后端到床前，对瞿伯阶道："黄医生给你开了几副中药，你喝了会好起来的！"

"我……这病怕是挺不过去了！"瞿伯阶有气无力地说，"我自己明白病势已重，你不需瞒我。照直说吧，黄医生是怎么讲的？我到底患什么病？"

"他说是痨症，就是肺结核！"幺妹不得不如实说了。

"我就知道……这病很凶嘛！肯定难治！"

"不，他说你可以住到山上去疗养，多呼吸新鲜空气，少操劳事，这样会好一些！"

"到山上去住？我……我又怎么丢得开部队！"

"你可以让别人去代指挥嘛，还是身体要紧。"她劝他道。

"找人代理指挥，这……这倒是个办法！"瞿伯阶想了想道，"杨树臣副师长到四川去了，要找人代职，只有叫瞿波平了！这个老弟我倒是很放心！"

"瞿波平最好！他最忠于你！"她也赞成道。

事情就这样定了下来。瞿伯阶将中药一口喝完，乘着咳喘稍好之时，即命护卫王麻狗道："你去叫瞿波平，让他到我处来一趟。"

王麻狗领命而去，到晚上才把瞿波平叫来。原来，这一日瞿波平带了3人到乡下收鸦片税去了，傍晚才回县城。瞿伯阶见他到来便嘱托道："波平，我想请你任代理师长！我要到太平山去养病！"

"你的病怎么样了？看医生没有？"瞿波平关心地问。

"医生看了，他要我住到山上去疗养，呼吸一下新鲜空气，或者会好起来。但……我知道这次的病势来得凶，恐怕不易好转！我不放心部队，杨树成到四川去了，一时不能回来，现在只有你能当此重任，你可要多当心点！"

"大哥，你放心去养病！"瞿波平应允道，"有我瞿波平在，掌握部队就没问题。"

"好……好，那就交给你任代理师长了！"瞿伯阶说毕，即写了个手谕给瞿波平，明确通知各团，在他养病期间，师长之职由瞿波平全权代理。

第二天上午，瞿伯阶带了一个警卫连，就坐了一辆大轿上了太平山去居住疗养。太平山在县城南十五里处，此山海拔约八百米，山上风景秀丽，树木参天。山顶一座寺庙修得金碧辉煌，里面住着几位道人，供奉着众多菩萨。

瞿伯阶来到山上，在寺庙里选了几间空房，就安顿居住了下来。这山上远离闹市，周围环境十分幽静。无论白天黑夜，除了偶尔听到鸟雀鸣叫，没有别的声音。瞿伯阶住过几天，将几付中药吃过，感觉病势已稍有好转，夜里的巨咳也稍稍减轻了。这日傍晚，瞿伯阶吃了点晚餐，信步来到寺内养生殿，与一个全身穿青布衣，鹤发童颜的黄老道长闲谈了几句。瞿伯阶问："道长，您多大年纪了。"

"虚龄98了。"

"啊，真高寿也。"

我想请教一个问题，瞿伯阶叹道："你老活这么大年纪，一定有什么长寿秘诀吧?"

"没什么秘诀。"

"没秘诀，那我问你，常人要怎样才能得道长寿?"

"这很简单!"老道长拈须而答道，"太上曰：'祸福无门，惟人自召；善恶之报，如影随形。是以天地有司过之神，依人所犯轻重，以夺人算。'故为人在世，应多做善事，才是求长寿的根本。"

瞿伯阶又道："久闻道家有养生长寿之说，但不知有无日常的养生之方?"

老道长又回答道："养生之方当然有。道家大师葛洪在《抱朴子·内篇》中说：'是以养生之方，唾不及远，行不疾步，耳不极听，目不久视，坐不至久，卧不及疾，先寒而衣，先热而解。不欲极渴而饮，饮不过多。凡食过则结积聚，饥过则成痰癖。不欲甚劳甚逸，不欲起晚，不欲汗流，不欲多睡，不欲奔车走马，不欲极目远望，不欲多啖生冷，不欲饮酒当风，不欲数数沐浴，不欲广志远愿，不欲规造异巧。冬不欲极温，夏不欲极凉，不露卧星下，不眠中见肩，大寒大热，大风大雾，皆不欲冒之。五味入口，不欲偏多，故酸多伤脾，苦多伤肺，辛多伤肝，碱多伤心，甘多伤肾。此五行自然之理也。凡言伤者，亦不便觉也，谓久则寿损耳。'所以，只要照我道家养生之方去做，保你能祛病轻身，延年长寿。"

"道家养生之方果然不错，可惜于自己却难做到。"瞿伯阶心里暗自忖量，除非自己能做一个超脱凡世的夫子，可自己又哪里超脱得了。这几十年来，为了生存他拖着队伍东奔西走，如今已经弄得疾病缠身，现在能否休养痊愈，也只有看天意了。如此想罢，他便辞别了道长，又回了卧房休息。

2. 明枪与暗箭

瞿伯阶在太平山寺庙住下不久，一天夜里，电台报务员小黄忽然走进来报告道："瞿师长，长沙来了一份密电。"

"请念吧！"瞿伯阶卧在床上说。

报务员随即念道："经军部研究同意，拟给暂编第十师补充步枪一千枝，机枪一百挺。接电后请瞿师长速派人来领取。程潜。"

"好啊，程颂公对我真有知遇之恩，我部的发展多亏他的关照！"瞿伯阶闻此讯，一时精神焕发，身子也不由得从躺卧而坐起来。

"程潜怎么这么大方，舍得给你补充这么多枪支？"幺妹那时不解地问。

"你不知道，程潜调到湖南来，手中的兵枪不多，他是为了抓点部队，才决定补充我部枪支啊！"瞿伯阶又道："乘这机会，我们应该赶紧把枪支领回，好扩充实力。"

"派谁去领枪呢？"

"当然要军需主任去，就叫田义汉带几个人跑一趟吧！"

"这田义汉是我的侄子，派他去领枪，应该是很可靠的。"幺妹说，"那就赶快快叫他去吧！"

"行，我再给长沙的瞿闵盛写封信，把此事告知一下。"瞿伯阶说罢，即给瞿闵盛写了一信，然后让人把田义汉叫来。当面嘱咐他道："你马上带几个人到长沙去跑一趟，顺便把这封信给瞿闵盛看他治病好了没有，如果病治好了，就一块领枪回来。"

那瞿闵盛还是半年之前害了病就去长沙诊治。他走后瞿伯阶任命了侯振汉当参谋长。瞿伯阶很挂念瞿闵盛。因为他当年落难时，曾在瞿闵盛家隐蔽，得到过他帮助。

田义汉领命后，第二天便启程，从里耶乘船，走水路到了长沙，在小吴门一家饭店找到瞿闵盛后，他便如实说道："我这次专来领取枪支的，瞿师长给你写了一信，让我转告你，若是你病治好了，就同我们一块领枪回去。"

瞿闵盛即应允道："好，好！我看看信再说！"

田义汉把信拿出，瞿闵盛接过一看，只见信中略云："闵盛弟，别来不知贵恙痊愈否？若病已好，即请随田义汉同回，我部正需要你人手，你早日归来就好。田义汉到省领取一些枪支，你可协助一起办好此事。"

瞿闵盛看完信即问："你这回领多少枪？"

"有一千枝步枪，一百挺机枪！"田义汉道。

"好，有这么多枪，足足武装一个团有余了！"瞿闵盛顿时起了不良之心。他沉思片刻即道："你把枪取好，我同你一块回去，咱们从水路先至常德！"

田义汉见瞿闵盛病已治好，并愿与他同行回去，心里亦毫无防备。3日之后，他将枪枝取出，装好货轮，即与瞿闵盛一道走水路回程归去。行至半途，瞿闵盛命手下弟兄暗中出手，在夜里将田义汉和两护卫一道干掉，抛尸湘江之中。然后将那一船枪支竟独吞了。船至常德，瞿闵盛把枪支悄悄卸下，再到常德与十七馊靖区的司令李默庵接上了头。由李默庵任命，瞿闵盛自树旗帜，成立了一个旅，当了李默庵部下的一个旅长。

再说瞿伯阶自派田义汉取枪去后，过了月余竟无音讯。他于是将特务营长邓柏林叫来说："田义汉久去不回，恐怕已出了麻烦，你可速去常德打听一下。"那邓柏林奉命，带着十多个弟兄来到常德。暗中一问，才知瞿闵盛已成立了一个旅，并当了旅长。邓柏林便登门拜访，直接问瞿闵盛道："田义汉到长沙找你取过枪支没有？"瞿闵盛说："取过，但枪还没全取到手！只取到十挺机枪，你先把这些枪领回去吧！"说罢，就让手下人搬来了十挺机枪。

邓柏林又道："那田义汉呢？现在何处？"

"他还在长沙守候呢！"瞿闵盛道，"他取枪有了消息，我再转告你们。"

"你现在回不回去？瞿师长很惦念你呀？"

"我不回去了，你转告瞿师长，我想就在常德干！李默庵司令已应允我在他手下当了旅长！"

邓柏林见瞿闵盛如此说，知道他已起了异心，那取枪一事，定有蹊跷，只是当下不好说破。他于是只好带了那十挺枪机回了龙山。见到瞿伯阶后，邓柏林便将详细情况作了汇报，然后分析道："我怀疑枪支早被瞿闵盛取走了，田义汉也没有下落，说不定已被暗杀。瞿闵盛自己又成立部队当了旅长，他的枪从何处来？这里面肯定有文章啊！"

"这个兔崽子，他竟然叛变了！"瞿伯阶怒不可遏地骂道，"这一千条枪，竟然被他独吞掉了！嘿，真是知人知面不知心！我还当他是好朋友，他却干出这个勾当！"

瞿伯阶这一气之下，当晚就又病倒了。

3. "鼠王"托孤

瞿伯阶这次病倒后，就再也没好过来。尽管请黄老医生又上山给他开过几付中药，他吃后却无一点效果。半月之后，他已形销骨立，身上瘦得只剩下了皮包骨，眼看大限将至，瞿伯阶反倒镇定地安慰幺妹道："我……我死后你不必太伤心，人嘛，迟早都……都是要死的！你……你应该好好活下去，把孩子抚养带大……"

幺妹不住流泪，暗自伤心。每次又到寺庙的菩萨像前，不住的跪拜和祈祷，让佛保佑我的夫君渡过劫难，治住病魔，使身体早日康复。然而这一切似乎都无济于事。过了几日，瞿伯阶的病已更沉重了。这天傍晚他呻吟着，像蚊子一样发出了一点细微声，幺妹听他是在叫瞿波平的名字。便说："你是不是要找波平！"他吃力地"嗯"了一下。她随即让护卫王麻狗速找瞿波平上山来。

过了一阵，瞿波平一行人骑着马跑上了山，这时天已大黑，屋内点了几支蜡烛。瞿波平走到床榻前，低身问道："大哥，我看你来了！"

瞿伯阶睁着眼，吃力地说："波平，我的好弟兄，你……好好干，我……我不行了！我死后，这支队伍就……交给你了！你要听程潜的话，把……把部队……带好！"

"大哥放心，我一定照你说的办！"瞿波平哽咽着应允道。

瞿伯阶说了几句，忽然又一阵咳嗽，只咳得他全身抽搐，挣扎不已。好不容易平伏下来，却见他仰面躺着，脸色灰白，已经气若游丝，奄奄一息。

"崇胜，崇敬，你们俩都到爹面前来！"瞿波平又叫着。

两个孩子和田幺妹这时都趴在床沿，伏在瞿伯阶的身旁，直到瞿伯阶咽下最后一口气。尔后，田幺妹和孩子们都大哭起来。

"嫂子，别哭，还是料理后事吧！"瞿波平劝幺妹道。

"怎么料理，你看着办吧！"幺妹说。

"明天抬到县中礼堂去，给他买付好棺材！多做几天好事！"瞿波平和幺妹商议道："嫂子，你要多节哀，不要太悲伤，大哥生前是个乐观人，他不喜欢流泪哩！"

但幺妹还是忍不住流泪，为瞿伯阶之死得太早，为她自己一辈子的坎坷命运而感伤不已。

天渐渐亮了，东方露出了鱼肚白。瞿波平命人将瞿伯阶的尸体用担架抬起，直送到龙山县中的礼堂里。这里早已扎好一个灵堂，她和两个孩子戴了孝，开始守灵。

瞿波平把灵堂丧事稍作安置后，即把参谋长侯振汉找来商议道："现在瞿师长已病逝，师长职务你看谁当为好？"

侯振汉道："军中不可一日无主！瞿师长生前让你代理师长之职，说明他很信任你，已把职权都交给你了。现在他已病逝，你理当正式就任师长一职。"

瞿波平道："这事，我看还是开个会研究一下如何？杨树臣副师长也回来了，大家一起商议才好作决定呀！"

"这好办！开会由我来通知吧！"侯振汉说，"非常时候，你一句客气话都不能讲，师长之职就是要由你当，这也是瞿师长的生前遗嘱嘛！"

"好吧！那就抓紧开个会！"瞿波平表示同意。

侯振汉随即派人下通知，让各团营以上干部来到师部开了一个短会。会上，瞿波平首先说："昨晚瞿师长已病逝，现在部队没有了师长，大家看谁担任合适？"

侯振汉立即接话道："瞿师长生前让波平任代理师长，其实就是要他继承师长之职统领部队。我看这事也没什么好商量的，师长之职理应由瞿波平来担任！"

众军官听罢此言，有多人当即表态，表示拥护瞿波平任师长之职。副师长杨树臣这时也表态道："波平当师长很合适。瞿大哥生前就是这个意思。我们还有什么好说，如果波平不当，就由瞿大哥的儿子来当。"

"瞿大哥的儿子还只有15岁，还是由瞿波平当为好！"侯振汉又道。

众人随即发表意见，纷纷表示赞同。这担任师长之职，也就这样定了下来。

4. 魂归绿林

瞿波平就任师长之后，对瞿伯阶的丧礼十分重视。他安排了2个连帮助驻守灵堂，又让全师上下官兵袖上戴了黑布，以示痛悼。为把丧事办得隆重，师部还请了一班道士和一班乐师来做道场。这些道士和乐师一来，灵堂前就热闹异常。按照做道场的程序，几位道士先给亡人开路，然后将死者尸体入殓到一个楠木做的豪华棺材内。那棺盖半开半合，以供人们前来瞻仰。

接下来整整一个月，幺妹和大夫人向氏及瞿伯阶的3个孩子都到灵堂前守灵。大家披麻戴孝，每天由道士领着，按土家风俗做着各式各样的繁褥丧仪礼节。与此同时，前来送挽彰花圈的人也络绎不绝。那些挽联大都是龙山县各界知名人士和团体所赠，内容多是颂扬阿谀之词，只有几副对联令人看罢难忘。一幅是瞿波平请人撰写的，对联云：

雁翼折西风生我而生乃遂先我而死

蛮音悲落日可叹在弟毕竟可叹在兄

另一副对联云：

烟雨凄凄满眼山花凝血泪

音容杳杳一溪流水伴哀声

与这些对联相媲美的，是道士和歌师们绕棺而唱的一些丧歌，其词其调有许多都很优美而又哀婉。如其歌云：

自古人生无不死，

蜡烛怎能永发光？

……

山中也有千年树，

世上难活百岁人。

……

亡人一去永不回

蚂蚁衔泥难成堆。

父母恩深终有别，

夫妻义重也分离。

一颗明珠土内埋，

麻丝缠手难丢开。

树欲静而风不息，

子欲养而亲不在。

聊诠微词难成句，

余情未尽有余哀。

道士与歌师唱得越哀婉，幺妹等亲人自然越觉伤心悲痛。如此做了30天道场，在临出殡的前一日，丧事主持人又特意做了一场隆重的家奠礼。这家奠礼据称是宋代朱熹制订，故设此礼首先要设坛请朱熹老夫子。丧事主持者事先在县中择了一净室，内设了大桌一张，供上朱熹老夫子的牌位。尔后领着孝子行了跪拜礼，再念了一通《请师文》。接着，又在神坛请了祖神，请师请神毕，再由礼生引导孝子至灵位前三上香、三献纸钱、三献爵，而后孝子跟随礼生绕棺而唱哀歌。唱毕，再随礼生分别到所设拜跪所、成服所、降神所、浣洗所、薰臭所、毛血所、肴馔所、酒樽所、果品所、视版所、歌诗所等处致祭奠礼，每到一处，跟着礼生唱"哭路词"和"赞词"。这些丧礼仪式做毕，最后进入"点主"仪式。这"点主"仪式是丧事中最隆重的时刻。按照常规，老人死后，需在神龛上列上牌位，以便享受子孙祭祀。

这牌位由木板制作，约有一尺来长，四寸多宽，正中书写着"先考某公讳某某神主位"字样，其神字右边申的一竖和王字头上的一点事先空着，将由有名望的父母官来惯点，这点主者的官职越大，死者亲属自然就越体面。瞿伯阶死后，为聘点主的人，事先还颇动了一番脑筋。因为龙山地方偏僻，要请来高官点主实很不易，瞿波平和侯振汉等人商议，最后决定请住在恩施的国民党鄂西行署主任朱怀冰前来点主。那朱怀冰乃86军军长朱鼎卿的堂兄。朱鼎卿曾经围剿过湘西土匪，与瞿伯阶是老对手，直到瞿部接受招安整编后，双方关系才渐改善。此时为笼络瞿部势力，朱怀冰亦应允前来赴丧"点主"。在举行丧礼的头一天，朱怀冰随带了咸丰县长杨松如和来凤县长张耀文一起来到龙山。瞿波平等作了热情款待，并将朱怀冰一行安排下榻在一旅馆之内。

　　第二天早上，县中的灵堂前早已搭好了一个五彩缤纷的"点主台"。只见台上摆着一把雕龙太师椅，一张大方桌，桌上放着一支牌位，一支新毛笔和一盘朱砂粉。这时，远近来看热闹的人已围得人山人海。那朱怀冰吃过早餐，在众护卫的凑拥下，也来到"点主"台前。须臾，由主持人高喊道："请大家就座！"朱怀冰随即被拥上台去，在太师椅上坐了。主持人又叫："请执事者授笔。"一执事便上前将朱笔捧上，口中念着赞词道："昔湘东王，品笔独详；分列三等，忠孝为上。"念毕，即将笔授给朱怀冰。主持人此时又叫："请大宾贯神！"朱怀冰便握笔在手，把那朱砂粉一蘸，即在那写着"显考瞿公讳伯阶之神主位"的神字右边的"日"上贯上了一竖。写毕，主持人又叫："请大宾点主！"朱怀冰闻声，即在"王"字上写了一点。主持人再叫"笔（谐音必）后发"，朱怀冰遂将笔往脑门后扔掉了。几个孝子随即给点主者行了三拜九叩礼，主持人便叫"礼成！"又有执事者捧了一盘金子，当场送了朱怀冰，算作点主酬金。朱怀冰将那金子接下，即在一片鼓乐和鞭炮声中，走下了点主台。

　　"点主"之后，丧事便进入送葬之时。按照瞿伯阶生前的意愿，大家决定将他的遗体抬回老家的五把刀山安葬。因为县城离瞿家寨有近百里远，一路上翻山越岭，路不好走，瞿波平特派了一个连队护送。出殡之时，震耳欲聋的鞭炮和锣鼓唢呐声响个不停。

　　此时由一个排的武装士兵在前面开道，接着护兵抬着瞿伯阶的画像，其后是两乘轿子，由两位亲属坐在轿内，分别搬着亡人立牌和亡人灵牌。依次又由两人抬着一纸扎的青狮白象，象征着保卫亡人在阴司途中不受鬼

253

怪袭击。再后便是十六人抬的瞿伯阶的灵柩。灵柩之上有两台棺罩，罩顶有亭亭玉立的仙鹤。棺材之后是围鼓响手、放鞭炮者及撒纸钱者，再后是亲属和送葬的人们。这支长长的队伍穿过县城，几乎引得龙山城万人空巷，纷纷驻足观看。

　　在龙山城绕城一圈之后，送葬队伍便折往乡间而去。沿途经过整一天跋涉，队伍从龙洋岩至贾田溪，直到当日傍晚，才将棺材抬至五把刀山作了隆重安葬。

第二十章　穷途末日

1. 最后的挣扎

为瞿伯阶办完丧事，瞿波平派一连人又将幺妹接回了龙山城居住。过了月余，即闻程潜在长沙通电起义，湖南宣告和平解放。不久，又闻湘西王陈渠珍在凤凰宣告投诚起义，凤凰乾城一带和平解放。暂编第十师的官兵，这时都人心惶惶。瞿波平此时未接到程潜指示，亦觉无所适从。正在他徬徨无靠之时，一日傍晚，忽有一龙山人到师部登门求见。

"瞿师长，鄙人是宋希濂的经理处长，名叫田直。今日特来拜见。"

"啊，田处长，你是我们的龙山老乡！我早就闻知过！"瞿波平道，"你怎么回到家乡来了？"

"我是在宜昌被解放军俘虏了，押解途侥幸跑脱，现在准备去恩施见宋长官。"

"原来如此！"瞿波平又问道，"你可知现在局势如何？"

"局势已很危急了！"田直道，"解放军打过江南，国军节节败退，这湘西也会很快不保！"

"好，我们该怎么办？"

"你的情况我知道。你想靠程潜，他却已靠不住了。我看你还是到宋主任那里去搞吧！我可帮你去说，会让你仍编一个师！"

"好吧！只要宋主任收留，我愿意服从他的指挥！"

"就这么说定了！"田直遂起身告辞道，"我走了，你等着好消息吧！"

又过半月，田直果然发电来相告，说是宋希濂已经应允，并让瞿波平去恩施与宋希濂面谈。瞿波平即带了一个手枪连到了恩施。宋希濂很快会见了他，并慷慨说道："我已报经蒋总统，同意任命你为新编第十师师长。"

"多谢提携!"瞿波平感谢道,"我部现在很缺枪弹,希望能给点补充。"

"没问题,就叫田处长给你办吧!"

田直果然奉命给了瞿部二十箱子弹,并另送了两挺马克沁重机枪和两支卡宾枪。

瞿波平从恩施返回龙山,开始布置在县城挖工事进行防守。9月上旬,宋希濂准备逃往四川,行前又将瞿波平叫去,嘱他服从陈希平军长指挥。陈希平的部队挖了一天工事,半夜里却悄然撤走了。瞿部随后亦接到撤退命令,这时解放军已快进龙山县城,瞿波平率部撤退来到咸丰十字路,被尾追的解放军吃掉了一个营。此时与宋希濂部的联系也被中断。瞿波平恐往前走地理不熟,乃又掉头将部队拖回了龙山的二所一带。

回乡不几日,忽有师兴周部的一个王副官送了一封信来。瞿波平不识字,便请杨树臣把那信念了一遍。

波平弟:

过去伯阶对我们的误会实在太大了,他的病逝是我们大家的不幸。现在大敌当前,我们要合作对敌,方有出路。望你不要计较过去,速来里耶,我们共商大事。

师兴周　瞿闵盛
一九四九年十一月五日

瞿波平听罢信,一时觉得很意外,这师兴周过去与瞿伯阶是死对头,瞿闵盛以往虽与瞿伯阶好,但后来背叛了瞿伯阶。现在,形势一变,这二人又想邀他商议合作对敌,究竟理不理睬对方,他一时拿不定主意,遂又把两个团长彭雨清和向敬海找了来商议。

"我看咱们还是去里耶吧!"副师长杨树臣建议说,"师兴周与瞿闵盛既然愿意与我们合作,咱们就去也不妨。"

"对,去了看情况再说。"彭雨清道,"他们若有诚意,我们就一起合作干,若无诚意,我们随时都可把部队拖走。"

"好!既然大家都同意,我们就去吧!"

瞿波平最后作了决定。第二天一早,瞿波平即率部向里耶走去。经过内溪棚时,便与师兴周相见了。师兴周对瞿波平道:"波平,你来得正好,过去伯阶对我有误会,他去世了,我也很难过。现在我的年纪也大了,我想把部队都交给你和瞿闵盛指挥,咱们就到里耶一起商议一下防共大计。"

"行啦,过去的事就别提了,我也不是小器量人。"瞿波平如此说着,就与师兴周一块把部队带到了里耶。

此时，瞿闵盛也早率部回到了里耶。见到瞿波平到来，瞿闵盛走上前，显得很热情地说："瞿老弟，你来了，很好嘛，我与瞿大哥交情本来很深，后来产生了误会，我是不得已才离开，后来听说瞿大哥不幸病故，我也好难过。现在你当了师长，我要恭喜你，咱们应该重新合作才是。"

瞿波平也点头道："过去的事已过去，就不再提了。现在时局变化太快，我也搞不准，还请你们多指点。"

如此说过几句，大家就进了瞿闵盛的住屋。这时，暂一军军长陈子贤和酉阳地区专员庹贡庭也到了里耶瞿闵盛家里聚会。晚上，一伙人一面抽大烟，一面就商议起防共大计来。

陈子贤首先直率地说："如今，局势非常严峻，共军从四川将很快回师湘西。值此危难之时，大家应该以党国为重，要同舟共济，协力作战！俗话说'一根筷子容易折，十根筷子折断难'嘛！我们只要合成一股绳，就一定能与共军抗衡！"

"对！子贤兄所言极是！"庹贡庭首先表态赞称道，"我们应该团结起来，大家协力作战，就能取得胜利。"

师兴周这时也发言道："过去我和瞿伯阶有些矛盾，现在我想不必再提了，如今波平当了师长，年轻有为，我们可以好好合作。"

"我也是这么想哩！"瞿闵盛忙道，"过去我和瞿伯阶关系很好，后来有了些误会，这些现在都不必提了。眼下解放军到了我们家门口，大家应该不计前嫌，共同团结对敌！"

瞿波平见众人都表了态，也只好说："既然你们都愿意团结合作，我也没啥意见。"

"好！大家认识统一了，事情就好办！"陈子贤最后说："过几日我们齐聚八面山的岩落科，大家再歃血盟誓，组建湘鄂川黔边区自卫委员会，我再向蒋介石发报。我们要把八面山建成打不垮的反共基地，等到第三次世界大战爆发，我们就可再夺天下！"

一伙人如此商定后，就各作准备去了。

数日之后，陈子贤通知各县武装首领，果然齐聚到了八面山下的岩落科寨子。这些首领分别是庹贡庭、陈子贤、师兴周、瞿波平、罗文杰、陈士。此外还有古丈的张平和永绥的周燮卿各派了代表来参会。会上，由陈子贤主持，宣布成立了"湘鄂川黔边防总司令部"，推选庹贡庭为总司令，陈子贤、师兴周为副司令，同时委任瞿波平为前敌总指挥，杨树臣为前敌副总指挥。就职仪式结束了，众人又歃血饮酒。这时，只见杀鸡者立在一张桌前，把那鸡头一刀砍断脖颈，将鸡血滴在了碗中。然后，杀鸡人将鸡和刀子往背后一抛，按兆头，若鸡头和刀口朝外，就象征兄弟的"一致对外"；若方向相反，则象征"内部有奸"，必然相互不和。此时，那杀鸡者一抛刀，只见鸡头和刀头却正好向内，大家一看兆头不好，心头顿觉不安。师兴周走过去，一脚将鸡头和刀子往外一踢，就带头走到桌前，对着立有"夫子"的小木牌跪下盟誓道："夫子在上，弟子在下，如有丢兄卖弟，奸妻淫妹，照鸡而死，照香而亡。"说罢，把香横在木板上，拦腰一刀砍断了。旁边事先站好的人立即捧上那滴有鸡血的酒给他道："赐你一杯红花酒，寿诞九十九。"其余人见总司令带了头，遂也照样盟誓砍香喝了血酒。

2. 互斗心计

岩落科会议后，陈子贤想利用瞿波平和师兴周的部队，把八面山建成坚固的防守基地，以阻挡解放军的进攻。但是瞿波平与师兴周、瞿闵盛之间的矛盾不仅没有消除，而且很快暴露了出来。

一日下午，师兴周闻讯解放军已到保靖比耳，即找到瞿波平和瞿闵盛道："你们俩组织人马去比耳偷袭一下，与解放军打一打，挫挫共军的锐气如何？"

瞿闵盛答应道："可以，只要波平愿去，我可以配合。"

瞿波平便问："比耳有多少解放军？"

"听说只有一个连！你带一个营去，保证能吃掉！"师兴周又道，"瞿闵盛在比耳还有亲戚，他对路线很熟，你们可以好好配合。"

"好吧！那就搞他一家伙！"瞿波平应允了。

当晚，瞿波平和瞿闵盛就各带了一些队伍，从里耶过了河，然后到达了距比耳还有几里路的一个寨子，此寨有瞿闵盛一个亲戚。因为天还未亮，队伍就在寨子里等候，准备拂晓进攻。天快亮时，瞿闵盛忽找到瞿波平说："我刚得情报，说解放军走了，那我们就不去了。我先回里耶去，你天亮再带队回来。"瞿波平便说："那你走吧！"

瞿闵盛走后不久，天渐渐亮了。这时，只听一阵枪声响起，解放军忽然冲进寨来。瞿波平猝不及防，忙率部突围而出。回头跑到里耶一清点，部下伤亡了30多人。解放军倒也没来追赶。瞿波平心生纳闷，瞿闵盛不是说比耳的解放军撤走了吗？他们为何突然打了过来？是谁走漏了消息？后来，里耶的一位老人告诉瞿波平道："你不知道，瞿闵盛玩了一个花样，你们昨晚住到他亲戚家，瞿闵盛让他的亲戚去到比耳告诉了解放军，他想借解放军来消灭你，所以他先溜了回来！"

瞿波平闻罢此言，当下只是忍着没有做声。又过数日，师兴周的一个外甥送了信来，说解放军已调了一个团的兵力准备来打里耶。师兴周又找瞿波平和瞿闵盛研究对策。瞿闵盛便说："解放军打里耶，必定走岩寨路，如果在那里守住，就能保住里耶！我看那地方也只有瞿波平去守才好。波平年轻，部下又善战，必能守住这个卡子。"

师兴周也说："波平，你就担此重任，怎么样？"

瞿波平正想借机报复，让瞿闵盛等吃点苦头。此时想了想便道："可以，一个团我负责把他们打回去，你们放心好了！"

第二天，瞿波平将部队和家属全部都撤走向了八面山，自己只带了二百余人来到岩寨。第三日天刚亮，四十七军一四一师四三二团郑波率领一支解放军部队果然打来了。瞿波平命部下放了几枪，就匆匆撤退跑了。解放军在后追赶，一口气追到了里耶，那师兴周和瞿闵盛还指望有瞿波平守着关卡，却不知解放军来得这么快，慌忙之下，师兴周和陈子贤、瞿闵盛等一伙人，没命地就往八面山奔跑而去，他们动作再迟一点，就险些都做了解放军的俘虏。

3. 剿匪燕子洞

师兴周与陈子贤等人上了八面山后，先进燕子洞司令部躲了一晚。那燕子洞位于八面山顶一座孤峰下数十米处。其洞四周是悬崖绝壁，洞口一字排开有四个，中间相互间隔十余米。一、二、三洞间相互连通，第三洞与第四洞间却无通道。只在洞外有条丈余宽的裂缝，上搭一座木桥可以相通。师兴周本住在第四洞，第二天下午，他想到第三洞去查看一下兵力部署情况，刚走到木桥上，山顶忽然滚下一块石头，差点砸在他头上，使他虚惊了一场。接着，在第三洞旁又发现一只豹子伏在树丛下探头探脑张望，他抽出枪正欲打，豹子却飞快跑了。再仔细看树下，又见有一条被冻死的五步蛇。他遂叹口气道："怪事，怪事，今日好晦气，碰到岩崩、豹逃、蛇死三件事，兆头不好哩！这燕子洞不能住了。"

陈子贤道："不住这里，朝哪儿去？"

"要另找地方。"师兴周说罢，即让人把侄儿师文锦叫到洞口来嘱咐道，

"这个洞你要好好守住。我的司令部要设到西壁岭去。"

当晚，师兴周即把临时指挥部转移到了西壁岭与牛路口边的一个小村寨。此处年树林茂密，易于隐蔽，小寨之下，即到四川酉阳县境。是夜，师兴周又通知各部大队长到小寨开了一次紧急军务会。会上，师兴周对众首领说："各位，解放军已到了八面山下，很快就要攻山了。大家不必害怕，有八面山作天险，咱们能攻能守。只要顽强坚持三个月，等到国军反攻大陆，共军就会溃退。到时人人都是功臣，都能官升三级。"

陈子贤也提高嗓门帮助打气道："师司令说得对，我们只要死守三个月，局势会就大变。美国会支持，蒋总统在台湾会发兵，还会派飞机支援我们。第三次世界大战也会爆发，到那时，天下就是我们的了。"

"不知共军这次来了多少人？"大队长邹宗仁问道。

"顶多一个团！"师兴周说："他们是长途奔袭，人不会多。我们现在有1000多人，只要把各路口封锁起来，解放军就难攻上来。为加强防卫，各部要坚守要塞。邹宗仁和陈绍裘负责守大小岩门，把碉堡加修好，别让共军从那里攻上来。"

"是！"大队长邹宗仁和陈绍裘一齐应允。

"师明金，你带人去守西眉峡，把三道闸门把守好，多备些滚木擂石，坚决把共军堵住！"

"是，我一定会守住阵地！"师明金答应道。

"师文锦，你部要坚守燕子洞。那里面装满了我们的物资，你可要小心守住！"

"我会全力坚守，请伯父放心。"师文锦点头道。

"好，各位有决心我就放心了。"师兴周道："善用兵者，要有勇有谋。你们坚守各防线时，千万不要麻痹大意，与共军作战，要多动脑筋。"

接着，师兴周又派出几路人马对牛路口等险道作了防守，又指派叶仲翔支队作机动部队，准备随时向各方策应。

如此分派妥当，各路首领便领命而去，开始对各险道进行防守部署。

此时，解放军一四一师四二二团在八面山下的里耶镇已安营扎寨。这个团的团长名叫郑波，三十多岁，长得虎背熊腰，身材矮壮，脸上留着络腮胡须。五天前，郑波所在的部队还在四川利川县，该部是在解放重庆后班师回湘西途中作休整的。其时，刚刚过完1950年的元旦，四十七军军部忽然发来一份急电，命一四一师火速回永顺专区参加剿匪战斗。师长叶健民接电令后，即命四二二团团长郑波率部当前锋速往龙山八面山，准备奔袭师兴周所盘踞的老巢。

郑波接到命令，当晚即和政委傅必福商量了一下进军路线。郑波说："师部让我们团作先锋，我们要抓紧战机。《孙子》兵法曰'凡战者，以正合，以奇胜。'我想我们只有长途奔袭，出其不意去攻击，才能拿下八面山。"

傅必福道："对，孙子还说过'激水之疾，至于漂石者，势也。鸷鸟之疾，至于毁折者，节也。'我们应当神速出击，使敌人措手不及。"如此商议妥当，第二天，两人即带该团连续急行军，三天走了四百余里路。到龙山县后，为给敌人造成去保靖而不打八面山的错觉，特绕道洗车河来到隆头，然后兵分三路直扑里耶。由于扼守岩窠的瞿波平未作抵抗即撤走了，结果该团将正在里耶聚集开会的师兴周、陈子贤、庹贡庭等部一下就冲散了。解放军四二二团一直冲到八面山下的岩科落村，眼见师兴周率部上了八面山，才停止追击。

郑波得知八面山地势险要，部队扎营后，他便带着警卫排在八面山麓仔细观察地形，一面寻找当地山民作向导，准备组织模拟攻山演习。第二天，师部侦察科长把刚投诚的原国民党永顺专区专员聂鹏升带来了。聂鹏升本来坐镇在保靖，解放军初进西南时，他就率部投了诚。其时，师兴周还想和解放军顽抗，并接受了宋希濂的收编，当了暂编十二师少将师长，二人从此就分道扬镳了。聂鹏升来到八面山下，郑波便询问他道："师兴周是你的老部下，你知道他现在还有多大实力？"

"他至少还有一二千人。"聂鹏升道，"他的势力在八面山下一带是很大的。"

"八面山好不好攻？"

"不好攻！"聂鹏升道，"这座山地势很险要，以往瞿伯阶占住这八面山，国民党一个军部没打败他。那山上还修筑了许多工事碉堡，所谓'一夫把关，万夫莫开！'此言不虚啊。"

"照你这么说，八面山莫非攻不上去？"

"那也不是这个意思。"聂鹏升道，"贵军乃神兵天降，哪有攻不破的山头，只是我想提醒你们要多加小心而已。"

"好，你就等着瞧吧，我们一定会拿下这个山头。"郑波自信地说。

过了一日，一四一师四二一团从龙山县城经召头寨赶到了内溪棚，师部命令该团从内溪棚由北面的西眉峡向八面山进攻，命令四二二团从里耶南面的大小岩洞向八面山进攻。

元月18日凌晨五点，总攻命令下达了。四二二团用两个营的兵力，同时向大山岩门发起了猛攻。这两个岩门都很陡峻，坡度有七八十度，那岩门之上设有明碉暗堡，解放军一爬上去，就遭到守军的滚木擂石和枪弹阻击。郑波再命用六〇炮轰击，可是那炮弹从山下往上射击，不好瞄准，不是射高了，就是打低了，总是打不中目标。反复冲锋几次，结果都被打退了，有十多名战士被打死打伤，与此同时，在西眉峡四二一团，接连发起四次进攻，也先后都被守军用滚木擂石打退，有几名战士被打死。

眼看进攻受挫，双方出现了对峙的僵局。郑波心急如焚。当天晚上，他主持召开连以上干部会议，研究破敌对策，大家商量了好久，都没有想出适当的办法。第二天，郑波带着几名警卫来到山脚一村寨，找了几个村中的百姓开了一个座谈会。他询问几位村民，有什么好办法可以攻上山头，几个村民却都摇头，说没有什么好法子。郑波感到一脸困惑。会议散后，却有一个矮墩的中年人主动上门找到郑波说："解放军同志，你们要打八面山，我有一计可以成功。"

"啊，你有什么好办法？快请讲。"

"我告诉你，这大小岩门之间有处岩壁，可以爬上去。你们只要派支小部队摸上去了，从上面发起进攻，保证可以占领这两处岩门。"

"好，你怎么不早说？"郑团长奇怪地问。

"人多嘴杂，我怕走漏风声嘛！"

"嗯，你考虑得真细致，你叫什么名字？"

"我叫彭五宝，别人都称我山猴子，这八面山我到处都摸熟了。"

"那好，就请你给我们带队吧！打下土匪，你就立了大功！"郑团长高兴地说。

当晚，郑波即派了杨保才当突击连长，让他带一连人去上山偷袭。同时让一营和三营在山下进行佯攻。

杨保才带着一连人，在山猴子等3名向导的引领下，携着一些软绳、软梯、挠钩，到了大小岩门之间的一个叫易家堡的小村寨的背后。此处有一块白色岩壁。彭五宝对杨连长道："就从这里上，你们看我的，大家跟着来。"说罢，即腰缠软梯和绳子，一手举着挠钩，朝那岩壁上的一个树苑一钩，接着纵身一跳，两手握着杆子，双脚蹬着岩缝，只几下就爬上了三丈多高的岩壁之上。然后，他把软梯的一头系牢，另一头甩到岩下，供战士们攀登。他举着挠钩，又照刚才的方式继续往上攀登，攀上去后，又甩下软梯，让战士们跟着上。如此一级一级攀去，不到两小时，100多名解放军全部登上了山顶。连长杨保才遂朝团指挥所方向发射了3发信号弹。团长郑波见到信号，立即命一、二营发起佯攻。一时山下枪声大作，此时天刚刚亮，驻防大小岩门的守兵以为解放军又开始攻山了，立刻又放滚木擂石，并往山下不断射击。

此时，杨保才将队伍分成两支，一支直扑大岩门，一支扑向小岩门。当邹宗仁、陈绍裘正督促守兵全力注意山下的解放军进攻时，不料山顶突然射下一排排密集的子弹，解放军突然出现在近旁的山上。守兵顿时乱了阵脚，一个个被迫停止抵抗，并举起双手当了俘虏。

从西眉峡进攻的四二一团，这时也在炮兵的掩护下突破防线，攻上了八面山顶。两个团的人马汇合之后，在山上展开围剿。到下午五时，部队将东南方向的燕子洞包围了起来。

燕子洞内，师兴周的侄儿师文锦带着一二百人守着洞口。看到解放军兵力强大，师文锦自知难以坚守。当日夜里，他带着守兵，乘着夜色从洞口外的缝隙中用绳子往下吊，最后悄然逃走了。第二天早上，围洞的解放军攻进洞去，只见洞内空寂无人，但在洞内深处，却缴获了几十支枪和10多万斤粮食及大量布匹、光洋、鸦片等物资，解放军发动山下的100多青壮年农民，挑了半个月才把洞内的物资挑完。

4. 亡命荒野

燕子洞被攻占后，解放军四二一、四二二两团人马在八面山继续进行搜索。此时师兴周还藏在西壁岭下的一个村寨里。

第二天上午，四二二团三营搜索追击到了牛路口，这时大雾弥漫，十米开外不见人影，解放军摸近西壁岭边时，被师兴周的一个流动哨兵发觉了。那哨兵匆忙打了一枪，口里叫道："共军来了，共军来了！"解放军跟着发起冲锋。师兴周听到枪声，慌忙下令道："快撤！不要吃早饭了！"说罢，骑了一匹骡子，带着七夫人，在众保镖的保护下就匆忙从牛路口下山，没命地向四川酉阳境内猫儿溪逃去。这时陈子贤也正带几个护兵在山边观察地形，闻听枪响后，他来不及与师兴周联系，匆忙从岩口关隘下山，也到了酉阳县境。逃窜了半月后，陈子贤在酉阳待不住，接着又折回龙山二所乡，在瞿波平部隐藏了一个多月，后来他想只身逃往香港，不料从里耶坐船到沅陵时，被一妇女认出而活捉了，不久即在沅陵被公审处决。

四二二团在酉阳境内跟踪追击，追到猫儿溪时，又打了师兴周一个措手不及，师部的四百余人溃散得只剩下了百余人。师兴周为逃避打击，最后将这百余人作了解散，自己身边只带几个护兵。他想采用趴壕的办法来和解放军周旋。四二二团剿灭了师兴周的主力后，不久又奉命开赴古丈去打张平。

此时，张平在湘西"善后会议"中被任命为暂十一师师长兼沅古泸剿共总指挥。其手下有三千多兵力。为和解放军相对抗，他将司令部从县城移驻到了家乡李家洞，并在朝古丈、沅陵方向各布了三道防线，每道防线都派了兵力去防守。解放军四十七军则抽调了一三九师四一六团两个营，一四一师四二二团两个营，军部七个连，共计三千余兵力，分别从永顺王村、乾城马颈坳、沅陵县乌宿集中，对张平盘踞的李家洞构成了包围圈。四二二团奉命从龙山来到永顺王村，担负了从古丈境内向李家洞进军的主攻任务。

1950 年 3 月 2 日傍晚，围剿匪首张平的战斗开始了。四二二团二营先遣排在倪飞排长的带领下，首先从王村出发，连夜渡过酉水河，直向张平的老巢李家洞奔袭而去，途中解放军接连攻破了三道防线。第一道防线在高望界，其山海拔一千一百多米，是古丈境内最高的山峰，也是通向李家洞的第一道关卡。在该山守卡的是张平手下的一个大队长张顺宝。其夜解放军摸上山时，张顺宝和 30 多个士兵还在哨棚里酣睡，就糊里糊涂当了解放军的俘虏。第二道防线在烂泥池近旁的五马破槽，由张平手下大队长向开国守卫着。五马破槽是一条宽一丈多、长五十多丈的山沟，地势生得很险要。倪排长率部赶到时已是凌晨时分。向开国清晨醒来，匆忙组织抵抗，倪飞组织冲锋，仅半小时就攻占了这一关卡。接着，先遣排继续向前追击，不一会即到了梅子坡下，此地距李家洞已只有五里路。张平在此处派了心腹把兄弟张大旺进行守卫，张大旺手下有 300 余人枪，并配有轻重机枪六挺，扼守着龙颈埂的天然过道关卡。倪排长一马当先进行冲锋，不料冲到龙颈埂中部时中弹牺牲。过一会，二营狄营长率机炮连赶到，在炮火的猛烈射击下，解放军重新发起进攻，在山头守卡的张大旺抵抗不住，只好放弃关隘逃跑了。这个关隘一打开，解放军便乘势直捣李家洞。

这日晚上，张平在李家洞张家坨老屋正搂着老婆睡觉，还没觉察到危险已经迫近。早上起来，他吩咐人张灯结彩，大熬猪头猪脚，准备热热闹闹过一个正月十五元宵节。当龙颈埂方向传来激烈的枪炮声时，他还镇定地说："共军来了，不要慌，传令张大旺，给我拼命守住！"

过一会，枪声骤然在李家洞上方响起，那张家坨地处李家洞的下方。从地势上来看，只要龙颈埂卡口一失守，张家坨就已无险可守。眼看解放军逼近了，张平慌忙对老婆道："共军来了，咱们快逃吧！"

"逃到哪里去啊！"杨炳莲道，"带着这么多孩子，我也跑不动，你就快走吧。"

原来，那张平和杨炳莲共生了十个孩子，每生一个孩子就请了一个奶娘喂养，这些孩子都不大，这一大家有一二十个家眷，带着逃跑已来不及了。张平只得对老婆说，"共军不会杀家属的！待我到别处去扎住了脚，再来解救你。"说罢，即带了护兵，从地道钻出老屋围墙，然后朝张家坨下方的岩坎逃走了。

张平刚走，狄营长带解放军就冲进了张平老屋里。经过一番搜索，除了抓获这一家一二十个家眷之外，张平已不见踪影。

"张平藏到哪去了？"一个战士用枪指着杨炳莲问。

"他走了，早就逃走了！"杨炳莲回道。

"逃向了哪里？"

"不知道，他没给我说。"

"哼，跑了，他就是跑到天边，我们也要把他抓回来。"狄营长一挥手又吩咐班长王万仁道，"把这一家子看管住，不许他们乱说乱动！"

"是！"王班长响亮地答道。

张平逃过这一劫，很快又来到另一处险要之地李家寨扎住了脚。那李家寨坐落在仙门山顶，四面都处悬崖陡壁，中间却有方园二十多里平地。张平在此寨又汇集了一千余名人枪，在寨上修了碉堡工事，准备与解放军再作对抗，另派心腹四处活动，杀害了多名解放军工作人员和政府武装人员。

不久，解放军通过侦察，获知张平已逃往李家寨，遂又抽四二二团三营及四一六团的第二营等部队对该寨进行了包围。同时采用送粮食的办法，让一个排的解放军化妆成农民，挑着谷子上了李家寨。然后出其不意，发起攻击，将张平的司令部又端掉了。接着，外围的解放军也冲进寨里，将一千余名守兵全歼灭了。危急之下，张平跳进猪粪池才躲过解放军的搜捕。

解放军攻破李家寨后，张平便再无力组织人马相对抗了。为了躲避追剿，他只身逃命，到处躲藏。凭着以往经验，他认为共产党也会像一阵风，很快会刮过去。但这一次他盘算错了，共产党不仅没有走，而且夺取了县乡村政权，他所赖以依靠的各个拜兄弟们一个个也都被抓的抓，杀的杀，有的投了诚。各村寨的群众都被解放军工作队发动起来，到处都在搜捕漏网的土匪。

张平想远走高飞，但又还有点留恋妻室儿女。他想再和老婆会会面，于是只在家乡附近窥探。有几次黑夜，他摸到了自家屋外不远的地方观望，见有解放军的哨兵在警惕地站岗，他不敢贸然靠近，只得继续在野地山林里转悠。接连藏了一个多月，张平终于忍受不住饥饿，决定要出逃外地了。这日上午，他躲在离家不远的小里溪田坎边，正想找点吃的东西后向外逃，忽见寨里来了六个扯田草的大人和孩子。他们是张学诗、张学易、张五妹、张大妹、张学秀、张真英。田草踩完后，有五个先走了，剩下15岁的孩子张学易留在了最后。张平便趴在田坎边叫道："学易，学易，你过来一下，我有话说，你不要怕。"

张学易抬头一看，见是解放军正要缉拿的匪首张平。他那样子很可怕，蓬头垢面，衣裤破烂，脸上胡须拉碴，双眼凹进，活像一个野人。

张学易迟疑了一下，他不敢不听，便假作顺从地走过去道："张司令，你怎么到了这里？"

"我从这里经过哩！"张平道："我有几天没吃饭了，要请你回去给我弄点饭菜来。我们都是张家人，你可别出卖我，要是走漏风声，我就杀了你一家。"

"你放心，我不会乱说。"张学易点头应允道。

"好，那你就快去！还请告诉你父亲，我要到四川去搬兵，解放军待不长久的，中央军很快要打回来。要你父亲给我送一百块光洋，再搞点鸦片来，以后我会奖赏他！"

"那我就去了，你在这里等着吧，我马上给你送到。"

"嗯，快去快来！"张平放他走了。

张学易随即赤着脚走回了家里，把情况告诉了父亲张高升。张高升一听，立即跑到解放军驻地做了报告。其时解放军都搜山去了，只有一个班的战士留守在家。这个班十多名战士闻报后，在张高升的带路下，立即赶向小里溪。不一会，二区政府也得到报告，又组织了六个干部和十多个民兵一起赶到小里溪参加围剿。

张学易来到和尚田边，口里大叫道："张司令，我给你送饭来了，快来吃吧！"

张平这时多了个心眼，他换了位置躲在近旁的树丛中观察。当张学易喊叫之时，只见对面的沟里来了许多人。他便知道情况不妙，遂趴在树丛中不敢出来。

解放军和民兵随即开始了搜索。区妇女干部王素芝拿了一块石头，顺手朝树丛里一丢，口里诈唬道："张平，你被包围了，快出来投降吧！"

这一石头正好打在张平身边，张平一惊，以为被发觉，立即从树林中窜出，跳下田坎撒腿就跑。正在搜索的几名解放军立即扣动扳机，向张平开了火。战士徐武首先开枪击中了张平的右腿，张平负伤后，继续往前蹿跳，区助理员王鄂举枪开火，张平应声倒在田中，王素珍跑过去，搬起一块石头，又重重地打在张平的身上，张平大叫一声，就呜呼哀哉了。

真正血债累累的大湘西第三大强人张平罪有应得了！

5. 弃暗投明又一村

当解放军在八面山围剿师兴周打得正激烈时，瞿波平已率部悄然撤回二所乡一带了。为了逃避打击，瞿波平将队伍时而拖到桑植，时而又拖到来凤、龙山，只管和解放军兜圈子。如此东奔西走，苦了一些随军家属。

一天，队伍又撤回到二所一带。田幺妹对瞿波平说："我想回家去待着，这样跑来跑去，我受不了啦！"

瞿波平说："嫂子，你回去可以，就怕解放军会来抓你！"

"抓就抓！我一个女流之辈，又没杀人放火，没做过坏事，他们能把我怎样？我不信！"

"你是瞿伯阶的太太，是土匪家属，他们哪会饶过你？"

"我反正走不动也躲不脱，他们要抓就由他们抓吧！"

瞿波平见劝不动幺妹，只好派了两个人将她护送回了贾田溪老家。幺妹又住进了自家的木楼。这时她的身边还有一个伴娘，两个勤务兵，掌握有三支护身手枪。

回家住着，不再东颠西跑，风餐露宿，能够睡个安稳觉，吃点可口的饭菜，这已是天大的享受。但田幺妹明白，这样的日子不会过好久，解放军迟早会来找她的，而她也做好了随时被捉的准备。

果然，过了约一个月，一队解放军于一个凌晨将幺妹住的房子包围，并命她缴枪投降。她乖乖服从命令，将她的一支很少打过子弹的左轮手枪和勤务兵的两支驳壳枪全都缴械了。然后，她与两个孩子及两个勤务兵一起被押送到了龙山县城。

田幺妹这是第三次被投进监狱牢房。前两次是被"国民军"关押，这一次是被解放军关押。她感到这一辈子的命运真是难脱牢狱之灾。这一切似乎都只怪自己嫁给了瞿伯阶这个玩枪杆子的男人，假如不是跟着他，她哪会受这么多的苦，遭这么多的难。瞿伯阶给她的命运造成了这么多苦难，但她却并不恨他、怨他！毕竟与他成了夫妻，有了2个孩子，他在生对她并没虐待，个人感情上也算不错，在让她饱尝苦味的同时，也曾让她品赏过吃喝享乐的乐趣，有过几年当师长"太太"的荣耀，如今，那些美好的时光虽都成了昙花一现，但她对自己的命运无怨无悔。纵然现在会落个被砍头的下场，她也不在乎了。还好，解放军对她并没有要处决的意思，他们只是反复向她交代"坦白从宽，抗拒从严"的道理，只要求她积极提供瞿波平、贾松清、彭雨清等瞿伯阶部一些骨干分子的情况和下落。她尽她的所知给解放军讲了一些情况，但是，他们究竟藏在何处，她实际上也搞不清楚。

在田幺妹被捉进县城关押不久，瞿波平曾一度想攻打县城把她救出，但是此举却很快被挫败了。

原来，瞿波平乘龙山解放军兵力很少时，曾经以新十师师长名义在召头寨一带出布告安民，并大力扩招队伍。有一天下午，失去联络数月的侯振汉也找到了召头寨来。

"你这段跑到哪去了？"瞿波平与他在一家伙铺相遇问道，"我估计你一定会把队伍拖回龙山来，所以就找了回来。"

"你一路来碰到的情况怎么样？"瞿波平又问。

"情况不很妙哇！各处都有解放军剿匪，龙山这边好像还松一点，解放军不是很多！听说解放军大都集中到来凤去了。乘此机会你可以大干一场！"

"怎么没干呢？"瞿波平道，"我以新十师名义正发布告，扩招队伍，你觉怎样？"

"新十师是老牌子，我看要干大点！"侯振汉道："干脆成立一个'反共救国军'，你当司令，下面再成立几个纵队！这样牌子可以打得更大些。"

瞿波平觉得侯振汉的主意不错，遂以"反共救国军"总司令的名义，宣布任命了彭雨清、向敬海和贾继才为纵队司令，侯振汉为参谋长。瞿波平将这些部下时而集中，时而分散与解放军不断作着周旋对抗。

一天上午，特务营长王家慈率部在马崇岭袭击解放军一个粮站后，回来向瞿波平报功说："瞿司令，今日我们打死了6个解放军，缴了6支步枪和一挺机枪。"

瞿波平好久没说话，他心里明白，神奇的解放军离他越来越近了。

一日傍晚，一位头戴汗巾的壮汉带着几位拿大刀的神兵来到司令部，找到瞿波平道："瞿司令，我是神兵首领丁大鹏，听说你们想攻进县城去，我愿助你一臂之力！"

"好！"瞿波平道，"我得到情报，现在龙山城只有一个连的解放军守卫，他们人不多，我们正好乘虚去攻占！你们神兵愿意去一起攻打，我们很欢迎。"

"解放军只有一个连不在话下！"丁大鹏又道，"打进城去，有财物我们平半分！"

"行！行！只要能攻进城，一切都好说！"

"你的神兵队伍有多少人？"

"有一二百人！"

"好！人倒不少！"瞿波平又问，"战斗力怎么样？"

"战斗力很强嘛！"丁大鹏吹嘘道，"我们神兵刀砍不进，枪打不穿，我们的法术很灵验！"

"那好！你赶紧去准备吧！明天我们就去攻县城，我们让你打头阵！攻下城，你就立了头功！"

"我包啦！攻城我包啦！"丁大鹏夸下海口，随即连夜召集神兵去了。

第二天早上，丁大鹏果然集合了一二百神兵，扛起红旗就朝县城出发了。瞿波平亦率部紧紧跟随。当日下午来到龙山城外，将县城作了包围。这时，只见丁大鹏率领神兵一马当先，个个缠着红布，拿大刀向城南门口扑去。冲到南门之前，守卫在城区的解放军忽然一齐开火，步枪机枪一阵吼叫，手榴弹接连从城头飞下炸响，神兵顿时死伤了一大片。没死的赶紧往后撤。在后压阵的瞿波平，眼看神兵不堪一击，解放军防守严密，也无心攻城了，遂下令把队伍又撤回了召头寨。

瞿波平率部想攻县城没有成功，解放军却集中兵力来围剿他了。在召头寨呆不住了，瞿波平率部撤往来凤，从来凤又跑到了桑植八大公山，在桑植站不住脚，遂又折回逃到了四川酉阳，与杨树臣部再相汇合。酉阳解放军又来围剿，两人只好将队伍再拖向龙山明溪乡。

一天晚上，瞿波平在明溪一山洞里与杨树臣商议说："现在龙山的解放军集中不少，我看咱们还是分开活动为好。咱们合在一起目标太大，你还是回酉阳去干吧！这样可以互相配合。"

杨树臣道："分开也好。只是现在各处都有解放军，怕很难跑回去了！"

"不要紧，只要不和他们硬打，以保存实力为主，将来形势一变，还会有出头的日子。"

"那我走了，你可要多小心！"

"放心吧！我们还会有再见的日子！"

杨树臣遂于当晚率部向酉阳方向走去。当夜来到牛拉场，对面忽然遭遇一支队伍，双方没问清缘由就互相打了起来，打至天亮，才知对方是瞿部王家慈的队伍，刚由别处拖来，双方却误会了。而枪声又引来了解放军。杨树成退守到一座山岭上，与解放军对峙了半天。下午，杨树成率部后撤，跑至神坛坪过河时，解放军追上来。接着，一阵乱枪射来，杨树成当即被击毙在河滩上。

当晚，瞿波平在贾田溪的五把刀山上获悉了杨树臣的死讯，足足有半个小时，瞿波平沉思着一动不动。他至此才觉得，解放军不比国民党军队，天下是共产党的，国民党是没办法了。自己面前的路也已摆明，要么顽抗到底死路一条，要么缴枪投降，由共产党处置算了！正在考虑出路之时，二所乡一个叫瞿兴孝的保长忽然找上山来报告道："有个长沙人自称是程潜派来的参谋，姓张，他要我送封信给你，你看看吧！"

"请念！"瞿波平说。

瞿兴孝即念道："波平弟，听说你在龙山一带作反动活动，因为我和你亲哥的关系，希望你把人枪交给当地解放军，即来长沙见我。"

瞿波平听罢信的口气，觉得不像伪造的假信。想到瞿伯阶生前交代要他听程潜的话，现在程潜要他缴枪，他便下了决心听程潜的劝告，即使被程潜卖了也值得，也没有违背瞿伯阶的初衷。于是他对瞿兴孝道："麻烦你去找解放军，就说我愿意和他们会谈缴枪的事。地点就在斑竹扬瞿兴佐家。"

瞿兴孝即到老兴场找到解放军作了报告。该处所驻解放军是永顺军分区的一部。第二天下午，一个姓范的参谋带了一名警卫来到了斑竹扬。瞿波平早已在此恭候。双方到瞿兴佐家里见了面。瞿波平对范参谋开门见山地说："我接到了程潜的来信，准备缴枪投诚，但不知贵军怎么处置我？会不会杀我？"

范参谋从容答道："瞿师长，你放心！只要你肯投诚起义，解放军决不会虐待你，更不会杀你！"

"我要求到程潜那里去，行不行？"

"可以，但你要把枪缴完，然后我们可以请示上级让你去长沙会见程潜！"

"好，我已决定了，明天就去老兴缴枪。"

范参谋随即下山回了老兴。第二天一早，瞿波平果然带了3个人来到老兴场。在解放军团部，瞿波平还见到了永顺军分区的叶健民司令。

叶司令招待瞿波平吃了一顿饭。席间，叶司令说："老瞿，你来了很好！你还算不错，能识时务者为俊杰嘛！现在国民党已彻底玩蛋，和共产党解放军作对只有死路一条！希望多给你那些弟兄讲清这些道理！敦促他们尽快放下武器，我们可以保证他们的人身安全。"

"我一定尽最大努力收拢部队！"瞿波平说，"他们一般都会听从我的招呼！"

"那好！只要你把部队收拢来，都缴枪了，你就可以到长沙去！"叶司令作了表态。

瞿波平于是在老兴附近的田家寨住了下来，解放军派了一个科长陈子肃专门协助他工作，他不断向还在隐藏的下属们写信，或派人去规劝，结果，一个月多内，将残余的四百余人枪都召集拢来交给了解放军，其中主要的骨干有王家慈、彭雨清、向敬海、向师文、彭麻狗、冉启文、贾奇才等人。只有侯振汉和贾松清等人不服从，后均被解放军追剿捉拿处决了。

瞿波平收缴完人枪，即对范参谋说："现在我们的人枪均已收缴，我想去长沙找程潜，能走了吗?"

范参谋道："你去吧，我们送你先到永顺，然后再去长沙！"

如此谈毕，瞿波平即着手作动身准备。当晚他睡在床上辗转反侧，夜不能寐。想到此后的人生命运，也不知究竟如何，他觉得心里不太踏实。不过，既然投了诚，他便打算豁出去了。是祸是福，他也不再多想。

是日夜里，天下了一场大雨。到天亮时分，风停了，雨住了，远近山林草丛，被雨水洗后变得翠绿欲滴。就在这夏日雨后初晴的早晨，瞿波平从老兴场动身出发了。一个班的解放军战士同行护送。在蜿蜒坎坷的小路上，穿着蓝布便装的瞿波平步履缓慢地向前走着。其时，有一轮红红的太阳，正从远处的山岭上喷薄而出……

6. 结局

夜深人静，火苗旺旺。

当晚我们与瞿波平等老人座谈至凌晨一点才休息。从几位老人的叙谈中，我们得知师兴周后来的结局是这样的：自在猫儿溪被解放军击溃后，师兴周带着一小部分队伍又东躲西藏了好几个月。其间，他在万云山曾组织过反共救国军，集合了百余人武装。不久，永顺曹子西、曹斌转往桑龙边境的九公山去了，师兴周又返回到八面山周旋厂一段时间，他的百余人马很快又被解放军打散。师秀章和叶仲翔也离开他投了诚，连他最宠爱的七姨太也悄然溜走了。在众叛亲离的情况下，师兴周只带了七个保镖，在内溪棚一带的山洞岩穴中又藏了几个月。

一天中午，师兴周正在束手无策之际，他被送到永顺师范学校读书的侄子师文禹突然找到了他藏身的岩洞里来了。

"禹儿，你跑这里来干什么？"

"解放军要我给你送封信，劝你投降！"

"哼，要我投降，还不是想要我的命？"

"解放军说，只要投诚了，保证不杀头。"

"是真的吗？"

"你看信吧！"

师文禹遂将永顺军分区叶司令的一…封信递了过去。师兴周展开信一看，只见上面写道：

师先生：

现在全国除台湾外都已解放，湘西土匪基本肃清，目前只剩下少数头目东躲西藏，不难剪除。我军剿匪决心已定：不肃清土匪绝不收兵。我们的政策是"坦白从宽，抗拒从严；首恶必办，胁从不问，立功者受奖。"对于弃暗投明者，随时欢迎。望你放下武器，早日投诚。何去何从，请当机立断。

中国人民解放军永顺军分区司令部（章）

1950 年 11 月 20 日

师兴周看罢信，叹口气道："事已至此，那就缴枪吧！能不能保命，也只有听天由命了！"

如此说毕，师兴周即率 7 个保镖，在侄儿的带领下，到了解放军四二二团二营驻地去投诚。该营是在古丈剿灭张平后重又返回龙山驻扎在内溪棚的，营长姓狄。当师兴周前来缴枪登记时，狄营长兴奋地说："我们欢迎你来投诚。根据上级指示，投诚人员将集中到里耶学习一段时间，我马上派人送你去那里。"

"是，是！鄙人一定好好学习政策，重新做人。"

就这样，师兴周在当日下午即被解送到了里耶。后来，随着全国镇反运动开始，师兴周与叶仲翔、瞿闵盛、王家慈等大小三十多个匪首被枪毙了。与此同时，湘西土匪也基本被肃清，诸多匪首如徐汉章、曹振亚、曹子西、李兰初、陈策勋、周燮卿、杨永清等都先后被捉拿或击毙。接着，湘西各县都大张旗鼓地镇压了一批反革命。其中匪首计 480 多人，惯匪 2647 名，匪特 370 多名，反动军官 15 名，特务 267 名，地霸 102 名，伪乡保长 766 名，其他 211 名，总共为 10134 名（见《四十七军战史》）。瞿伯阶的妻子田幺妹，在瞿波平缴枪去长沙时，与两个孩子还蹲在县城监狱。后来考虑到她没有杀人放火之类罪行，在家乡更无民愤，经过一年多的羁押，她和两个孩子被释放回到老兴乡沙堡村居住。田幺妹后来在文革中跳崖自尽了。

其子瞿崇胜后来的经历也很曲折。文革中先是在岳阳服了五年刑。改造期满就在那里当了一名航运工，在长江航行的轮船上工作，干到六十岁才退休回家。

"你家生活现在过得好吧？"我问道。

"当然，现在政策好了，政治上不受歧视，日子好过多了。我每月有退休金八百多元，生活不成问题。"看来，瞿崇胜晚年的日子过得还是比较不错的。他住的一栋木屋，也比较宽敞，木板装修的房子住着也挺舒适。另一位老人朱明德又回忆说，他是 1948 年从瞿家大屋跑到龙山去当兵的，一去就被安排在警卫营，给瞿波平当警卫。瞿波平投诚时，他也跟着投了诚。然后被放回家中。朝鲜战争爆发后，他应征去了朝鲜，和美军在上甘岭打过硬仗，脸上还遭了一枪，打在嘴唇上，负了伤，被送入医院。伤治好后才转业回来。此后安排在石坪水厂当工人。文化大革命时，有人诬陷他投诚前杀过解放军。他被开除公职回到了村里劳动。直到瞿波平八十年代回乡，给他出示证明，讲清了投诚前的那段历史真实情况，说明那位解放军是另外的恶匪所杀，他才得到平反，并重新作了退休处理。

"现在政策宽松了，我们应感谢共产党！"瞿波平说。

"当然！如今我们再不用为头上有顶'文革'时划定的'二十一种人'的帽子而担忧了！这本身就是一种社会的进步！"瞿崇胜说。

当晚，大家你一言我一语地谈论着，直谈到转钟电灯熄灭。

第二天清早，我和摄影师罗兆勇，告别了几位老人，踏上了归程。

最后，我想说明的是，此书虽然写完了，但书中的故事情节多出于当事人讲述，有的出于史料记载，若有个别错讹之处，还请读者多加指正。本文在采访写作过程中得到瞿波平、瞿崇胜、冉世程、冉启明、瞿玉香、瞿崇柏、朱明德、姚春香、彭自清、彭传友、彭传望、杨炳莲等人的大力支持，在此特表衷心感谢！

忘记历史就等于背叛，让我们以史为鉴，记住大湘西那段血雨腥风的历史吧！

回首历史就是为了珍惜现在，让我们在新的和平时代共创大湘西的美好未来吧。